死にたくないので英雄様を育てる事にします

～田舎暮らしは未来の英雄と胃痛と共に

ヨモギノ
イラスト 高比良りと

この物語はフィクションであり、
実際の人物・団体・事件等とは、いっさい関係ありません。

登場人物紹介

Character

逢坂直

天涯孤独で就活中の
大学3年生。

右 リアン・オーウェン

逢坂直がゲーム《アーケイディア》を元
に造られた世界に転生した姿。未来
の英雄のライバル的存在。村の領主
の息子。

左 アルフレド・フラム

学校の卒業とともに教会の孤児院を
出て、チェダー牧場で暮らしている少
年。将来英雄になる、ゲーム《アーケイ
ディア》の主人公。

女神クロートゥア

逢坂をゲーム《アーケイディア》を元に創造した世界に転生させた神様。

マリエンヌ

村の皆には「マリエ様」と呼ばれ、親しまれている。アルフレドが暮らしていた孤児院を営んでいる、教会の尼僧。

（左より）

ジャーノ、ジャイド、スネイ

リアンを慕う悪ガキ3人組。

3つ子の兄妹

チェダー牧場で暮らす、くりくりカールの栗毛で、赤い目、黄色い目、緑の目の3つ子の兄妹。

ローエンダール

オーウェン家の有能執事。

ロベルト・オーウェン

オーウェン家の長男。弟のリアンを溺愛しすぎるあまり時々暴走する、困った兄。

シュヴェアト・シュツァー

フォルトゥーナ教会所属の聖堂騎士。

エーファ・ヴィエルジュ

神学校を出たばかりの見習い修業中の尼僧。アルフレドと同じ金髪碧眼をしている。

死にたくないので英雄様を育てる事にします

～田舎暮らしは未来の英雄と胃痛と共に

23話　五年経ちました

年が明けてからは、なんだか、あっという間に日々が過ぎていった。

時間に追われるようにやらねばならない様々な作業をこなしているうち、気がついたらもう二月になっていて——卒業式が来てしまっていた。

俺はようやく、めでたくも無事、町立学校を卒業した。

ここまで早かったような、長かったような。不思議な感覚だ。

学校を卒業したということは、体力も精神力もガリガリと削られる学校イベントの数々からは解放された、ということでもある。

やったあああ！　これは本当に、マジで嬉しい。

卒業式の最中は、あの精神的にも体力的にも辛かった日々が走馬灯のように脳裏をよぎっていき、涙が出そうになった。頑張ったな、俺。偉いぞ、俺。よくやった。

これで学校イベントは、オールクリアだ！

これで慢性胃炎と不眠からも解放され……ては、まだ、いないけれども。

やらねばならないことは山積みで、気になることも盛りだくさんだ。胃薬と睡眠導入剤的な薬草は、まだまだ手放せそうにない。

まあなにはともあれ、俺はようやく学校関連のイベントや、それに伴う心労からは解放された。

今はルエイス村に戻り、領主である父の下、領地管理等の仕事の見習い兼補佐をしている。

ここまで想定外な出来事が次々と起こったり、または巻き込まれたりして、一時はどうなることかと頭を悩ませていたが……どうにかこうにか、当初立てたプラン通りに進められている。

このまま順調に、何事もなく、俺の計画通りに進んで欲しい。頼むぞ。

一方、未来の英雄はというと。

俺と一緒に無事卒業し、永く暮らした教会を出て、チェダーさんの家へと引っ越していった。

そして、三色カラーアイズなチビたちも、少し遅れてチェダーさん家に引っ越しをしていった。

え？　なんで⁉　マジか⁉　どういうこと⁉

……という感じだ。感じだが、事実なのだから仕方がない。

結局、アルフレドが引っ越していったあの日。

鼻水垂らして泣きながら延々と追いかけてくる三チビたちを、夫妻は大笑いしながら馬車を停めて拾い上げ、一緒に牧場へ連れていってくれた。

日が暮れて、僕と一緒に教会に帰ろうかと言っても、アルにいちゃもいっしょかえる！、とぐずってぐずって、帰ろうとしなくて。皆で困って。

どうやら幼すぎるチビたちには、アルフレドはもう教会には戻らないのだということが、まだ理解できないようだった。なんだかんだ言って三チビは、アルフレドによく懐いていたからな。

アルフレドが教会の庭木の剪定《せんてい》や、建物の修理をしている時、頭や腕や背中によくぶら下がって、きゃいきゃいと遊んでいるのを見かけたことがある。

そして馬鹿力な当人は、三チビにぶら下がられても全く気にすることなく、黙々と作業をしていた。移動中、たまにもらい物の菓子をやったりしているのも見た。

まるで休日のお父さん状態だ。

いや、もしかしたら、あれは動く乗り物的な感覚なのかもしれない。もしくは遊園地のアトラクションか。他の小さい子も真似して楽しそうにぶら下がってたし。まあ、子供は動く乗り物大好きだからな。時々菓子も出てくるから最高だろう。

それを見かけるたび、俺は可笑しくて吹き出しそうになったが、言うと反撃されそうな気がするので言ってはいない。

結局、落ち着くまではと数日牧場で預かってもらっているうちに、三チビたちは少しずつ夫妻にも慣れていって——

チェダー夫妻はそのまま、三チビたちも引き取ることにしたようだ。

マリエにその話をしている時、この際ひとりも四人も一緒だしね、とあっけらかんと笑いながら言っていた。

いやそれはさすがに大雑把《おおざっぱ》すぎるだろう、と隣で聞いていた俺は思わずツッコミを入れそうになったが、すんでのところで我慢した。

俺は教会の帰りや空いた時間を見つけては、少しだけ遠回りして、チビたちの様子を見に行ってみていたが、先日は牧草地を元気よく駆け回っていた。

夫妻も賑《にぎ》やかになって嬉しいと楽しそうに笑っていたから……これはこれで、よかったのかもしれない。

そういう流れだったのだ。これは。きっと。

終わりよければ全てよし、だ。

いい流れには、無理に抗《あらが》わず、さらりと流れるままにしておいたほうがいいのだ。

それが最良の道筋であり、自明の理というものだ。

祖父《じい》さんの受け売りだけど、俺もそう思う。

そういうわけで、孤児院からは一気に四人も抜けてしまうことになった。

教会は、少し寂しくなってしまったけれど……アルフレドが前から気にしていた通り、しばらくすると幼い子供が四人、教会の孤児院に連れてこられた。

浅黒い肌と薄い色の髪、緑色の瞳を持つ、南の国特有の容姿をした、子供たちが。

……西の国と南の国は、今もまだ、飽きもせず戦争を続けているから。

俺が雇った金髪の新人用にと、町で制服やら武器やらを買い揃《そろ》えてから、数日経って。

追加の加工や紋章入れなどを頼んでおいた武器や装備品と制服が、ようやく全て、屋敷に届いた。

あとは本人に試着させてみて、不備やサイズの確認をするだけだ。

朝、チェダー牧場の牛乳配達が来たら知らせてくれとローエンダールに頼んでおいたら、陽がようやく昇り始めた早朝、呼びに来てくれた。

厨房で、でかいブリキ製の牛乳缶を軽々と肩に担《かつ》いで運び込んでいるアルフレドと、会えた。

空いてる時間に屋敷に来て試着をしてみて欲しいんだが、と聞いてみたところ。次の日の昼過ぎ頃、オーウェン家に来てくれることになった。

　アルフレドの話によると、牧場の仕事は朝と夕方は特に忙しいけど、昼間はわりとのんびりしているらしい。やるべき仕事を早めにすませておけば、チェダーさんに言って、仕事を少し抜けて出てくることも可能なようだ。

　確かに、アルフレドの言った通りだった。

　これなら、今までとなにも変わらない。

　毎朝うちに来るのだから、急ぎの時はこうやって連絡を取り合えばいいし、俺のほうも三チビたちの様子を見に時々は牧場に寄るから、そこでも会うことができる。


　なんだ……そうか。

　そうなのだ。

　これなら、なんの不便もない。問題もないではないか。

　いつだって連絡が取れるし、会えるのだ。

　……なんで俺は、あんなに不安になっていたんだろう。

　自分で自分がよく分からない。

　分からないが、とりあえず解決したので、まあ、それもよしとすることにする。

＊　＊　＊

　そういうわけで、本日の午後。

　屋敷にやってきたアルフレドを俺の部屋に通して、ローエンダールに手伝ってもらいながら、試着をさせてみた。

　不良品だったり、サイズが合わなかったりしたら、すぐに戻して直させねばならないからな。返品交換は早い段階でないと、なんだかんだと言って無料で受け付けてくれなくなる。それはどこの世界でも同じだ。

　アルフレド用に作らせた上着の生地は、軽くて頑丈なものを選んだ。

　黒を基調にした裾の長いPコート風のデザインの上着は、前身には銀のボタンが二列平行に並んでいる。

　右腕の上側と背ヨークの上側には、銀糸で、葉や蔦《つた》が絡まったベース型の枠の中、麦を一本くわえた丸っこい鳥が枝に留まっている姿が刺繍されている。

オーウェン家の紋章だ。

真ん丸な目をしたその丸っこい鳥は、俺の世界の《鳩》に非常によく似ており、その名も《ピジョン》。

ピジョンをモチーフにしたオーウェン家の紋章は、のんびりとしたこの辺りの風土によく似合っていて、とても気の抜け――いや、非常にほっこりと和《なご》む図柄である。

リアン父と兄は、気が抜ける、カッコよくない、いつか変えたい、とぶつくさ文句を言っているが、俺は結構気に入っている。リアン母も紋章を見るたびニコッとするので、どうやら気に入っているようだ。

まあそうだろう。少し丸っこいフォルムの鳥のデザインを嫌う女性は、そういない。

リアン母は基本終始ツンツンしているが、実は可愛いものが大好きだ。母の部屋はピンクとフリルでいっぱいだし、お気に入りのティーセットにはウサギや小花柄が飛んでいる。

いいじゃないか鳩、いや、ピジョン。どこかとぼけた感じの丸い黒目は可愛いし、鳴き声もポッポーと可愛い。ていうか、鳩だ。名前もほぼそのまんまである。分かりやすくていいけど。

鳩はこの世界でも平和と幸運を象徴する生き物だ。縁起もいい。

太めの革ベルトの後ろには、短剣。腰には長剣と、薬や道具などが入っている革製のウエストポーチ。背中には、柄と刀身の長い両手剣。金属で補強したブーツとガントレット。

ローエンダールがアルフレドに着用方法を教えながら着付けを終えて、上から下まで確認し、ダンディーで満足げな笑みを浮かべて、一つ頷《うなず》いた。

「フラム様。よくお似合いでございます。どこか、突っ張るところや、動きにくいところ、気になるところなどはございますか？」

「いや……ないけど」

「そうですか。それはよろしゅうございました」

俺も奴の周りをぐるりと一周し、ローエンダールの隣に立って、奴を上から下まで眺めてから、大きく頷いた。

うむ。なかなかいいではないか。俺も納得の仕上がりようだ。

非常に強そうな、オーウェン家の護衛（基本土日。平日不定期の臨時勤務）が、ここに誕生した。

未来の英雄になにさせてんだという気も、ちらりとしないでもないが、この際、背に腹は代えられないのだ。

使えるものはなんだって、未来の英雄だって使わせてもらう。女神様にだって文句は言わせない。

全く、これっぽっちも、連絡してこないしな！

もういい。女神様なんかには今後一切期待しないし、頼らないことに決めた。俺は、俺の好きなようにさせてもらう。

俺は絶対にこの村の人たちと、俺自身を生き残らせてみせる。

そのためにはなんだってするつもりだ。

「……フラム様。リアン様を、何卒《なにとぞ》、よろしくお願い申し上げます」

ローエンダールがアルフレドを見上げてから、深々と頭を下げた。

「フラム様のお強さはかねがね、お聞きしております。そのような御方《おかた》にリアン様の護衛をしていただけるのでしたら、これ以上心強いことはございません。リアン様は、ご自身のことに関してはあまり頓着されない御方ですので……私《わたし》はもう、心配で心配で……。穏やかなご気性は大変好ましいところではあるのですが、自己の危機意識が大変薄くいらっしゃいまして、護衛はいらぬとおっしゃることもしばしばで……私は心労で、日々胸を痛めていた次第です」

「ああ……それ、分かる。人の心配は、心配しすぎるぐらいにするのにな」

「そうなのです！　ああ、分かっていただけて大変嬉しゅうございます。今後とも、リアン様のことをよろしくお願いいたします」

「分かった」

……なんだか、さり気なく好き放題言われている気がする。

「なにを言ってるんだ。僕は、自分の身ぐらいは自分で守れる」

そのために、死にそうになりながらも必死で剣術を身につけたし、魔法の術式も覚えたんだからな。

二人が同時に俺を振り向いた。……どっちも半目で、責めるような、いぶかしむような視線を寄越してくる。

二方向からなにか言いたげな視線でじっと見つめられ、俺はどうにも落ち着かない気分になって、身を小さくした。

ええ、はい、そうですね。襲われましたね。その節は、お二方には多大なご迷惑をおかけいたしました。すみませんでした。俺の危機管理が確かになっていませんでした。反省しています。

「……よ……よろしく、頼む」

二人が同時に頷いた。

え、なに。なんで二対一になってんの？　俺、なんで一のほうなの。

「では、お茶をお持ちいたしましょう。用意して参りますので、しばしの間、お待ち下さいませ」

ローエンダールはダンディーな笑みを浮かべ、四十五度の完璧なお辞儀をしてから優雅に部屋を出ていった。

「そうだ、アルフレド。その上着、魔力を込めた糸で防御術式を後追い加工してあるんだ。防刃機能と防魔法機能がついているから、多少の攻撃を受けてもはじき返してくれる。なにかの際には、盾代わりにも使えるから。覚えとけよ」

特殊加工を追加したので値はかなり張ったが、長く使うことを考えれば安いものだ。例の日が来ても、お前を守ってくれるだろう。

洗わなくてもすむように、消臭自浄術式も組み込んである。

こういう生活系魔法は、本当に便利で助かる。《超便利！　生活を豊かにする魔法術式活用法》は俺の愛読書だ。図書館で借りて読んで感銘を受け、どうしても欲しくて本屋で取り寄せてもらい、購入した。

魔法書関係はどれも高額で、その本も庶民的なタイトルのわりには結構な値段だったけど、後悔はしていない。

アルフレドが腕を組み、呆《あき》れたような視線を俺に向けてきた。

「お前な……。なにも、そこまでしなくても……。お前は一体、俺となにを戦わそうとしてるんだよ」

「ふえ!?　ええと、ま……まあ、いろいろだ。いろいろ。最近はなにかと物騒になってきたしな。そ、それに、あれだ、あれ。村の外れに……視察に行くこともあるからな。その時には、魔物と遭遇することもある。万全の備えはしておかないと」

「万全すぎるだろ」

「う、うるさいな！　とにかく、仕事の時には、それ着とけよ。分かったな！」

「分かった」

アルフレドが素直に頷いた。

うむ。分かればいいんだ、分かれば。

「それと。もう少ししたら、グランツァ師匠が来るからな」

「グランツァ？」

「前に、お前に話しただろ？　僕の剣術の師匠だ。その人に、これからは週一で半日程度、稽古をつけてもらおうと思っている。それで、お前も一緒に稽古をつけてもらおうと思っているから」

「俺も？」

「そうだ。だから今日は、師匠と……軽く、顔合わせだけしといてもらおうと思って」

学校に通っている間は、火曜と水曜の帰宅後、限られた貴重な時間を割《さ》いて数時間ずつ、二日に分けて稽古をつけてもらっていた。

今思えば、あんなハードな体育会系スケジュール、よくこなせたな……と思う。

もう学校に行かなくてもよくなったので、ちょうどいいから一日に纏《まと》めて稽古をしてもらうことにしたのだ。受講料も一日分ですむしな！

あの日まで、絶対に身体を鈍《なま》らせるわけにはいかない。鍛錬《たんれん》は引き続きしていくつもりだ。それに未来の英雄であるアルフレドの戦闘力も、できるだけ向上させておきたい。

「稽古……？　それでお前、俺に平日のどこか半日、空けられないかって聞いてきたのか」

「そう。水曜の昼から夕方まで、でいいんだよな？」

「ああ。忙しくてダメな時は、言う」

「うむ」

師匠には、魔法も組み込んだ実戦の戦闘術をお願いしてある。

グランツァ師匠は、この国の南西の国境付近にある、壁のようにそびえる荒れ山と、鬱蒼《うっそう》と茂る暗い森に囲まれた危険なエリアにある砦《とりで》で、十五年間も戦ってきた元騎士だ。

荒れ果てた山に住む魔物は、その荒廃した環境故《ゆえ》か好戦的且《か》つ獰猛《どうもう》で、気性の荒いものが多い。そして、常に飢えている。

師匠は、そこから降りてきた三つ首の魔竜――人の三倍もある怪獣みたいな奴と戦い、他の騎士たちが次々と倒れていく中、最後のひとりになっても戦い続け、そして勝利したらしい。すげえ！《探検家ゴルゴンドの冒険》みたいな話だ。

ただ、死闘の末どうにか勝利は勝ち取ったが、左肘から下を食い千切《ちぎ》られてしまった師匠は、砦と仲間たちを守り切ったことで国から表彰され、報償金もたんまりもらえたのもあって、すっぱり現役引退することに決めたらしい。

そして悠々自適な退役暮らしの傍《かたわ》ら、請われて本人の気が乗れば、こうして剣術を教える生活をしている。

その腕は確かで、指導をお願いしに来る人は跡を絶たない。まあ、俺もその中のひとりなのだけれども。

「――あ、そうだ。アルフレド。先に言っておくけど、グランツァ師匠は、腕は確かな人だが……性格にちょっと、いやかなり……癖がある人なんだ」

「癖」

「そう。師匠が気に入らなければ、高確率で稽古を断られる。だから、最初に手合わせしろと言われた時は……本気で行け」

「本気」

「そう。マジでいけ。全力で逝け。相手が片腕がないからとか下手に気を遣っていくと、百パーセント、半殺しにされるからな。どんな理由にせよ、戦いに手を抜く奴をとても嫌う人なんだ」

実際に、半殺しにされたからな。俺がな！

命のやり取りしてるってのに手を抜くたぁ、イイ度胸だ……と、恐ろしい笑みを浮かべて。

「あの人は……会えば分かるだろうが、白黒、熱い冷たいがハッキリしているのが好きで、中途半端なものと生ぬるいものが大嫌いなんだ。そこんところ、頭に入れておいてくれ」

アルフレドが分かったような分からないような微妙な顔で、頷いた。

「頼むぞ」

ぽん、と奴の胸を叩いた。気合いを入れさせるために。こればかりは、お前次第だからな。

上着の襟元が、なんとなく開きすぎているような気がしたので、閉じて直してやった。

「師匠はだらしない者も大嫌いだからな。身だしなみもきちんとしておけよ。第一印象は大事だ」

「ふーん」

「ふーん、じゃないぞ！　お前な、ちゃんと僕の話を聞いていたのか？　まったく……頼むぞ、マジで」

前髪が寝癖みたいに跳ねているのも、指と掌《てのひら》で何度か押さえて直してやった。

どうにか師匠に気に入ってもらって、アルフレドも稽古をつけてもらえるようにしなければ。うう、胃が痛い。

アルフレドが俺の手元をじっと見て、それから俺を見て、ふわり、と嬉しそうな笑みを浮かべた。

なんで嬉しそうなのかは分からない。なにか喜ぶようなこと、あったっけ？

首を傾げた瞬間、いきなり大きな手でガシッと両腕を掴まれた。

「うわっ!?」

何事かと上を向くと、笑みを浮かべた顔がゆっくりと降りてきて。俺の右頬と左頬に、交互に頬を当ててきた。

「ば!?　お、おまっ、お前なあ……っ！　なにすんだよ！《祝福》は、旅に出る時にするもんだろうが！」

「そうか？」

「そ、そうだ！　マリエ様の話、ちゃんと聞いて——ん、」

今度は、唇にキスを落とされた。いきなりだったから驚いて、一瞬硬直してしまった。

それをいいことに、もう一回キスしてきやがった。顔を傾けて、今度は少し深く。舌と唇で撫でるように唇を舐められる。

また角度が深くなって、震えが背中を駆け抜けた。

「んっう……」

俺は力が抜けそうになる身体を叱咤して、力一杯両手で奴の胸を叩いて押して、どうにか隙間を作って唇を離した。

「……っぷは、や、やめろ馬鹿っ！　アホ！　い、いきなりなにしやがる！」

思いっ切り睨《にら》み上げてやったというのに、全く悪びれる様子もなく、それどころかほほ笑み返してきた。全く反省の色がない。

反省どころか、懲《こ》りずにまた顔を近づけてきた。

そうはさせるかと俺は顔を目一杯横に向けて、どうにかそれを回避した。不満そうな気配を感じたが、俺は気づかない振りをした。いきなりなんなんだよもう。俺、なんかしたっけ!?

「やめろってば！　ろ、ローエンダールが来るだろ！――あ、」

耳の下辺りに、柔らかいものが触れたのを感じて、震えた。続けて首筋に、噛むようにキスされる。唇を避けられたことに安堵してしまい、油断した。

ああもう……！

なんか、最近は、やたらとこうして、遠慮もなく、過剰に触れてくることが多くなって……非常に、心臓に悪い。

こういう状態になってしまったのは、俺にも原因があることは、分かってはいるんだけれども！

それは、あの日……一生側《そば》にいてと言われて。

俺は……俺は、最後まで、拒絶の言葉を口に出せなかった。

あの時のことを思い出しては頭を抱え、自分で自分にだめ出しをしてしまう、あの日の態度。

あれは、オッケーだと思われてるかもしれない。いや思ってるだろう。それどころか抱きつき返してしまったんだから。

ていうか、あいつ、なんかプロポーズみたいな言葉を言ってた気がするけど……どうなんだ。そうなのか、そうでないのか。

いや、それよりも今問題なのは、あの日、俺の取った行動は……よくはない、ということだ。

なぜなら、この先……あの少女が。

物語のメインヒロイン――《聖女様》が、アルフレドの前に、現れる。

彼女は主人公と最後の最後までともに在《あ》る、運命の相手だと言ってもいい。

そんな二人の間に俺なんかが割り込んではいけないだろう。遠い未来で……結ばれるはずの、運命の人。

アルフレドも、ひとたび彼女と出会えば、心揺さぶられないはずがない。

やはりあの正規の物語の通りに……惹《ひ》かれ合ってし

まうのではないだろうか。

　そしてそれが一番自然な流れであり、アルフレドにとってもそれが最良であり、最初の村で消えるちょっとしたライバル役でしかない俺を好きだなんだと言うことのほうが、おかしいのであり、だから……俺は、これ以上を望むべきではないのだろう。

　変えてしまえばいい、とアルフレドは言ってくれたけど……。人の心の中は誰にも分からないし、縛れもしない。

　それにアルフレドが、あの少女を好きになってしまった時に……俺のことを気にして、諦めるようなことにでもなったら。俺は、きっと自分が許せなくなる。

　それに無理してまで、側にいてくれなくてもいい。無理して側にい続けてくれたとしても、俺も辛いし、あいつのほうも、きっと辛いだろう。それは、お互いにとって不幸でしかない。

　そんなことになるぐらいなら俺は、独りでいい。

　アルフレドには、幸せになって欲しいと思う。辛い思いをして欲しくない。だって、俺が目をかけて、大事に育てた養い子みたいな、弟みたいな、息子みたいな存在でもあるのだから。

　哀しい想いをさせる原因が自分になるなんて、そのほうが、俺は耐えられない。

　でも……

　あの時、ずっと側にいると言われて。一生が終わるまで側にいて、と言われて。

　……好きだ、と言われて。

　言わないけど、本当は……全身が震えるほど、嬉しいと思ってしまった。

　なに馬鹿なことを考えてるんだと自分でも思う。男で、年下で、息子みたいに、大事に育ててきた子供相手に。これが独占欲なのか、恋情なのかも、自分で分かっていないくせに。

　お前は綺麗《きれい》なお姉さん系が大好きだっただろう、なにを血迷ってんだしっかりしろ、と自分で自分をたびたび叱って傾きかける心を正さないといけないなんて……かなりまずい心理状態だと我ながら思う。

　本来あるべき正規のストーリーを、俺の都合で勝手に捻《ね》じ曲げていいわけがない。それは絶対にしてはいけないことだ。それは俺にも分かってる。分かってる、けど――

あの時の返事を……拒絶の言葉を、いまだに、口に出せないままでいる。

臆面もなく向けられてくる好意を、どうしても拒み切れずに……それどころか嬉しいとさえ思ってしまったりして……ずるずると、ここまで来てしまった。情けない。自分で自分を嗤《わら》うしかない。

中途半端に、どっちつかずの態度を取って。自分で自分の感情すらもよく分かっていないくせに。

拒絶もできず、受け入れることもできず、諦めることもできない、馬鹿でアホで大嘘つき者な俺は、情けなくも自分では何一つ決められないまま。

卑怯にも……最後の最後に、アルフレドから決定的な判決を下してもらうのを、待っている。

いきなり頬にキスをされて、俺はびっくりして顔を上げた。

青空色の瞳が少し困ったように、呆れたように細められた。俺の腕から手が離れて、今度は腰の後ろで手を組まれる。

大きな腕の中に囲われて、身動きが取れなくなった。

「……リアン」

チビたちを諭《さと》すような口調で、名を呼ばれた。

「……なに」

「お前な。……またなにか、後ろ向きなこと考えてるだろ」

「なっ！　な、なんだよ後ろ向きって！」

「言いたいことがあるなら、言ったらいいんだぞ。口に出して言えばいい。つうか、言ってくれ。俺は知りたい。お前のこと。お前がなにを考えてて――なにをひとりで悩んで、苦しんでいるのか」

「アル……――」

俺は咽《のど》が震えて、気を抜くと漏れそうになる声を必死で飲み込んだ。

でないと、情けなくも泣いて喚《わめ》いて、全てをぶちまけてしまいそうになってしまうから。

だめだ。今、全てを話すわけにはいかない。

知られてはいけない。

俺が、この先起こること……村や、世界のことや、お前の未来を知っているということを。

絶対に知られてはいけない。この物語の要となるはずの、主人公であるアルフレドには。

小さな齟齬《そご》が後で大きなものになって、俺の知らない流れにでもなってしまったら。俺の今までの計画が、全て無駄になってしまう。

それだけは、絶対に、なんとしてでも回避しなければならない。


アルフレドが少し困ったような笑顔のまま、俺の頭を撫でてきた。

「……まあ、無理してまで、今すぐ話さなくてもいいけどな。いつか……話してくれたらいい。でも。俺は、言うことに決めたから」

「え？」

アルフレドが俺を見下ろして、にっこりと笑みを浮かべた。

「そのほうがてっとり早いということに、俺も、ようやく気がついた。それから、自重もしないことにした。お前、本当に、マジで鈍すぎるからな」

「に、にぶっ……誰が、鈍いって⁉ 失礼な！」

「だから、ちゃんと分からせて、捕まえておかないと……安心できない。お前はいつも、俺の予想もしないところに飛んでいっちまってることが多いし、もたもたしてたら知らない奴に横からかっ攫《さら》われるかもしれない。そんなことになったら俺は、そいつぶっ殺しに行きそ——いや、すげえ嫌だから。これからは、鈍いお前でも分かるように、はっきりと言い聞かせ続けていくことにした」

「は？ うわっ」

引き寄せられて、鼻の先が当たるぐらいに近い距離で、見つめられた。

あまりに近すぎて目を合わせていられず、顔をそらそうとしたら、顎《あご》を摑まれて無理矢理上向かされた。

「あ、アル——」

「ずっと、好きだから。——愛してるから。お前だけだ。リアン」

「ばっ……！」

じっと俺を見下ろしていたアルフレドが、小さく笑い声を漏らした。

それから、嬉しそうに顔を綻《ほころ》ばせた。

「顔。真っ赤だ」

「ばっ⁉ な、う、うるさ、な、なに、なに言って、おま、」

あまりにも動揺しすぎて硬直してしまった俺は、結局もう一度、口付けられてしまった。

胸を押して離そうとしても、すぐに唇が追いかけてきて、なかなか離れてくれなくて。それどころか顎を持ち上げられて口が開き、無遠慮に舌が入ってきた。

慌てて自分の舌で押し返そうとしてしまい、逆に搦《から》め捕《と》られて押し込まれ、震えて、よけいに焦《あせ》る。

思わずつぶってしまっていた目を開けると、細められた目の中の、ゆらりとした藍色の瞳と視線が合った。

これは、この熱っぽい目は、非常にまずい気がする。

腰の裏に回った手も、熱い。やめさせなければと思って、拳を握り締めた時。

部屋の扉が、二度、ノックされた。

「リアン様。フラム様。失礼いたします。グランツァ様がお見えになりました」

「……っ‼」

ローエンダールの声がして、俺は身体を大きく跳ねさせた。

相手の腕の力も、気を取られたのか一瞬だけ緩む。

俺はその隙に両腕を抜いて上に伸ばして、奴の両耳を摑んで思いっ切り握り締めて、横に引っ張った。

「いてっ」

奴が呻《うめ》いて、顔を上げた。

さすがの英雄も相当痛かったらしい。珍しく顔をしかめ、少し涙目になっている。まあ耳はどんなに強い奴でも鍛《きた》えられない柔らかい場所だし、急所だからな！

奴の耳たぶは俺が力一杯握り締めて引っ張ったから、マリエの頬以上に真っ赤になっている。ざまあみろ！

痛みにひるんでいる相手の両腕を、俺は力一杯押し広げて腕の中から逃げ出すと、後ろに跳びすさった。

奴が慌てて手を伸ばしてきたが、更に横に跳んで躱《かわ》す。

急いで身を翻《ひるがえ》して扉に駆け寄りながら、扉の向こう側にいるはずのローエンダールに返事をした。

「わ、わか、分かったっ！ い、今行くから！ すぐ行くから！　少し待っててもらってくれ！」

「承知いたしました、リアン様。では、そのようにお伝えしておきます。玄関ロビーでお待ちいただいておりますので、準備ができましたらお越し下さいませ」

「ああ！　わ、分かった！」

俺は扉に張りついて、引き返して遠ざかっていく規則正しい靴音を聞きながら、ローエンダールが扉を開けなかったことに心底安堵した。なんだか今は、顔を見られたくない。

くそ……！

まったく、油断も隙もない！

そして心臓に悪い！　ところ構わずしてきやがってこの野郎！

俺は長い息を吐いてどうにか呼吸を整えてから、後ろを睨みつけた。

金髪頭はまだ痛そうに顔をしかめて呻きながら、真っ赤になって少し腫《は》れた耳を撫でている。

「じ、自業自得だ！　バーカ！　エロ魔！　痴漢！　アホ！　ボケ！　ヌケ作！　馬鹿者！　お、お前なんか、お前なんかなあ、師匠にボッコボコのメッタメタに叩きのめされてしまえ！　師匠は、すっげえ、すっげえ強いんだからな！　お前なんか、全然歯が立たないんだからな！　びびって逃げんなよ！」

「……なんだって？」

さすがに聞き捨てならなかったのか、アルフレドが少し低く、聞き返してきた。

俺は見返して、いつもみたいに生意気そうに目を細めて少し顎を上げて、わざと大きく鼻を鳴らしてみせた。

むすっとした顔の金髪頭がゆっくりとこっちに歩いてくるのが見えて、俺は慌てて扉を開けて、廊下に飛び出し、階段に向かって駆け出した。

「あっ！　おい、待て！　リアン！」

待てと言われたが、俺は振り返らず、聞こえなかった振りをした。

これは別に、奴が怖くなって逃げたのではない。

ああ、そうだとも！

玄関のやたら広いロビーに足を踏み入れると、銀の盆を片手に持ったローエンダールが気づいて振り返り、完璧な角度と所作でお辞儀をしてきた。

ロビーの脇には籐《とう》のような植物で編んで作った低い衝立《ついたて》があり、その奥には来客用のソファーとローテーブルが置いてある。

ソファーには、男がひとり座っていた。

白に限りなく近い砂色の髪の後頭部を見つけて、俺は駆け寄りながら声を掛けた。

「グランツァ師匠！　こんにちは！　お疲れ様です！」

「よお。リー坊！　来てやったぞ」

ソファーから立ち上がった俺よりも少しだけ背の高い男が振り返り、挨拶《あいさつ》するようにヒョイと右腕を高く上に伸ばした。髪と同じ砂色の瞳が俺を見て、笑みの形に細められる。それと同時に、右側の口角が不敵な感じに吊り上がった。

その肌はこんがりと小麦色によく焼けていて、どこか飄々《ひょうひょう》とした明るく陽気な気配も相まって、一見、常夏《とこなつ》の国からバカンスに来た人みたいに見える。服装もまさにそれっぽい。

右肩に引っかけたナップサックの生地色は蛍光イエロー。

大きめの半袖シャツには、ハイビスカスみたいに大きな大輪の花がプリントされている。しかも中に着ているTシャツの色は目の覚めるようなスカイブルー。ラフな膝丈ズボン。金と銀の二連のチェーンネックレス。

愛用の黒くてごつい革のハーフブーツ。腰にはオレンジと青色の鞘《さや》の、長短二本の剣。

肩まであるパサパサの長い髪は、グリーンの編み紐で頭の後ろ上辺りでくしゃりと纏めて括《くく》っている。

頭に乗っているのは、南国にバカンスに来た人がよく掛けているような黒いサングラスだ。

強烈な極彩色《ごくさいしき》がこれでもかと混ざりすぎていて、見てると少し目が痛くなった。

そして若そうに見えるが、これでも今年四十五歳になるおっさんである。

「――おっ。リー坊、その後ろの奴は……例の奴か？」

師匠が俺の後ろに視線を向け、ニヤリと笑みを浮かべた。

砂色の視線を追って振り返ると、いつの間にかアルフレドが俺の後ろに立っていて、目を細めて師匠をじっと見ていた。

なんだか視線がいつもより少しきつくて、気配も少しだけ、ピリピリしている。

目を少しもそらさないし、なんだか警戒している動物みたいだ。まあ、確かにこいつはどっちかというと、時々動物っぽいからな。もしかしたら本能で相手のヤバさを察知したのかもしれない。

「ああ、はい。彼がアルフレドです。このたび、オーウェン家の護衛として雇いました。ですが、僕も彼も、まだまだ若輩者ですので、師匠に指導をしてもらいたく――」

「ふうん。……お前が、負け無しだった俺の愛弟子……リー坊を、初めて負かしやがったんだって？」

ちょっと。俺の話、ちゃんと聞いてた？

師匠はアルフレドに視線を向けたまま、顎を撫でつつ、にやりと口角を上げた。

「……なるほど。ガキのくせに、なかなかいい面構《つら》えをしてるじゃねえか……。よっしゃ。俺が育てた可愛い弟子を負かしたっていうお前の力量、見せてもらおうか。ついてこい」

師匠がアルフレドに手招きして、勝手知ったるなんとやらな足取りで、屋敷の裏庭に向かって歩き出した。

いやもうマジで俺の話、聞いてないよねこの戦闘狂野郎め。

「……もう。仕方ないな……行くぞ、アルフレ――」

「リー坊」

「は？」

「リー坊、って。言ってた。あいつ」

「ああ……それ？　恥ずかしいだろ……もう、やめて欲しい。小さい子供の頃からずっと、稽古をつけてもらってるから。その時に付けられたあだ名なんだ。ふざけてるだろ？　いいかげん、やめてくれって言ってるんだけどな……直してくれなくて」

「……ふうん」

アルフレドはそう言うと、前を向いて目を細めたまま、中庭に向かって歩いていった。

なんだか珍しく、威嚇《いかく》、というか、敵視するような感じの目をしていた。いや……あれか。野生動物が攻撃する前の、あのなんとも言えない張りつめた感じというか。

もしかして、師匠の鬼のような強さにも気づいたのだろうか？

あ。もしかして……ゴーイングマイウェイな似た者同士、馬が合わないとかなのだろうか？　同族嫌悪的な。

うむ。分からん。

俺はすでになんだかもう疲れた気分になってきて、大きな溜め息をついてから、砂色頭と金色頭の後を追った。


裏庭とはいっても、そこは領主の住む屋敷らしく、やたらと広い。

裏庭の一番奥にあたるその場所は、砂地の一部は芝生で覆われ、三方を背の高い木々で囲われている。表からは木々に隠されて見えないので、護衛たちが鍛錬場としても使っている場所だ。

師匠がアルフレドに、メインで使う武器で来いと言ったので、アルフレドは両手剣を選んだ。

両手剣を片手で軽々と振る姿に、師匠は一度だけ片眉を上げた。

「……ほお。そいつを片手で扱うってか？　見た目によらず、すげえ馬鹿力だな」

アルフレドは答えず、じっと師匠を見ている。睨むように目を細めて。

睨まれた師匠は全く気にする様子もなく、準備運動をするみたいに軽く剣を振りながら、ニヤニヤと笑みを浮かべている。

いつでもいいぞー、という気の抜ける師匠の合図で、手合わせは始まった。


俺は二人から少し離れた場所で観戦しながら、ちょっとだけ嬉しくなった。

おそらく初撃で吹っ飛ばされるだろうと実は思っていたのだが、それがどうして、アルフレドの奴、結構互角っぽい感じで師匠と戦っている。

相手が片腕しかないと侮《あなど》るなかれ。師匠は腕が一本になっても、そこらの騎士隊長なんかよりはるかに強い。

この前は王都警備隊の助っ人を頼まれ、王都の外れで闇取引中だった悪人ども百人をほとんどひとりで相手して叩きつぶしたらしい。腕一本で百人斬りだ。

……引退する必要、あったのだろうか。

まあ、戦ったり旅に出たり釣りに行ったりと悠々自適な生活を楽しんでいるようだから、いいのだろうけど。

それにしても、師匠の眉間に珍しく皺《しわ》が寄っている。

なんてことだ。あの師匠が、まさか苦戦してる……？

師匠がアルフレドの剣を流れるように受け流して、はじき飛ばそうとして――

できなかったようだ。舌打ちして後ろに跳んで、アルフレドの剣を躱した。

おお。なんだなんだ。やるじゃないか、アルフレドの奴。

でも、優勢っぽかったのは、そこまでだった。

師匠が急に素早い動きで攪乱《かくらん》しながら、相手の懐《ふところ》に滑り込んだ。

あれは俺がよくやっていた手だ。身体が大きい相手は動きも大きくなるから、懐に飛び込んだほうが有利なのだ。

アルフレドが身を後ろに引き、横薙《よこな》ぎにはじき飛ばそうと狙いを定めて腕を振り上げた。

その瞬間、師匠が剣を少し下ろし、身を更に屈《かが》めた。

アルフレドが目を見開いた。予想外の動きだったのだろう。

師匠は流れるように脇から蹴りを入れて身を屈め、すぐさま足払いをかけた。追い討ちをかけるように腹の急所めがけて肘鉄を加え、更に剣の柄で殴り、衝撃系の術式を足にかけて回し蹴りを入れる。

あれは剣術じゃなくて、体術系の技だ。魔法込みの。

実戦向きの戦闘術を教えて欲しいと請えば、体術と魔法を組み込んだ、よく言えばハイブリッド、悪く言えば型破りなグランツァ流剣術を教えてくれるのだ。

よって、グランツァ流剣術を習える者は限られているし、命のやり取りを前提とした実戦用の戦闘術なので、指導もその分、厳しい。稽古中に死にかけそうになるぐらいだ。俺も何度も死にかけた。

それに加えて、体術もだが、魔法術式も覚えないといけない。

だからついてこれる者が非常に少なく、弟子は俺を含めて、今でも八人ぐらいしかいない。

アルフレドが後ろへ吹っ飛び、大きな身体が仰向けに地面へ叩き落とされた。

うむ。

やはり、戦闘能力が人並み外れてズバ抜けている未来の英雄と言えども、まだまだ十代の若造だからな。

おっさんで実戦経験も豊かで百戦錬磨で子供にも全く容赦のない非情なクソオヤジ――いや、大人である師匠には、まだまだ敵《かな》わなかったか。

師匠が、剣を振って鞘に収めた。

手合わせは、終わったようだ。俺は無意識に詰めていた息を吐いた。

「さすがですね、師匠」

「……おいこら。リー坊……これは、どういうことだ？」

師匠は俺のほうに向き直って、仁王立ちで腰に手を当てた。眉間には思いっ切り皺が寄っている。目も少し、据《す》わっている。

なんだろう。なにか、すごく怒っているみたいだ。

え？　俺に？　なんで？

「え？　なにがですか、師匠？」

『「え？　なにがですか師匠？」』じゃねえよ！　てめえ……この野郎に、俺が教えたこと、そのまま横流しで指導してやがったな」

うおわあああああ!?

まさか、まさかそこまで分かるとは!?

さすがは師匠!!

そしてまさかこんなところで、こっそり横流し指導をしていたことが、師匠にバレるとは思わなかった……!!

とりあえず俺は背筋を伸ばして腕を組み、顔の筋肉を総動員して、いつものスマイル０円を浮かべた。

ここは、どうにかしてごまかし切らねばならない。

機嫌を損ねないように。

しかし、なんでしょうか僕知りませんよ的な嘘くさい笑顔が、我ながらだいぶ板についてきたと思う、今日この頃。

なんたって、五年もやってきてるからな！　友人に演技力マイナス判定された俺でも、いいかげん身についてくるというものだ。

「まさか。僕は、そんなことはしていませんよ。ええと……そうそう。彼とは、村の学校から町立学校を卒業するまで、ずっと対戦相手として戦ってきましたからね。自然と身についてしまったのでしょう」

ごまかし言葉も、アドリブで、どうにか出てくるようにもなった。

すごいな、俺！

やればできるじゃないか、俺！　胃を痛めながらの涙ぐましい努力は無駄ではなかった。

どうだ見てるか、コーイチロー。俺の雄姿を。今の俺は、お前よりも演技が上手《うま》くなってるかもしれないぞ、この野郎。

師匠が砂色の目を細めて俺をじっと見据えてから、鼻を鳴らした。

「……ったく。口がよく回りやがる奴だ。……まあ、いい。基礎の部分はしっかり、お前が、叩き込んでるみたいだからな。教える手間が省けた」

「そうですか」

どうやら、俺の指導は正しかったようだ。よかった、間違えて教えてなくて。安心した。

何事も、基礎は大事だからな。間違えて覚えてしまうと、それを修正するのはなかなかに難しい。

『『そうですか』じゃねえよ！　ああよかった安心した～、みたいな顔してんじゃねえっつの！　……てめえ、なに考えてんだ」

「な、なにって。え、ええと……そ……そう！　対戦相手は、強いほうがいいでしょう？　互角に戦える相手がいれば、本気で、身につけたことを実戦で試すことができますからね。せっかく、グランツァ師匠から素晴らしい剣術を習っているのですから、使わなければ腕も鈍ってくるし、もったいないではないですか」

我ながら、なかなか上手く返したと思う。

よし、頑張れ、俺。お前ならやれる。やればできる。

このままさらっとごまかし切ってしまえ。

師匠が少し目を開き、それから口角を上げた。

「へえ……？　だから、自分でライバルを育てたってか？　なかなか面白いことするじゃねえか。それで最後に負けてちゃ、世話がないな」

　皮肉を言われたけど、俺は笑みを浮かべて返しておいた。


　それでいいのだ。俺は今、とても満足している。

　生徒の誰にも、俺にも負けないぐらいに強く育て上げて学校を卒業させるという、俺の最終目標は達成されたのだから。


　俺を探るような目でじっと見ていた師匠が、溜め息をついた。

「ったく。お前は時々、読めねぇなあ……。おい。フラムといったか」

　地面に座り込んだままのアルフレドが、こちらも眉間に皺を寄せたまま、師匠を見上げた。あいつも、あれでなかなかの負けず嫌いだからな。負けて悔しかったのだろう。

「……お前。基礎はリー坊にしっかり叩き込まれてるみてえだし、まだまだ、伸び代もありそうだ。真剣持った相手に全くびびらず突っ込んでくる、その度胸も気に入った。いいだろう。教えてやる。さぼんなよ。俺はやる気のある奴にしか教えねえからな。分かったか」

「……ああ」

「なんだその返事は。お願いします、だろ」

「…………お願い、します」

　アルフレドが、至極《しごく》不機嫌そうに眉間に皺を寄せながらも、低い声で返事を返した。師匠は満足そうにふんぞり返って頷いている。


　俺はそのやり取りを見て、内心、胸を撫で下ろした。どうやら師匠は、剣術をアルフレドにも教えてくれる気になったようだ。よかった。一時はどうなることかと、冷や汗をかいてしまった。

　顔合わせは、これで無事？　に終了したみたいだ。

　俺はほっとしながら、座り込んだままのアルフレドのもとに向かった。師匠の辞書には、手加減という言葉は存在しないからな。まだ立てないということは、どこか痛めたのかもしれない。

「アルフレド。大丈夫か？　立てる？」

脇に膝をついてしゃがみ、顔を覗《のぞ》き込んでみた。眉間に皺は寄っているが、顔色は悪くない。

俺を見上げてきた青い目が、少しばつが悪そうに、悔しそうに揺らいでいる。

俺は、少しだけ吹き出してしまった。負けて悔しかったんだな。いいところまでいってたからな。

「……今は勝てなくても、これからもっと強くなれば、勝てるようになるよ」

お前なら、きっと。

だって、なんたってお前は、負けず嫌いな未来の英雄なんだからな。

「……そうか」

「そうだよ。だから、勝ちたいなら、これから頑張ればいい。それよりも、痛いところは？」

「……ない」

「そうか」

本当に、負けず嫌いだ。

見るからに痛そうな怪我をしてるくせに、負け惜しみを言っている。

アルフレドの右目の下辺りには、そこそこ深い裂傷ができて、血が流れ出していた。あと少し上だったら、目を痛めていたかもしれない。マジで手加減なしだ。危ないな。

まあ、この世界ファンタジー的な傷薬があるから、少々の怪我は簡単に治るといえば治るのだけれど。痛いものは痛いし、あまり酷い傷だと、傷薬で治しても痕が残る場合がある。

いつも持ち歩いている青白いあめ玉型の中級傷薬をポケットから取り出して握って割り、キラキラ光るクリームみたいなそれを指で掬《すく》い、目の下に塗ってやった。

指で、傷のあった辺りをそっと撫でるように、拭《ふ》いてみた。

傷は消えていた。見たところ、痕も残っていない。すっぱりと切れていたから、綺麗にくっついたみたいだ。

よかった。これぐらいですんで。

俺は取り出したハンカチで頬の血を拭いてやりながら、息をついた。

「他に、痛いところはあるか？」

「いや……あとは軽い擦り傷ぐらいだから。これくらいなら、ほっとけばすぐに治る」

「腹は？」

「平気だ」

「そうか……なら、よかった」

強烈な連撃を食らって吹っ飛ばされてたけど、平気らしい。

まあ、上着が衝撃をだいぶ吸収しているだろうし、こいつの身体は人よりも頑丈にできているからな。


「……ふむ。なるほどな」

師匠がこちらを向いたまま、ぼそりと呟《つぶや》いた。

なにがなるほどなんだと振り返って見上げると、師匠は俺をじっと見て、アルフレドを見て、もう一度俺を見て――右側の口角を上げた。嫌な感じに。

「そういうことか。誰にも文句を言わせないように、育て上げたいってことか？」

「は？」

「そういうことなんだろ？」

「だから、なにがですか」

「だから、しっかり育て上げて、親父さんに認めさせたいってことなんだろ？」

「は？」


「そいつ――恋人を」


「はあ!?」

今なんて言った。

いや、聞き間違いだろう。最近、疲れてるからな俺。


「まあ、見たところ根性もありそうだし、剣筋も馬鹿正直すぎるが迷いがなくて、悪かぁねえ奴だが。けどよ、入れ込みすぎて腑抜《ふぬ》けになったら……承知しねえぞ」

「え、」

「お前がねえ……世の中、分からねえもんだなあ……誰にも興味ねえって面してたのによ」

師匠が放り投げていた蛍光イエローのナップサックを拾い、肩にかけた。

「そんじゃあ、明日の昼から始めるんで、いいんだよな？」

「え!? あ、そ、そう、です」

「了解だ。昨日は夜釣りしてたから、眠くてな。晩まで寝させてもらうわ。じゃあ、また後でな、リー坊。

――おい。フラム。てめえ、遅れんなよ。遅れた分だけペナルティ課すからな。そこんところ、肝《きも》に銘《めい》じとけよ。あと、リー坊は俺の大事な弟子だ。……てめえ、ちょっとでも泣かしてみろ……俺がぶった斬りに行くからな。覚悟しとけ」

それだけ言うと、さっさと屋敷に入っていってしまった。

え？

待ってくれ。

なんか、すげえ勘違いされたまま行ってしまったんですけど⁉

ていうか、恋人が男ってところ、普通にスルーされたんだけど、いいのそこ⁉

どうなってんのこの世界⁉　まさかここ、やっぱりというか、なんというか、そういうの、普通な感じなの⁉

そりゃ、学校で、何度か男子生徒に赤い顔して手紙とか物とか渡されそうになったことあるけれども！

三人組がすぐに取っていってしまうから、手紙の内容は確認してないけれども、あれ、あれって、もしかして、ラブレ――いやいやいや。

まさかそんな。

確かに、校内でも同性カップル何組か見たけれども！　え？　そんな、マジで、普通な感じなのここ⁉

緩い女神様が造った世界だから、その辺も緩いのか⁉

「リアン？」

呼ばれてハッとして振り返ると、不思議そうに俺を見上げてくる青空色の瞳と目が合った。

「……ち、違うから」

こ、恋人とか。

そういうのではない。と思う。

そうではないのだ。ないのだけれど、なんていうんだ。こういう関係、どう言えばいいのか、分からないけど。

断じてそれではない。はずだ。

リアン父に認めさせたいとかでもないのだ。そういうつもりで指導をお願いしたのではない。断じて。

アルフレドが片眉を上げた。

「ふーん……」

「ふーん、って――うわっ」

いきなり腕を引っ張られて、膝の上に乗せられて抱き込まれた。本当にもう、最近、やりたい放題だなこの野郎!?

やはり、この辺で一言二言いっておかないといけない気がする。とてもする。


噛みつかれるようにキスされて、本気で抵抗できない自分も自分で分からない。

ついばむようにもう一度キスされ、嬉しそうに金髪頭が微笑んだ。

機嫌はどうやら、直ったようだ。


俺はなんだかどっと疲れが押し寄せてきて、脱力し、よく分からないけどやけに嬉しそうに笑みを浮かべている金髪頭を見上げながら。

これは一体どうしたものやらと、少しでもなく途方に暮れながら溜め息をついた。

24話　祖父の祝賀会に行きました　前編

　馬車の外を流れる風景を眺めながら、俺は溜め息をついた。

　今、俺はリアン父と母と兄と一緒に馬車に乗って、隣町に向かっている。

　隣町に暮らす母方の祖父の、八十歳を祝う祝賀会に出席するためだ。


　祖父はヴィオレット伯爵家の当主の座を息子に譲《ゆず》り、王都を遠く離れて郊外にある屋敷に移り住み、現在は悠々自適な隠居生活を送っている。

　母は、ヴィオレット家当主であった祖父の五人目の子供であり、とても可愛がっている末娘だ。

　ヴィオレット伯爵家は、王都で名を知らぬ者はいない五大貴族の一つであり、王族関係者に輿入れした者も何人もいるし、王城に勤めている者も多い——要するに、もんのすごいお金持ちである。

　そして祖父は、オーウェン家にとっては親戚であるだけでなく、なにかと援助してくれる最大最強のスポンサーであり、頼れる後ろ盾様でもあるのだ。

　よって、ひとたび招集がかかれば、どんなに急ぎの用があろうとも、なにをおいても捨てても最優先で出頭、いや、行かねばならない。

　それはもちろんリアン《おれ》も例外ではない。

　まあ、それは別にいいのだ。

　基本、人の多いところは超苦手なインドア派代表の俺にとってはパーティなんて苦行でしかないが、行けば必ず、おこづかいがもらえる。祖父は、顔を見せに来た子供や孫にはおこづかいをくれるのだ。

　それが祖父の楽しみの一つでもあるようだ。

　おこづかいといっても、侮るなかれ。金持ちのおこづかいは、おこづかいとも言えないくらいに恐ろしい金額である。特にスーパーお金持ちである祖父からのおこづかいは、目玉が飛び出るほどの金額だ。

　村の防衛対策には、やはり、どうしても金がかかるからな。

　領地管理の一環として、たいていの設備費や人件費は経費で落としてもらえるようにはなったが、やはり自由になるお金は持っておきたい。

　それに、俺の研究開発にかかる費用は、さすがに経費では落とせない。

俺の作っている様々な装置や設備に関しては、ローエンダールにも詳しく説明するわけにはいかない。製作に関する諸事情については、あまりにも機密事項が多いからだ。

よって、この機会を逃すわけにはいかない。今後のことを思えば、こんな数日間の苦行などなんともない。耐え切ってみせるとも。

それにだ。


今回は道連れがいるので、いつもみたいに胃がシクシクしない。


馬車の硝子《ガラス》窓を通して外に目をやると、黒っぽい上着を着た護衛が二人、馬に乗って馬車の前後と四方を、ゆっくり並走しているのが見えた。

馬車と言っても、いつも俺が乗っている四人乗りの小型のものではなく、大型のものだ。主に家族や大人数で出かけたりする時に使われている。

屋根は彫金の装飾で飾られ、先頭には四頭の大きな馬。鮮《あざ》やかな緋色に金糸の模様が織り込まれた内装、天井にはシャンデリアのようなランプ、コの字型に造られたビロード張りの座席には、詰めれば十二人ぐらいは座れそうだ。

並走している護衛は、馬車の四方にひとりずつと、前後に二人ずつ。

馬車の外、ちょうど俺の座っている座席の位置から斜め後ろ辺りの位置を並走している護衛の髪の色は、この辺りでは珍しい金色だ。

丸二日間、俺の護衛として泊まりがけで、ついてきてもらえることになった。

チェダーさんも了承ずみだ。お土産よろしくね、と言われたが、俺たちは遊びに行くわけではない。これはあくまで仕事だ。

そしてこれから行く場所は……まるで戦場のように一時も気の抜けない、神経のすり減る恐ろしい場所でもあるのだ。

俺は身震いした。

今は考えないでおこう。考えると疲れるからな。今は体力を温存しておかねばならぬ。

窓を開けると、ほどよく涼しい風が馬車の中に吹き込んできた。

風に乗って、ほんのりと、いい香りも流れてくる。

遠くへ目を向けると、なだらかな丘の上に、紅色の花がこんもりと咲いた木々が、ぽつりぽつりと生えているのが見えた。

斜め後方にいた護衛が、窓が開いたことに気づいたのか馬を少し前に進め、俺の真横までやってきた。その護衛の髪と瞳の色は、金色と青空色。

俺は窓から少し顔を出して、見上げた。

大きな馬に乗っている分、相手のほうが随分と高い位置に顔がある。ただでさえ背が高いのに。くそ。首が痛いじゃねえかこの野郎。

「アルフレド。大丈……いや、ええと……問題、ないか？」

隣町までは結構な距離があるからな。ルエイス村と王都の真ん中ぐらいに位置している。この馬車はゆっくりと進んでいるから、目的地である隣町の祖父の屋敷に到着するまでには、半日以上はかかるだろう。

俺はずっと座ってるからいいけど、アルフレドは馬に乗りっぱなしだ。そろそろ疲れが出てきているのではないだろうか。

アルフレドはケロッとした顔で、首を横に振った。

「問題？　そうだな……特にはないな」

「そ、そうか？　でも、屋敷を出てからかなりの時間走ってるけど……疲れてない？」

「いや。全然」

「ぜ、全然？」

「ああ」

……そうか。

まあ、そういえばお前、チェダー牧場で馬に乗りまくってるからな。長時間馬に乗るのに慣れてるのか。一時間もしたらすぐにケツが痛くなる俺とは、さすがに違うか。

風がまた吹いて、紅色の小花がヒラヒラと飛んできた。

「あ」

摑もうと手を伸ばしてみたけど、花が小さすぎて、思ったよりも摑み取るのは難しかった。あと少しで取れそうで取れない感じが、なんとも、もどかしい。

《ローズブロッサム》という名のこの小花は、形は桜と同じだが、香りはローズで色は赤だ。

だから、こんなところで無理にオリジナリティを出そうとしなくてもいいというのに。当時、プレイヤーからも相当言われたようだ。桜は桜のままにしておいて欲しかった、と。

だよな。俺もそう思う。これじゃあ桜餅も作れねえじゃねえか。バラの香りの桜餅なんて邪道すぎる。冒《ぼう》瀆《とく》だ。桜に謝れ！

アルフレドが片手をひょいと伸ばして、摑む仕草をした。

「取れた」

「え。なんだと」

俺は一つも取れないってのにか！

「ほら」

開いた手の中には、確かに、可愛らしい緋色の小花があった。

「……本当だ」

呟くと、アルフレドが可笑しそうに、短く笑い声を漏らした。

肩で笑いながら、その花を指で摘《つま》んで匂いを嗅《か》いでから、俺の上着の胸ポケットに差してきた。ふわり、と甘い花の香りが立ち昇ってくる。

「どうぞ。リアン――様？　町が見えてきました。馬車に乗ってるのにも飽きたでしょうが、もう少しの辛抱ですよ」

わざとらしい『様』付けに、嘘くさい敬語。

それが妙に様になっているのが、腹立たしいことこの上ない。

「どっ、どうも！　ああそうだな！」

奴は笑いながら軽く手を振って、馬車の後方角辺りの定位置に戻っていった。

俺は馬車の中に視線を戻した。

真向かいのリアン母と目が合った。その表情は、赤紫色の扇子《せんす》で口元が覆われていてよく分からない。その隣の侍女二人は、真っ赤な顔をしてこちらを見ている。

上座中央に座っているリアン父は、腕を組んだまま難しい顔をしている。

俺の隣に座っているリアン兄は、少し血走った目を見開いて驚愕の表情をしてこちらを見ている。

え。なんだ。

向かいの侍女二人が両手を頰に当てて、真っ赤な顔で俯《うつむ》いた。なんでだ。

「……ふわあ……な、なんだかドキドキしちゃいました……」

「……わ、私も……」

え？　なにが？

ドキドキって……はっ！

まさか。あの、今さっき気障《きざ》ったらしいことしていきやがった、あの金髪野郎のことか!?　くそ！　侍女までたらし込みやがってあの野郎!!　許せん!!

リアン兄が、いきなり俺の両肩を摑んできて、無理矢理兄のほうへ向けさせた。

「ああ、リアン～！　たかが護衛の奴なんかに、そんな可愛い顔を向けたらダメだよ！　ダメ！　メッ！危ないからね！」

「は？」

危ないのはお前だろ、と突っ込みかけて、どうにか言葉を飲み込んだ。

せっかく一シート分距離を置いて座っていたのに、なんでもう俺の真横にぴったりくっついてんだよ！いつの間に移動してきたんだ!?　怖え……！

「側付きの護衛だからって、あんまり気を許しちゃダメだよ！　彼と君とは全く身分が違うんだから。友人としても分不相応だ。あまり仲良くするのはよくない。リアンは、オーウェン家の、僕の大事な弟なんだから。いいね！」

俺は言われた内容に少しだけ動揺し、息を吞んだ。

……気を許しているように、見えてしまっていたのだろうか。

もしそうだったのなら、非常にまずい。

最近、少し気が緩んでしまっていたのかもしれない。リアンがメインになるイベントもなくなって、無理して演じる必要がなくなったから。

そんな気の緩みから、《俺》が、表に出すぎてしまっていたかもしれない。

気を引き締めなければ。まだ怪しまれるわけにはいかない。ちゃんとリアンでいなければならないのだ。皆の前では、まだまだ演じ続けていかねばならない。初心忘るべからずだ。しっかりせねば。

「い、言われなくても分かっていますよ。彼は、この辺りでは一番強いので、雇っただけです。ただ……それだけ、です」

リアン兄がホッとしたように、うんうんと頷いた。

「そうかい。ならいい。じゃあ、これもいらないね」

「あっ」

そう言うなり、リアン兄が俺の胸ポケットから小花を取っていった。取り戻そうと咄嗟《とっさ》に伸ばしかけた手を、俺はすんでのところで止めた。

兄は嫌そうに小花を摘んで、窓の外までわざわざ腕を伸ばし、遠くへ投げ捨ててしまった。

……せっかく、あいつが俺に、取ってくれたのに。

この馬鹿兄！　クソ兄！　変態兄！　最低兄！　人のものを勝手に取って捨てるとは何事か！　お前なんか、お前なんか騎士にしょっぴかれてしまえ！　ばけ！

俺は心の中であらゆる罵倒の言葉を隣の兄に向かって投げつけた。

全てが終ったら、こんな窮屈な家、絶対に出てやるんだからな！

《リアン》をするのもやめて、その名前も捨てて、俺は、俺に戻るんだ！　逢坂直《おうさかなお》に戻って、自由になるんだからな！　なってみせる！　絶対に！

しかしこの世界だったら、《ナオ・オウサカ》か？　ナオって、なんか、この世界の文字で綴《つづ》ると猫の鳴き声みたいだな……

もういっそ、名前も変えてやろうかな！　心機一転だ。《ナオル》とかどうだろうか。……微妙だな。《ナオール》とか？　なにかの商品名みたいだな。却下だ。強そうな名前がいいな。探検家ゴルゴンドみたいに、《ナオゴンド》とか？　微妙に、合わないな……なんか弱そうな怪獣の名前みたいだ……。むう。

まあ……ゆっくり、考えることにしよう。

とにかくそれまでは、どんなことも耐え切ってみせる！

たとえこれから行く場所が、腹の底を探り合うキツネとタヌキの化かし合い会場だったとしても！

俺は決意を新たに、リアン兄から一シート分離れてその間に鞄《かばん》を置き直してから、座った。

陽が中天を少し過ぎた頃、祖父の屋敷に到着した。

祖父の屋敷は、もともとは祖父が別荘として使っていた建物だ。この地へ移り住むにあたり、かなり大がかりな増改築をしたようで、領主の住む館であるリアン邸よりも立派で大きく、まるでお城みたいな豪華さだ。

壁は白い石で組まれ、尖塔がいくつも建ち、大きな窓が並び、上品なデザインのステンドグラスで彩られている。

中央のドームのような大きな屋根の上には、大きな羽根を広げた銀色の、首の長い鳥の像。

門から玄関までがまた、長い。

噴水や刈り込まれた生け垣に、色とりどりの花が咲き乱れる前庭を通り過ぎて、これまた駅前のバスターミナルみたいに広くて長いコンコースへ辿り着くと、もうすでに何台もの馬車が着いていて、ドレスアップしたたくさんの人が乗り降りしていた。

誕生日を祝う会とは言っても、元伯爵家当主の誕生日会は、世間一般の誕生日会とはだいぶ様相が違う。

参加者は全員礼服とドレス着用は必須であり、贄を尽くした豪華絢爛《ごうかけんらん》な会場は、お城の晩餐会みたいに華やかだ。

そして尻込みしてしまいそうなほど身分の高いセレブな人々で埋め尽くされる。

……おまけに、ダンスタイムもある。

あれだ。中世ヨーロッパ系をベースにした映画でよく見るやつだ。いわゆる《舞踏会》と呼ばれるもの。

ローエンダールが小さい時から俺に根気よく丁寧に教えてくれたから、どうにかこうにか人前で体裁を繕えるぐらいには踊れるようにはなったが……

なったが、やっぱり、苦手だ。

人前で踊るというのが、そもそも最悪だ。どうにか踊らずにすませたい……。恐ろしい……一般庶民の俺にとっては、そこはもはや恐怖の会場でしかない。

ローエンダールにもらった社交界マナー本を、もう一度よく確認しておかなければ。


馬車を降りると、祖父の執事が出迎えてくれた。

笑ってるみたいに垂れた目尻が優しそうな初老の執事だ。でも、その立ち居振る舞いと雰囲気には全く隙がない。焦げ茶色の髪を綺麗に後ろへ流した頭も、髪一本すら乱れていない。そして風が吹いてもピクリとも浮き上がらない。完璧なセット具合だ。すげえ。

「ようこそおいで下さいました。オーウェン様。皆様のお越しを、ご主人様は首を長くしてお待ちです。長き馬車の旅で、皆様さぞお疲れでしょう。すぐにお部屋へとご案内いたしますので、しばしの間、ごゆるりとご休憩なさって下さいませ」

こちらの執事も完璧な角度でお辞儀をして、人懐こく、それでいて隙のない微笑を浮かべた。

「――あら。そこにいるのは、リアンちゃんじゃありませんの？」

出たあああああああああ!!

俺は咽元まで出かかった叫び声を、どうにか気力で抑え込んだ。

一番会いたくない奴に一番最初に会ってしまった。最悪だ。どうして世の中というものは、こういう、いたずらと悪意の中間みたいなことをしてくるのだろうか。

「……リュゼ……」

名を呼ばれて嫌々横に顔を向けると、そこには、たおやかに波打つ銀色の髪に白い肌、少し吊り上がったアイスブルーの瞳、薄紫色のドレスを着た女性が立っていた。

綺麗だけれど、生意気そうな笑みと気位の高そうな上から目線な目つきをしているので、印象はあまりよくはない。

そう、まるで女版リアンみたいな感じの奴なのである。性格もそのまんまだ。

『君』ではなく、わざと『ちゃん』付けするのも、底意地の悪さが滲《にじ》み出ている。初めて会った時、俺に面と向かって、肌が白くて細くて睫毛も長すぎて女の子みたいで気持ち悪い、と言ったのはこいつだけだ。どこかで聞いたような台詞《せりふ》だな。

はっ！　そうか！　リアンが昔、アルフレドに似たような台詞言ってたな!?

なるほど、そうか……自分が言われてものすごく嫌だったから、アルフレドに同じような台詞を言ったんだな……今、ようやく繋がった。いや、今更もうどうでもいい情報ではあるが。

同じ町立学校に通っていたが、一つ上の学年だったのであまり顔を合わせずにすんだのが幸いだ。

リュゼは祖父の孫であり、母の姉の娘で、俺の従姉《いとこ》にあたる。

非常にリアンと似た家庭環境である故かどうかは分

からないが、どうも、なにかと俺に張り合ってくるのだ。

親同士が比較しまくるのも原因の一つな気がする。

『リアン君はできるのにどうして貴女はできないのかしらね……』とか、子供に言ってはいけない禁句ワード一位だろう。溜め息混じりとかもう最悪の悪手だ。

そういうものが重なって、こういう奴が出来上がるのだと思う。こいつの親にこんこんと言って聞かせてやりたい。

リュゼは俺に向かって上から目線で鼻で笑うような笑みを浮かべてから、すぐに身を翻し、優雅にドレスの端を両手で摘んで、リアン父と母と兄に挨拶をして回り始めた。特にリアン兄には念入りに。リアン兄は、顔だけは超イケメンだからな。中身は変態だけどな。


「――リアン」

相手に聞こえるぐらいの小さな声で呼ばれて、肩を叩かれた。

振り返ると、アルフレドが立っていた。

「アルフレド」

「悪い。今から、警備に関する打ち合わせがあるらしい。だから、少しだけ側を離れる」

「あ、そうなのか？」

アルフレドが親指で指した先を辿ると、少し離れたところで、この屋敷の護衛の人たちと、うちの護衛たちが集まって話をしているのが見えた。

そうか。有事の際の避難経路の確認とかあるもんな。

「分かった。打ち合わせが終わったら、僕の部屋に来てくれ。警備の人に聞いてもらったら分かるから」

「了解」

「……ふーん。リアンちゃんが、あのフラムを雇ったっていうのは、本当だったのね」

「うわっ」

いきなり横から声がして、思わずびっくりしてしまった。お前、いつの間にこっち来たんだよ!?

リュゼがアルフレドを見上げて、ほんのりと頬を染めた。

「ふ、ふうん……？　お金もない身分の賤《いや》しい子にしては、見た目だけはいいわね」

一言多いな！

女の子版リアンだから、当然か！

「まあ、側に置いて、飾って遊ぶ分には、申し分ないわね」

「は？　ふざけたことを言うな。それから見た目だけで判断するな、リュゼ。そんなどうでもいい目的で雇ったわけじゃない。実力は十分だからだ」

イラっときてしまい、つい大人気なく言い返してしまった。

リュゼが目を見開いた。それから、にやあ、と嫌な感じに笑みを浮かべた。

「ふうん……。リアンちゃんのお気に入り、ってことなのね」

「なっ」

「ふふ。じゃあ――」

わざと横目で流し目っぽく笑みを浮かべたリュゼが、アルフレドの前に立った。

そしてわざと胸の下で腕を組んで、胸を寄せて強調してみせるように、背を反らせた。《どんな男でもメロメロな下僕になる百発百中の微笑み》らしい。なんだそれ。そして、それをアルフレドに使うな。

「ねえ。そこの貴方。リアンちゃんの護衛なんか辞めて、私の護衛にならないかしら？　今のお給料の、倍を支払ってあげるわ」

「な⁉」

なにを言いやがるんだ、こいつは‼

「ば、馬鹿を言うな！　アルフレドは、僕が、」

「黙ってて。リアンちゃんには聞いてないわ。――ねえ。私の護衛になれば、とっても楽よ？　だって、ただ私と遊んでいればいいだけだもの。それだけで今までよりも、たあっくさん、お金が手に入るのよ。危ないことは、他の護衛に任せておけばいいの。貴方のお仕事は、ただ、私と遊ぶだけ……。貴方にとっては、これ以上はないくらいにいい話でしょう？」

「アルフレド！　もう行っていいぞ！　また後でな！」

俺は間に割って入って、護衛たちが集まっているほうに向かって、アルフレドの背を押し出した。

「あ、ああ。また後で」

アルフレドはよく分からんといった顔をしながらも頷いて、軽く手を上げてから護衛たちの集まりに戻っていった。

「あっ！　ちょっと！　……もう！　邪魔しないでよ、リアンちゃん！」

「なにを言ってる。邪魔などしていない」

「してたわ！　ふん。私に取られそうだから焦ってるの？　嫌がらせするなんて、いやあねえ。男の子なのに女々しいったらありゃしない。まあ、貴方よりも私のほうが断然美しいから、自信をなくすのも無理ないことかもしれないけれど？」

本当に嫌味なことばっか言う奴だな！

完全に女版リアンだな！　忌々《いまいま》しいが、もんのすげえ参考になるな！　もんのすげえイラッとするけどな！

「……き、君と違って僕はとても忙しいんだ。悪いけど、これで失礼するよ」

イライラはマックスだったが、俺は心頭滅却《しんとうめっきゃく》して、全てをスルーすることにした。

「あっ！　ちょっと待ちなさいよ！　なによ。逃げる気？」

俺は言い返しそうになったが、気力を総動員して飲み込んだ。逃げるのではない。これは退避だ！

それにこれ以上、こいつの相手なんてしてられるかってんだ。面倒すぎるし、疲れる。

ちょうどタイミングよくリュゼの両親が呼びに来て、リュゼはまだなにか言いたそうにしていたけれど母親に連れていかれた。祝賀会の前に、夜会用のドレスの準備をしに行かねばならないのだろう。俺もそうだし。夜会用の礼服は持ってきているから、屋敷に着いたら着替える手はずになっている。

俺たちは笑い顔の執事が呼んできた召使いたちの後について、用意された部屋へと向かうことにした。

……始まる前から、もうすでに、ものすごく疲れたんだが。

俺は大きな溜め息をついた。

ベルボーイみたいな召使いに迷路のような屋敷内を案内されて、リアン父、母、兄は、それぞれがあてがわれた部屋へと入っていった。

最後に召使いは中庭に面した部屋の扉の前に立ち、持っていた鍵を鍵穴に差して回し、引き開けた。

「リアン様のお部屋は、こちらでございます」

「ありがとう」

先に入るように促されて、部屋に足を踏み入れると――

中にはメイドさんが二人、並んで立っていた。

俺は固まった。

え、なに。なんなのこれ。

なんで俺の部屋の中にメイドさんが、しかも二人もいるの？　ここのセキュリティどうなってんの。鍵の意味あるのか。

メイドさんたちは俺を見て、にっこりと同時に笑みを浮かべ、そして同時に両手を揃えてお辞儀をしてきた。

「リアン様。ご主人様の命により、本日のお召し物をご用意して、お待ち申し上げておりました」

「お召し物って……僕の分は、ちゃんと家から持ってきたよ」

「はい。ですが、こちらにお持ちいたしましたお召し物は、ご主人様よりリアン様への贈り物でもございます。こちらをお召しになって、お祝いをしていただきたいとのことです」

着ろってことか。

こちらに拒否権などないので、俺は素直に頷いた。

「分かった」

「ありがとうございます。お召し替えは私どもがお手伝いいたします。まずは、湯浴《ゆあ》みをして下さいませ」

部屋の奥へと続く扉へ向かって、メイドのひとりが先を歩いて俺を促した。

風呂はいいけど、なんか、嫌な予感がするな……テーブルの上に置かれた、礼服の箱にしてはちょっと大きめの箱が、とても嫌な感じがして気になった。

……嫌な予感だけは、俺、本当によく当たるんだよな。

風呂から上がった後、俺は目の前のテーブルの上に置かれた大きな横長の箱の中身を確認して、数秒間呼吸と思考が停止した。

いやもう本当、マジでもう疲れてきた。早く帰りたい。なんなの、これ。これは本当に服なのか？

すげえ、ふわふわひらひらしてるんですけど。

薄水色のシルクの柔らかいシャツに、薄青色をした軽量の上着は裾がひらひらと波打ち、膝下まである。両肩には銀色の肩章が付いている。

シルクのシャツの袖口がものすごく長くてひらひらしているから、上着の袖口から出る仕様だと思われる。

ズボンのベルトには、薄水色のシルクの柔らかい布が巻かれて左腰でリボン結びされている。リボンの先には、薄水色の宝石と銀の細工飾り。

膝下まで覆う細身の白い靴は、踵《かかと》が少し高く、その踵と足先には宝石と銀糸が飾り模様みたいに縫い込まれている。

そして、薄氷色と薄紫色の宝石とパールのようなもので細工された、銀のアクセサリー類。

宝石がいっぱい付いてるんですけど……これ……全部でいくらになるのだろうか……

恐ろしくて聞けない。そして着るのも怖い。

ていうか、なんなのこれ。男が着るには、あまりにひらひらふわふわしすぎではなかろうか。アクセサリーも男用にしてはかなり装飾過剰な気がする。

「……コレ、本当に僕用？　母のと間違えてない？」

「いいえ。リアン様用でございます」

メイド二人が、満面の笑顔で肯定してきた。

「い、いや、でも、こんなの、僕、似合わないよ。やっぱり持ってきた礼服を……」

「ご主人様たってのご希望でございます」

あの旅のご老公並みの効力があるその名前を出されたら、もう俺は従うしかない。

これ着て、外に出るのか……？　嫌すぎる。泣きそう。なにこれ、嫌がらせ？　いや、祖父はリアンを溺《でき》愛《あい》してるっぽかったから、そんなことはない。はずだ。

母は祖父が年をとってから生まれた末娘で、溺愛している。そして母の容姿の特徴を受け継いだリアンも等しく、溺愛しているようなのだ。

だからこれは、嫌がらせではないはず。はずだが、これは……

いや、耐えろ、耐えるんだ俺。高額なおこづかいをもらうためだ。

これは仕事。仕事の一環なのだ。スポンサーの意向には極力沿わなければならぬ。不興を買うわけにはいかない。今後ともよき関係を築いていかねばならぬのだ。資金調達のために！

頑張れ、俺。心を無にしろ。心頭滅却すれば、火もまた涼しだ。完全なる羞恥プレイだが一晩耐え切れば終わるのだ。やるんだ、俺。

俺は笑顔で迫りくるメイドさんたちを見て、唾を飲み込み、覚悟を決めた。

一通り着付けられた後、メイドさんのひとりが片手に櫛《くし》を、片手に枝と花と鳥を宝石と銀で象《かたど》った明らかに高額そうな髪留めを笑顔で持ってきたのを見て、俺は更に暗い気分になった。

「それも、つけるの……？　耳飾りと首飾りだけで十分じゃないか？」

「いいえ！　これは全てセットですので、全部身につけていただかなければ意味がありません！」

「そうです！」

二人が、とても楽しそうにキラキラした笑顔で返してきた。

うん、まあ、女の子って、着せ替えとか好きだもんな。でも、俺でしないで欲しい!!　帰りたい。この部屋から出て人に会うのが怖い。間違いなく、笑われる。だって、こんな格好してる野郎なんて、絶対いない!!　完全なる客寄せパンダ状態になるのは目に見えている。胃が痛い。

もうひとりのメイドさんが化粧箱を手に持っているのに気づいて、俺は血の気が引いた。

「た、頼む……化粧だけは……化粧だけはやめてくれ。お願いだ……！」

「ええ～……ですが……」

「お願いだから!!　それをされたら本当に心が折れる!!　死ぬ！　心が死ぬ！　お願いだ、やめてくれ、髪飾りは我慢するから……！」

「もう……仕方ありませんね。では、お化粧は諦めますが、リップだけはして下さいませ」

「リップ……クリーム？」

「はい」

「まあ、それぐらいなら……」

廊下へと続く扉のほうから、軽くノックする音が二度、聞こえてきた。

「――リアン？　いるか？」

次いで聞こえたのは、アルフレドの声だった。

どうやら打ち合わせがすんで、戻ってきたようだ。

俺の部屋にもちゃんと辿り着けたみたいでよかった。この屋敷、やたらめったら広いからな。迷路みたいに入り組んでるし。

しかし。

この状態を……見られたくない。嫌すぎる。泣ける。

「……アルフレド。いいかい。扉を開ける前に約束してくれ。絶対に指をさして笑ったり、馬鹿にしたりしないと」

「は？」

「これはお祖父様の趣味であって、僕の趣味では全くない。お祖父様の絶対命令なので、僕は従うしかないのだ。全くもって不本意であるということだけは、理解して欲しい」

「何を言ってるんだ？」

「約束しろ」

「よく分からんが、約束する。開けてもいいか？」

「……いい」

カチャリと音して扉が開き、アルフレドが入ってきた。そして俺を見た瞬間、目を丸くした。

そうだろうそうだろうとも。ありえないからなこんな格好。仮装を通り越して、客寄せパンダだ。もしくは皆の笑いを誘うピエロか。

「ふ、不本意なんだ！　僕は、ちゃんと普通の礼服を持ってきたのに、お祖父様が、無理矢理こんなものを着せてきたんだ！　僕は悪くない！」

「分かった。分かったから、落ち着け。泣くな」

「僕は泣いてない！」

泣きそうだけどな！　泣いてたまるか、こんなことぐらいで！　俺は、大人だからな！

アルフレドが近くまでやってきて、顎を摑んできた。

「口紅までつけられてるのか」

「つけてない！　うう、リップクリーム、らしい」

「リップクリーム？　――おい。なにか、布ないか」

眉間に皺を寄せたアルフレドが、メイドさんに聞いた。

メイドさんが少し脅えながらも頷き、化粧箱の中から畳まれた白い綿布を取り、アルフレドに差し出した。

「は、はい。ございます。こちらで、よろしいでしょうか？」

アルフレドが頷いて受け取って、その布で、俺の唇を拭いてくれた。

なんていい奴なんだ！　お前は救いの神だ！　ありがとうありがとう、この恩は忘れない！

「……うう、ありがとう、アルフレド……」

「いや……」

アルフレドが少し目をそらして、眉間に皺を寄せたまま、少し顔を赤くした。なんでだ。

笑いを堪《こら》えているのか。そうだろう。明らかにおかしい格好だからな。でも笑ったら許さん。ああ絶対に。笑ったら殴る。

「いかがですか？　とっても素晴らしい出来栄えでしょう！　ご主人様のお見立てはいつも的確で素晴らしくて、勉強になります」

「リアン様はお肌が真っ白ですので、淡いお色がとてもよく映えていらして……きっと、ご来場の皆様の目を引くことでしょう」


笑いのか！　笑いの目か！


ああああ嫌すぎる。出たくない。リュゼなんかには、絶対に会いたくない。確実に、なにか言われる。宝石も途中で落としそうで怖い。

では私たちはこれにて失礼いたします、と言って、メイドさんたちは仕事をやり切った職人みたいな充足感に満ちあふれた満面の笑顔で、楽しそうに帰っていった。

「……玄関で会った、あの笑い顔の執事に。お前の準備ができてたら、ここの主人――ヴィオレット伯アストゥート？　っていう奴の執務室へ、お前を連れていけと言われた」

「そうか……」

おそらく、出来栄えを確認したいのだろう。

俺もさすがにこれは一言、物申したい。お祖父様は、俺を皆の笑い者にしたいのかと。

「……外、出たら、笑われるかな」

アルフレドが俺を見て、呆れたように眉をハの字にして、息を吐いた。

「お前、鏡見た？」

「怖くて見ていない」

「……そうか。見られるとは思うけど、笑われることはない、と思う」

「気休めをどうもありがとう。いいんだ、分かってるから」

「……お前な。分かってないだろ……」

「分かってる。行こう。お祖父様のところへ」

笑われに。

覚悟はできている。

アルフレドが目を細め、顔を近づけてきた。

「……痕、付けときたい……」

「あと？」

「ああ。これは、心配すぎる」

「え？　なにが」

返事はなく、腰を引き寄せられた。

相手の行動の意図が分からず硬直していると、首に巻かれた薄紫色のシルクっぽいリボンテープを指でずらされ、止める間もなくいきなり首筋に軽く噛みつかれた。

「いっ……！　や、やめ……ろ！　だめ！」

お前、本当に、時々動物みたいだよな！

襟首を掴んで思いっ切り引っ張ると、渋々といった様子で、アルフレドが口を離した。

「だめ？」

「だめ！」

俺に歯形つけてどうする気だ。恥ずかしすぎる。

「あ、」

噛んだ場所を、ペロペロと犬がするみたいに舐められた。肌をなぞる濡れた感触と熱に、身体に震えが走る。足の力が抜けそうになって、思わず目の前の身体にしがみついてしまった。

好都合と言わんばかりに首筋だけでなく耳と、顎と、唇までも無遠慮に舐めてきた。

やめさせようと相手の口元を片手で覆うと、手の内側も舐められた。びっくりして手を引っ込める。いきなりなにするんだこの野郎！

「こ、この、どーぶつ！　やめろ！　い、犬みたいなことすんな！」

怒って睨んだというのに、いつもより濃い青色をした目が嬉しそうに細められた。

「犬……ワン？」

「なにが、ワン、だ！　そうじゃなく、て——」

やめろと言ったのに、もう一度、今度は唇の端を舐められて、口付けられた。

俺の言うこと聞かないんなら、お前なんかただの駄犬だ！　野良だ！

「……リアン。知らない奴には絶対についていくなよ。それから、知らない奴、いや、知ってる奴でも、なにか食い物出されても絶対に口にするな。それから、俺の目の届く場所に必ずいろ。どこか行く時は必ず声掛けろ」

「なっ、なんだそれ!?　お、おれ、違った、僕は子供じゃない！」

再び、コンコン、と扉が二度ノックされた。

俺は跳び上がった。奴の腕の力も一瞬緩み、その隙をついて後ろへ跳ぶようにして身体を離した。

今度は誰だよ。もう嫌だ。

さっきから、次から次へと人が出てきて、本当に疲れる。気がめいる。賑やかで人の多いところは基本的に苦手なのだ。ほどよく人がいて、のんびりゆったりしたところが好きだ。あの村、みたいな。


「リアン！　僕だよ！」


聞こえてきた声に、俺は頭が痛くなった。よりにもよってリアン兄か……。会いたくない。

「……兄様。どう、なさったのですか？」

「どうって、大事な可愛い僕のリアンの様子を見に来たんだよ！　それと、祝賀会が始まるまで時間があるからね。それまで僕とお散歩しよう！」

したくない。部屋からも出たくない気分だ。

「……すみません。お祖父様に呼ばれていますので、兄様とお散歩はできません」

「えええええ～!?　おのれ、お祖父様め……」

俺は『いい』とは言っていないのに、ぶつぶつ呟きながら兄は扉を開けた。

「リア――うおわっ」

礼服姿の兄が、ぎょっとしたように目を見開いた。

やっぱりさすがの兄も引くか。そうだろう。そしてついでにヤバい域に達している感のするブラコンも卒業しろ。


「よ、妖精がいる……！」


相変わらず言ってることもよく分からない。仮装っぽいからな、この服。この歳で、妖精の仮装か……痛すぎる。

兄がヨロヨロと近づいてきて、鼻息を荒くした。目も血走ってるし、顔も赤い。

伸ばされてくる手が、わきわきしていて、よろよろと身体を揺らして近づいてくる姿がゾンビゲームのアレを連想させて、なんだか、ものすごく怖かった。

俺は後ろに一歩下がった。

「うおお……イイ……これはイイ……凛と立つ姿はノーブルでストイック、それでいて柔らかで清楚な色合いが可憐で儚《はかな》い印象を引き立てて……上質でささやかで気品のある清純なエロさを醸《かも》し出している……ハァハァ……イイ……たまらんな……さすがお祖父様……リアンのよさをきちんと理解しておられる……これはイイ見立てだ……」

本当、言ってる意味が分からないな！　分からないけど気持ち悪いということだけは分かった。

俺は変態兄の手が届かない距離を確保しながら、アルフレドに近づいて、腕を摑んで引っ張った。

「で、では、これから僕はお祖父様のところへ行って参ります。その後は、そのまま戦場へ、いえ、会場へ向かいますので、残念ですが、会場でお会いしましょう、兄様。——いくぞ、アルフレド」

「あ、ああ」

兄の変態本性を初めて見て、あまり動揺というものをしないスーパードライなこいつでも、さすがに少しびっくりしているようだ。そうだろう。俺はいつでも今でもびっくりだ。

「ああっ！　り、リアン～！　そんな～」

まだなにか後ろで言っている変態兄を部屋に残して、俺は素早く外に出て扉を閉めた。

「……アルフレド」

「なんだ？」

「ここはな……とても、とても、とっても！　疲れる場所なんだ。人もごちゃごちゃといっぱいいる。だから、体力は常に温存しておけよ。めちゃくちゃ疲れるからな。気力も体力も、がりがり削られていくからな。ここは」

せっかく親切に忠告してやったのに、なぜか声を漏らして笑われた。

「そりゃお前がだろ。俺は全く疲れない」

「そうなのか」

「ああ。まあ、頑張れ」

「……頑張るとも」

資金調達のためには、こんなことぐらい、屁でもない。ああ、そうだとも。

祖父の私室兼執務室は広大な屋敷の中央部、最上階へと続く緋色の絨毯が敷かれた回廊と長い廊下、広すぎる階段を上った先にある。

そこにはひときわ大きな両開きの扉があり、その両脇には、黒っぽい制服を着た強そうな警備兵が立っていた。

どちらも大きくて長い槍を手に持って、直立不動で前を向いて立っている。息をしてるのだろうかと疑うほどに、ピクリともしない。なんだか置物みたいだ。

俺たちが近づくと、目だけがぎょろりとこちらを向いた。置物ではなかった。そして俺たちの姿を追って目だけが動いていくから、ちょっと怖い。

扉の手前でアルフレドが止まり、振り返って俺に掌を向け、止まれの合図をしたので俺も足を止めた。

数歩足を進めて、警備兵のちょうど目の前辺りに立つ。

やけに鋭い目玉が睨むようにぎょろりと凝視してきても、アルフレドは全くひるまず堂々と睨み返――いや、見返した。

睨み合うこと、数秒。

相手が僅《わず》かに、一瞬だけ目を横にそらした。

アルフレドが目を細めた。

……うむ。

勝敗は決したようだ。

さすがは幾度もの乱闘をくぐり抜けてきた喧嘩番長。メンチの切り合いはお手のものだな。ていうか、なにをやっているんだか。

「リアン・オーウェン様をお連れした」

目をそらしてしまった警備兵が少しだけ悔しそうな表情でアルフレドを睨みつけ、それから俺を見て頷き、扉を二度ノックした。

「……旦那様。リアン・オーウェン様がいらっしゃいました」

「おお……！　そうかそうか！　やっと来たか！　入ってもらっておくれ」

中から弾んだ男の人の声がした。

二人の警備兵が、両側から扉の取っ手を摑み、ゆっくりと開けてくれた。

俺は深呼吸してから一歩踏み出した。途端。

ガシャン、と背後で金属が打ち鳴らされる音がした。

驚いて振り返ると。左右の警備兵が槍を交差していた。アルフレドの目の前で。

「お祖父様。彼は僕の護衛です」

「ここにはお前を害する者など、誰もおりはせぬよ。

外で待たせておきなさい」

入れては、くれないようだ。

俺は溜め息をついて、アルフレドを見上げた。

「……アルフレド。少し、表で待っててくれるかい？　なんなら部屋で待っててくれても構わない」

「リアン」

「僕は、大丈夫だから」

なにか言いたそうなアルフレドに笑みを浮かべて手を振ってから、俺は部屋の中へと足を踏み入れた。


さあ、最大最強のスポンサー様との、久しぶりのご対面だ。

機嫌を損ねないように、注意して振る舞わねば。

今になって胃薬を飲んでくるのを忘れたことを思い出し、俺は小さく溜め息をついた。これもそれも、いきなり変態兄が襲撃してきたせいだ。おのれ兄め。

うう、仕方ない……ここまできたらもう、行くしかない。頑張れ、俺。お前はいざという時はやれる奴だ。大丈夫だ。為せば成る。

俺はシクシクしだした胃に手を置いて、もう一度深呼吸した。

25話　祖父の祝賀会に行きました　中編

部屋に入ると、奥の壁一面に縦長のガラス窓がいくつも並んでいて、その手前には艶やかな焦げ茶色の書斎机が置いてあった。

窓を背にして座っていた人物が、ゆっくりと立ち上がる。

「おお……おお、リアン……。儂《わし》の可愛い小鳥。よく来た、よく来た」

背はアルフレド並に高く、緩やかに波打つ白銀の長い髪は、首の右側辺りで緩く紫色の紐で結んである。

裾の長いローブのような紫色の礼服に白いシャツ、首元には薄紫色のタイ。上着の肩には銀色の大きな肩章。

現役を退いて久しいとはいえ、人を従わせることに慣れた無意識の威圧感とその威厳は、全く衰えていない。気を抜くと、無意識に腰が引けそうになってしまう。

見る者の背を凍らせるほどの冷たい印象を与える薄氷色の瞳をした老人は、俺と目が合うと、その瞳の色を氷が溶けるように柔らかな淡い水色に変えて、目尻に皺を寄せて嬉しそうに微笑んだ。

祖父は齢《よわい》八十とは思えない軽い足取りで近づいてきて、俺を力一杯抱き締めてきた。

「お、お祖父様。お久しぶりです。お元気そうで、なによりです」

「ふふ。儂はとても元気だよ。小鳥は少し見ない間に、また綺麗になったねえ」

「ふえっ!?　い、いや、そんな、ことはないと思う！

俺はもうすでに疲れてきて、心の中で溜め息をついた。『綺麗になった』は、男の子に対して使う褒め言葉では全くない。

前から常々思っていたが、どうも……祖父はリアン《おれ》に、とても大事にして可愛がっていた末娘を重ねて見ているような節がある。

このひらひらした服みたいに、男の子に贈るものとしてはいかがなものかと思うような贈り物が多いのも、そのせいではないだろうか。

「ああ、ますますリラに似てきて……。リラと同じで、薄青色がよく似合っておる。儂の可愛い青い小鳥だ。咽は渇いていないかい？　お菓子も用意してあるぞ。お前の好きなものばかり揃えておいたのだよ。さあ、こっちへおいで」

リラとは、リアン母の名前だ。

リアン兄も母の子供なのに、こうして呼び出されるのは……いつも、俺だけだ。

俺が知る限り、兄は一度も祖父に個人的な呼び出しをされたことはない。どうやら、兄は……父親似なため、祖父はあまり興味がないようだ。

うらやましぃ!!　ちくしょう、俺と代わってくれ!!　頼む！　チェンジだ！

手を引かれて、応接セットの大きなソファに座らされた。祖父も俺の横にぴったりとくっついて座り、俺の肩を抱いて引き寄せ、頭や頬をくすぐるように撫でてきた。

なんだろう。気分はなんだか……愛玩動物だ。そしてそれは……あながち間違ってはいないような気がする。

ローテーブルの上には、ひとりでは食べ切れないほどのお菓子が用意してあった。

壁際に控えていた給仕の召使いがやってきて、孫にセクハラ一歩手前ぐらいの勢いでベタベタしている主人の様子を見ても全く動じることなく、完璧な笑みと所作でティーカップにお茶を注いでいった。プロだ。

「学校を卒業して、もう働いているんだって？　お前は偉いねえ。でも、そんなに頑張って働かなくてもいいんだよ？」

「いいえ、僕が……したくて、させていただいている仕事ですので……」

「そうなのかい？　でも大変だろう？　お前が働き出したと聞いて、不憫《ふびん》でねえ……いてもたってもいられなくて。儂は、いいことを思いついたのだよ」

「いいこと？」

「そう。リアン、儂のところに来ないかね？」

「え!?」

「あんな田舎の仕事など、大したものでもないだろう。あの者どもに任せておけばよい。領主はロベルトが継ぐだろうから、お前は自由だろう？　なら儂のもとで、儂の手伝いをするほうがはるかに有意義だし、お前のためにもなる。どうだい？」

祖父はにこにこしながら、俺の片手を掬って、軽く握り込んできた。

「毎日綺麗な服を着せて、毎日美味《おい》しいものを食べさせてあげよう。ずっと儂の側にいなさい。ね？　儂の可愛い、可愛い小鳥。ここにずっとおればよい」

「お祖父様……」

「親と離れて暮らすのは、寂しいかい？　そうだな……うむ。リラが――母が恋しくなった時には、たまには帰ってもよい。許そう。でも、すぐ戻ってくるんだよ？　儂が寂しいからね」

祖父は笑みを浮かべながら、俺の前髪を梳《す》き、頬を包むように撫でた。

俺は、なぜだか急に……なんの前触れもなく、ふと、思った。

もしかして、リアンは――最終的には、祖父のもとへ行くことを決めたのではないのだろうか……？

この申し出を受ければ、おそらく……一生働かずに生きていける。王都へ行くよりも、祖父のもとへ行くほうが、楽な生き方なのは間違いない。

祖父の《小鳥》となって、綺麗な鳥籠に入れられて、綺麗に飾られて、大事に大事にされ、愛《め》でられる道を選んだのでは――？

学校を卒業したら、村の中でリアンの姿を見かけることは、ほとんどなくなる。

ほとんどなくなるにはなくなるが、全く会わなくなるわけではない。忘れた頃に遭遇したり、稀《まれ》に、すれ違うこともあった。

もしも王都へ行ってしまっていたら、仕事もあるだろうし、村からは遠すぎて、そう気軽に行き来をすることはできなくなるだろう。それを考えると、卒業後に王都へ行ったとは考えにくい。第一、そういう話も聞かなかったし。

会っても、前のように主人公に突っかかってくることもなく、軽い嫌味を言うくらいで、すっかり大人しくなってしまっていた。主人公に負けて、ああ立ち直れないぐらいに意気消沈してしまったんだな、とゲームをやっていた頃はそう思っていたけれど。

もしかしたら……隣町の祖父のもとで暮らし、たまに母が恋しくなっては、里帰りしていたのではないのだろうか……？

……いや。

これは俺の、ただの勝手な想像であり、憶測でしかない。それはストーリーの裏側の話になるから、真実は俺も、誰も知らない。

それにシナリオライターも、もしかしたらそこまでは考えていなかったかもしれない。いや、考えていない気がする。

なぜならリアンは、最初の村でいなくなる、モブに限りなく近い、ちょっとしたライバル役でしかないのだから。

誰にも本当のことは分からない。

そうだったかもしれないし、そうではなかったかもしれない。たとえ、そうであったとしても。

俺は――


「……お祖父様」

「なんだい？　儂の小鳥」

「大変嬉しく、魅力的なお申し出なのですが……僕は、あの村がとても気に入っているのです。穏やかで、自然の美しい村です。僕ができること、僕にしかできないことが、あの村にはあるのです。ですから、僕は……領主補佐の仕事を、続けていきたいと思っています」

「リアン……」

祖父が目を開き、信じられないというような表情で俺を見た。

だって、俺にしかできないのだ。

そして、俺しかいないのだ。あの村の哀しい未来を知っていて、あの村の人たちを救えるのは。

「ごめんなさい、お祖父様。でも、僕はお祖父様も大好きです。ですから、時々は会いに来てもいいですか？」

俺だって……この人が、嫌いではないのだ。

ちょっと、いやかなり行きすぎた孫と末娘溺愛なじい様ではあるが、一族の中では比較的穏やかで、とても思慮深い。多少過激なところもあるが、それにもちゃんと理由がある。

だから慕っている人も多く、現役を退いてもなおこれだけの人たちが、お祝いに駆けつけてくれるのだろう。

「おお、おお、いいとも。いいとも。いつでも来なさい。儂の可愛い小鳥。そして、気が変わったら、いつでも儂のもとにおいで」

「はい。ありがとうございます、お祖父様」

強く抱き締められて、頬ずりされた。腕から肩、脇から背中、顎の下もくすぐるように撫でられた。だがしかし俺は耐えた。さすがにお年寄りを押しのけるのは、気が引ける。

マジでセクハラ一歩手前だけどな‼　いやもうこれセクハラだよね⁉

……この過剰なまでの身内愛というか、行きすぎた執着心というか、なんというか……これは血筋なのだろうか。

疲れた。

マジでもう疲れた。でもまだ祝賀会は始まってもいないというのが、もう、なんとも言えない。俺、最後までもつのか……？

いや、もたせろ。男だろ。しっかりしろ。あと数時間の辛抱だ。


しばらくして、笑い顔の執事が祖父を呼びに来て、祖父を連れていった。

やはり王族関係の方々には、祖父本人が祝賀会が始まる前に挨拶をして回っておかねばならないらしい。ものすごく面倒そうな顔で、ぶつぶつと俺に愚痴《ぐち》を零《こぼ》した。

執事に引きずられるようにして去っていく、何度も後ろを振り返る悲しげな顔をした祖父を、俺は手を振って、笑顔で見送った。


……やれやれだ。

緊張とストレスで果てしなく疲れはしたが、ひとまず祖父との面会は、どうにか乗り切ることができた。

俺は疲労感と安堵感を感じながら、部屋を後にした。

「……あれ？」

廊下には、アルフレドの姿はなかった。

目が合った警備兵が、目と顔を廊下の奥へと向ける。なんとなく釣られてその視線の先を追うと、探し人はすぐに見つかった。どうやら……親切にも教えてくれたようだ。意外といい人なのかもしれない。顔は怖いけど。

廊下の端の曲がり角で、金髪頭が壁に背を預けて立っていた。部屋に戻っていていいと言ったのに。待っていてくれたみたいだ。

しかし、随分と離れた場所に移動している。首を傾げ、その理由に思い当たり、俺は少しだけ可笑しくなった。

あまり人の目を気にしないあいつでも、ガンつけるみたいに凝視してくるあの警備兵の前で待つのは、さすがに落ち着かなかったのだろう。

そちらに向かって歩き出そうとして、アルフレドの隣に、もうひとり。誰かがいることに気づいた。アルフレドの陰に隠れていて、すぐに見えなかった。

「……え？」

俺は一瞬、思考が止まった。

アルフレドの隣には、たおやかに波打つ銀髪の女性が——リュゼが、立っていた。

二人が顔を見合わせて話し込んでいる様子に、俺は軽く混乱した。

お、おいいいい!?

なんで、リュゼがここにいるんだ!?　なんで、一緒に……

「——アルフレド！」

名を呼ぶと、青空色の瞳がこちらを向いて笑みを浮かべた。壁に預けていた背を起こして、俺のほうへと向き直る。

「リアン」

「え、嘘。リアン、ちゃん？」

俺は駆け寄って、アルフレドの腕を掴んで自分のほうへと引っ張りながら、リュゼの前に立った。

「……どうして、リュゼが、ここに？」

「い、いちゃ悪い!?　お祖父様に、お祝いの挨拶をしておこうと思って来たのよ！　それよりも、なによ、その格好！　なに女の子みたいにチャラチャラ着飾ってるの!?　気持ち悪いわね！」

会ったら絶対言われるだろうなと思っていた台詞を、予想通りに言われた。言われるのは分かってはいたから、ショックは小さい。なくはないが耐え切れないほどではない。

気持ち悪くて悪かったな！　俺だってすぐに脱いで着替えたい！　でも着替えたら、絶対に祖父は機嫌が悪くなる。それだけは避けたい。

「これはお祖父様が着ろって――いや、ご用意して下さったものだ」

「なっ、お祖父様が……!? なんで……なんで、いつも、いつも、いっつもリアンちゃんばっかりなの!? 私にはドレスのプレゼントなんてなかったわ！ ずるい！」

「ず、ずるいと言われても……」

「なんでなのよ！ リアンちゃんより私のほうが綺麗だし、女の子なのに！ 私だって、リラ叔母様にちょっとは似てるわ！ なのにどうしてリアンちゃんばっかりが可愛がられるの!? リアンちゃんはお祖父様からドレスを貰ったんだから、この護衛は譲りなさいよ、私に！」

意味不明な理屈をこねながらリュゼが、アルフレドの腕を摑んだ。

それが視界に入って、呼吸と心臓が一瞬止まって、頭の中が赤くなって、それから白くなった。

「触るな！」

気づいた時には叫んでいて、リュゼの手をアルフレドから引き剝がすように払ってしまっていた。

目の前には、目を開いてきょとんとしたリュゼと、アルフレド。

俺も自分で自分のしたことが理解できず、身体の制御もできなくなっていて、立ち尽くしたまま二人を見返すことしかできなかった。

今、なにをした、俺。

一番に我に返ったリュゼが、真っ赤な顔をして眉を吊り上げた。

「ひ、ひどい！ 女の子の手を叩くなんて！ 最低！ 貴方、こんな最低な人の護衛なんてすることないわ！ 貴方も嫌でしょう？ こんな乱暴で勝手な人！ 辞めなさいよ。そして、私のところに来なさい。悪いようにはしないわ」

言われたことに反論できない俺は、驚いているアルフレドの顔が見れなくて、目をそらすように俯いた。

……確かに、リュゼの言う通りだ。俺は最低な奴だ。ずるくて、勝手で……大嘘つき者。それを忘れてはならない。絶対に。

そんな俺には、リュゼを責めることも、アルフレドのことを決める権利もない。

しかもリュゼの……女の子の手を、叩くみたいに払ってしまった。なにしてるんだ。そんなことしたらダメすぎだろう、俺。祖父さんが今ここにいたら、きっと俺の頭にゲンコツを落としてる。

大丈夫か俺。しっかりしろよ。疲れてるのは分かるが、落ち着つけ。頭を冷やせ。

俺は、アルフレドの腕を掴んでいた手を離した。指はまだ少し硬直していて、自分の手なのに上手く動かず、離すのに苦労した。

「リアン？」

「……ごめん。アルフレドが、決めていい。辞めたければ、辞めてもいい。リュゼのところに行きたければ、行ってもいい。お前の好きに、選べ」

「リアン」

少し責めるような、咎《とが》めるような口調で言われて、俺は身をすくめた。怒ってるみたいだ。それに……呆れられてしまったかもしれない。なんて子供っぽいことをしてしまったんだろう。

「……リュゼも、ごめん。今のは僕が悪かった。すまない」

「えっ？　そ……え⁉　そっ、そうね！　リアンちゃんが悪いわ！」

「うん。そうだね。ごめん……」

音楽のような鐘の音が、廊下に鳴り響いた。祝賀会の会場へと集まるよう、来客たちに知らせる合図だ。

「……時間が、来たようだね。僕たちも会場へ向かおう」

「え？　ええ……」

リュゼが珍しく嫌味っぽくない、不審そうな、それでいてなにか言いたげな顔で俺を見た。

アルフレドも、なにか言いたげな、聞きたげな顔で、俺を見ている。

俺は少しだけ目線を下に向けて、気づかない振りをした。

「急ごう。皆も、待ってる」

これ以上なにも話したくなかった俺は、会話は終了という意味も込めて、いつもの嘘笑顔を浮かべてから、先に立って歩き出した。

祝賀会の会場へと続く入り口前の広いロビーは、多くの来客たちで大混雑していた。イベント開始直前の入場口前でよく見る雑然とした光景だけれど、皆、黒っぽい礼服や艶やかなドレスで着飾っているので雰囲気はとても華やかだ。

中には鮮やかな装飾を施した目や顔を覆う仮面を被《かぶ》っている人たちも数人いる。

おそらく、あれはあまり顔を見られたくない人たちなのだろうと思われる。だがしかし、何者か気になっても、絶対に聞いてはならない。知ったら自分の身が危険なことになる場合もある。らしい。ローエンダールが人さし指を口に当てて、そう教えてくれた。仮面を被っている人の身上を詮索するのはデンジャラスでナンセンスですから、決してしてはいけませんよ、と。

辺りには音楽が流れ、そこここから談笑する人たちの楽しげな話し声と笑い声が聞こえてくる。

なんだか、映画の中にでも紛れ込んでしまったような気分になった。

入場口のすぐ近くではリュゼの父母と兄、リアンの父母と兄が、知り合いや来場者たちと歓談しながら待っていたので、すぐに合流できた。

そして……ものすごく、見られている気がする。

近くからも、遠くからも視線を感じる。しかもたくさん。ああ嫌だ。視線が痛い。帰りたい。

「……これは、お祖父様が用意して下さった服なのです。僕は礼服をちゃんと持ってきたのですが、どうしてもと言われて、お祖父様のために、着たのです」

俺は少し声を大きくして言った。《お祖父様》の辺りは特に強調しておいた。これは俺の趣味では全くないということだけは、ちゃんと主張しておかねばならない。

誰が見ても明らかに軟派男っぽい男が、ゆったりした足取りで近寄ってきた。洒落《しゃれ》たピアスを両耳にいくつもつけ、焦げ茶色の髪を緩く首の後ろで纏めて、少し目尻が垂れた薄水色の目をしている。リュゼの兄だ。

俺の目の前までやってくるなり、流れるように右手を掬い——手の甲にキスをしてきた。

「リアン君。見違えたよ……まるで精霊国の王子様みたいだね」

ぎゃあああ!?

なにすんだこの野郎！　気色悪い！　振り払いた

い！　鳥肌が立ったじゃねえか！　これ、さすがに振り払ってもいいよね!?

どうにも我慢できなくて振り払おうとしたら、アルフレドが俺の手を引き抜いてくれた。

「……あ、ありがとう」

アルフレドは頷いて、リュゼ兄から距離を取るように後ろへと誘導してくれた。マジで感謝だ。助かった。

「おお、でかしたぞ、護衛！　やるではないか。——おい、ディレット！　気安く僕のリアンに触らないでくれないか。汚れる！」

「なんだと。君に言われたくないね、ロベルト！」

睨み合っている……兄同士も対抗意識バリバリだ。仲良くしているところをあまり見たことない。皆、仲良くしようよ。親族なのにさ……。本当、疲れるな……。

全員揃ったので、リアン父たちが会場の受付へと向かって歩き出した。憂鬱《ゆううつ》だが、俺もそのあとに続くしかない。

会場の中は、まるでヨーロッパの宮殿の中のように煌《きら》びやかな空間が広がっていた。天井のシャンデリアが眩《まぶ》しすぎて目が痛い。

セレブたちもいっぱいいる……世界が違いすぎる……胃が痛い。

「おい護衛。お前は壁際で見張ってろ」

リアン兄がアルフレドの肩を叩き、壁際を指差した。

「兄様。彼は」

「リアン……側付きの護衛だからって、この中では連れて歩けないよ。無粋《ぶすい》だからね」

言われて、周りを見回してみた。

確かに、こればかりは兄の言う通りのようだった。

アルフレドみたいに武器を持った護衛たちは、壁際に立っている。

アルフレドを見上げると、俺に頷いてから、壁際に親指を向けて笑みを浮かべた。そこにいる、と言うように。

「アルフレド」

「大丈夫。ちゃんと見てるから」

そのまま軽く手を振って、歩いていってしまった。

他にもまだ話したいことがあったから呼び止めようとしたけど、隣の婦人たちに話しかけられてしまい、その時にはもう、遠ざかっていく背を見送ることしかできなかった。

もう何回目かになる溜め息を、俺は零した。

会場に入ってからまだそんなに時間は経っていないはずなのに、すでにもう疲労困憊《こんぱい》だ。

何人の人と会い、誰と誰に話しかけられてなんの話をしたのかなど、もはや分からない。そして人が多すぎる。仄《ほの》かに香ってくるアルコールと香水の匂い。至る所から話し声と笑い声が聞こえてくる。なんだかだんだん気分が悪くなってきて、俺は口元を手で押さえた。

「……そこにいらっしゃるのは、もしかしてリアン様では？」

聞き慣れた声がして振り返ると、青いマントを羽織った正装の騎士が二人、立っていた。

「……あなた方は……！」

見覚えのある顔に、俺は心の中で手を打った。思い出した。

メガネ隊長と、疲れ顔副隊長だ！

思わず声に出しそうになって、慌てて口を噤《つぐ》む。

「あなた方もいらしてたんですね！　その節は、大変お世話になりました……」

「いえいえ。こちらこそですよ」

「そうですよ！　ふわああ〜……リアン様、なんだか王子様みたいですね！」

「……ああ……これですか……？　お祖父様に着させられましてね……僕は、今すぐにでも全部脱いでしまいたいんですが。脱ぐことは許されないので……」

「今すぐ、全部、脱い……っ」

疲れ顔副隊長が、顔から手まで真っ赤になった。なんでだ。

「リアン様。純情な青少年に、あまり刺激の強いことをおっしゃらないで下さい」

え、どこが？

どこら辺が刺激が強かったんだ。強いところなんてなかったと思う。

それを言うなら、周りにいるドレス姿の女性たちのほうがよっぽど刺激が強いだろう。背中が全部丸見えなドレスを着ている人もいるし、胸元がアウトギリギリまで開いた人もいる。

「ああ、そうそう。派遣した騎士たちは、いかがですか？　ちゃんと仕事してますか？」

「ええ、して下さってますよ。皆さん、本当によくして下さる方々ばかりで……こないだも、牧場から逃げ出した牛の群れを皆さんで捕まえて下さったんです。村の者も大変喜んでおりました」

「牛の……ぶふっ、いや、失礼。それはよかった。お役に立ててなによりです。どうぞガンガンこき使ってやって下さい。体力だけはあり余ってる奴らですからね」

「はい。ありがとうございます。今日は騎士の方々も、たくさん来られてるのですか？」

「そうですねえ……隊長、副隊長、非番の者で、来れる者は来ていますね。というか、来させられていますね。ヴィオレット伯爵家は騎士団にとっても、大事な大事なスポンサー様ですから。後援者様のご機嫌を取るのも、我々の大事な仕事の一つですので」

「せ、せせ先輩いいいっ！　しいっ！　く、口！　口に気をつけて下さいっ!!」

「なに言ってんです。本当のことでしょう」

「ですけど！　ものには言い方ってもんがあるんです！」

「言い方もなにもその通りでしょうが。ほら。あそこにも」

メガネ隊長が壁際に視線をやったので、俺も釣られて追って見た。

「あ……」

壁際で、つるっ禿げの騎士と、傷だらけの凶悪熊みたいな騎士と、アルフレドが話をしていた。そして、その隣には、なぜか――

またしても……リュゼがいた。


「――リアン様？　お顔の色が悪いようですが。お疲れになりましたか？」

「い、いえ。なんでも……」

そうだ。別にこれは、俺がどうこうできることではない。

全ては、アルフレド次第なのだから。

好きにすればいい。選択は自由だ。だから別に、いいのだ。俺も自由にさせてもらうのだから。あいつも自由にしたらいいのだ。それでいいのだ。

　なんだか咽がやたらと渇いてきて、ちょうどよく側を通った、シャンパンを配って回っている給仕の銀盆から一つ取って、一気に飲み干した。

　……咽が焼ける感じがした。美味しかったが、シャンパンにしては、少しアルコールが強い感じだった。

「ふおおお！　リアン様、意外にも酒にお強い方だったんですね!?」

「いや、強くは……ま、まあ、人並みには……」

　胃が熱い。そしてヤバい。気持ち悪さが増長してしまった。空きっ腹にアルコールは……少し、まずかったかもしれない。

　メガネ隊長もシャンパンを取って飲みながら、会場をぐるりと見回して、少し呆れたように息を漏らした。

「それにしても、ものすごい来客の数ですねえ。さすがは前ヴィオレット伯アストゥート様の祝賀会です。王族関係の方々も結構来られていますね」

「そう、ですか……」

　俺も、同じようにぐるりと見回してみた。

　会場を埋め尽くすほどに、あちらこちらで人が集まり、談笑している。

　いつの間にかできていた人垣の向こう側では、リアン兄とリュゼ兄がたくさんの女性たちに囲まれていた。別の場所では、リアン父が仕事関係の人たちに取り囲まれていた。その顔は少し引き攣《つ》っている。頑張れ、父。

　更に首を巡らすと、父のいる場所から少し離れた集まりの中央では、リアン母が夫人たちとカクテルを飲みながら、菓子を酒のつまみにして談笑していた。

　たくさんの人たちと、たくさんの話し声。

　会場中を流れている管弦の演奏と混ざって、なんだかまるで、一つの音楽を奏でているみたいに聞こえてくる。

　ふいに、女神様の言葉を思い出した。ゲームと同じように造ったのに、同じようにならないのです、と言っていたのを。

　それもそうだろうと思う。同じにならないのは、当たり前だ。

　だって、こんなにたくさんの人たちが、自分で考え、人と関わり、自由に、自分の想いのままに動いているのだ。

その全ての想いを操ることなんて、女神様にだって、他の神様も、その上にいる神様にだって、できない気がする。

ゲームみたいに、シナリオライターの心一つで綴られていく物語とはわけが違う。現実は、数え切れないぐらいのたくさんの想いが絡まって、複雑に繋がって、物語は進んでいくのだ。

その絡まり合った道行きの、行き着く先が――

どうしても悲しいものになる、と女神様が言っていた。

一体、なにが……誰の想いが絡まって、その結末へと導いてしまうのだろうか……？

誰の、強い想いが――……

……ああ、ダメだ。

考えようとすればするほど、思考がぼやけてきてしまって、どうにも纏まらない。


なんだか視界も、ゆらゆらしてきた。空きっ腹に酒は、やっぱりまずかったかもしれない。もともと、それほど酒に強いわけでははない。

肩を軽く叩かれた。

振り返ると、礼服姿の知らない男の人が笑みを浮かべて立っていた。

「どうされましたか？　ご気分が優れませんか？」

「い、いえ……」

否定した先から足下がふらりとよろけて、テーブルに慌てて手をついて身体を支えた。まだ視界が少し揺れている。これは、まずいかもしれない。

「リアン様、大丈夫ですか？」

「わああっ!?　り、リアン様!?　だ、だだっ大丈夫ですか？」

「おやおや。これはいけない。私がお部屋へお連れいたしましょうか？」

「いえ、本当に、お構いなく……」

お構いなく、と言ったのに、知らない男は俺の背中に手を置いてきた。


「――リアン」

聞き慣れた声に呼ばれて振り返ると、いつの間にかアルフレドが立っていた。

「アルフレド……？　なんで……」

壁際で、確かリュゼたちと……なんだか楽しそうに話をしていたはずではなかっただろうか。

「どうした。気分悪いのか？」

テーブルについた腕をそっと引かれて、俺は大人しく、というかフラフラとアルフレドのほうへと倒れ込んでしまった。

寄りかかりながら俺はやたらとほっとして、素直に頷いた。胃が気持ち悪い。飲むんじゃなかった。

「どうする。部屋、戻るか？」

俺は頷いた。

「もどる……」

ここは人もいっぱいいるし、うるさいし、知らない人がたくさん話しかけてくるし、すげえ疲れるし、いたくない。

こいつは俺以外の人と、楽しそうに話なんかしてるし。なんだよ。壁際でひとりでつまらないだろうな、悪いな、あとでさり気なく飲み物と食い物でも持っていってやろうって気にしてたのに、なんだよ。心配して損した。くそ。

「へや、もどる」

「帰るか？」

「かえる」

帰りたい。ここにいたくない。全然、全く楽しくなんてないし、疲れるばかりだ。

「分かった」

なんだか、アルフレドの声が少し笑っている感じがしたのは気のせいだろうか。なんでだ。

俺は残った気力を振り絞って、メガネ隊長と疲れ顔副隊長にお辞儀をした。

「すみません。きぶんがわるいので、僕はもう、へやへ、もどります……」

「え、ええ。お大事に」

「お、おお、お大事に……っ」

メガネ隊長は不思議そうな顔でアルフレドを見ていて、疲れ顔副隊長はまた顔を真っ赤にしていた。

なにが彼のスイッチになっているのかはさっぱり分からない。分からないが、メガネ隊長が言うように、多感な、というか多感すぎる純情な青少年……なのか？　よく分からんけど。

俺はアルフレドに抱えられるようにして、会場を後にした。

廊下に出ると、嘘みたいに人の姿はまばらになっていた。人の熱気で少し暑いくらいにまで暖まっていた空気も、ここまで来れば届かない。ほんのりと涼しい風が頬を撫でていって心地好い。

俺は急に足の力が抜けてしまいそうになって、その場に座り込みそうになった。アルフレドが慌てたように俺の腕を摑んで引っ張り上げてくれたから、お陰で無様《ぶざま》に廊下に座り込むことだけは回避できた。

「おい。大丈夫か？」

「だい、じょうぶ」

大丈夫だと言ったのに、アルフレドが呆れたように小さく溜め息をついてから、脇に腕を差し込んで支えてくれた。

踵が床から少し浮いた感じになってはいるけど、抱え込むように支えられているから体勢は妙に安定している。なんだかふわふわして、まるで夢の中を歩いているみたいな感じがした。床に敷かれた絨毯が、やたらとふかふかしているせいもあるかもしれない。

足下はふわふわするし、布越しでも隣の奴の体温は高くて、ホカホカとあたたかい。俺は少しだけ、気分がよくなってきた。

話し声が聞こえてきたから視線を向けると、廊下の先からドレス姿の女性たちが三人、楽しそうに話をしながら歩いてくるのが見えた。

「――あなた、それは恋をしてるのよ！」

俺たちの横を通り過ぎたちょうどその時、ひときわ大きな声がして驚いて振り返ると、女性二人が小柄な女性を両側から覗き込み、少し興奮気味に、でもとても楽しげに瞳を輝かせながら話しかけているところだった。

小柄な女性は顔を真っ赤にして、二人を見上げ、おどおどしている。

そうなのかしら、と赤い顔の子がふんわりと首を傾げ、そうよ、ともうひとりの子が自信たっぷりに言い、あなたとってもぼんやりしてるから自分で気づいてな

いだけなのよ、ともうひとりの子が呆れたように言うのが、漏れ聞こえてきた。

「――リアン？　どうした？」
「え？　あ、なんでも、ない……」
「なんでもなくはないだろ。すげえフラフラしてるぞ」
「そんな……ことは――」

ない、と言いかけたが、腰を引き寄せられ、そのまま相手の身体にぶつかった。

俺が全身で寄りかかっても、びくともしない相手の頑丈さが腹立たしくも、ここまで育ってくれたことが嬉しくて、そしてやっぱり……少し腹立たしい。ちょっと大きくなりすぎだろう。その身長、俺にも少しぐらい分けてくれ。

頬が胸元に当たると、ふわりと陽の香りがした。支えてくれる手も、あたたかい。

皆は会場にいるから、ここにはもう、アルフレドしかいない。

俺と、アルフレドだけ。

それに気づいて、俺はあたたかい身体に寄りかかりながら、ほっと身体の力を抜いた。

26話　祖父の祝賀会に行きました　後編

会場を後にして部屋へ戻り、俺はソファに崩れるようにして倒れ込んだ。

そしてアルフレドがグラスに注いでくれた水を二杯飲み干して、俺はようやく生き返った心地がした。これほど水が美味いと思ったことはない。全身に染み渡るようだ。

三杯目の水を半分ほど飲んで、俺はようやく落ち着いてきて、ふう、と息をついた。

「ぷはあ……生き、返ったぁ……」

どうやら俺は、軽く脱水症状になっていたのかもしれない。思い返せば、祖父のところでは紅茶を一口とお菓子を一つ口にしただけだった。あれからなにも口にしてはいない。それでいきなり強めのアルコール摂取は、明らかにまずかった。脱水症状な上に空きっ腹にアルコールだ。そりゃ気分も悪くなる。当たり前だ。失敗した。

水差しをテーブルに置いたアルフレドが肩をすくめ、俺を見下ろしながら呆れたように長い息を吐いた。

「お前な……水ぐらい飲んどけよ」

「飲めなかったんだよ！　引っ切りなしに次から次へと人が話しかけてくるから！」

だから、人の多い立食系のパーティは苦手だ。

次々誰かが話しかけてくるから、なかなか食べたり飲んだりできないのだ。まあ、俺が慣れていないのも、理由の一つかもしれないけど。タイミングが摑めなくて、たいてい食いっぱぐれてしまう。

応接セットのテーブルの上には、いつの間にかフルーツとナッツ類が大皿に山盛りにしてあったので、それを二人で食べた。

豪華絢爛なご馳走やお菓子は目の前にいっぱいあったのに、お腹いっぱい食べられたのは果物と木の実だけというのは、なんとも皮肉でおかしな話だ。

高そうなワインも置いてあったので、それも開けた。ものすごく美味かった。

軽快なリズムに合わせた音楽が、会場のある方角から聞こえてきた。

「……あ。ダンスが始まったかな」

「ダンス？」

「そう。談笑タイムが終わったら、次はダンスタイムなんだ。皆で踊るんだ」

「踊るのか」

「踊るんだ。大変なんだ。ひたすら踊り続けるんだ」

上流階級の者たちは、遊ぶことに関してだけは呆れるほどに情熱的でアグレッシブだ。ついていけない。

「そうか。大変なのか」

笑われた。笑い事では全くない。

「笑い事じゃないぞ！　お前も、踊らないといけない時が来るんだからな！」

「そうかな。来ないと思うが……」

「来る！　……かもしれないだろ！　お前、まさか踊れないのか!?」

「踊ったことなんてない」

「なにい!?　それはいかん！　こい！　俺が教えてやる！」

未来の英雄が踊れなくてどうするんだ。

どこに出しても大丈夫なように、教えてやっておかねばならぬ。それが俺の使命でもあるのだ。

「別にいいけど」

「よくはない！　だって、困るだろうが！」

「いや、困らないと思うが……」

腕を引っ張ると、しょうがないなといった感じの顔をしながらも、ゆっくりソファから立ち上がった。

奴の左手を俺の腰に当てさせ、右手は俺の右手の指と交互に組み合わせてから持ち上げる。余った俺の左手は奴の肩の上に軽く乗せた。基本ポジションは、これで間違いない。はずだ。

「えーと。この音楽だったら……なんだっけ」

「えーと、ってなんだよ。大丈夫か」

「うるさいな！　大丈夫だ！　ローエンダール仕込みだからな！　完璧だ！」

……分からなくなったら、周りに合わせてなんとなく回っていればどうにかなる。ローエンダールが、ダンディーなウィンクと一緒にこっそりそう教えてくれた。

なかなかどうして、やはりさすがは未来の英雄か。飲み込みが驚くぐらいに早かった。俺と奴とのスペックの違いを痛感するほどに。

「いてっ」

「あ、踏んだ。悪い悪い」

考え事をしていたらアルフレドの足を踏んでしまっ

た。まあ奴は俺よりも頑丈だから大丈夫だろう。多少踏まれても。

「お前な……悪いと思ってないだろ」

「思って――ふおわっ」

いきなりぐるりと勢いよく振り回されて、足先が地面を離れる。

びっくりしたけど、軽々と俺を抱えてくるくると回るから、あまりの馬鹿力に思わず笑ってしまった。ふわふわする浮遊感も面白い。

「あは、ははっ、ば、馬鹿力だなあ、あいかわらず……！」

アルフレドも笑った。

「……やっと、笑った」

「え？」

「お前、今日はずっと眉間に皺寄せたまま、疲れた顔してたからな」

「そ、そうか？」

「ああ」

そうだったのだろうか。自分ではよく分からない。疲れてたのは、確かに疲れてはいたけれど。それもあるけど……

曲はいつの間にか、緩やかなものに変わっていた。

「曲が変わったな。これも、さっきと同じ？」

「……アルフレド」

「ん？」


「リュゼの話……受ける？」


これだけは、聞いておかねばならない。

リュゼの仕事はお金もいっぱいもらえて、遊び相手をするだけでいい。俺の仕事はというと、魔物相手の危ない仕事だ。力仕事も多い。全く楽な仕事ではない。

選ぶのは、アルフレドだ。

俺には……どうすることもできない。返答次第では、今後の予定を修正しなくてはならなくなるけど……

アルフレドが俺を下ろして、じっと見つめてきた。それから、少し意地悪そうな笑みを浮かべた。

「受けて欲しいのか？」

「べ、別に……お前の好きにしたらいい。リュゼの仕事は遊ぶだけの楽な仕事だ。僕の頼む仕事は……楽じゃないからな。時には危険なこともある。あっちは楽な仕事で、僕よりもたくさんお金を出すと言ってるし。

だから……」

「お前のところを辞めて、あっちへ行ってもいいって？」

「そっ、そんなことはっ、そ……それは……お前が、そうしたいなら……」

俺が、決めることではないのだから。

「ふーん……。なら、行ってもいいのか？」

「い、行っても……いい…………す、好きにしろ」

「ふーん」


沈黙が訪れる。

空気がやけに重く、息苦しく感じた。

覚悟を決めてじっと返事を待っていると、黙っていたアルフレドがまた呆れたように、少し困ったような顔をして、小さく笑った。

「……行かないって。別に、金が欲しくてお前の仕事を受けたわけじゃないからな」

「え？」

「一緒にいられるだろ？　こうして」

「ふわっ」

急にまた持ち上げられて、ふわりと足先が床から離れる。あまりにも不安定な体勢に、俺は奴の両肩にしがみつくしかなかった。近すぎる顔が、嬉しそうに目を細めて笑っている。

俺はどうしてなのか目元が熱くなるのを感じて、慌てて顔を伏せた。頼むから不意打ちで、そういうことを言わないで欲しい。弱気でだめな俺が顔を出しそうになってしまう。

アルフレドがまた溜め息をついて、困ったように笑った。

「……泣くなって。お前、本当によく泣くよな」

「泣いてない！」

そうだ、まだ泣いてはいない。泣いてしまいそうではあったけど。まだ。

「そうか。お前さ、教会に入り浸るぐらいあの家を出たいんなら、チェダーさんとこに一部屋借りたらいいのに」

「チェダーさんのところ……？」

「ああ。そうしたら、三チビたちも喜ぶし、俺も嬉しい。どうだ？」

俺は思わず『行く』と返事をしそうになって、慌てて飲み込んだ。

「リアン？」

「……いつか……」

あの日を、越えられたなら。

今は、まだ無理だけど。あの日を、どうにか乗り越えて。

あの穏やかな村を、皆を救うことができたなら。

「……それも、いいな。いつか……いつか、あの屋敷を出て、ただの俺になれたなら……牧場で働くのも、悪くない」

もしも、その時がやってきたら。もう俺は《リアン》をしなくてもいいのだから、ようやく、元の俺に戻ることができる。

「そうだ。いっそのこと、名前もすっかり変えてしまおうかな。《リアン・オーウェン》なんてやめて。いいな、それ。そうだ！　チェダーさんの家に入れてもらって、それで――オーウェンなんて苗字やめて、チェダーですって名乗るんだ」

「リアン……」

アルフレドが不思議そうに、それでいてなにか言いたげに、少し眉をひそめて俺を見つめてきた。

俺はなにか尋《たず》ねられる前に、いつもの嘘笑顔を浮かべて返した。軽い冗談を言っているのだと、思わせるように。

「名前は、ゆっくり考えるとしよう。お前も考えてくれてもいいぞ。よければ採用してやろう。そうだな、カッコよくて、強そうな名前がいいな。誰にも負けない、強い名前がいい。どんなのにしようかな。《ゴルゴンド》みたいな――」

「苗字は、《フラム》だろ。《チェダー》じゃなくて」

「フラ……」

……なにを言ってるんだ、お前は。

それって。それは――

「……バーカ」

「馬鹿ってなんだ。俺は本気だ」

本気なのか。

「なお悪いわ！　馬鹿だ馬鹿だと前から思っていたが、そこまで馬鹿とは――」

いきなり口を塞がれた。

唇が深くまで重なって、それ以上はもうなにもしゃべることができなくなってしまう。

アルフレドが俺を抱えたまま、歩き出した。気づいた時には、俺はベッドの上に仰向けに転がされていた。

俺をベッドに放り投げた張本人も乗り上げてきて、両腕で囲うように覆いかぶさってきた。ゆらゆら揺れる深い青色の瞳が俺を見下ろしている。前髪を梳かれて、指で肌を辿るように頰を撫でられた。

「いっ」

髪留めが髪に引っかかって、痛みが走る。

「髪留め、引っかかって、痛い！ ちょっと、取るから……」

手を伸ばそうとするとアルフレドが先に手を伸ばしてきて、髪留めを外してくれた。それから耳飾りと、首に巻いた飾り紐も。

サイドテーブルに置いてから、戻ってきて、俺の首筋を眺めながら少しだけ意地悪そうな笑みを浮かべた。だからそれは俺の専売特許だと何度も言ってるだろ。

「……少し、赤くなってる。ここ」

首の付け根辺りを撫でられて、噛まれたことを思い出す。

「そっ！ それは、お前がっ」


べろりと熱い舌で舐められて、息が止まった。

「あ……アルフレド……ちょっと、」

これは……とても、まずい気がする。

俺の目を覗き込んできた瞳の奥が、くすぶる火のように、ゆらゆらと不穏に揺れている。

「……触りたい。なあ……リアン。少しだけで、いいから……」

「さわ……」

「少しだけ」

「少し……」

「お前も、触っていいから」

両手を摑まれ、アルフレドの頰に押し当てられた。柔くて肌はしっとりとしていて、あたたかかった。すぐ傷がつく俺の頼りない肌よりも、しっかりと弾力があって、すぐには傷つかなさそうな肌だ。遺伝の法則で仕方がないのかもしれないが、チェンジしろこの野郎。

靴同士が当たって、硬い音を立てた。

アルフレドが身を起こして、俺の靴を勝手に脱がせた。自分のも脱いで、一緒に放り投げる。

それから身につけていた武器をホルダーごと外して、上着も手荒に脱いで床に放り投げ、シャツの前を開けてから、再び覆いかぶさってきた。

「……あ」

シャツの胸元から首飾りのペンダントトップが零れ出て、俺の目の前で揺れた。見覚えのあるそれに、俺は思わず手を伸ばして触れた。

「……お前、まだこれ……つけて、くれてたのか」

俺が昔あげた、魔除けの首飾り。

細くて頑丈な革紐の先には、水晶柱みたいな親指サイズの長細い透明な石がついていて、その表面には細かく術式が彫り込んである。てっぺんの平たい部分を押しながら『フラッシュ！』と起動ワードを唱えると、魔物が嫌がる白い光が出る仕組みになっている。

今はあの時よりも小型化して、村人たちに配れるようにと量産中だ。出る光も強くしてみたから、ある程度の目つぶし状態にはなるはずだ。

さすがに自分で村人全員分を作るのは難しいので見本が完成した翌日、魔道具屋に、レシピと一緒に渡して製作依頼しておいた。もちろん自腹で、内密に。俺が前々から作っていたことを知られるわけにはいかないからな。詳しい理由も説明できないので、経費で落とすのは難しい。

先日、発注分が全て入荷したので、あとは避難場所と村からの脱出経路を示した地図と一緒に、頃合を見て配るつもりだ。

身につけていてくれたことが嬉しくて、そして懐かしく思いながら触っていると、いつの間にか首から外していて、俺の手から奪い取って、サイドテーブルに置いてしまった。

アルフレドが首飾りから俺の手を外し、少しだけ乱暴に己の首へと押し当てた。

「俺のほう、触って」

少し機嫌を損ねたように、ムスッと口をへの字にしている。馬鹿だなあ。本当に。お前は。

時にはこんなに子供っぽいこともする奴だけど、身体のほうはもうすっかり、青年のそれだ。

筋肉も硬くなって、あるべきところにしっかりついている。まだまだ細くて微妙な俺の身体とは、全く違う。

随分とまあ……差がついてしまったものだ。鍛練を続けてはいるがデスクワークの多くなった俺と違い、日々身体を使う仕事をメインにしているせいもあるかもしれない。

「いいなあ……うらやましい」

「うらやましい？」

「うん。見るからに強そうな身体で。俺なんか——」

体格差に気を取られていたら、いつの間にかシャツの前は全開になっていた。早ぇなおい!?

大きな両手が、白すぎる肌の上を腹から首に向かって、撫で上げてくる。

「あっ……」

少し荒れた指先が肌を僅かに引っ掻いてきて、まずい類いの震えが全身に走った。意に反して、呼吸が乱れてくる。

「なあ。……触って」

耳元で囁かれて、震えながら、相手の両肩に手を置いて、同じように触れてみた。

あたたかい。俺よりも少し高い体温。いつだったか忘れたけど、チビたちと同じだなと言って笑ったら、怒られたっけ。

心臓の辺りに触れると、速めの鼓動が、掌を通して伝わってきた。

……なんのことはない。

言えないけど、言わないけど、俺も、アルフレドと同じで……相手に、触ってみたかった。

だって、こんなにも、あたたかいのだ。

泣けてくるぐらいに。触れてしまう。触れてると、ひどく安心して、無意識に力が抜けてきてしまう。ずっと触れていて欲しいと思ってしまうぐらいに、伝わってくる温度は、優しい。

あらぬ場所にあたたかい手の感触を感じて、びくり、と身体が跳ねた。

大きな手が下穿きの中に入ってきて、足の付け根を撫でている。指はきわどいところを辿っていって——

「あっ、ちょ、ちょっと、待っ——やっ」

俺自身まで、撫でてきた。

「うあ、っ！」

俺は条件反射的に股を閉じようとしたけど、大きな身体がすでに己の足の間に入ってしまっていて、閉じることはもうできなかった。

「少しだけ」

「……あ、……すこ、し……」

「俺のも、好きに触っていいから」

そう言うなりズボンの前立てを開けて、俺の手を掴んで導いた。

人のものを、触ったことなどない。

触ったことなどないが、どうにも目の前の青年のものが気になって、手の震えは止まらないままに、恐る恐る触れてみた。

布越しでも硬くなっているのが分かる。そして、やたらと熱かった。

「熱い……」

指先で形をなぞると、俺のよりもかなり大きいっぽいのが分かった。なんてことだ。体格の違いがここにも表れるのか。それは分かるが、軽くショックを受けた。

アルフレドが、低く呻いた。

「っ……やばい」

「やばい？」

「気持ちよすぎて、今すぐにでも、いきそう」

これでそれはちょっと早すぎだろう。どれだけ溜まってたんだ、お前。

「ふわっ」

軽々と片腕で抱き起こされて、膝の上に跨《また》がるように座らされた。

「首。片手、回して。——俺のも、もっと、触って」

言われた通りに首に片腕を回して、後ろに倒れそうになる自分の身体を支えた。

「あ……あうっ」

下穿きを更にずらされて、立ち上がりかけている自分のものが表に取り出された。大きな手に包まれて、何度も強く擦られる。

刺激が強すぎて嫌なのに、気持ちよくて、擦られているうちに自分のものが次第に硬くなってきているのが分かって、泣きそうになった。

先端から零れ出し始めた白いもので滑りがよくなったからか、手の動きに遠慮がなくなってくる。根元から先端まで握ったまま擦られて、腰から下がひどく震えて、俺は喘いだ。

「——触って。俺のも」

「あ……」

アルフレドが片手で己のものも取り出して、力が抜けていた俺の手をまた掴んで、そこへ導く。俺は促されるまま震えの止まらない手を、すっかり立ち上がってしまっているそれに言わせた。それは熱くて、硬くなってて、もうすでに、ぬるりとしていた。

緩く摑むと、相手が低く呻いた。

どくどくと脈打っているのが、掌を通して伝わってくる。親指で強めに下から上に擦ると、ビクリと震え、頭上で熱い吐息が零れた。

どうやら、気持ちいい、みたいだ。

なんだか無性に嬉しくなって……ああ、もう俺はだめだなあ、と思った。

こんな俺なんかに、触られて、興奮してくれている、なんて。俺を求めてくれていることが、たまらなく嬉しいなんて。

俺のものを握り込んでいた手が、再び緩く動かされ始めて、俺はまた喘いで、身体を震わせた。

顔があまりにも近くて、キスされそうだなと思ったら。予想通り、唇に嚙みつくように口付けられた。僅かに唇を開いてしまったら、舌が入り込んできて、口内を好きに舐め始めた。

「ん、んう……ぁ」

アルフレドの濡れた唇が離れ、弧《こ》を描いた。

「……リアン。手。止まってる」

大きな手が上から重ねられ、催促するように緩く動かしてきた。

動かしてと囁いてねだられて、俺はされて気持ちよかったところを、指で押すように撫でてみた。

気持ちよさそうに息を吐き出したのが聞こえて、嬉しくなる。見上げると濃い藍色の目が細められて、俺のも強く擦ってきた。あまりに強く擦られて、俺は逃げるように腰を跳ねさせたけど、もう片方の大きな手で腰を支えるように押さえられてしまい、逃げることはできなかった。

「うあっ、や、ああっ、やめ、やだ、あ、強、い……！」

先端をひときわ強く抉《えぐ》るように擦られて、あっけなく、俺は果ててしまった。息が乱れて、上手く空気が吸えない。苦しい。

アルフレドも俺の手の上に自分の大きな手を重ねて、全部を一緒くたにして強く握り込んでから何度か擦り上げ、低く呻いてから、いった。

白いものが散って、相手と自分の肌に当たって、とろりと流れ落ちていく。嫌だとは思わなかった。それどころかそれが肌を伝っていくことすら、泣きそうなほど嬉しくて、怖いほどに気持ちいい。

アルフレドが俺と同じように荒い呼吸のまま、笑みを浮かべた。熱っぽく、ゆらゆらした藍色の瞳で。

それから、俺の顎や首、胸元を舐めてきた。

……舐め取られている。俺のが。

それが分かって、ぞくりとした痺れと震えが背中を駆け抜けた。

ああ、だめだ。

どうしようもなく、怖いぐらいの酩酊《めいてい》するような幸福感が襲ってきて、くらりと眩暈《めまい》がした。

好奇心に負けて、俺も同じように、相手の胸についてる白いものを舐めてみた。びくり、と大きな身体が揺れた。

「リア――」

「……よく、分からない。味、お酒、みたいな、……」

アルフレドが息を呑んで、ぐるる、と動物みたいに咽の奥で唸《うな》った。

「わっ」

押し倒されて、唇に噛みつかれた。それから、首と、咽元。俺以上に荒い呼吸で、もう一度唇に噛みついてきて、口内や舌を食べるみたいに舐め回してきた。

苦しすぎて胸を押すと、仕方なさそうに離してくれた。唇が離れる時に唾液が糸を引いて、アルフレドがそれを舐め取った。まるで、美味しいものを舐めるみたいな仕草で。

「……なあ。もう少しだけ、いい?」

荒い呼吸のまま、ゆらゆらと瞳の奥を揺らしながら、聞いてきた。

もう少し、だけ。

どうしようかと迷っていると、ねだるように唇をついばんできた。

「……あ」

太股の内側に、俺よりも大きくて熱くて、硬いものが当たった。見なくても分かる。おそらく、もう自力で抑え込むのは無理なぐらいの状態になっているのが。さっき、いったばかりのはずなのに。

「お前、な……」

「……だって。ずっと我慢、してたから」

少しばつが悪そうにしながらも、ぺろぺろと顎や頬を何度も舐めてきた。まるで、おやつをねだる犬みたいな仕草で。

……金色のでっかい犬は、今はまだ、俺の言うことを聞いてくれるつもりのようだ。

俺が嫌だと言ったら、悲しそうな顔をしながらもやめてくれるのだろうとは、思う。

けれども、我慢し切れていない熱くて大きな手が、脇や背中をそろりと撫で上げてきた。触られた場所に、甘い痺れが走る。肌を優しく、優しすぎるぐらいゆっくりと撫でていくあたたかい手があまりにも気持ちよすぎて、俺は思わず声が零れそうになって、必死で飲み込んだ。

呼吸を必死に整えながら、囲うように回された両腕に、指と掌でそっと触れてみた。

シャツの生地越しでも、アルフレドの身体が熱くなっているのが分かった。そのまま掌を滑らせて、肌の凹凸を確かめるようにゆっくりと、上へと辿ってみる。

肩まで辿り着いついた後、首筋からシャツの中へと手を潜《もぐ》らせて、肌に直接触れてみた。じんわりと、こちらの手まで熱くなってくるほどに、とても、熱かった。

相手の頬が染まって、藍色の瞳が嬉しそうに細められた。

どうやら……嬉しいようだ。

俺と同じで。

触れてもらえると、泣けるほど嬉しくなってしまう。

「……いい？」

もう一度、唇を優しくついばまれて、俺はもうどうしたらいいのか分からなくなる。触れてくれる手はあたたかくて、どこまでも優しくて。こんなの、こんなのだめなのに。ああでも、もう少しだけ——

「……もう、……少し、だけ、……」

触っていて欲しい。

「分かった」

許しを得たとばかりに、嬉しそうにキスを降らせてきた。その感触があまりにも優しくて、なぜだか少しだけ泣きたくなった。

背中を撫でていた両手が俺の腰を摑んで持ち上げてきて、己のもの強く押し込むみたいに擦りつけてきた。

自分の熱を相手に移して、伝えるみたいに。

「え……や、あっ……」

敏感になりすぎた部分は、僅かな刺激にすらビクリと反応してすぐに熱くなってきてしまう。

なんだか怖くなってシーツの上をずり上がって逃げようとしたけれど、すぐに腰を掴まれて、引き戻された。

「……リアン」

大丈夫だからと言うように名を呼ばれ、軽いキスが何度も顔や胸や肩に降ってきて、俺は力が抜けていった。

濡れた肌と肌が重なって、硬く熱くなったお互いのものが、裏側や、相手の腹を押すように何度も擦っていって。あまりの熱さに、眩暈がした。

何度か肌の上をなぞるように擦りつけられて、そのうち大きな手がお互いのものを纏めて握り込んできて、強く押しつけるみたいに握り込んだり、先端を重ねて、親指で抉るみたいに擦っていった。

「……あ……うぁ、ああっ」

あまりに強すぎる痺れが腰から全身に走り抜け、頭が真っ白になった。

二人分の白いものが、肌の上を流れていった後。

背中に大きな両手が回ってきて、背中全体があったかくなって、あまりにも気持ちよくて、それから、ほっとした。

されて気持ちよかったから、俺も同じように広い背中へと両手を回してみた。

擦るように手を動かすと、アルフレドの身体がびくりと震えた。それから頭のつむじ辺りにキスをされ、気持ちよさそうな吐息が零れたのが、耳に聞こえてきた。

相手の顔は俺の頭の上辺りにあるから見えないけれど、嬉しそうな気配も伝わってくる。


俺と、同じだ。


どうにもこうにも嬉しくなってきてしまい、もっといっぱい触れてみたくなって、抱きつくみたいに、あたたかくて広い背中に腕全体を回してみた。

相手も俺と同じように思ったのか、背中に大きな腕が回ってきて、強く抱き締められた。

香ってくる陽の香りもいっそう強くなって、肺の中まで香りでいっぱいになって、どうしようもないくらいの安堵感に満たされて。

俺は安心して、目を閉じた。

＊　＊　＊

……お酒の力とは、かくも恐ろしい。

アルコールは、よくも悪くも、閉じていた蓋の鍵を消し飛ばし、正常な判断力も吹き飛ばし、いろんなものを解放してしまう。

あれはだめだ。悪魔の飲み物だ。

今後はなおいっそう注意していかねばならない。


朝起きて。

昨日のだめすぎる自分を思い出した俺は、すぐにでも昨日の己の頭に大きなゲンコツを入れ、正座をさせ、そこへなおれと説教をしたくなった。

昨夜のあれやこれやは、なかったことリストに追記しようそうしよう。

あれはない。なかった。なかったことなのだ。もっと触って欲しいとか、触りたいとか、ずっと触れてて欲しいとか思っ――ああああもう!!

しっかりしろ、俺！　正気に戻れ！　我に返れ！

ま、まだ、まだセーフだ。ギリギリ、セーフだ。ギリギリ、まだ、触りっこの範囲内だ。……多分。

よって、昨夜のあれやこれやについては、奴にも消去させねばならぬ。

あれは一夜の夢だった。

そういうことにしておかねばならぬ。……俺にとっても。奴に、とっても。

ちょっと、お互いに溜まってて、そういう感じでそうなって、ああなってしまったのだ。


目が覚めると、ベッドも……俺も綺麗になっていて、アルフレドはもう先に起きていて支度をすっかりすませていた。

そして俺は、素っ裸再びだ。

この野郎、いや、昨夜の消去すべきあれやこれやのせいでいろいろと濡れてしまった服を脱がして綺麗にしてくれたことには、感謝している。申し訳なかったとも思っている。しかし。それはそれ、これはこれだ。

せめて、なにか、着せて欲しかった！

そうしてくれれば、朝起きた時の衝撃も、比較的小さくすんだかもしれない！

もうマジで、あいつに見られてないところなんてないな！　ちくしょう！　泣きそうだ。

金髪頭は俺が起きたのに気づくと、非常に嬉しそうな顔で駆け寄ってきて、いきなり口付けてきた。本当に最近は自重というものをしなくなったな、お前は！

次第にキスが深くなってきたので、俺は奴の頭を叩いて止めた。油断も隙もない手が脇から入ってきていたのも、つねって止めておいた。

そして俺は今後、飲みすぎないようにしようと、心に堅く、堅く誓った。

いろいろあったが、お祖父様の祝賀会は、無事に終了した。
帰りの馬車の中で、屋敷に着くまで延々とリアン兄に、なにも言わずに部屋に帰ったことや、俺と踊るのを楽しみしていたことなどをぐちぐちと文句を言われ続けたこととか、（俺は受付けの人にはちゃんと言って帰った！　そして俺は踊らずにすんで一安心だ）
リュゼが帰り際に『なんで皆リアンちゃんがいいのよ護衛ひとりぐらい譲りなさいよやっぱり嫌いよあんたなんてこんな無駄に睫毛長すぎる女男なんてどこがいいのよー！』と詰《なじ》ってきて、加えて相手の心を抉る的確な罵詈雑言《ばりぞうごん》をこれでもかと言ってきたこととか。
お祖父様からおこづかいをもらえたのはよかったけれど、小花と青い鳥を象ったなんとも可愛らしい髪飾りと耳飾り、大人二人で抱えないといけないぐらいの大きな箱に目一杯詰め込まれた菓子、そして抱え切れないほどの大きな花束までもらい、なんとも言えない気分になったこととか、
いろいろと思うところはあるにはあるが、まあ、終わったことなので、もういい。
多大な気苦労と心痛と胃痛を耐え切って手に入れたこの多額の軍資金は、大事に、有効に使っていこうと思う。

＊　＊　＊

教会で、いつものようにマリエと休憩のお茶を飲み

ながら、俺は息をついた。

テーブルの上には、もらい物の菓子のクッキー。小さい豆が生地に練り込まれていて、カリッとした歯ごたえがあってとても美味しい。

祖父にもらった菓子のほとんどは、教会に寄付した。俺ひとりじゃ食べ切れないしな。残って腐らせるのはもったいなさすぎる。食べ物を粗末にするとバチが当たるのだ。祖父さんのゲンコツとともに。

菓子の一割ぐらいを取り分けて、チェダーさんのところにもおすそ分けした。三チビたちも食べたいだろうし、チェダー夫妻には日頃からお世話になっているからな。それでも大人が両手で抱えないといけないぐらいの結構な量になった。とても喜ばれた。

マリエが小首を傾げた。

「どうされましたの？　リアン様。溜め息なんておつきになって」

「いえ……こうしてマリエ様と一緒にお茶を飲む時間が、俺は一番リラックスできて好きだなあ、と……」

「まあ！　ふふっ嬉しいわ。私もですよ。リアン様とこうしてお茶を飲みながらお話するのは、とても楽しいわ」

「そ、そうですか！　俺も楽しいです……。癒しの時間です」

「あらあら。同じね。私もですわ」

マリエが林檎《りんご》色のほっぺを緩めて、楽しそうに笑い、俺も笑った。

庭ではチビたちが元気に駆け回っている。

教会には、先日、三人……また、孤児が入ってきたようだ。

マリエは、連れてこられた子供たちは全て、快く引き取ってしまう。アルフレドが前、俺に話してくれたように。

俺たちにはなにも言わないけど、マリエが大変なのは見ていれば分かるので、俺もアルフレドも、手が空いた時は手伝いに来るようにしている。

食堂と庭を繋ぐ扉が開いて、大きな工具箱を手に持った背の高い金髪頭がのそりと入ってきた。

「――マリエ。鶏小屋の修理、終わった」

「まあまあ！　もうできたの！　ありがとう、アル！　助かったわ。鶏さんが元気なのはとってもいいことなんですけれど、網を破るぐらいとっても元気なのは、困りものねえ」

頬に手を当てて口をすぼめ、肩をすくめるマリエがなんだか可愛くて、俺は笑ってしまった。

「……お疲れ様、アルフレド。お菓子、あるよ。食べるかい？」

「食う」

アルフレドが寄ってきたので、大きめの豆クッキーを一つ摘んで差し出すと、手に取らずにそのままカプリと食いついてきた。この横着者め。

そしてあろうことか、俺のティーカップを掴んだと思ったら、ゴクゴクと全部飲み干しやがった。

「あぁっ⁉　こ、こら、この野郎！　人の茶を飲むとは何事だ！」

「咽渇いてたから」

「渇いてたからって、勝手に俺の茶を飲むな！　淹れてやるから、ちゃんと座って待ってろ！」

「……ふふっ」

なぜか笑われてマリエを見ると、にこにこと微笑みを浮かべ、林檎色の頬を赤くして、こちらを見ていた。

「ま、マリエ様？」

「ああ、ごめんなさい。笑ってしまって……。でも、なんだか……とっても、嬉しくて……」

「う、嬉しい？」

「ええ。本当に、よかったなあ、って……」

「よかった？」

「ええ。……女神様のご配慮に、深く、深く感謝をしなければ……」

マリエはそれだけ言うと目を閉じて、胸の前で小さな手を組み合わせた。

それからゆっくり目を開けて、俺を見て、アルフレドを見て、目を細めてにっこりと笑みを浮かべた。

「ふふ。お代わりのお茶は、私がとびっきり美味しいのをお淹れいたしますわ！　少し、お待ちになっててね、リアン様。アルも、そこに座って待ってなさいな」

マリエは席を立つと、調理場に向かって楽しそうに駆けていった。

なにが言いたかったのかはよく分からなかったが、マリエが嬉しくて楽しいというのなら、それでいいかと思い直した。よく分からないけど。

マリエと付き合いの長いアルフレドも分からなかったらしく、なんとも言えない顔をしている。

俺は金髪頭を見上げて、隣の椅子の背を叩いた。

「……ほらほら。アルフレド君。言われた通りに、ちゃんと座って、お菓子でも食べながら大人しく待っていなさい」

金色の眉が片方上がった。

俺のささやかな仕返し、いや、スマートな大人の対応に気がついたようだ。

俺は奴よりは大人だからな。中身はな！

大人な俺は、こんなことぐらいでは怒らないのだ。

ああそうだとも。勝手に自分の茶を横取りして飲まれたぐらいでは、この野郎次はお前の茶を横取りして飲んでやるからな！　とかは思わないのだ。

「……子供扱いするな」

「人のお茶を飲むのは、子供だよ」

反論できずに、むう、とした顔で俺を見下ろす大きな子供を見上げて、俺は、ふふん、と上から目線、いや、大人目線で笑ってやった。

うむ。ほんの少し、溜飲が下がった。

むう、とした顔でじっと俺を見ていたアルフレドが、なぜか、笑みを浮かべた。

なんでだと考えていると、急に屈んできて――


唇に、ガブリと噛みつかれた。

「……んっ」

それから舌でべろりと唇全体を舐めてから、ゆっくりと離れていった。

「……これは、大人扱い？」

「ばっ……」

この……！

本当に、油断も隙もないなお前は！

「……顔、真っ赤」

「う、うるさい馬鹿！」

目の前には、してやったりみたいな笑顔を浮かべる金髪頭の大きな子供。

そうだった。ああそうだったな。

俺よりも、こいつはまだまだ子供なのだった。俺から見たら、お前なんか、まだまだチビたちと同じ括りだ。一緒なんだからな、この野郎。

なのだけど。


……子供は時に、純粋すぎて。直球すぎて、参る。

そして大人を、とても困らせるのだ。

俺は溜め息をついて、舐められてはならぬと大人の威厳を見せるように上から目線で睨みつけながら、反省の色もなく再び顔を寄せてくる金髪の子供の額を、思い切り、ぺしりと叩いてやった。

27話　女神様に再会しました

鈴のような音が聞こえる。

リン、リンと。

音は微《かす》かすぎて、どこか遠くのほうから聞こえてくるみたいだ。

『……――様』

鈴の音に混じって、声が聞こえてきた。誰なのかは分からない。鈴の音と同じように、純粋で、軽やかな声。

『――様』

その声は、誰かを呼んでいるみたいだった。誰を呼んでいるんだろう。

『逢坂直様』

おうさか、なお？

それまで薄ぼんやりとしていた意識が唐突に覚醒《かくせい》して、俺は思い出した。

それ、俺の名前だ。その名前を呼ばれなくなってもう、何年も経つから……忘れかけそうになっている、自分の名前。

やけに重すぎる瞼を、どうにか上げた。

目の前は、真っ白だった。

白。

どこまでも、どこまでも白い。そこにはただ白に塗りつぶされただけの景色が、果てしなく広がっていた。その白い空間には、俺の他には――

真っ白な、幼い少女がただひとり、ふわりふわりと浮いていた。

「……え？」

少女は白い布を巻きつけたような服を着て、髪も肌も真っ白だった。瞳と唇の色だけが桜色をしている。ただ、背中には可愛らしい、白い小鳥のような翼がついていた。緩やかに羽ばたくたびに、きらきらと光の粒が宙を舞う。

背中に真っ白な羽根を背負った、とても幼い女の子。
二、三歳ぐらいだろうか。背も、俺の腰の位置よりもずっと低い。保護者が必要なぐらいの年齢の子供だ。
「……ええと。君、どこの子？　迷子かな？」

『違います。私は女神です』

「へー。小さいのに、女神様なんだ？　すごいねえ」

なんだろう。

とりあえず話は合わせておいたけれど、女神様ごっこ遊びでもしてるのだろうか。

『ごっこ遊びではありませんよ、逢坂様。私は、女神クロートゥアです』

「ひうわ!?　心の声読まれた!?　――え？　クロートゥア……？」

どこかで聞いた名前な気がするな。さて一体どこで聞いたんだろうか。

「……あっ！」

今では遠く、懐かしくも感じる記憶が呼び起こされて、俺は声を上げた。

「め、女神様!?」

マジか!?　マジで女神様!?

『はい』

小さな女の子が、丸いぷくぷくしたほっぺをほんのり桜色にして、笑顔でこくりと頷いた。

「えっ……女、神、さま……なの？　え!?　でも、なんだか、随分と……小さくなっちゃって……ませんか？」

ミニ女神様は、小さな身体で大きく肩を落とし、溜め息をついた。

『これは……仕方がないのです。この姿は、いわゆる、《省エネモード》ですので』

「省エネモード？」

『はい。現在私は、神力を全て使い切ってしまっておりますので、消費神力を最小限に抑えるため、小さな外形を取っております。これはセーフモード的な、緊急用の姿なのです』

「そ、そうなんですか……って、ええぇ～!?　神力を使い切ってしまってるって……どういう……」

『すっからかんということです。今は、多少回復してきてはおりますが、予断は許さない状況です。よって、無駄に使うわけには参りません。削れる部分はサクサク削って、できる限り節約していかないと』

「はあ」

なんだろうか。

ノート型パソコンの内蔵電池が切れて、うわやべえと思って慌てて充電始めたけど画面がブラックアウトしちゃってて必要最低限のOSシステムのみが起動してる、さっきまでのデータは大丈夫だろうかとハラハラヒヤヒヤするあのセーフモード状態と同じ、ということなのだろうか。

自分で自分のことをセーフモード的なって言ってたしな。

ていうか、女神様がパソコン用語を使ったことに俺はびっくりだ。まあ、ゲームを嗜《たしな》むぐらいの女神様だからな。パソコンゲームとかもしてたりするかもしれない。……想像すると、すげえシュールだ。そうだったら、その辺の専門知識も俺より持ってたりして。分からんけど。

ミニ女神様が眉間に皺を寄せながら、小さな頭と小さな身体を使って、重々しく頷いてみせた。

『別の宙《そら》——別の世界からこちらの世界へ、魂をおひとり分、お呼びして来ていただくには、とてもとても、たくさんの神力を必要とするのです。在るはずのないものを、在るはずのない場所へと動かすのですから。それはもうあらゆる法則を修正し、変換し、改変し、調整しなければなりません。それを成すための代償となる神力は、それはもう、とってもとっても莫大なのです！』

ミニ女神様が、小さな両手を握り拳にして振り上げ、ぴょんぴょんと飛び跳ねた。

「は、はあ……」

『簡単に別世界にひょいっと行ける、なんてうまい話はないのです！　それ相応の代償は必須なのです！　等価交換です！　私のような、まだまだ下のほうに名を連ねる神格の者にとっては、それは全力を使い切るぐらいの大変な神業なのです！』

「そ、そうですか……」

『そうなのです！　貴方様の魂を、こちらの世界のお身体に送り込む神業を終えた後、私の神力はすっかりなくなってしまったのです！　意識を失って倒れてしまったのです！』

「ふむ……」

あの後、どうやら女神様は倒れてしまっていたらしい。

『そして先ほど目が覚めると、なんと五年も経っているではないですか！　私はもう血の気が引いて、驚いて、慌てて、いてもたってもいられず、こうして取る物も取り敢えず駆けつけてきた次第です！』

俺は、ミニ女神様を思わず半目で見下ろしてしまった。

フザケンナ。

言い訳するにもほどがある。


「……それは寝すぎでしょう。五年ですよ？」

そんなに寝っぱなしなわけないだろう。

ミニ女神様が俺の疑いの眼《まなこ》に気づいたのか、慌てた様子で両腕を上下に何度も振り始めた。

『し、信じておられないのですね!?　本当なのです！　時の流れは、《下界》と《宙》と《天》とでは、全く違うのです！　ほんの少し《天》でうたた寝をしただけでも、《下界》ではあっという間に一年経ってしまっていたりするのです！』

「は？」

うたた寝で、一年……だと？

「……マジか」

『マジです。本当です。彼の御方の名に誓って、私は、嘘は申し上げません！』

俺は唸った。

『天と宙と下界の時の流れる速さは違うのです……それが理《ことわり》なのです……本当なのです……』

ミニ女神様の目がウルウルと潤み、今にも泣き出しそうな感じに口をへの字にして、くしゃりと顔を歪ませた。

……やめてくれ。

なんだか、俺が子供を泣かせてるみたいじゃないかよ！

ていうか、なんだか女神様の言動と行動が……前に会った時より、子供っぽくなってないか？　見た目が子供に変わると、中身もそれっぽく変わってしまうものなのだろうか。分からんけど。

分からんが、目の前の幼子姿の女神様は目尻に涙を溜めて、えぐえぐと泣くのを堪えながら、小さな身体を震わせて俺を見上げている。鼻水までちょっと見えてしまっている。

「ああもう……ほらほら。泣かないで下さいよ。貴女、神様でしょうが」

シャツの袖で女神様の顔を拭いてやってから、俺はやれやれと溜め息をついた。まったくもう。俺のほうが泣きたいんですけど。

『うう……では、信じて、下さるのですか……？』

「ええまあ……とりあえずは……」

でないと話が進まなさそうだし。

女神様が鼻をすすり、今度は嬉しそうな顔で頷いた。

『ありがとうございます！　そういうわけですので、今はとにかく、ひたすらに、一生懸命、頑張って神力を溜めなければなりません』

「ふむ……。ちなみに、どうやって溜めるんですか？」

『天を揺蕩《たゆた》いながら、あまねく降り注がれる彼の御方の光を浴びていれば、自動的に溜まっていきます』

「光を浴びる」

なんだろう。太陽光発電みたいなもんなのだろうか。エコだ。なんと環境に優しい……さすが神様。

『今からしっかりたっぷり溜めておかないと、これでは逢坂様をちゃんと元の世界へお帰しすることさえもできませんからね』

元の世界へ、帰す……？

女神様の言葉を聞いて、俺は、なんとも言えない懐かしさが胸に込み上げてきた。

元の世界。

《逢坂直》として生きていた——俺の世界。

懐かしいとは確かに思ったけれど、悲しいとは、思わなかった。戻りたい、とも。ただひたすらに、懐かしい。ただ、それだけだ。

我ながら、こちらの世界に随分と心が傾いてるなあと呆れて、笑った。

俺は一度だけ目を閉じ、ゆっくりと開いてから。ミニ女神様を見下ろした。

「……女神様」

『はい。なんでしょう？』

「そのことなんですが……俺、お願いがあるんです」

『お願い、ですか？』

「はい。俺、――女神様の世界に。この世界に。残ってもいいでしょうか？」

ミニ女神様が目を大きく見開いた。

『えっ？』

「お願いします。俺、この世界に残りたいんです」

ここで過ごすうちに、いつ頃からか、思い始めていた。

この世界に残れたなら、どんなに幸せなことだろうかと。

もう……祖父さんも、サンダーもいない。あの、灯《あか》りの消えたままの家にひとりで戻るくらいなら。どこへ行ったって同じだ。それなら、ここにいたっていいんじゃないいか。

それに、もう二度と俺には手に入れられないのだと諦めていたものを、この世界で、信じられないことに俺はもう一度手に入れることができた。

素朴で穏やかな、あの村で。

そんな奇跡みたいな、夢のような世界にいられたなら。どんなにか、幸せなことだろうか。

『逢坂様……』

「だめ、ですか……？」

『……それは……逢坂様が、そう望まれるのでしたら……』

女神様が驚いた顔のまま、そう言った。

「残っても、いいんですか？」

『は、はい……』

「おおお⁉　やったあああ‼」

俺は年甲斐もなく、両手で大きくガッツポーズをした。それぐらい嬉しかったのだから仕方がないだろう。

よかった。女神様から許可がもらえた。これでもう俺は、大手を振って、この世界で生きていけるようになったのだ。

「嬉しい！　すげえ嬉しい！　ありがとう、ありがとう女神様！　ああ、そうだ、俺が今使わせていただいてるリアンの身体なんですけど、あれって、どうなりますか？　やっぱり、本来のリアンに返さないといけなくなるのかな？」

『え、あ、いえ、その必要はありません。本来のリアン様は、貴方様に《場所》をお譲りしていただく代わりとして、願い事を一つ、叶えてさしあげておりますので』

「願い事？」

『はい。本来のリアン様は……遠く離れた豊かな国で、美しい外見で、たくさんの人たちに愛されて、たくさんのお金で一生楽しく遊んで暮らしたい、できればものすごいお金持ちの愛人希望、とおっしゃいましたので……今は、遠く離れた別大陸の、豊かな国の王様の愛人として転生され、毎日、楽しく過ごされておいでです』

「あ、愛人……？」

俺は頭が痛くなった。

爛《ただ》れてる。

聞かなきゃよかったと思ってしまった。

ていうか、なんで、愛人ポジション指定なんだよ。

いろんな意味で、楽しく遊ぶ気満々だな！　欲望に忠実すぎて、逆にいっそ清々しいくらいだな！

『逢坂様が現在お入りになられているお身体も、逢坂様のお身体をベースにして、逢坂様用にお造りしてご用意させていただいたお身体です。その点もお気になさらずご自由にお使い下さいませ。魂《こん》と魄《はく》は、密接に繋がっておりますからね。他の方のお身体に入れないこともございませんが……相性が合わなければ、拒絶反応が出ることもありますので。とってもリスクが高いのです』

「ふむ」

あの身体は、どうやら俺の元の身体がベースになっているようだ。道理でやたらと違和感なく、しっくり馴染《なじ》むと思った。胃がやたらと弱いのも納得した。元の身体も弱いからな！　泣ける。

「ということは、このまま……あの身体も継続して使えるってことですね。それを聞いて、安心しました。よかった……」

もうすっかり、今の身体に馴染んでしまっているからな。今更また違う身体に、とか言われたら困るなあと思っていた。

『お、お待ち下さい、逢坂様！　この世界に残るということがどういうことか、分かってらっしゃるのですか!?　あの村は、この先――」

女神様が言葉を切って、飲み込んだ。

俺と一緒で、女神様も、できれば口にしたくないのかもしれない。……言葉にしたら、本当になってしまいそうで。

俺は、女神様に頷いてみせた。

そんなことは、ちゃんと俺にも分かってる。だって、四周もやるほど気に入って、のめり込んだ世界だ。遠く離れた今でも、あのストーリーの内容はしっかりと覚えている。

あの世界が《アーケイディア》を再現していて、あの物語をなぞっているというのなら。

「分かってますよ。だから……俺はそのために今まで、いろいろ準備をしてきたのですから。……あの災厄の日に、村が壊滅してしまわないように」

そう言ったら、ミニ女神様の顔が暗く翳《かげ》った。

なんだろう。やっぱり、まずかったのだろうか。俺のやろうとしていることは、物語を改変する行為に等しいからな……

「女神様……？　もしかして……そんなことしたら、だめだった？　でも、俺は……」

『いいえ。いいえ、そうではなくて……』

ミニ女神様が辛そうに俯いて、目を伏せてしまった。

数分ほど、沈黙して。

それから、ゆっくりと薄紅色の目を開き、意を決したような表情で、俺を見上げてきた。

『……私も、あの村を救おうと思ったことが、あります』

「え!?」

『ですが……それは……何度やっても、できませんでした』

できなかった？

「それは……どういう……」

『創造主たる私には厳しい制限がついており、直接的に世界へ干渉することは禁じられております。私に許されているのは、人や世界に在る者たちに《囁き》、導くことだけ……。それは転じて、世界を維持し、護《まも》るための理でもあるのです。そして、私はあの村を、魔物の群れが襲わないように、滅ばぬようにと、あらゆる者たちに囁いてきましたが……あの村の宿命を変えることは、ついぞできませんでした』

俺は息を呑んだ。

『私には、あの強固なる予定調和を崩すことはできなかった。あれは……恐ろしく強き宿業と因縁によって、導き至らしめられる事象なのです。──焼き尽くすほどに強き熱星に引きつけられた星々が、捕らわれ、その定められた軌道から逃れられぬように。ですから、』

女神様が暗く翳った瞳のまま、俺を見上げた。

『あの村には、この先……確実に魔物の群れがやってくるでしょう。そして、どのような《囁き》にも揺るがぬ、あまりにも強固な予定調和であるが故に、村を救うことは……限りなく不可能に近い。それでも貴方様は、残る、とおっしゃるのですか？』

容易なことではないだろう、とは、思っていたけれど。

だけど。

「……限りなく、ってことは。可能性は、ゼロではないということですか？」

『……そうですね。限りなく、ゼロには近いとは思いますが……』

ゼロではないのなら、やる価値はある。

「なら。俺、やってみます。ここまで、そのために、必死に頑張ってきたんだ。今更途中で投げ出したくないし、それに」

俺は、ミニ女神様の紅色の瞳を見返した。

「貴女は俺に、《世界を救って下さい》と言ったではないですか。それにはあの村も含まれていると、俺は認識しています」

『……逢坂様……ですが、貴方様は──』

女神様が再び言葉を切って、小さな唇を震わせ、薄紅色の瞳を細めた。

女神様の言いたいことは、聞かなくても分かる。

このままルエイス村にい続け、あの災厄の日を回避できなければ。乗り越えられなければ……リアン《おれ》は死んでしまうだろう。

あの村の人たちと一緒に。

それが、もともと決められていたリアンの未来でもある。

それでも。

「……女神様。俺、あの村が好きです。あの穏やかで、優しい村が。それに、大事な人も、たくさんできました。だから俺は、もう失いたくないんです。大事な人を、失うのは。これ以上は……」

もう、無理だ。

俺、きっと、もう……無理だ。

『逢坂様……』

「守れるのなら、守りたい。今度こそ。自分の手で。……俺の世界では、できなかったから」

俺の世界では、失ったことを、ただ、知らされるだけで。なにもできなかったから。

けれど、ここでなら。《リアン》ならば、それができる。

できるのだ。そのための条件も揃っている。

俺はそれを、《リアン》が使えるもの、持っているもの全てを使って、あの村を守るつもりだ。

『ですが、逢坂様』

なおも言い募ろうとする女神様を、俺は首を横に振って止めた。

「いいんですよ、女神様。気になさらないで下さい。これは、俺が好きでやることですから。その結果がどうなろうと、全ては俺の責任です。それに、元の世界に戻っても……俺は、独りです。たとえ俺がいなくなっても、嘆き悲しむ人なんて、あの世界には……もう、いないのですから」

たとえ、それで俺が死んでしまったとしても。

俺の世界には、俺をそこまで想って待ってくれている人たちはもう、誰もいないから。

あの家には、もう誰もいない。それ故に、誰も悲しませずにすむ。

『そんな、そんな悲しいことをおっしゃらないで下さい！　私は、そんなつもりで貴方様を選んだわけでは』

「ええ、分かっています。でもこれは、最適な人選だったと思います。俺には、もう、元の世界にはなんのしがらみもない。それはつまり、俺は、この世界のことだけを考えていられる、ということでもあります。ほら。ね？　俺以上の適役は、いないでしょう？」

自分で言うのもなんだけど、これ以上の適役はいないと思う。

独りであるが故に、俺は、誰にも気兼ねをする必要がないし、気にする必要もない。そしてそれは、俺がどこへ行き、どこで死のうとも、誰も気にしないということでもある。

好きなように生きて、好きなように死ねる。なにも、誰も、気にすることなく。

俺以上に、これほど自由で身軽な奴はいないだろう。

俺を見上げていたミニ女神様の両目が、みるみる涙でいっぱいになった。

溢れ出た涙がぼろぼろと、丸い頬を伝っていく。

女神様は小さな両手を顔に当てて、とうとう、わんわんと泣き出してしまった。

「ちょ、ちょっと女神様！　なにも、泣かなくても……」

姿が子供だと、どうにも調子が狂う。

迷いに迷った末、俺は、その小さな頭を撫でた。

だって、泣きやみそうになかったから。まるで子供みたいな仕草で泣いてるし。外見に引きずられて、中身も子供化してしまってるのかもしれない。分からないけど。

「あの、ですからね、女神様。俺のことはもう、放っておいてくれてもいいですよ。無理して、頑張って神力を溜めて帰そうとか、もう、考えなくてもいいですから……」

女神様が首をぶんぶんと横に振った。

『いいえ、いいえ！　貴方様は、他所の宙よりお連れした御方です。ですから、もう一度世界をやり直したとしても、貴方様はもう、戻らないのです！　死んでしまったら、もう二度とは』

……ああ。やっぱり、そうなのか。

俺は心の中で、なぜか不思議と納得した。

「いいですよ。それでも」

人生なんて、基本的には一度きりのものだろう。

一度あれば、十分だ。

「ありがとう、女神様。俺、女神様には感謝してるんですよ。この世界に連れてきてくれて、ありがとうございました。それに俺は、もう一度……やり直すことができたから。それで、十分ですよ」

『え……？』

「無意識もあるけど……俺、失うのが怖くて、人に深く関わらないようにしてたんです。ずっと。自分が、もうこれ以上、傷つきたくないから。大事な人たちがいなければ、傷つかなくてすむでしょう？　けど、この世界で、《リアン》としてやり直して……こんな俺でも、想ってくれる、求めてくれる人たちが、いてくれたから……人を想うことが、また、できるようになりました。今は、これでよかったと思っています。もう一度、手に入れることができた。あたたかい場所。灯りのついた家。誰かが、俺を待っていてくれる。想っていてくれる。想い返せる。俺、今、とても……幸せです。寂しくない。だから感謝しています。十分だ」

そう。

十分だ。

最初はなんで俺が、って思ってたけど。

女神様が俺を選んで連れてきてくれたから、俺は、もう一度、あたたかい場所を手に入れることができた。

今では、感謝すらしている。たくさんの人の中から、俺を、選んでくれたことを。

「会いに来てくれてよかった、女神様。これだけは、どうしても伝えておきたくて……伝えられて、よかった。聞きたかったことも聞けたしね。この世界に残ってもいいって了承も取れた。これで安心して、この世界にいられる……」

小さな頭から手を離すと、女神様はまた両目から大粒の涙を零して、肩と全身をぷるぷると震わせて、口元をへの字にしてしまった。

困った。

どうすれば、泣きやんでくれるんだろう。

とりあえず涙と鼻水でべちゃべちゃになっている顔を、シャツの袖で拭いてあげた。

「そんなに泣かないで下さい、女神様。別に、俺だって死にたくはないから、死なないように頑張りますよ。アルフレドと——未来の英雄と違って、俺はごく普通の一般人だから、世界を救うなんてことはできないけど……。あの小さな村ぐらいは、守ってみせます。だから見てて下さい。ささやかなモブみたいな役の俺が、村を救う。そんな風変わりなストーリーも、中にはあってもいいでしょう？　悲しい未来も、もしかしたら変わるかもしれませんよ？」

あたたかい村から、見送られて穏やかにアルフレドが――未来の英雄が旅立てるのなら。

きっと、未来もあたたかいものになるんじゃなかろうか。

呑気《のんき》でふんわりした、いつだってポジティブシンキングなマリエ様並の、呆れるほどあっけらかんとした未来展望だけれども。

それも悪くはないんじゃないかと思うんだ。それに。

俺は、アルフレドに、未来を自分の手で変えていけるんだ、って言った。だから俺は、なにがなんでも、それを証明しなければならない。

やらねばならないのだ。なんとしてでも。

どんなことを、してでも。


『逢坂様……』

「さようなら、女神様。また、どこかで会えたら――」

『私は嫌です！』

ミニ女神様が、泣きながら両手を振り回した。

『だって、だって、それは限りなくゼロに近いのです！　故にそれは……《リアン》様の未来が変わる可能性も、限りなくゼロに近いということなのです！』

「でも、ゼロではないのでしょう？　なら、俺、頑張りますよ」

『だめです！　嫌です！　だって、だって……』

女神様が、駄々をこね出した。

子供みたいに。

「女神様。お願いします。俺の、一生のお願いです。俺の思うようにやらせて下さい。女神様だって、最初に言ったではないですか。俺に。思うようにして下さいって」

女神様が言葉に詰まって、それから目を見開いた。

「ね？　どういういきさつにしろ、俺はお手伝いを引き受けた。一度引き受けたものはなんであれ、最後までやるっていうのが筋ってもんでしょう？　俺は途中で投げ出したくない。だから……」

女神様が小さな翼をはばたかせて、小さな身体をふわりと浮き上がらせた。

『嫌です……そんなの……嫌！』

「め、女神様」

『死なせません！　私は、絶対に、逢坂様を死なせたりなんかしません！　絶対に、しませんから――！』

うわあああん、と泣きながら、女神様が飛び上がった。

「あ、ちょっと!?　女神様!?」

慌てて手を伸ばしたけれど、小さな身体は意外に動きが素早く、指先はかすったけど摑めなかった。

小さな羽根を一生懸命に羽ばたかせて、上へ、上へと飛んでいく。

白い天空に消えていく小さな背中を、俺は泳ぐように両手をかいて追いかけようとしたけど、今いる位置からは全く上には行けなかった。

どんどん小さくなる背を見送りながら、俺は途方に暮れた。

しませんから、ってなにする気なんだろう。

なんか、すげえ気になる。なにをする気か、最後に聞いておけばよかった。ていうか、聞きたかった。

「女神様あああ――！　戻ってきて――!!」

俺の叫びは空《むな》しく白い空間に消えていった。

小さな背は小さくなって、どんどん小さくなって、とうとう白い空に消えてしまって。

俺の視界も、真っ白に塗りつぶされた。

＊＊＊

「――待ってくれ、女神様……！」

俺は天へと叫んで手を伸ばしたけれど、その指はなにも摑めず、ただ空を切っただけだった。

「あ、れ……？」

目の前には、青空が広がっていた。

あれ、白くない。ここは……どこだ？

いきなりの場面転換に頭がややフリーズしかけていて、思考回路が上手く働かない。

目の前には青空と、千切れた綿あめみたいな雲がぷかりぷかりと浮かんでいる。ここがさっきまでいた白い空間ではないことだけは、分かったけれど。

「――起きたか？」

聞き慣れた声が聞こえて振り返ると、金色の髪と青空色の瞳をした青年が、俺の脇に片膝をついていた。

白いシャツの袖を腕捲りして、その肩には、俺だと持ったらおそらくよろけるぐらいに大きくて重そうな槌を一本、軽々と掛けている。

「──アル、フレド……」

アルフレドは肩に担いでいた大きな槌を脇に置いてから、俺を上から覗き込んできて、笑みを浮かべた。どこか、ほっとしたような表情で。

「今日の分の柵作りは、終わったぞ。持ってきた資材、なくなったからな」

「柵……」

俺は目と首を動かして、周りを見てみた。

緑の丘と、緩やかに流れる川、その川向こうには鬱蒼と茂る森が横に広がっており、その森の更に奥には、なだらかに隆起する山並みが見えた。

背中には、柔らかい草の感触と、青々しい香り。

ふと気がつくと、自分の身体の上には黒い上着が掛けられていた。その背ヨークと右上腕辺りには、見てると和む丸っこい鳥と麦の紋章が銀糸で刺繍されている。

俺は、そこでようやく、ここがどこで、なにをしに来ていたのかを思い出した。

そうだ俺は今日、村の西側防衛ラインに、魔物撃退用の柵《電撃バリバリ鉄線君》を設置しに来たんだった。

ふと名を呼ばれた気がして、その方角に顔を向けてみると、姿と表情がどうにか目視できるぐらいに離れた丘の上で男たちが十人ほど、こちらのほうを向いて大きく手を振っていた。

皆、達成感に溢れた満面の笑顔をしている。

あれは、俺が雇った作業員七人と、他は手伝いに来てくれた近くの村人たちだ。

その後ろには、大人の胸辺りぐらいまである太くて硬い木の杭が三、四メートル程度の間隔で連なって並び、その杭と杭の間には鉄線が張り巡らされている。

柵はここから二百メートルほど伸びていて、川の手前までできていた。

来週は川の上にも鉄線を渡して、防水加工をした杭と鉄線君を設置する予定にしている。計画は遅れもなく、順調に進んでいて喜ばしい限りだ。それは、いいのだけれども──

「おれ……寝てたのか」

でも、いつから寝てたんだろう。思い出せない。

首を捻っていると、アルフレドが笑った。

「お前、昼飯食った後、少しだけ寝るって横になっただろ？　後で起こせって頼まれてたけど、あんまりにも気持ちよさそうに眠ってたから。そのまま寝かせといた」

「はあああっ!?　な、なにしてんだよ馬鹿！　起こしてくれよ!!」

「だってお前、すげえ疲れてるみたいだったからな。よく寝てたし、このまま寝かせておいてやろうって。皆も」

「え……」

もう一度、丘の上に視線を向けてみると。男たちが、また笑顔で手を振ってきた。

微かに遠くから、リアン様起きたですかい～、いい柵ができましたよ～、どうですか～、という、気が抜けるぐらいに間延びした、呑気な声が聞こえてきた。

「ええ～……。もう……起こしてくれて、よかったのに……」

俺はがくりと肩を落とした。

なんてことだ。どうやら、アルフレドだけでなく皆に疲れてると思われ、気を遣われてしまったようだ。

なんと不甲斐《ふがい》ない。情けない。恥ずかしい。

今後は疲れてると思われないよう、しっかりと気を引き締めていかねば……

しかし。

現場監督不在だったというのに、本日の工事は無事完了してしまったのか。滞《とどこお》りなく。

順調且つ問題ないのはいいことではあるが、なんだか、なんというか、非常に……複雑な気分になった。

「今日の作業、終わったのか……」

「ああ。午前中に、設置場所と作り方は、お前が指示してくれてたからな。問題ない。俺が見てたし」

「そうか……どうも……ありがとう……」

見上げると、まだ陽は、天頂と地平線の真ん中ぐらいにあった。陽は高く、空はまだまだ青いままだ。夕方にすらなっていない。

予定していた本日の終了時間よりも、随分と早く作業がすんでしまったみたいだ。

そういえば、確かアルフレドは、長いこと建築業社の仕事をしていた。こういう作業は、もしかしたら俺よりも慣れてるのかもしれない。

……そんなことよりも。

俺は、隣にしゃがみ込んでいる相手の様子を……顔を向けないまま、さり気なく探った。

さっき俺は、寝言を口走ってしまったような気がする。……まずい類いの。

どうしよう。

聞かれてしまっただろうか。

意を決して隣にいる青年を振り仰ぐと、澄んだ青空色の瞳が俺を見下ろしていた。

「あ、アル――」

「……女神様の夢でも、見てたのか？」

心臓が大きく跳ねた。

まずい。やっぱり、聞かれてたみたいだ。どうにかしてごまかさなければ。

「まっ……、まあ、……うん！　縁起が、いいな！　女神様の夢を見ていたよ！　内容は、よく分からなかったけどな！　覚えてもないし！」

「……そうか」

アルフレドが相槌《あいづち》を打った。

いつもの少し気だるげな、人の話を聞いているのかいないのか、納得しているのかいないのか、判別のつきづらい相槌の言葉を。

俺の言い訳に、納得してくれたのだろうか。

じっと見上げてみても、青空色の瞳は今の空みたいに静かで、表情も変わらなくて、なんともいえない。

感情の読み取れない表情のまま、アルフレドが片腕を上げて。

俺の頬を、そっと撫でてきた。本当に、よく分からない。今、なにを考えているのか。

「……あ、アルフレド？　ええと……僕は、なにか他にも、言ってた……かな？」

尋ねると、青色の瞳が一瞬だけ横にそれて伏せられ、またすぐに戻ってきた。

「……いいや。……『女神様』って寝言を言ったのを、聞いただけだ」

「そ、そうか……」

俺は心の中で大きく安堵した。

よかった。それぐらいなら、まだ……大丈夫だ。どうとでもごまかせる。

ああもう、女神様！　マジで頼みますよ！

会いに来てくれたのは助かったし、聞きたいことが聞けたし、俺も言いたいことが言えてよかったけど、時と場合を考えて出てきて欲しかったです！　俺の精神力と心臓がもちません！

ていうか、後で、戻ってきて欲しい。

一体なにをする気なのか、聞きたい……どうにも、あの女神様はあまりにホワホワゆるゆるしてるから、なにをするか全く行動の予想がつかない。怖い。


心の中でいろいろ考え込んでしまっていると、俺の頬を撫でていた手が、今度は右手を掬ってきた。それから、軽く、握り込まれた。

「……アルフレド？」

見上げると、さっきまで澄んでいた青空色が、少しだけ翳っているように見えた。

「……様。……頼む。……れて、いかないでくれ……」

「なに？」

声があまりに小さくて聞き取れなくて、聞き返したけれど、アルフレドは教えてはくれなかった。

青空色の瞳を翳らせたまま、じっと、俺を見ている。

いや、俺を見ているようで、俺ではないところを見ている。ような気がした。


「……守るから。大事に、するから。だから……」

ぼそりと呟かれた言葉は、やっぱり上手く聞き取れなかった。

「……アル……？　なんて？」

もう一度尋ねてみると、アルフレドがようやく俺に視線を戻してきた。笑みを浮かべているのに、どうしてなのか、なんだか泣き出しそうな感じに見えた。

「……なんでもない」

「なんでもないって——ふわあっ」

背中に腕が回ってきて、寝ていた上半身を無理矢理引き起こされた。

勢いよく起こされたから、その勢いのまま相手の胸にぶつかってしまった。

相手は俺が思い切りぶつかっても、びくとも、ぐらりともしなかった。そしてでかい。無駄にでかい。俺なんか、学校にいる時からミリ単位でしか伸びてないし、筋肉もあれからあまり付かなくなったし、なんかもう頭打ちっぽい——いやいやいや。まだだ。まだ成長の兆《きざ》しはある。まだまだ俺の身長は伸びる。筋肉も付く。はずだ。

……しかし。

随分とまあ、大きく頑丈に育ったものだ。

まあ別に、それはそれでいいことでは、あるのだけれども。

ここまで大きく元気に育ってくれて、俺も嬉しくは思っている。少しだけ、ほんの少しだけうらやましいけれど。そのまま健やかに、すくすくと大きくなればいいとも願っている。

それから、もっと強くなれ、とも。

誰にも、何者にも、負けないぐらいに。

ほんの少し感慨に耽《ふけ》っていると、いきなり強く抱き締められた。

「おわっ⁉　ちょ、あ、アルフレド⁉　ちょっと……！」

頼むから、場所を考えてくれよ！　ここ、外だぞ！　しかも、向こうに人がいるし！

「アル——」

俺は相手を押し返そうとしていた手の動きを止めた。

俺の肩を強く摑んでいる大きな手が、震えているような気がしたから。

どうしたんだ。なにかに脅えている？　いや、まさか。

顔を上げてみたけど相手の首の辺りしか見えないので、なにを考えているのか、なにを思っているのかも分からない。

ただ、見えないけど、やっぱり俺を摑んでいる手が微かに震えているのだけは、肌を通して感じた。

「アルフレド？」

何度名を呼んで問うてみても、返事が一つも返ってこない。

本当にどうしたんだろう。午前中は、特に変わったところはなかったと思う。今のアルフレドは、いつにもまして……なにを思って、なにを考えているのか、全く分からない。

俺は途方に暮れて、とりあえず相手の背中に腕を回して、背中を軽く叩いてやった。チビたちを落ち着かせる時と同じように。

なんだろう。今日はなんだか、こんな感じの役回りが多い気がする。泣いてる子供を宥《なだ》めたり、あやしたり、みたいな。今俺の目の前にいるのは、随分と大きすぎる子供だけれど。

まあ誰にでも、時には気持ちが不安定になったり、寂しい気分になることはあるからな。子供でも、大人でも。

抱き締める力がいっそう強くなってきて、俺はさすがに胸が苦しくなってきた。

「うぐ……ちょっと、アルフレド！　く、苦しいってば！」

背中を叩いて文句を言ったら、腕の力が弱まった。ようやく楽になって、何度か息を吐いて吸ってから、相手の顔を覗き込むように見上げてみる。

「アルフレド？　……どうした？　疲れたのか？」

「……いや」

ちょうど逆光になってしまってあまりよくは見えなかったけど、首を静かに横に振って、笑みを浮かべたのだけは分かった。

もう少し顔を近づけてみると、ようやく見えて、青空色も元に戻っていた。遠くまで澄んだ空の色だ。俺の、好きな色。

アルフレドが俺の腕を摑んで、立ち上がった。

「……リアン。帰る前に、柵の仕上がり具合だけ確認しておいてくれ」

「あ、ああ。するよ。もちろんだ。ーふわっ」

急に勢いをつけて引っ張り上げられたから、足下がよろけてしまい、また目の前の奴にぶつかってしまった。慌てて胸に手を置いて、身体を起こす。

「あ、ご、ごめ、――んっ」

上を向いた瞬間、かすめ取るように口付けられた。

一瞬だけれど、深いやつだった。相手の唇が俺の唇を全て覆って、確かめるみたいに唇と舌で触れながら、名残惜しげにゆっくりと離れていった。

「……っは、おま、お前なあ！」

「……大丈夫。見えてない。遠いから」

「ばっ……」

確信犯かこの野郎!!

なお悪いわ！　確かにお前が言う通り、大きなアルフレドの背に俺はすっかり隠れてしまっていて、向こうからは見えないとは思うけれども！

反省の色なく、また唇が下りてきて、俺は――俺は。

瞼を、閉じてしまった。

……ああもう。

俺も随分と慣らされたものだと思う……今日この頃。嫌だと抵抗してみせても、最近は、この金毛の動物は俺の言うことをあまり聞かなくて、やたらめったらしてくるから、もうこれは、どうしようもないのだ。不可抗力的な感じなのだ。ああそうだとも。それから……

アルフレドの唇は、いつも、どこか、優しくて。泣けてきそうになるぐらいに、優しくて。触れるとあたたかくて、ほっとする、から。

触れていたあたたかい唇が、離れていった。目を開けると金髪頭が、どこか納得したような、満足げな感じに目を細めて微笑んでいた。

「……行こう。リアン」

「……あ」

アルフレドが俺の手を摑んで引いて、前を歩き出した。皆のいるほうへ向かって。

落ち着いた表情の横顔と大きな背中を見上げながら、俺は内心、気づかれないように……胸を撫で下ろした。

目の前にいるのは、いつものアルフレドだ。よくは分からないけれど、珍しく、沈んでいるようだった気分も、どうやら収まったようだ。

あたたかい風が、さわりと吹いていった。

俺の手を握ってくれる、あたたかい、大きな手。

優しい人。優しい人たち。

あたたかい場所。

守ってみせるとも。

今度こそは。どんな手を、使ってでも。

――絶対に。

無意識に手に力が入ってしまっていたのか、アルフレドが振り返った。

「リアン？」

俺は目の前の不思議そうな顔をした青年を見上げて、なんでもない風に、いつもの笑みを浮かべて返した。

いつもの、嘘をつく時に使う笑顔を。

俺は、村の人たちを、お前を守るから。

そのためなら俺は、なんだってしよう。そのためなら、必要ならば、どんな嘘だってつき通してみせる。

最期まで。


「いや。なんでもない。——ああ、柵、いい感じにできてるな。とても、頑丈そうだ」

なにか言いたげな目で俺を見ていたけど、俺は気づかない振りをした。

そろそろ皆に見えるだろうからと、手を離そうと力を抜いてみたけれど。アルフレドが逆に力を込めてきたので、繋いだ手は、振りほどけなかった。

俺は困って、けれどもそれが嬉しくて。どうにも泣きたい気分にもなってしまい、参った。

いつか、そう遠くない日に。お前には、分かってしまうだろうなと思う。

お前は、意外と聡《さと》い奴だから。

——俺が、大嘘つきだということに。

その時が来たら……この手は、振り払われてしまうのかな。いや、もしかしたら見向きもされなくなってしまうのかもしれない。

それでも、俺は。

離さないとでも言うように、強く握られた手を見て。

俺は目を伏せて、もう少しだけ、と願いながら、あたたかくて大きな手を握り返した。

閑話　白い夢と銀の光　アルフレド視点　前編

学校を出たら時間なんてあっという間に過ぎていくんだぞ、とチェダーさんが言ってた通り、気づけばもう夏が来ていて、日差しは肌を焼くほどに強くなっていた。

俺は学校を卒業した後、世話になっていた教会を出てチェダー牧場へ引っ越し、住み込みで働き始めた。

とはいっても学生の時は主に土日に入れていた仕事が、平日もするようになっただけで仕事内容はほぼ変わらないので、特に問題はない。

変わったことといえば寝に帰る場所と、学校に行く必要がなくなった分、時間に余裕ができて任される仕事が増えたことぐらいか。

任された仕事の一つには、平日の早朝、絞りたての牛乳やチーズなどの乳製品を荷馬車に積み込んで得意先に届けに行く配達作業がある。

荷馬車での配達先は、大量に買ってくれる人や、定期的に買ってくれる店や農家、施設などだ。個人宅へは、数人の日雇いが届けて回っている。

最初の頃はチェダーさんと一緒に配達していたが、二週間ほど経って、俺が配達先と仕事の手順を一通り覚えた頃からは、いくつかの近場の配達先を俺ひとりに任せてくれるようになった。

そのいくつかの配達先の中には、《オーウェン領主の屋敷の厨房》がある。

チェダーさんが、そのほうがお前もなにかと動きやすいだろ、と笑いながら俺用の配達先リストを渡してくれたから、俺のもう一つの仕事の事情も考えて、気を利かせてくれたようだ。

チェダーさんのほうは、今では、少し遠方にある村の材木工場や農園、町への配達に回っている。

ブリキ製の大きな牛乳缶を厨房の奥にある冷蔵室に運び込んでいると、本日分の納品リストの確認にやってきた執事に呼び止められた。

オーウェン家に仕えているこの執事は、常時ニコニコと穏やかな笑みを浮かべているが、歳のわりには動きに隙も無駄もないじいさんだ。

護衛仲間の厳《いか》つい先輩たちも、このじいさんにだけはなぜか一目置いている。

「フラム様。お疲れ様です。お仕事中に失礼いたします。リアン様より、フラム様へのご伝言を仰せつかっております」

「伝言」

「はい。帰られる前にお立ち寄り下さい、とのことです」

執事が、にっこりと微笑んだ。

「分かった。今日の配達分を運び終えたら、後で寄るよ」

「はい。よろしくお願いいたします」

執事は完璧な角度で深々とお辞儀をすると、厨房の料理長のもとへと歩いていった。

屋敷へ配達に来ると、リアンが俺に用事や連絡したいことがある時には、こうして執事が知らせに来てくれるようになった。

だが、領主の子息の私室だ。

側付きの護衛をしているとはいえ、そんな気軽に俺みたいなのがひょいひょい行ってもいいのかと、あの執事に一度聞いてみたことがある。

信用されているのは嬉しいが、そこまで信用するのも、自分で言うのもなんだがいかがなものかと思う。

俺の素朴な質問に対して執事は、『リアン様がそれでいいとおっしゃっておられますので』とやたら完璧な笑みで返してきた。

しかし目は笑っていなかった。

やたらと凄みのある視線が、分かってんだろうな妙な気を起こすんじゃねえぞ、と牽制《けんせい》してくる様な、無言の圧力を感じた。

さすがの俺も、背中に冷たい汗が流れた。

よって、素直に頷いておいた。

先輩の言っていた、命が惜しくば逆らうなよ、という言葉の意味が、その時、少し分かった。

……まあ、それはいいとして。

呼び出しの内容は、その都度《つど》、様々だ。

だいたいは土日の仕事の件が多いが、時には小説の続きや雑誌を貸してくれたり、チェダーさんやチビたちに渡したい物を俺に預けたりといった、ささやかな内容の時もある。

……俺のほうも、返す本があるから帰りに牧場に寄れとか、生まれた羊を見に来るかとか、いろいろと言ってては呼びつけているので、似たようなものではある。

用件は纏めて一度にすませたら効率的なのでは、とは言わない。

——お互いに。


そういうわけで、配達の際、こうして呼ばれてはあいつの部屋に寄って帰るようになったのも。卒業後に変わったことの一つだろうか。


厨房の冷蔵室へ牛乳缶を運び終えてから、屋敷の二階へ上がり、あいつの部屋の前に立って、扉を三回軽くノックをした。

耳を澄ませてみる。

返事は返ってこなかった。部屋の中からは小さな物音すら聞こえてこない。俺はもう三回、今度は強めにノックをしてみた。

そこでようやく部屋の中から、ふぁい、と少し気の抜けたような声で返事が返ってきた。

今日は六回目で起きたが、稀に十二回ノックしても反応がない時がある。

そんな時は、勝手に部屋に入らせてもらっている。返事がなかったら爆睡してるから入って起こしてくれ、と言われたからだ。

……あの執事が心配する気持ちも、分からないでもない。無防備にもほどがある。

今度、自分の置かれている立場と危機管理について、少し言い聞かせてやったほうがいいかもしれない。

「……だれ？」

「俺」

「あ……。どうぞ。はいって」

了承が得られたので、俺は扉を開けて部屋の中に足を踏み入れた。


リアンの私室は、あいかわらず物で溢れていた。そして領主の子息の部屋には、全く見えない。

ここへ来るたび、まるで小さな図書館か、はたまた、どこぞの学者の研究室にでも入り込んでしまったような気分になる。

私室と呼ぶにはあまりに広すぎる部屋には、魔術書や研究書、歴史書、辞書、図鑑、等々、様々な種類の本がそこここに積み上げられており、書斎机のような横長の机の上にも、本と書類が、山のように積み上げられている。

ソファやローテーブルの上にも、本と筆記具と様々な形をしたスケールや、計器類、術式関係の文字や表、図式が描かれた紙や羊皮紙が散乱している。

ここまで勉学が好きなら王都の学院に行く道もあっただろうに。

リアンは、村に残る道を選んだ。

その理由を聞いてみたことはあるが、勉強はどこでもできるからね、と言っていた。確かにそれは、その通りではある。あるにはあるが――

なにをこんなに必死に勉強して、一体なにをしたいのか、しようとしているのかは……未だにはっきりとは、分からない。

いつ尋ねてみても、まあいろいろだよ、僕は知りたいことがそれはもう山のようにあるのさ、君と違ってね、となんだか分かるような分からないような感じで答えられてしまう。最後によけいな一言を付け加えるのを忘れずに。


物で溢れた部屋の中を物を避けつつ通り抜け、天井まで届くぐらいの棚と折り畳み式のパーテーションで仕切られた、部屋の更に奥へと俺は足を向けた。

週に少なくとも一度はこの部屋に呼ばれているから、もうすっかり、この部屋の間取りは覚えてしまった。

奥は、リアンの寝室になっている。

窓からの光が当たりすぎない場所に天蓋《てんがい》付きの大きなベッドがあり、ベッド全体を覆うように、落ち着いたベージュと緑で織られた薄い布が掛けられている。

薄布越しに、窓のカーテンの隙間から朝の光が、ベッドの上へと柔らかく差し込んでいるのが見えた。

片目を擦りながら半身を起こしている、部屋の主の姿も。

俺はベッドに近寄って脇に立ち、薄布を横に引き開けた。

部屋の主は目を擦っていた手を下ろして顔を上げると、俺を見上げ、まだ夢の中にいるようなぼんやりしたアイスブルーの瞳を細めてから。ふんわりとした、柔らかい笑みを浮かべた。

「あるふれど」

少し舌足らずな口調で俺の名を呼ぶ声は、それもどこかふわふわとしている。

寝癖のついた銀色の髪はくるりと自由に跳ね、紺色に染めた絹っぽいパジャマは少し大きすぎるのか、リアンが細すぎるのか、片方の肩がずり落ちてしまっている。

ふんわりと微笑む姿はやたらと可愛い上に、パジャマから覗く白い肌や、寝起きの気だるい感じが、やたらと……艶っぽい。

側に寄ると、柔らかで控えめな、野花みたいないい匂いが鼻をかすめていった。

しかしここで本能に負けて押し倒したりなんかしたら、相手は顔を真っ赤にして烈火のごとく怒り出し、次からは警戒心丸出しでこんな風に笑いかけてくれなくなるのは目に見えているので、俺は必死でいろんなものを奥底に抑え込んだ。

「……おはよう、リアン」

「おはよう……アル、フレド」

驚かせないように、ゆっくりと近づいていって、そっと、銀色頭の上にキスを落とした。

いつもなら『なにするんだこの野郎！』と毛を逆立てて怒られるところだが、寝起きのリアンは半分以上頭が寝ているため、こうしてさり気なくキスをしても怒らない。

それどころか目が合うと、ふわりと笑みを浮かべ返してくれたりする。

掌で頬を撫でても、嫌がるどころか気持ちよさそうに目を細め、頬を掌に擦りつけてくるような仕草までしてくる始末だ。

そういえば、と思い出す。

あの銀色猫も、寝起きはこんな感じに素直に触らせてくれて、あの時だけは引っ掻かれずに触れたな。寝ぼけているだけなんだけどな。

そして結構長い時間、どちらの銀色も寝ぼけている。

顎の下を擽うように指で撫でると、頬がほんのりと薄紅色に染まり、気持ちよさそうに小さく息を漏らした。

よほど気持ちいいのか、俺の手に顎を預けたまま白い咽を無防備に晒《さら》して、ゆっくりと目を閉じる。

身体の力は、すっかり抜けてしまっている。

これは……まさか。

もしかして、もしかしなくても……誘われてるのだろうか。

いや、待て。

違うだろ。落ち着け。

寝ぼけてるだけだ。こいつは。しっかりしろ、俺。

耐えろ、耐え切るんだ、俺。ここで一時の衝動に任せてがっつけば、次はない。

俺は再び表に出てきそうになったいろいろなものを、もう一度力ずくで抑え込み、蓋をして重しを乗せた。

ベッドの脇に腰掛けると、ベッドが揺れるのに合わせて、銀色頭と細い身体がゆらゆらと揺れた。

斜め後ろに倒れそうになった不安定な身体を腕を伸ばして支えると、相手の白い手も、身体を支えるためか、俺のシャツの袖を軽く摑んできた。

「……どようびの、ことだけれど」

今日の呼び出し案件は、土曜の仕事に関する話のようだ。

「むらの、南西部……の……山道……で、ブラッドクロー・ベアが……二匹……目撃されて……」

「ブラッドクロー・ベア？　珍しいな」

大人の男ぐらいの大きさの、見た目は熊によく似た魔物だ。

ただその爪は通常の熊よりも三倍ほど大きく、血に染まったような赤い色をしている。

目も赤く、額に二つ余分についている。

見た目を恐ろしくすることで相手の動揺を誘い隙を狙っているのだ、と魔物図鑑の解説文には載っていたが、確かにそれもあるかもしれないと納得してしまうぐらいの、凶悪な見た目の魔物である。

ただ見た目の凶悪さのわりには警戒心が非常に強く、山の上のほうで野生動物や小型の魔物を狩っては食っているので、滅多《めった》に人里には下りてこないはずなのだが。

「……怖いからどうにかしてくれって……村人から調査依頼が来てて……明後日の土曜日……行くから……八時頃には……屋敷に来て……」

「分かった」

「よろしく、たのむ……危ないから……十分に準備してきて……くれ。こっちも準備はしていくけど、お前のほうも、傷薬とか、いっぱい持ってきて……それから、今日と明日は早く寝て……風邪引かないように……コンディションを整えて……ああ、縄とかも……

いるかな……そうだ、もしもの時の野営道具……」

リアンが寝ぼけながらもいつものように心配性を発揮してぶつぶつと言い始め、俺は吹き出しそうになった。

「ああ。分かったから。泊まりになりそうなのか？」

「分からない……調査……状況次第……かなあ……」

「了解。じゃあ、チェダーさんには、場合によっては泊まりになるかもしれない、って言っておく」

「うん……」

リアンがこくりと頷いた。

支えていた腕の力を抜くと、力の入っていない身体は、そのまま簡単に後ろへと倒れてしまった。

銀色の髪が、白に近い若草色のシーツにさらりと広がる。

それは柔らかい朝の光を受けて、同じように柔らかい光を反射していた。

同じ髪と瞳の色をした夫人からはひどく冷たい印象を受けるのに、リアンのは、いつも柔らかくて、あたたかい色に見える。

枕に頭を乗せるように身体の位置を調整してやると、相手は力を抜いたまま、俺に身体を任せてきた。


無防備に晒された白い咽がすぐ目の前にあって、かぶりつきたい衝動に襲われたが、俺は必死に戦った。

いやでも、待て。

少しぐらいなら、いいのではないだろうか。

いいんじゃないか？　いいはずだ。だって、こんなに無防備にしているのだ。少しぐらいなら触ってもいいよってことではないだろうか。

いや、そうだ。きっとそうに違いない。

なぜならこんなに近寄っても、触れても、力が抜けまくってるし。俺は間違っていない。はずだ。

顔の横に肘をついて、覆いかぶさるようにして真上から覗き込むと、相手の目は、もうすでに半分閉じかけていた。

ぼんやりした瞳で、俺を見上げてくる。

そういえば、と、俺も伝言を頼まれていたのを思い出した。

「……リアン。三チビたちが、またお前に会いたがってたぞ。今度、いつ来るか聞いてきてくれって。頼まれた」

「そうか……」

リアンが少しだけ困ったように、それでもどこか嬉しそうに微笑んだ。

最近は三チビたちもすっかりチェダー夫妻に懐き、牧場の生活にも慣れた。それに伴い、リアンがチビたちの様子を見に牧場へ立ち寄る回数も、随分と減った。

教会では習慣みたいになってしまっていた、三チビたちと一緒に昼寝をすることも、今ではもう、ない。

立ち寄る回数は故意に、少しずつ、減らしていっていたらしい。

本人が俺に、そう話してくれた。


三チビたちが早く、チェダー夫妻に慣れるように。

帰りたいと思う場所が、教会ではなく、牧場だと思えるようになるように。

チビたちの心の中の一番のよりどころが、マリエやリアンではなく、チェダー夫妻になるように。

リアンの立てた作戦は成功し、今ではもう三チビたちが『かえる』と言う家は教会ではなく牧場になり、泣いた時に真っ先にしがみつくのはマリエやリアンではなく、チェダー夫妻になった。

それでも時には、ふと思い出して、無性に、親みたいに慕っていたリアンが恋しくなる時があるようだ。

そんな時は俺に、べそをかきながら連れてくるように頼んでくる。

「……なら……今日……いや、明日の午後、会いに行くって……伝えて」

「ああ。明日の午後だな。伝えとく」

うん、とリアンが頷いて、笑みを浮かべた。

「……寄ってくれて、ありがとう。アルフレド。……僕の用件は、以上だよ」

「そうか」

抱き締めるみたいに首筋に顔を埋めると、くすぐったそうに少しだけ身をすくめた。

遠慮がちに、おずおずとあたたかい腕が背中に回ってきて、どうしようもなく嬉しくなってしまった。

「……今日も、忙しい？」

「いや。今日はあと二軒、配達先を回ったら牧場に戻る」

「そうか……頑張れ」

「ああ。お前は？　教会？」

「……資材発注に、町へ行ってから……午後……教会に寄るつもり」

「そうか」

学校を出ても、リアンはあいかわらず、教会に入り浸っているようだ。

最近は孤児が急に増えてきて、マリエが大変そうだからできるだけ手伝いに行っているのだ、とも言っていた。

「……俺も手が空いたら、教会に、手伝いに寄るよ」

背中の腕がピクリと動いて、それから、腕の中の銀髪頭が頷いた。

「……うん」

どこか嬉しそうに、小さく呟く声が聞こえた。


どうにも、欲しくて、欲しくて。毎回、この部屋に呼ばれるたび、連れて帰りたい衝動が湧いてきて――参る。

この、腕の中のあたたかいものが欲しくてたまらない。

どうやったら、ここから連れ出せて、俺だけのものにできるのか。

攫って逃げるのは簡単だけど、追手もかかるだろうし、後が大変だろう。

村を出て、この小さい国も出て、逃げ切る自信はあるけれど……こいつは、きっと泣くだろうから。そんなのは却下だ。

そういえば前に、村の南辺りに、湖の畔の小さいけれどもいい感じの空き家があって、いつかそこに住みたいと言っていた。

なら、俺がその家を買ったら、一緒に住んでくれるかな。そこでなら一緒に、ずっと、いられるかな。

ああそうだ、旅に連れ出した時、そのまま村に帰らせずに連れていってしまうのはどうだろうか？

いや、待て。

だめだ。それじゃあ攫っていくのと変わらない。絶対、泣く。……まあ、最終手段としては、残しておいてもいいけど。

あとは――


小さな寝息が、耳元で聞こえてきた。

しまったと思って顔を覗き込むと……すうすうと気

持ちよさそうに寝息を立てながら、リアンが眠ってしまっていた。

その寝顔は安心し切っていて、幼い子供みたいにあどけない。

俺は小さく息を吐いた。

まあ、時間はたっぷりあるのだ。ゆっくり考えればいい。

それまでは、こうしてたくさん約束事を作って……繋ぎ止めて、飛んでいかないようにしておけばいいのだ。

……こんな時は、あの星読みの言葉も、悪いものばかりではなかったと思える。

俺の側近くを回って、俺を想って、俺の道行きを照らしてくれている小さな優しい星だと、あいつは言ったから。

だから、この星は、俺のもの。

俺の星だ。

俺だけの。

だから誰にも渡さないし……女神様にも、返さない。


「……おやすみ、リアン」

起こさないように静かに唇を落としてから、名残惜しく離れ難《がた》い気持ちをどうにか振り切って、リアンの肩まで上掛けを掛けてやってから、俺は音を立てないように部屋を後にした。

ああ、もっと、触りたい。

たくさん触って、確かめたい。側に在ることを。

そろそろ、また、あの夜みたいに触らせてもらえないか、聞いてみようか。

そうだ。そうしよう。

……あいつの機嫌がいい時に。

＊＊＊

土曜日がやってきた。

朝、俺が家の玄関の扉を開けた時、ちょうどチェダーさんの弟のゴーダさんが馬から飛び降り、飛び散る汗を振りまきながら、こっちに向かって土煙を上げて走ってくるところだった。

朝っぱらから暑苦しし、いや、あいかわらずの元気さだ。

　ゴーダさんはチェダーさんと見た目がよく似ていて、目は大きくて鋭く、たわしみたいに硬そうな黄色っぽい茶色の髪をして、筋肉は盛り上がり、扉の枠に頭をぶつけるほどの大きな身体をしている。

　そしてゴーダさんもチェダーさんに負けず、武勇伝が多い。

　中でも二つ首の大猪をひとりで、しかも素手で倒した死闘の話はすげえ面白かった。その時に折り取った戦利品でもある大牙は今でもゴーダさんの家に飾ってあって、見せてもらったことがある。すげえ大きかった。まるで探検家ゴルゴンドだ。俺も機会があれば、素手で挑戦してみたいと思う。

　そんな有名探検家みたいな猛者《もさ》でもあるゴーダさんなのだが、なぜか今日は……太い眉をハの字にして鼻水垂らして泣きながら、真っ青な顔をして、チビたちみたいにしゃくり上げながら、こっちへ向かって走ってきていた。

「ゴーダさん？　どうしたんだ？」

「あああああっ!!　アルうううっ!!　大変なんだよおおお〜!!　もう、俺、俺、どうしたらいいか……!!」

　俺の前で立ち止まると、熊みたいなゴツイ手で俺の両肩を摑み、おいおいと泣き出した。

「だから、どうしたんだよ。泣いてたら分からないだろ」

「それが、それがよおおお〜!!　ううっ、昨日、うえ、山に、ひっく、えぐ、うぐ、」

「だから、泣いてたら分からないって。一体、なにがあったんだ？」

「ミーテが、ミーテがよおおお〜!!」

「ミーテが？　どうしたって？」

　ゴーダさんが話の途中で、また大泣きし始めた。参った。どうにも話が進まない。

　これはもう兄であるチェダーさんを呼びに行ったほうが早いかと思い始めた矢先、タイミングよくチェダー夫妻が奥から出てきた。助かった。

　二人とも手袋に大きな箒《ほうき》と塵取り、そしてフォーク型の鋤《すき》を持っている。奥の畜舎の掃除をしていたようだ。

「おいこらあ‼　ったく、どこのどいつだよ‼　朝っぱらからでけえ声で騒いでんのは……って、ゴーダじゃねえか⁉　この野郎！　てめえは声が無駄にでけえんだよ！　羊がびっくりして怯《おび》えちまって大変だったじゃねえかコラ！　わらわら動き回って逃げまくるから、落ち着いて掃除もできやしねえ！」

「あら、ゴーダさんじゃないか！　こんな朝早くから、どうしたんだい？」

「あ、兄貴いいい！　義姉《ねえ》さんんんん！　それがよおおお！　ううっ、うえええん！」

「ああもう、おい、ゴーダ！　男が鼻水垂らしてわんわん泣くんじゃねえよ！　情けねえったらありゃしねえ！」

「あ、兄貴いいいい‼　でも、だって、だって、大変なんだよおおお‼　――ぐほあっ」

「うるせえ！」

泣きながら抱きついていったゴーダさんの頭を、チェダーさんが大きなゲンコツで殴った。重い鐘をつくようなすげえ音がした。

さすがのゴーダさんも堪《こた》えたみたいだ。低く呻きながら頭を押さえて蹲《うずくま》った。そして泣きやんだ。

それはそうだろう。チェダーさんのゲンコツは、大熊にとどめを刺すぐらいのすげえ威力だからな。俺も昔一度だけ食らったことがあるが、一日中眩暈が収まらなかった。

「落ち着けっつってんだろうが！　お前はなにかあるとすぐパニックになるのが難点だよなあ……それで、どうしたんだよ。なにがあったんだ？　落ち着いて、最初から、ちゃんと、説明しろ」

「ううう……そ、それが……昨日……山へ、山菜と山桃を採りに、ミルトと、娘のミーテと、ムートと行ったんだ」

「山へ？」

ミルトはゴーダさんの奥さんで、ムートはゴーダさんが飼っている大きな白い犬だ。

ムートは五歳のミーテと同じぐらいの大きさで、身体は大きいけれども性格はとても大人しい。忙しい夫妻の代わりに、ミーテの面倒をしっかり見ている賢い犬でもある。

「そしたら、そしたらよお……いきなりムートが吠え出してよ、なんだなんだと思ったら――でっかい赤い爪の熊が、出てきやがったんだ!!」

「なんだって!?」

「え？」

まさか。

「爪の赤い……？　まさか、《ブラッドクロー・ベア》か？」

ゴーダさんが泣きながら何度も頷いた。

「そうだよ！　ここ数年、そんな噂すらもなかったから、もういなくなったんだと思ってたのに……二匹も出てきやがったんだ！　襲ってきやがったけど、返り討ちにしてやらあと思って、俺とムートで応戦してやった。そんで、俺らの戦いぶりにあいつらがびっくりして怯え始めたと思った瞬間――あいつら……あいつら、あろうことか、俺の可愛いミーテを摑んで逃げやがったんだよおおお～!!」

「な、なんだってえええ!?」

チェダー夫妻が同時に叫んだ。

「もちろん俺たちは追いかけたさ！　でも、追いつけなくて……ムートは追いかけたまま山の中に姿を消しちまった。俺たちは、どっちも見失っちまって……。俺は山に残って、ミルトは応援を呼んでくるって、村の人を呼びに戻った。俺、夜通し、さっきのさっきまで必死に捜してたけど、結局なんの手がかりも見つけられなくて……」

「なんてこった……」

「早くミーテを見つけるために、できるだけたくさんの人に手伝ってもらおうと思ってよ。兄貴たちにも手を貸してもらおうと思って、こうしてお願いしに来たんだ……」

「馬鹿野郎！　なんでもっと早く言いに来なかったんだよ！　もちろん手伝うぜ！」

「そうだよ！」

「ううっ、ありがとう、ありがとう兄貴いいい、義姉さんんん!!　俺ぁ、これから、領主様にも頼みに行ってくるから、先に行っといてくれ！　攫っていった相手は、なんたって魔物だからな……しかも二匹もいる。村の人たちは親切に捜すの手伝ってくれてるけど、戦い慣れちゃいねえからな……。でも、領主様のとこには、戦える人たちがいるだろ？　その人たちを何人か、貸してもらえねえかと思ってさ。あと、村に駐在してる騎士様たちにもお願いしてこようと思って。そのために、俺ぁこうして、馬をぶっ飛ばしてきたんだ」

俺は唸った。

タイミングがいいのか、それとも遅すぎたのか。

「そりゃ、そのほうがもちろんいいが……」

チェダー夫妻が言葉途中で、物言いたげな視線を俺によこしてきた。俺は夫妻に頷いて返してから、ゴーダさんに向き直った。

「……ゴーダさん。今日、ちょうど、そのブラックロー・ベアの調査に行こうとしてたところなんだ。少し前に、領主のところへ目撃情報と調査依頼が入ったらしくてな。それから駐在の騎士たちにも、リアンから調査協力の依頼ずみだ」

「え、えええええ〜っ!?　なんだってえええええっ!?そ、そんなあああぁ……」

ゴーダさんが目玉が零れ落ちそうなぐらいに目を見開き、それから脱力したようにへなへなと膝をついた。

もう一日早ければ……と思うが、これぱかりは、事ここに至ってしまってはどうしようもない。

「ゴーダさん。調査の中にミーテの捜索も含めてもらうように、リアンに頼んでみる。きっと探してくれるはずだ。俺も調査隊メンバーに入ってるし、なにか分かったら、すぐに連絡する」

「あ、アルううう……！　ううっ……ありがとよお……恩に着るぜ……」

ゴーダさんが泣きながら、太い腕で涙と鼻水を拭《ぬぐ》った。

チェダーさんが掌と拳を打ち鳴らした。

「よおし、善は急げだ！　俺ぁ今すぐ行ってくるぜ！

——ノーチェ、悪いけど、お前は留守番頼む。チビたちもいるし、牛や羊の餌やりとかもあるからな……誰か残ってねえと。放ってはいけねえ」

「そうだね……うん。分かったよ。私も捜しに行きたいところだけど……こっちは任せて。ゴーダさんも、なにかあったら連絡しておくれよ？　私にできることは、なんでもするからさ」

「す、すまねえ……兄貴……ノーチェ義姉さん……ありがとよおお……」

ここにいる全員の予定とやるべきことは、ひとまず決まったようだ。

「チェダーさん。ゴーダさん。俺は屋敷へ行って、リアンたちと合流してから向かう」

「おう！　すまねえが、リアン様によろしく頼んでおいてくれな！」

「アル！　ありがとよおお！　じゃあ俺は兄貴と一旦戻ることにする！　そっちは任せた！」

「ああ」

俺は皆に頷いてから家を出て、玄関脇に繋いでおいた自分の馬に飛び乗ると、屋敷へと急いだ。


屋敷で待っていたリアンに話すと、リアンはミーテの捜索を最優先にする、と言ってくれた。調査協力をしてくれる駐在の騎士二人も、もちろんだと頷いてくれた。

今回の調査に行くのは、俺とリアンの他には、護衛が二人、王都から派遣されてきた騎士二人の予定だったが、リアンが人手は多いほうがいいだろうと、護衛を更にもう二人呼んで追加した。それも、護衛の先輩たちの中で最も腕の立つ二人を選んで。

これだけ戦力が揃っていれば、たとえ大型クラスの魔物二匹といえども、負けることはないだろう。

「急ごう、アルフレド。早くミーテを捜さないと――

……あ、」


馬車のタラップに足をかけたリアンが、急に動きを止めた。

その顔が、みるみる青ざめていく。口元に当てた白い手は、ひどく震えていた。その指の隙間から覗く、唇も。

「リアン？」

名を呼ぶと、ハッとしたように俺を振り返り、笑みを浮かべた。繕ったような、どこかぎこちない笑みで。

「……いや。なんでもないよ。急ごう。――手遅れに、なる前に」

そう言うと、リアンは俺から目をそらして馬車に乗り込み、御者席のシュリオに声を掛けた。

なんだか様子がおかしい気がしたが、俺はそれ以上は尋ねることができなくて、仕方なく馬に飛び乗った。


俺たちは馬を限界近くまで走らせ続け、村の南西部へと急いだ。

村の南西部は俺たちが住んでいる比較的平坦な中央部と違って、山が入り組んだ谷のような場所にあり、地形も高低差が激しい。

平地が少なく斜面が多いこの地域には、段々畑や、山の斜面を活用した果樹園が多い。

途中、道を尋ねるため声を掛けた若い村人が、ちょうどミーテを捜す手伝いをしに山へ向かっていた人だった。俺たちは若い村人と一緒に目的の場所に向かった。

ミーテが攫われたという山への入り口に到着すると、ちょうど山道から出てきたばかりの村人たち四人と会った。

村人たちは、俺たちの姿を見るなり安堵したような表情で駆け寄ってきて、息急き切って、状況の説明をし始めた。

話している村人たちの表情は皆、一様に暗かった。

状況は、あまり芳《かんば》しくはなさそうだ。

連絡と情報交換をしに一旦捜索をやめて山を下りてきたという彼らから、話を聞いたところによると。

ミーテとムート、そして魔物の姿さえも、まだ見つかっていないということだった。

チェダーさんとゴーダさんと村人の捜索隊は、彼らと山の中で一度会い、入れ違いに奥へと入っていったようだ。

「奥……」

……嫌な予感がする。

俺は手前の山よりも更に奥にある、黒っぽい山を見上げた。

黒影山《くろかげやま》とも呼ばれるあの山は、傾斜は緩やかだけれど、昼日中でも夜のように暗く、危険な山だと言われている。

俺も実際に入ったことはないが、聞いた話によると鬱蒼と茂る木々と蔦系の植物が空を覆い尽くして陽が遮られていて、中まで光が届かないから、水と空気が浄化されずに淀んでいて、所々に腐ったような沼ができているらしい。

村人たちも、あの山には滅多に足を踏み入れない。

なぜなら多くの魔物が持つ習性として、明るい場所や風通しのいい場所を嫌がり、暗く、空気と魔力が淀んだ場所を好んで、棲処とするからだ。——あの、黒い山のような場所を。

魔物がいるかもしれないような場所に、好んで近づくような奴はいないだろう。だが――


皆も、俺と同じ考えに行き着いたのだろうか。

影絵のような山のほうを見上げながら、皆一様に暗い表情をしていた。

皆の顔色は悪かったが、中でも、リアンの顔色は特にひどかった。白い肌は血の気が失せたように青ざめ、思い詰めたような、暗い表情で山を見つめている。


「……イベント……か……」


独り言のように小さく、ぼそりと呟いて、静かに目を伏せた。

「リアン？」

上手く聞き取れなくて、聞き返してみたが、返事は返ってこなかった。

リアンは静かに目を開けて、俺を見上げてきた。そしてどこか苦しそうに、いつもは明るい瞳の色を曇らせて、目を細めた。

……どうしたんだろうか。


なにか……俺に言いたそうな感じはするのだけれども。

話しかけようとしたらリアンはすぐに俺から目をそらし、山を下りてきた村人たちに向き直ってしまった。

「……ミーテとムートは、まだ見つかっていないのですね？」

「へ、へい……男連中総出で探しているんですけどね……まだ、なんの手がかりも……」

横でリアンと村人の話を聞きながら、俺は溜め息をついた。

ならば。

やはり、俺の予想した通りで間違いないかもしれない。いや、おそらく間違いないと思う。……当たって欲しくはない、嫌な予想だけど。


「リアン」

名を呼ぶと、暗く青い顔をしたまま、リアンが横目で俺を見てきた。その瞳も、暗く翳っている。

「……手前の山の中をいくら捜しても見つからないとなれば、ミーテを攫った魔物は……奥の山に行ってしまった可能性が高いんじゃないか？」

村人たちが一斉に小さく悲鳴を上げ、俺に視線を向けてきた。今にも泣きそうな顔で、大きく唾を飲み込みながら。

「お、奥の山……」

村人たちが顔を見合わせて、尻込みするように後ずさった。

その反応も、分からないでもない。

ブラッドクロー・ベアがいたということは、あの黒い山には他の魔物も十中八九、うろついているはずだ。捜しに行くのなら、ベアだけでなく、他の魔物とも戦う覚悟で行かねばならないだろう。

「俺の予想だけど、おそらく……チェダーさんたちもそう考えて、奥の山へ捜しに行ってるんじゃないかと思う」

リアンが振り返り、俺を見上げてきた。

「もし行ってたら……かなり、まずい状況だ。チェダーさんたちは確かに強いけど、ブラッドクロー・ベアだけじゃなく、そこには、他の魔物もいるかもしれない。どんなやつがどれくらいいるのかも分からないし、ベアも、もしかしたら二匹だけじゃないかもしれない。あまりにも危険すぎる。だから。——俺、チェダーさんたちを連れ戻してくる」

「アルフレド。……でも、」

「行かせてくれ。頼む」

あの兄弟の性格上、腕っ節に自信がある分、危険を冒してでも、山の頂上まで捜しに行きそうな気がするのだ。

それに。

考えたくはないことだが……ミーテが攫われてから、すでに……半日以上は経過している。

普通に考えて、捕まえた獲物をそんな長い間置いておくなんてことは、まずない。

チェダーさんもゴーダさんも、その可能性を考えていないわけではないだろう。おそらく、最悪、亡骸だけでも、と考えているのではないかと思う。もしくは、仇討ちか。

けれど、奥の山には他にどんな魔物が、どれくらいいるのかも全くわからない。魔物だけじゃなく、人を襲ってくるような野生の獣もいるだろう。

ミーテに引き続いて、あの人たちまで失うようなことになるのは……俺は、絶対に、嫌だ。

死んだら、なにもかも、終わりだ。

終わりなのだ。

ミーテには悪いが、俺は……生きてる人たちを生かすほうを、選ばせてもらう。


「リアン。行かせてくれ」

リアンの暗く翳ったままの瞳が、大きく揺れた。

迷いと……焦燥《しょうそう》、不安、戸惑い、怯え。そんな感情が、暗く翳る瞳の奥で渦《うず》を巻いている、ように見えた。


分からない。

一体、今日のリアンは、どうしたのだろうか。

あまりしゃべらないし、朝からずっと、ひどく思い詰めたような顔をしている。

そして、それについていくら尋ねてみても……なにも答えてはくれない。

「リアン……？」

「……今から急げば、もしかしたら間に合うのかな……でも……」


リアンは顔を伏せて目を閉じ、沈黙した。その横顔は、こちらが心配になってくるほどに青白い。

しばらくして長い溜め息を一つだけつき、ゆっくりと目を開けて、俺を見上げてきた。

その瞳からは、さっきまであった暗い影は、消えていた。


「……ここにいるはずのない僕が、介入して変えることで、この先がどうなるのかは分からないけれど……それでも、まだ、……――あの子が生きている可能性が、少しでもあるのなら……」


呟きのように零されたリアンの言葉の意味は、俺には、よく分からなかった。

思わず首を傾げてしまった俺を見て、リアンが困ったような笑みを浮かべた。

リアンは腰にさげた長剣と、中指に嵌《は》めた魔法の発動補助媒体である指輪に、状態を確かめるように指で触れてから、前へと歩き出し、山への入り口で立ち止まった。

それからくるりと振り返って、俺と、騎士たち、護衛たちと、順番に視線を向けてから、口を開いた。

「皆。それからアルフレドも、聞いてくれ。……僕には、ミーテとムートが連れていかれた場所の……おおよその見当が、ついている。だから僕に、ついてきてくれないだろうか。そこへは、できる限り急いで、最短であろうコースを行くつもりだが……――僕が行こうとしている場所は、奥の山の中だ。あの山は、魔物たちの徘徊する危険な場所でもある。だから、強要はしない。行きたくなければ、ここに残っても構わない。残りたい者は申し出てくれ」


見当がついてる……？

リアンは俺と目が合うと、じっと見つめ返してきた。

「……アルフレド。チェダーさんたちも、行きながら捜そう。ミーテを捜しに奥の山へ行ったのなら、途中で……きっと会える、はずだ」

なんだろう。

また、だ。

なにか、リアンの言い方が。今日はおかしいというか……どこか、引っかかるというか。

どこが、と言われたら、俺にもはっきり、『ここだ』とは言えないのだけれど。

言えないが、胸の奥の微かなざわめきと、なんともいえない違和感だけが、消えずに漠然と残り続けている感じがするのだ。

――あの星読みの、根拠もなにもない、なのに確信に満ちた、訳の分からぬ言葉を聞いた後のように。

俺は溜め息をついた。

尋ねてみても、今のリアンはきっと答えてはくれないだろう。それだけは、どうしてだか分かる。

今、俺に分かることは。

リアンは、こういう時に適当なことを言う奴ではないということ。

他人を危険に晒すことをひどく嫌う、優しい奴だということ。

それなのに危険な場所についてきてくれと言うのなら、なにか――確信に近い根拠があるのだ。

見当がついているというのなら、真実、そうなのだろう。

チェダーさんたちと途中で会えるというのなら、おそらく……会えるのだと思う。リアンが、そう言うのならば。それなら。

「……分かった。お前に、ついていく」

そう答えると、リアンがほっとしたような笑みを浮かべた。

「ありがとう、アルフレド。……他の皆は？　遠慮しなくてもいい。誰でも魔物は怖い。残ることを責めはしないよ」

村人たちがざわめき、護衛と騎士たちも顔を見合わせていたが、最終的には全員が、行くという意思を込めてリアンに頷いてみせた。

あれだけ怯えていた村人たちも、意を決したようにリアンに頷いていた。

リアンが少し驚いたような顔をした後、嬉しそうに、けれど申し訳なさそうに笑んでから、俺たちに頷き返した。

「……ありがとう、皆。最優先事項は、ミーテとムートの捜索と救出に加えて、チェダーさん、ゴーダさんたちの捜索隊を捜して合流することだ。次に、ブラッドクロー・ベアの討伐。……注意することとしては、絶対に無茶をしないこと、深追いをしないこと。危険だと感じたら、必ず退避すること。分かっているとは思うが、単独行動も厳禁だ。ひとりで勝手に行動しないように。以上のことは、必ず守って欲しい」

リアンらしい指示と約束事を告げて、俺と皆が再び頷くのを確認してから、暗い奥の山を振り仰いだ。

「中はとても暗いから、はぐれないようにくれぐれも各自注意を。帰ってくるまでの間は周りに気を配り、絶対に、気を抜かないでくれ。なにか気づいたことがあれば、すぐに報告を。——では、行こうか」

閑話　白い夢と銀の光　アルフレド視点　後編

俺たちはリアンを先頭にして、奥の山へと足を踏み入れた。邪魔な枝や蔦を切ったりかき分けたりしながら、道なき道をひたすらに登り続けていく。

しばらく進むと、鬱蒼と茂る木々の奥から、微かに声が聞こえてきた。

それはミーテを呼ぶ、いくつもの声だった。

それが誰の声なのかに気づいた俺たちは、顔を見合わせ、声のするほうへと急いだ。

まるで壁のようになっている蔦を切り裂いて出た先には、思った通り、チェダーさんとゴーダさん、そして他三人の村人たちがいた。

俺たちは無事、チェダーさんたちと途中で合流できた。

……リアンが行く前に、まるで予言のように俺に言っていた言葉通りに。

チェダーさんたちは俺たちの姿を見て驚き、喜んだが、すぐに暗い表情に戻り、少し離れて立つゴーダさんに視線を送った。

泣きはらしたような顔をしたゴーダさんの分厚い手には――汚れた水色の細いリボンが握られていた。

そのリボンには見覚えがあった。

ミーテが気に入っていて、よく髪を結わえていたものだ。

当たって欲しくはなかったが、やはりミーテは、奥の山に連れていかれてしまったので間違いないようだ。

魔物がいる場所のだいたいの見当がついているとリアンが話すと、チェダーさんたちは暗かった表情をほんの僅かに明るくして、俺たちもついていかせてくれ、と言ってきた。

リアンはチェダーさんたちに向かって大きく頷いてから、最後に小さく呟いた。どこか、ほっとした様子で。


――これでどうにか揃った、と。


その呟きを拾ったのは、俺だけだっただろう。俺は皆よりも耳がいいから。

合流できたことを喜ぶにしては、妙に言い回しがおかしい気がして。思わずリアンを振り返ったら。俺の視線に気づいてハッとした表情をし、俺を見上げてきて、またいつもの嘘っぽい笑みを浮かべ、なんでもないよと言って、するりと俺から離れていってしまった。なんだろう。逃げられた気がする。俺が問う前に。

俺はリアンの背を見送りながら、なんとも言えない気分で溜め息をついた。

ゴーダさんはトボトボと歩きながら、手に持った水色のリボンを見ては、メソメソと泣いている。

その背を、隣を歩くチェダーさんが眉間に皺を力一杯寄せて、バシバシと叩いた。

「オイコラァ！　ったく、シャンとしろよ、ゴーダ！　まだ、そうと決まったわけじゃねえだろうがよ！　最後まで諦めんな！　親のお前が諦めてどうすんだよ！」

「うう、そうだけどよお……ぐすっ、わ、分かったよう……兄貴ぃ……」

「ったく。……しかし、先月の初めは、滅多に森から出てこない《牙ウサギ》に芋畑やられたって話をダチに聞いたし、こないだは不吉の象徴の《赤目烏《あかめがらす》》を見たってビビって騒いでたじじいもいたし……今度は滅多に普段は山から下りてこないはずのブラッドクロー・ベアだ。なんだかなあ……どうにも最近、妙な感じがするな……俺の気のせいなら、まあ、いいんだけどよ」

チェダーさんが珍しく、少し不安そうな顔で溜め息をついた。

「それ聞いて、俺、思い出したことがあるんだけど……」

そのすぐ後ろを歩いていた村人が、鍬《くわ》を胸に抱いてビクビクとしながら小声で話に加わってきた。

「……昔さ……小さい頃……『静かだった魔物が騒ぎ出すと、そのうち大きな『怖いこと』が起こるから気をつけるんだよ』って、うちのばあちゃんが言ってたんだ。あれ、本当かなあ……」

「ひ、ひいいぃ!?　やめてええ怖い！　今ここでそれを言うなよおお!!　よけいに怖いだろ!?」

「そ、そうだそうだ！　そんで、そんなの爺婆の迷信だ迷信！」

「いてっ、いてえってば！　そ、そうかなあ……」

不吉なことを暗い声でぼそりと言うものだから、他の村人たちが頬を引き攣らせてそいつの頭を殴っていた。

その話を聞いて、俺も昔、似たような話を聞いたことがあったのを思い出す。

あれは確か、魔法術式中級の授業だった。

魔物は、その身体を構成する要素の半分以上が魔素やエーテルだという特異性により、気と魔力の影響を受けやすい。

それ故に、大きな戦《いくさ》が起こる前には、人の負の感情や気や魔力が大量に大気中に滲み出して流れて漂うから、それを受けた魔物が感化され、もしくは変異し、ざわめき始めるのだという。

まるで、前兆のように。

だから普段あまり見ない魔物が目の前に現れ出したら重々気をつけるようにのう、とじいさん先生がにやりと笑いながら言っていた。

それを聞いた時は俺も、そこまでいくともう迷信だろ、これだから年寄りは、と思ったけれども。

俺は、西の方角を見た。

山を越えて、西のはるか遠い向こう側には……西の大国と、南の大国がある。

そして二つの大国は今も睨み合い続けていて、何度も小競り合いを繰り返しているという。

あのじいさん先生の言ってたことがもしも真実だったというのなら、もしかしたら近いうちに……大きな戦があるとでも言うのだろうか？

二国の状況を見れば、確かに……ありえない話ではないけれども。

ふと何気なくリアンを見ると、西の方角に視線を向けていた。

瞳の奥に影を落とした、暗い表情で。

もしかしたらリアンも同じ授業を受けていたから、俺と同じように、じいさん先生の話を思い出しているのだろうか。

なんだか気になって、隣に並んで、迷信だと思うか？　と尋ねてみたら。リアンは横目で俺を見て、さあね、と言って笑み、また、するりと行ってしまった。

奥の山の中は聞いていた通り、今は日差しの照りつける夏の昼間だというのに、夜のように暗かった。

地面は岩や腐った木々が倒れて折り重なり、土は湿ってぬかるみ、空は木々の枝と大きな葉の蔦が覆い尽くしている。

植物と岩に周りを覆われすぎていて風の通り道を塞いでしまっているためか、空気もどこか生臭くて、息苦しい。

歪んだ枝や蔦が視界を遮り、見通しも最悪に悪い。

そんな、下手をすれば帰り道さえ見失ってしまいそうな暗い道なき山の中を、リアンは終始落ち着いた様子で、ナイフで木の幹に印をつけながら、先頭に立って進んでいった。

分かれ道のような場所で何度か立ち止まりはしたが、それでも奥へ奥へと、暗い木々の間を進んでいく。

進んだ先に、行き止まりのように横に広がる沼地帯があった。

薄暗く足場も悪い。迂回《うかい》しようと皆は言ったが、リアンは大丈夫だと言い、先導して進んでいった。確かに、沼を渡るのが最短ではあるだろうが……危険を人一倍嫌うリアンにしては、珍しい選択だ。

リアンは躊躇《ちゅうちょ》することなく、横たわる木や石の上など、歩ける場所を探して見つけては、俺たちを呼び寄せて進んでいった。

沼の中ほどで、ミーテの履いていた小さな靴が片方、落ちているのを見つけた。

皆が動揺して慌てふためく中、リアンは落ち着いてそれを拾い上げ、確信に満ちた表情で頷いていた。

道中、魔物の気配がするような場所がいくつかあったが、不思議と遭遇することは一度もなかった。

山に入る前にリアンが皆に配っていた、改良強化版だという魔除けの首飾りのお陰なのだろうか。それとも、俺たちの運がよすぎるのか？

いや、でも。

それにしては、なんだか。なんだろうか。まるで
――

……魔物のいる場所を迂回しているように感じたのは、俺の気のせいなのだろうか。

捜索についてきた者たちは、リアンの完璧すぎる先導に感嘆と称賛の声を上げていたが、俺は、どうして

だか……胸が妙に騒いで仕方がなかった。

リアンに導かれて辿り着いた場所は、山の中腹より少し上、腐った木と大きくて鋭利な岩が折り重なるようにして転がっている、足場の悪い、暗い場所だった。

そこには、洞が一つ、あった。

崖が崩れてできたような場所で、今にも崩れてきそうなぐらい歪《いびつ》で、大人がひとりようよう入れるぐらいの穴が。

その洞の入り口前に、ブラッドクロー・ベアが二匹、いた。

大型の魔物だが、対するこちらは総勢十名以上だ。

そしてその中には、魔物討伐用に武装した俺たちだけでなく、派遣の騎士たち、そして魔物を素手で倒した経験のあるチェダーさんとゴーダさん兄弟もいる。

鍬や枝打ち用の斧を持った村人たちも、戦う気満々だ。

魔物は俺たちを見るなり襲いかかってきたが、全く問題なく。

拍子抜けするほど、あっさりと討伐できた。

俺たちは入り口を塞いでいた魔物を倒し、洞の中に入って捜してみた。そして……岩と倒木で半分ほどが塞がれてしまっている穴の手前に、赤く染まった塊《かたまり》をみつけた。

赤い塊からは、鉄錆び臭い……血の臭いがした。

その塊は、遠目から見ても人の子供ぐらいの大きさをしていて、俺たちは、息を呑んだが——

近寄ってみると、それは、ミーテではなく。

地面に横たわり、今にも途切れそうな浅い呼吸を繰り返していたのは……血だらけの、ムートだった。

ムートは生きているのが不思議なくらいに、全身がズタズタに切り裂かれていた。

信じられないことだが、まさかミーテたちに追いついた後、ここで、今までずっと戦い続けていたのだろうか。

だが、一緒にいるはずのミーテがいない。俺たちは嫌な予感を覚えながらも、辺りをもう一度捜してみることにした。そして、ムートがいた場所の後ろ、土と岩が折り重なってできた小さな窪みの中に。

ミーテが小さく丸くなって横たわり、気を失っていた。

ゴーダさんがミーテを抱き上げると、ムートは頭だけを僅かに起こして見上げ、一声、誇らしげに鳴いてから。

眠りに落ちるように、息を引き取った。


ムートの亡き骸を布で包んで腕に抱き上げると、側で見ていたリアンが白い手を伸ばしてきて、頭の辺りをそっと撫でてきた。

ごめんな、と震える声で小さく呟きながら。

俺はなにに対してリアンが謝っているのか分からなくて。問うと、間に合わなかったから、と返ってきた。

でもそれは、リアンだけのせいではないと思う。

それに俺たちが捜し始めてから、もうすでに半日以上は経っていたのだ。それを考えれば、ミーテを助けられたことすら奇跡に等しい。

そう言うと、リアンは下を向いたまま、首を横に振った。

「……僕が……もっと早く、行こうと決めていれば……助けられたかもしれないから……」

端で聞いていたチェダーさんが間に割り込んできて、リアンの背をバシバシと叩いた。

「リアン様！　なに言ってんですか！　そんなに落ち込まねぇで下さいって！　ミーテは助かったんだ。俺たちだけじゃあ、きっと、どっちも助けられなかった。ミーテが助かったのは、リアン様のお陰だ！　なあ、皆！」

全員がリアンを見て、笑顔で大きく頷いた。ゴーダさんは鼻水と涙を流しながら礼を言い、何度も頷いた。

皆に取り囲まれて感謝されながら、リアンはなにも言わず、ただ、困ったような笑みを浮かべていた。


足取りも軽く山を下りていく皆の背を見送りながら、リアンがぽつりと言葉を零した。

「……でも、僕は……――変えると決めたなら、どちらも助けたかった……」

なにか、言葉の中に引っかかりを覚えてリアンを振り返ってみたけれど、リアンは俺の視線に気づきながらも、それ以上はなにもしゃべろうとはしなかった。

やっぱり、今日のリアンは……なにか、おかしい気がする。

時折、よく分からない、妙な言い方や言い回しをする時があるし、なんというか……いつもと違う、ような気がするのだ。

そしてなにより、朝からずっと顔色が悪いままだ。

ミーテが助かった、今ですらも。

ミーテが見つかって皆が満面の笑顔で喜びはしゃいでいる中で、リアンはひとりだけ少し離れた場所で、青い顔をしたまま、静かに安堵の息を漏らしていた。

声を掛けられれば、笑みを浮かべて答えてはいたけれども。その笑みも、どこかぎこちなく、無理をしているような感じだった。

「リアン、」

「……ああ、そうだ。忘れずに、あれを……取ってこないと……」

「あれ？」

リアンがそう言って、なにか忘れ物でもしたかのように洞に引き返していくのでついていくと、ミーテが倒れていた場所に腰を屈めて手を伸ばして、なにかを拾う仕草をした。

拾ったものに一度だけ視線を落としてから頷いて軽く握り締め、隣で見ていた俺のほうに、拳を突き出してきた。胸に押し込むぐらいの勢いで。

どうにも俺に受け取らせたいようだ。なんでだ。

俺が受け取るまで頑《がん》として引かない雰囲気だったので、俺はしょうがなく、それを受け取った。

触った感触は、親指ほどの大きさの、硬質なもの。

掌を開いてみると、そこには——白い石を彫って作られた、小さな女神像がのっていた。

緩やかに流れる長い髪の頭には羽根のような飾りをつけ、背中に一対の大きな白い翼を持ち、片腕に竪琴、片手に小鳥を止まらせ、穏やかな微笑みを浮かべながら目を閉じている。

「……これは？」

「風の女神ヴェントゥスのお守りだ。……だけど、ミーテが生きているなら……どうなるんだろう……本人が生きてるのなら、もうこれは《形見》にはならないし、サブクエストの起動アイテムには……いや、待てよ。アイテムはちゃんとあの場所にあったんだから、なるってことなのか……？　でも……」

なにかまた、よく分からないことをぶつぶつと言っている。

今日は本当に、独り言が多いな。そして、その独り言の内容はリアンだけが分かっていて、俺にはさっぱり分からない。

考え込んでいたリアンが、どこか不安そうに瞳を揺らしながら俺を見上げてきた。

ミーテがいた場所にあったものだということは。

「……お前が拾ってきたこれは。もしかして、ミーテの落とし物なのか？」

「えっ？　あ……う、うん……そう、だけど……」

「そうか。なら、後で俺から返しておく」

リアンが溜め息をつきながら、こくりと頷いた。

「……そうしておいてくれ。――それについては、僕には……どうしたらいいのか、分からないから……お前に、任せるよ」

そう言って、リアンはひどく疲れた様子で、微かな笑みを浮かべた。


俺たちが山から下りてきた頃には、西の空は茜色《あかねいろ》に染まっていた。

布に包んだムートを、ゴーダさんの家の裏庭の片隅に埋めて、木の板で簡単に小さな墓標を作り、墓を建ててやった。

リアンがその小さな墓の前に立ち、マリエに教えてもらったという送りの祈禱《きとう》をしてくれた。後でちゃんとしたものをマリエ様にしていただいて下さいね、と言いながら。

マリエと同じ、とてもゆったりとした、柔らかな声で。

聞いていると心が落ち着いてくるような、優しい祈禱だった。目を覚ましてからずっと泣いていたミーテが泣き止んで、耳を傾けるぐらいに。

チェダーさんとゴーダ夫妻が喜びながらも、顔中に汗をかいて、恐縮しまくっていた。

それもそうだろう。

飼い犬に祈禱してくれる領主の息子なんて。

世界中を探しても、リアンしかいないのではないだろうか。

その日の夜は結局、ゴーダさんの家に泊まることになった。

頼まれていた捜索もひとまず完了したので俺たちは引き上げるつもりだったのだが、外も暗くなったしお疲れだろうしなによりお礼もなにもせずに帰すなんて絶対にできないと、ゴーダ夫妻に引き止められたからだ。

というか、身体の大きなゴーダ夫妻に大泣きされながら両側から挟まれて身動き取れなくなったリアンが、置いて帰ったら許さない、みたいな目で俺たちを睨んでいたので、なし崩し的にそうなったというか。

結局、二人の暑苦しいほどの勢いに押されて、リアンは断り切れなかったみたいだ。

眉尻を下げた困り顔のまま、ではお言葉に甘えて、と折れていた。

主が残ると決めたのなら、当然、護衛の俺たちも残らねばならない。

とは言っても、皆、確かに疲れていたし、腹も空いていたので、困り顔のリアンを除く全員が、満面の笑顔でゴーダさんに感謝しながら喜んでいた。確実に酒も飲めるからな。嫌がる奴なんていないだろう。


そしてジャンケンで負けた護衛の先輩がひとり、報告役として泣く泣く屋敷へと戻っていった。

任務が終わったら即時報告を、と執事に厳命されているので、誰かが伝えに行かねばならない。

一晩ゆっくり休んで翌日ゆっくり報告なんてしに行った日には、かなり重いペナルティが課せられるらしい。

執事に当分の間あれこれとこきつかわれるらしいが、それはかなりハードなもののようだ。先輩がげっそりしながら言っていたのでおそらく相当なものだと予想される。俺も気をつけようと思う。

よって、てめえら酒を土産に持って帰らないと許さないんだからね！　と捨て台詞を残して、先輩は泣きながら馬に乗って帰っていった。

騎士たちも、特に急ぐ用もないからと、今日は泊まっていくことにしたようだ。

時間と残業に追われない生活って素晴らしい、鬼メガネ上司がいないのも素敵、その上、酒も飲めるなんて天国だ！　と上機嫌に笑っていた。

聞いてもないのに無理矢理聞かされた話によると、王都の騎士の下っ端部署は相当過酷なのだそうだ。よく分からんけど。まあ、確かにサービス残業はよくないとは思うが。

チェダーさんもゴーダ夫妻に引き止められていたが、牧場に帰ることにしたようだ。

ノーチェが心配して待ってるだろうから早く帰って教えてやらないとなあ、と名残惜しそうに酒の木箱を眺めながら言っていた。

帰る時に酒を何本かもらって帰ってくれと頼まれたので、忘れずにもらって帰ろうと思う。

とりあえず、家に上がるにはあまりにも汗と土埃と泥にまみれていたので、全員、食事の前に洗い流すことになった。

リアンは夫人が風呂を入れてくれたようでそちらへ行き、俺たちはゴーダさん家の裏、小川と井戸のある水辺へ。

リアンは自分も水浴びでいいと言っていたが、俺も含めた全員で、頼むから風呂へ行ってくれとお願いした。さすがに領主の子息に、俺たちと一緒に水浴びなんてさせるわけにはいかないし、それに。

俺が、あいつの身体を他の野郎になんて見せたくはない。

服や身体の汚れを軽く流して乾かしついでに涼んでいると、食事に呼ばれたので食堂に行った。

十人は食事ができる広いテーブルや、木箱で即席に作ったテーブルの上は、林檎を使った料理で埋め尽くされていた。出された酒も、林檎酒だ。そしてデザートは山盛りの林檎。

ゴーダさんは大きな林檎園を経営していて、それを使った酒も造っている。時々手土産にゴーダさんが持ってきてくれるが、爽やかな酸味があり、咽越しもさらりとしていて、とても美味い。

手伝ってくれた村人たちにも酒と料理が振る舞われ、そのうち酔った若い奴が歌って踊り始めた。

町の酒場でもそうだったが、なんで酔っ払いどもは酔いが回ると歌って踊り出すんだろうな。頭に酒をぶっかけだす奴らよりは、マシだけど。

リアンは、面白おかしく歌い踊る酔っ払いどもを、席に座って楽しそうに見ていた。

酒が回ってきたのか先輩と騎士がひとりずつテーブルの上に乗ってお互いの胸ぐらを摑みメンチを切り出したので、やり出す前に取り押さえて、適当に家の外へ放り出しておいた。

酒の席で喧嘩すんなよ。迷惑すぎる。酒も料理もだめになるじゃねえか。もったいない。そしてするなら人様の邪魔にならない場所でやれ。

つうか、なんで大人しく酒が飲めないのか。喧嘩始めるタイプが一番手に負えない。あいつら酒で痛みの感覚が飛んでるから、お互いがぶっ潰れるまでやり合うからな。話も通じなくなってるから、そうなったらもう殴り倒して静かにさせるしかない。

酔っ払いどもを外に放り投げてから戻ってくると、リアンは、席からいなくなっていた。

村人と飲み比べ勝負をしていたゴーダさんを捕まえて聞いてみたら、安心したら眠くなってきたので先に休みます、と言って、二階の客室へ上がっていったらしい。

俺もゴーダさんに断りを入れてから、混乱を極めてきた酒宴会場を引き揚げ、リアンの後を追った。

どうにも、心配になったのだ。

疲れただけにしては、やけにあいつの顔色は白すぎたから。

出された料理も酒も、あまり口にしてはいないようだったし、肌も、白を通り越して青白くなっていて。笑顔もどこか、無理をしている感じだった。

もしかしたら、体調が悪いのかもしれない。

あいつは、あまり、というか全くといっていいほど、自分の身体の不調を人に言わない。無理矢理にでも、聞き出さない限りは。

「……リアン。俺」

いつもの台詞と一緒に扉を軽くノックすると、いつもの朝のように、どうぞ、と部屋の中から返事が返ってきた。

いつもの、心ここにあらずな、ぼんやりとした声で。

扉を開けて中に入ると、部屋の中には、灯りがついていなかった。唯一の光源は、淡い月明かりだけ。

二つある硝子の格子窓から差し込み、部屋の中を薄ぼんやりと照らしている。

薄闇と薄明かりが混ざり合っていて、部屋の中はなにもかもが……曖昧《あいまい》に見えた。

夢の中、みたいに。


リアンは窓際に立っていて、こちらを振り向きもせずに、ただ、外を眺めていた。

今は上着を脱いで武器も全て外し、白いシャツと白っぽいベージュのズボンだけのラフな姿をしている。

銀色の髪は月明かりを反射しているのか、やけに、白く見えた。その肌も、同じように白い。


心臓が、どくり、と大きく跳ねた。

月明かりを受けて立つその姿と光景は、あまりにも白すぎて。


眺めているのは、星空なのか。山並みなのか。焦点の定まらない目をした横顔からは、なにを見てるのかは分からない。


まるで、目の前にあるものではなくて、別のものを見ているような——

俺はなんともいえず、どうにもこうにも焦るような落ち着かない気持ちでいっぱいになって、思わず駆け寄って、その細い手首を掴んだ。捕まえておかなければ。

手を離したら、消えてしまいそうな気がして。

染みのようにじわりと広がっていく不安をどうしても消し切れなくて、どうにもならなくて、苛立った。


不安と一緒にいつも思い出してしまうのは、あの時の、リアンの言葉だ。

それが、今になってもまだ忘れられなくて。忘れてしまいたいのに、どうしても忘れられなくて。

思い出すたびに肝が冷え、どうにも鼓動が早くなる。


夏の初め頃。村の外れに、魔物除けの柵を設置しに行った時。

昼飯を食べ終えて、リアンは少しだけ休むと言って、青草の上でころんと横になった。

あまりにもぐっすりと気持ちよさそうに眠っていた

から、皆で顔を見合わせて笑い、起こさずにおいたのだ。

午後の作業が終わって、眠っているリアンを呼びに行って。

起こそうとした、その時。

『待ってくれ、女神様』、とあいつは言ったのだ。

天に、片手を伸ばして。

それだけなら、まだ、ただの寝言かと思えたのに。

リアンの肩に触れた時、一瞬だったけれども、幻だと一笑に付すには強烈すぎる——

白い光を視《み》た。

視界を埋め尽くすほどの白。

それはほんの一瞬の出来事で、リアンはすぐに目を覚ました。

俺は無意識に緊張しすぎていたのか、光が消えた後も全身の筋肉は強張ったままで、すぐに動くことができなかった。

ようやく動けるようになって、混乱した。

別の場所にいた作業員や村の人たちの様子が、あまりにも、いつも通りだったからだ。明日の天気がどうのこうのと、のんびりと世間話をしていた。まるで、何事もなかったかのように。

その時に気づいた。どうやら先ほどの白い光を見たのは、俺だけだということに。あの光景を一度でも見ていたら、あんな風にのんびりとはしていられないはずだ。

光を見たのは、一度きり。

あの時の俺は自分でも気づかないぐらい疲れていて、それで幻を見たのかもしれない、と思った。

リアンに触れた時、一瞬だけ眩暈がしたから、それが原因なのかとも。

でも。

気のせいだったと思うには、あまりにも……

「っつ……、アルフレド、痛いって！」

言われて、はっとして、手首を強く握りすぎてしまっていたことに気づいた。

すぐに力を緩めて離して、慌てて掬うように目の前まで持ち上げた。リアンの手首は、赤くなっていた。

「……悪い。ごめん。すぐに、治す」

腰の鞄から回復薬を出そうとしたら、白い手が、俺の手の甲に重ねられた。

「いいって、これくらい。薬で治すほどでもないよ。まったく、お前は馬鹿力なんだから……それよりも、どうしたんだよ？　なにかあったか？」

「……いや。別に、なにも……」

やたらと咽が渇いてしまっていて、出した声が変にかすれてしまった。失敗した。心臓はまだうるさく鳴っている。

「お前こそ。なに、見てたんだ」

「僕？　ああ……別に……夜空、綺麗だなあって」

促されるように窓の外を見ると、藍色の夜空にたくさんの星が散らばっているのが見えた。

「……マリエ？」

「マリエ様がさ」

「うん。皆、元は星の欠片で、死んだら星に還《かえ》るんだって。女神様が見守って下さっている、この星に。還って、いつかまた、欠片として生まれてくるんだって。そうして巡っていくんだって。幾度となく。巡って、巡って、いつか、ちゃんとした星になれたら——天へ、昇れるんだって」

リアンの白い指が、空を指した。

巡って。いつか、星に。

その話は、俺も聞いたことがある。聖書の中の一節だ。

だけど。

お前は——

俺はその身体を抱き寄せた。

「あ、アルフレド？」

『巡らぬ星』だと、あの星読みは言った。

なら、お前はどこへ還るというんだ？

巡らぬ、ってどういうことなんだ。

どうして、お前は、時折、星読みと同じようなことを言うんだ。

今日だって。まるで星の行く先を読む星読みみたいに、それを辿るように、皆を導いた。

聞きたいことは山ほどあるけど、聞いたら最後、リアンは俺から離れていってしまうという確信に近い予感が、なぜだかしていて、だから聞くことができなくて、俺はどうにも落ち着かなかった。

「アルフレド？」

「……巡る、って……」

「うん。だから……ムートも、巡って、いつかまた、どこかで。生まれてきてくれるかなあって」

リアンが瞳を揺らして、泣きそうな顔で、そんなことを言った。

「……そうだな。また、どこかで」

そう言うと、リアンがホッとしたように笑みを浮かべた。

「……ありがとう」

リアンが身を寄せてきて、俺の胸に額を押しつけた。

「なにがだ？」

「まあ、いろいろ。……いろいろだ」

よく分からない。

抱き締めると、いつもの柔らかい香りがした。そして、あたたかい。そのことに、俺は無性に安堵した。

「……なあ。お前は、」

「僕？」

「……お前も巡って、いつかまた……欠片になって、生まれてくる？」

これぐらいなら、聞いてもいいだろうか。

リアンが息を呑んだ。

「僕、は、……」

どうして、そうだ、と、すぐに答えを返してこないんだ。

「……いつか。そうなったら、いいね……」

不自然な間を空けてから、リアンがそんな風に、返してきた。

どうして。なんでそんな諦めたような感じで言うんだよ。まるで……自分は巡らないことを知っているみたいに。

「なるだろ。なる。お前も。当たり前だろう？」

なあ。

ああそうだねって、言ってくれよ。頼むから。

祈るように待った言葉は、いつまで待っても返ってこなかった。

「……っ、ちょっと、アルフレド、苦しいって」

無意識に、強く抱き締めすぎてたみたいで。

リアンが苦しそうに、俺の腕を軽く叩いてきた。

慌てて腕の力を弱めると、リアンは大きく呼吸をしながら、本当に馬鹿力だなあと、呆れたように笑った。

星読みの言葉を裏づけるようなことが、こんな風に時折、符号して。それが重なっていくほどに、不安が募っていって。嫌すぎる。

だから、触れていたいのだ。触れている間は、いなくならないから。捕まえておけるから。どこにも、飛んでいかないように。


リアンが俺の顔を覗き込んできて、ふわりと笑みを浮かべ、前髪を横に梳いてくれた。ぐずるチビたちにする時みたいな、優しい手つきで。

「……今日は疲れたなあ、アルフレド。俺も、お前も。すげえ頑張ったよな。だから……もう、休もうか」

そう言われても、どうにも手が離せなくて。

動けないでいると、リアンが困ったなあという顔をして溜め息をつき、笑みを浮かべた。

「……一緒に、寝るか？」

一緒に。

「寝る」

頷いて返すと、どうしてだか、笑われた。なんでだ。

ほら、とリアンが俺の手を摑んで、引いた。

手を引かれるままついていくと、先にリアンがブーツを脱いでベッドに上がって、上掛けを捲り、手前側に半分のスペースを空けるように寝ころんだ。

俺も上着とブーツを脱いで、空けてくれたスペースに潜り込んで横になった。

触れていたくて抱き寄せると、しょうがないなあという顔をしながらも、リアンが大人しく腕の中に収まってくれた。

リアンの首元辺りに顔を埋めると、あたたかい両腕が首と頭に回ってきて、柔らかく抱き締めてくれた。

野原みたいな穏やかな香りが、ふわりと鼻をかすめていく。嗅いでると心が落ち着いてくる、俺の好きな、柔らかくて優しい匂い。

もっと近くで、もっとたくさん嗅ぎたくなって、頬を擦りつけるようにして顔を寄せた。

俺の肩まで上掛けを引き上げながら、リアンが頭の上で、微かに笑った気配がした。

「……随分と。大きな、子供だな」

そしてあろうことか、そんなことを言いやがった。

「……俺はもう、子供じゃない」

「そうか？」

「そうだ」

俺はもう学校を卒業したし、働いてもいる。だから、もう大人だ。

なのにリアンはまた笑い、俺の頭を撫でた。

「ふふっ。なんだか、懐かしいなあ……いつだったか、泣きそうなお前をこうやって、あやしながら寝たなあ。あれは、いつだったかな……」

なんだそれは。

いつの話だよ。あやしながらってなんだ。それに。

「……俺は、泣きそうになんて、なっていない」

「あっ、思い出した。町立学校の、夏の野外学習だ。お前、なに言っても動かないし、部屋から出ていこうともしなくて。あれは本当に参った」

人の話を聞いているのかいないのか、懐かしそうに昔を思い出しては、リアンがクスクスと笑った。

「……大きく、なったなあ……」

しみじみと言いながら、俺の頭を撫でている。

……お前は俺の父親かよ。

言いたいことは山ほどあったが、頭を撫でてくる手が気持ちよすぎて、俺はなにも言えなかった。

首元の白い肌に、少しだけ引っ掻いたような痕があるのを見つけた。枝かなにかで引っ掻いたのかもしれない。少しだけ血が滲んで、じわりと赤くなっている。

気になって、消毒も兼ねて舐めると、リアンがビクリと震えた。

「っ、あ、なにし、」

「傷。あったから。引っ掻いたみたいな」

「は!?　だからって、舐め——、っ」

もう一度舐めると、リアンが逃げるようにシーツの上をずり上がったので、追いかけて、舐めた。

肌のあたたかさは舌に心地よくて、そして、甘く感じた。どうにも我慢できなくて、抑え切れなくて、もっと、と追いかけてしまう。

「あっ、やめ、馬鹿……っ！」

首を舐めて、顎を舐めて、顔を覗き込むと、リアンが真っ赤な顔をして俺の顎を掌で押し、息を乱していた。

「も……大人しく、寝ろ、って――ん」

言いかけた口を唇で塞いだ。諦めずに抗議の言葉でも言おうとしたのか口が僅かに開いたので、その隙間に舌を捻じ込む。

リアンの口の中は、熱かった。

触れる舌も震えていて、熱い。そしてなんだか、とても甘く感じた。いつまでも舐めていたくなるぐらいに。

「んん、っう……」

苦しそうな声が聞こえたので、唇を離すと、リアンが何度も大きく息を吸って、吐いた。どうやら息を止めていたようだ。だから鼻で息をしろと。

呼吸が少し整ってきたのを確認して、もう一度深く口付けながら、シャツのボタンを首元から外していった。

どうにも触りたくて、触って確かめたくて、我慢ができなかった。

足りない。消えないという確証が、もっと、欲しい。

仕立てのよすぎるシャツは全く引っかかることなく、するりと簡単にボタンが外れていく。

心臓の辺りに手を置くと、肌の熱と、速い鼓動が伝わってきた。俺は、泣きたいぐらいに安堵した。

ちゃんと動いてるし、あたたかい。間違いなくここに、俺の前に在《あ》る。夢なんかではない。だから、消えたりもしない。だって、こんなにも熱いのだ。どこも、かしこも。

自分の身体で相手の身体を軽く押さえ込んだ時に、お互いの股間が重なって擦れ、布越しでも分かるぐらい、じわりと熱くなっているのが分かった。

自分のものもだけれど、相手のものも。お互いに。同じ、くらいに。

唇を離すと、ゆらゆらと揺れる、溶けた氷みたいな淡い色の瞳が、俺を見上げてきた。

「あ……アル、……」

「少しだけ」

「すこ、し……て、……う、あっ」

足の間に自分の片足を割り込ませて、僅かに盛り上がってきた箇所を、腿を押しつけるように擦る。相手が背を反らして震えて、甘い声で喘ぎ、恥ずかしかったのか真っ赤な顔をして慌ててすぐに口を閉じ、横を向いた。

「……リアン」

赤く染まった耳元で名前を呼ぶと、相手の身体がまた震えた。

抱き合って眠るのも、それはそれで心地よくて、安心できるけど。足りないのだ。全然、足りない。

もっと。

もっと、触れていたい。触れたい。

そうしたら、もっと安心できる。信じられる。

触れて分かる熱は、在《あ》る、ということを証明する、確かな証拠だ。それは夢や幻の中では、絶対に感じることができない。

故に、触れてあたたかいのならば、それは夢の者でも幻の者でもなく、ちゃんと、確かに存在してる者だということ。

だから、目が覚めても消えたりはしないし、俺でも補まえておけるから、いなくもならない。


唇の端に口付けると、リアンが俺を見上げてきた。

今にも泣き出しそうな顔で。

顔を寄せると、濡れた瞳が閉じられた。

「……少し？」

震える小さな声で、確認するように、問われた。

「少し」

唇に相手の吐息がかかるぐらいに寄せて答えると、震える白い腕がゆっくりと上がって、俺の首と肩を抱くように、ふわりと回ってきた。

軽く唇を合わせてみたけれど、瞼はまだ閉じられたままで。じっとしている。

もしかして、リアンも触れていたいと思ってくれたのだろうか？　俺に。

そうだったら、ものすげえ、叫び出したいぐらいに嬉しいけど。

「……いい？」

「……少し」

もう一度だけ問うと、震える吐息混じりに小さく、さっきと同じ答えが返ってきた。

今度は深く口付けてみたら、肩の後ろに回った細くて白い指が、俺のシャツを摑んだ。

ズボンと下着をずらして相手のものを緩く握って指で擦ると、甘い声で小さく鳴いた。緩く立ち上がっていたものが、少しずつ固くなってくる。

先端からとぷりと溢れてきたので、零すのはもったいないような気がしてそれを舌で舐め取ると、リアンの身体が跳ねて震えた。

「ああっ!? やっ、やだ、なに、して——や、あっ……!」

とろりと伝ってきたものも舌で付け根から先端まで、直接舐め取る。リアンがそのたびに跳ねて震えながら、泣きそうな目で、俺を睨んできた。

「やっ、やめっ……! あ……、っん、汚い、から……っ!」

「汚くないだろ。戻ってきてから、お前、風呂入ってたし」

「それは、そうだけど……っ! あ、ぁ、うっ……っ!」

舌で舐めるたびに、そこは赤くなって、びくりと震えた。

ついには舐め取り切れないぐらいに零れてきて、俺の手の上も伝っていくようになってしまった。

よかった。気持ちいいようだ。

「気持ちいい?」


身体の反応を見れば分かるけど、確認も兼ねて尋ねてみる。荒い呼吸を繰り返すリアンが、真っ赤な顔で、涙目で睨んできた。

「この……ば、か……っ」

馬鹿とはなんだ。馬鹿とは。

指と掌で強めに全体を擦ると、リアンが小さく呻いて、イった。

「……俺のも、してくれる?」

顔の横に片肘をついて覗き込むと、熱で溶けてゆらゆら揺れる水色の瞳が、ぼんやりと俺を見上げてきた。

瞬きした時に目尻に溜まっていた涙が零れて、それはあまりにも透明で綺麗で、シーツに吸い取らせるにはもったいなかったので、それも舐め取った。

自分のも取り出してリアンの白い手を掴んで導くと、震えながらも、握ってくれた。

ぎこちない手つきで、上下に動かし始める。リアンらしい、柔らかくて、優しい手つきで。

動きは緩やかだけれど、まるで確かめるみたいになぞっていく動きがあまりに気持ちよすぎて、俺は呻いた。

「……気持ち、いい?」

リアンがどこか不安そうに聞いてきたので、頷いておいた。

「すげえ、気持ちいい」

素直に答えると、ホッとしたような気配が伝わってきた。

俺の出したものがリアンの腕や腹にかかって、流れていく。

それを見て、奥底でくすぶり続けていた自分でも訳の分からない不安と焦燥も、少しずつ、収まってくるのを感じた。

そんな自分は、自分でも呆れるぐらいに単純で動物的だ。確かに、リアンが時々俺のことを『この動物!』と怒ってくるのも、分からないでもない気もする。

印のようなものをつけることで、これは俺のものだと主張して、思い込んでは、安心している。


「――あ」

俺は、ふと、唐突に、あることを思いついた。

そうだ。

なんだよ。そうすればいいいんじゃないか。いや、そうすればいい。

もし、あの星読みが言っていたように、お前が『巡らぬ星』だというのなら。

俺が。一緒にいれば、いいんじゃないか。

お前が、ひとりでは巡れないというのなら。俺と一緒に巡ればいい。

お前がもし、もしも死んだら。その時は俺もついていって、壊れてしまわないように抱き込んで、どこへも消えないように、どこにも行かないように、しっかり摑んでおけばいいのだ。


ともに逝って。

ともに巡ればいい。


そうして、お前もこの星の欠片になれたなら。

そうすれば、また、いつか。きっと――


「……アル?」

名を呼ばれて、俺は顔を上げた。

最近は、『アルフレド』ではなくて、『アル』と親しい人たちが俺を呼ぶのと同じように呼んでくれる時も

あって、呼ばれると、心が浮き立ってきて、走り出したくなるぐらい、嬉しい。

もっと呼んでくれたらいいのにと思う。

俺のもので濡れた手が胸元の、心臓の真上に置かれていて、それも、なんだか妙に嬉しかった。俺のつけたうっすらと赤い印が、胸元や首に散ってるのも。


ああ、早く。

中まで、俺のもので満たしてしまえたなら。

俺のものに、してしまえたなら。俺と……混ざり合って、しまえたなら。

もっと、安心できるのに。


俺はリアンの手を摑み、繋いで、また涙が溢れそうになってる目元を舐めてから、柔らかい唇に食いついた。

＊　＊　＊

翌朝。

俺が知る限り他の誰よりも恥ずかしがりなあいつは、目を覚まし、朝飯を部屋に持ってきてやった俺を見るなり。

礼を言うどころか、いきなり頭にゲンコツを入れてきやがった。

朝飯に付いていた林檎と同じぐらい、顔と全身を真っ赤にして。

そして、アホだ馬鹿だ変態だ、クソエロガキ、懺悔《ざんげ》室《しつ》行ってこい、一日教会の廊下でバケツ持って立っとけ、あとはなんだったか忘れたが、いろんな言葉で詰られ、叱られた。

加えて、床の上に正座をさせられた。

……目が覚めて、頭も冷めて、どうやらいつものリアンに戻ってしまったらしい。

なんだよ。お前、あの時、了承したじゃないか。

そう言い返すと、リアンが真っ赤な顔のまま、少しって言った！　あれは少しじゃない！　と抗議してきた。そう言われても、お前の『少し』の定義がよく分からん。最後まで突っ込んでないなら、『少し』だろ。

次は最後までしていい？　と聞くと、また頭を殴られた。なんでだ。

そして、ベッドの端まで跳んで逃げられた。

どういうことだ。

ものすげえ、警戒されている。


なんか、すげえ、理不尽だ。そして不本意だ。

触るのを許可したのはリアンなのだし、昨日の夜のことについては、俺は悪くないと思う。ていうか、我を忘れてがっつかなかった俺を褒めて欲しいぐらいだ。

なんにせよ。とりあえず、避けられて、逃げられたままだと、ものすげえ悲しくなる。俺が。そして辛い。

俺は椅子をベッド脇まで引っ張ってきて座り、相手の警戒心を解くためと、さすがに腹が減ってるだろうと思い、ゴーダ夫人がくれた林檎がたくさん入った籠の中から一つ取り出し、持ってきた果物ナイフで皮を丁寧にむいて、差し出してみた。

相手は上掛けを頭からかぶってベッドの隅で丸くなり、警戒心丸出しの目で俺を睨んでいたけれど、差し出された林檎と俺を何度か交互に見てから。そろりと近寄ってきて、林檎を掴んだ。

そしてすぐに跳んで逃げるように俺から離れた。

……本当に、よく似ている。


あの銀色猫に。

あいつも、触りすぎると怒って跳んで逃げるけど、食い物を差し出すと、食欲に負けて寄ってくる。そして、食い物を素早く取って、また跳んで逃げるのだ。

そんな感じで何度か食い物を捧げていると、そのうち機嫌も直ってくる、という流れだ。

なので、この銀色もおそらくそんな感じでやれば、そのうち機嫌が直る。……はずだ。

ベッド端に逃げた銀色頭は、一口かじって、甘い、と小さくぼそりと一言呟いてから、黙々と食べ始めた。

半分食べ切る頃には、表情も緩み、眉間の皺も消えていた。

一つ食べ切って、おかわりを所望してきたので、俺はもう一つむいてやった。

いくつでも、おむきいたしましょう。

それでお前の機嫌が直って、いつもみたいに俺に寄ってきてくれるのならば。

銀色頭は今ではベッド端から離れて、半分ぐらいの距離まで俺のほうに寄ってきている。

俺のすぐ横の机の上には、湯気を立てる朝食も置いてある。ちらちらとそっちも見てるから、腹が減ってて、気になっているのは間違いない。

よし機嫌が直るまであともう少しかと内心考えながら、俺は甘そうな林檎を選びに選んで、手に取った。


門の外まで見送りに出てきたゴーダ夫妻は、俺たち全員に、林檎がいっぱいに詰まった布の大袋を一つずつ、お礼にとくれた。

採れたての甘い林檎だそうだ。持って帰ったら、チェダーさんやチビたちが喜ぶだろう。

頼まれていた林檎酒も、もらっておいた。気前よく六本もくれた。チェダーさんもすげえ喜ぶだろう。俺も嬉しい。ゴーダさんの造る林檎酒は、本当に美味いからな。


挨拶を交わして、馬車にリアンが乗り込もうとした時。ミーテが夫人の後ろから駆け出してきて、小さな両手でリアンになにかを差し出した。

「なんだい？　ミーテちゃん」

「あ、あのね……これ……お守りなの！　持ってるとね、風の女神様が、風で幸運を運んできて下さるんだよ！　ホントだよ！　だから、リアン様にあげる！」

「え!?　い、いいのかい？　そんな大事なものを、僕になんて……」

「いいの！」

ミーテが頬を染めて、笑顔で頷いた。

「ムートのお墓作ってくれたのと、助けに来てくれた、お礼！」

そう言って、恥ずかしかったのか、また夫人の後ろへ駆け戻り、隠れてしまった。

白い掌の上を覗き込むと、あの小さな白い女神像がのっていた。

昨日ミーテに返したのに、結局、ぐるりと回って、リアンのもとに戻ってきてしまったようだ。

リアンが戸惑ったような、困ったような顔で俺を見上げてきた。

「ど、どうしよう……」

「どうしようって……お礼だと言うんだから、もらっといたらいい」

「で、でも……これは、お前が持ってたほうが」

「なに言ってんだ。お前に、ってミーテは言ったんだから、お前が持っててやれ。それに、そのほうが俺も安心する。……お前、どこか危なっかしいからな」

「は⁉　ぼ、僕は危なっかしくなんてない！　失礼な！」

真っ赤な顔をして怒ってきた。その瞳の奥は、今はもう、昨日のように暗く翳ってはいない。いつもの柔らかな薄氷色だ。

それに気づいて、俺は脱力するほど安堵して、思わず笑ってしまった。

そうしたらまた顔を真っ赤にして怒られて、腹を殴られた。

どうやら俺が笑ったのを、からかわれたと思ったようだ。違うのに。こういう時、相手みたいに上手く言葉を返せない自分が、ひどくもどかしい。

俺は女神像を握った白い手を、その上から軽く握り込んだ。

優しい願いが込められたお守りは、持ち主を災いから守るのだ、とマリエが言っていた。

ならば、どうか、と願う。

そして、願わくば。

……連れて、いかないで欲しい。

大事に、するから。

俺から奪わないで欲しい。

「アルフレド？」

不思議そうなリアンの顔を見て、俺はまた笑って返した。

それから手の甲に祈るように口付けを落としたら。

ぽかりと頭を殴られた。

28話　それは夏の終わりの　前編

教会にある俺専用研究開発室の窓の外に目を向けると、青々と繋っていた木々の色に、ほんの少し黄色が混ざり始めているのが見えた。

吹き込んでくる風にも、ほんのり涼しい空気が混ざってきている。

学校を卒業すると途端に月日が経つのを速く感じるようになる、とは、よく言うけれど。

「……ふう」

俺は机の上に肘を置き、頬杖をついた。

明日からは、もう九月に入る。気がつけば、いつの間にかもう夏も終わりだ。本当に、あっという間だ。

先日、仕事の話も兼ねて屋敷にやってきたジャイドも、似たようなことを言っていた。なんだかあっという間にひと月ふた月経ってしまっていたりしますよね！びっくりですよ～！　なんて。しみじみと溜め息をつきながら。

町立学校を卒業した後、ジャイドとジャーノとスネイの悪ガキ三人組も俺と同じく、ルエイス村へと戻った。家業を継ぐために。

学校に行かなくなってからは、当たり前ではあるけれど、会う機会も随分と減ってしまった。時折こうして仕事の話をしに屋敷へ立ち寄ったついでに、俺と近況や悩んでること、たわいない世間話などを、お茶を飲みながらしていくぐらいだ。

ジャイドとジャーノの双子兄弟は、木を育てて木材を伐り出しては加工している材木屋の息子たちだ。卒業後は、家族で経営している材木屋で働き始めた。ルエイス村の木材は硬さも質も良質で、その木肌の白さも金持ちどもに人気が高く、なかなかに高額で売れているらしい。

スネイの家は、綺麗な石や金属が採れる鉱山を持っていて、石の切り出しや、釘や鉄線などの金属部品加工の工場を経営している。特に淡い色味の石は装飾品として人気があってよく売れるのだ、と言っていた。

そして、どちらも木や石、金属など建築に欠かせない資材を扱う商売をしている。

これは、今の俺にとっては非常に助かっている。というか、助かりまくりだ。

なぜならば、村の防衛設備用の資材を割引して売ってもらえるからな！

友達価格で！

本当に、マジで助かっている。

なので柵に関しては、杭《くい》はジャイド兄弟のところ、鉄線や釘などの副資材はスネイのところで作ってもらっている。

さすがにあれだけ大がかりな柵の資材を俺ひとりでなんて作れないからな。そういえばと三人の家業を思い出して仕事の話を持ちかけてみたところ、そんなのお安いご用ですよ！　と引き受けてくれた。持つべきものは悪ガキ三人組、いや、友である。

よって現在は、発注している部品や資材、魔動パーツが揃い次第、村の西部辺りから始まって、今では北部と南部へと、柵や迎撃装置の設置を進めているところだ。

遅くても、来年の半ばくらいまでに作業が完了できていれば、上々である。

避難所についても、教会を第一拠点として、いくつかの空家を手直しした。

そこへ誘導するための地図入りの立て札も、村中に設置した。

そして、メガネ隊長が約束してくれた通り、年明けから騎士がひと月に四人ずつ、ルエイス村に出張してきてくれている。

西部にあるオーウェン家の空家を出張所にして、毎日散歩がてら村人と交流しながら見回りをしてくれたり、危なそうな場所や、壊れそうになっている橋や建物などを見つけては、随時報告してくれている。

手が空いている時は、村人の農作業の手伝いもしてくれているようだ。

先日、道で捕まってしまっ――いや、話しかけてきた村のおばちゃん連中が、お野菜の苗植えを騎士様たちが手伝ってくれてねえ、年をとると屈むのが腰にくるから本当に助かるわ、と楽しそうに頬を染めて小一時間ぐらい話をしてくれた。

騎士たちも、食事とお酒をご馳走してもらって、楽しんでいたみたいだ。先日、報告書を持ってきた騎士が、いや〜この村は酒も料理も美味いし、空気も美味いし、鬼上司もいないしで、リフレッシュできるわあ〜、と、にこにこしながら上機嫌で言っていた。

いや、お前ら、リフレッシュはいいけど仕事はちゃんとしろよ。頼むぞ！

そういうわけで、《ルエイス村防衛計画》は、俺が思っていた以上に、いや、これ以上ないほどに、順調に進んでいる。

俺は机に広げた計画表を指で辿って、確認した。

修正したり書き加えたりしたその紙は、折り皺と継ぎはぎだらけでボロボロになってしまっているけれど。その表も——あともう少しでその役目を、終える。

俺は、表の上に年表のように書き連ねた日付を、目で追った。最後の行まで。

《あの日》まで、残り時間は……あと十四ヶ月と、少し。

ゲームの中では、はっきりとした日にちは表示されていなかったが、見当はついている。

季節は秋。

月は、十月。

どうしてそれが分かるのかというと、惨劇が始まる日の夕刻、主人公がいつものように教会の様子を見に訪れた時。マリエが語る台詞から、例の日を推測することができるからだ。

『——十の月の終わりは……今日から三日間は、宙《そら》の星々の神様方がお休みをなさる日です。月の女神様たちもお隠れになる日ですから、いつも私たちを暗闇に潜《ひそ》むものたちから守って下さっている、清らかな御《お》光《ひかり》も、その三日間だけは届きません。ですから女神様の御光の代わりとして、夜通し火を焚《た》いて、お祈りをするのです。貴方も、小さなロウソクの火でも構いませんから、三日間、きちんと火を焚いておくのですよ。夜は決して外を出歩かず、部屋で大人しく、ただ静かに、一心に、祈りを捧げなさい。暗き三日間が終わり、夜が明ければ。次の月が始まるとともに神様たちがお戻りになります。そうすれば、再び私たちを、清らかなる白き御光で守って下さることでしょう』

そう、言うのだ。

十月の終わり、三日間が終われば新しい月が始まる。

この世界の暦《こよみ》は、アーケイディアと同じく俺の世界と同じで太陽暦をベースにしているから、十月は三十一日まである。

その三日前ということは、二十九日。

よって《災厄の日》は――十月二十九日だということになる。

その日までに、俺にできる限りの、全てのことをやっておかねばならない。俺と村人たちが、生き残るために。

ここまできたら、あとはもう……時間との、戦いだ。

＊　＊　＊

休憩しようと一階に下りて食堂に行くと、マリエがいつものように書き物や縫い物をしていた。俺が入っていくと顔を上げて、林檎色の頬を緩めてにっこりと笑みを浮かべた。

「あら。リアン様。ご休憩されますか？」

「はい」

「ふふ。じゃあ、お茶を淹れますね！　座ってお待ちになっててくださいな」

「ありがとうございます」

お言葉に甘えて、俺はマリエが座っていた席の向かい側の席に腰を下ろして、待つことにした。

外壁が石で造られている教会は、強い日差しが遮断されて、残暑の残る今の時期、建物の中はほどよい涼しさとなっている。

開け放たれた窓からは、心地いい風が、さわりと吹き込んできた。

空には夏の季節によく見るモコモコした入道雲ではなくて、柔らかそうな薄い雲。

耳を澄ますと聞こえてくるのは、鈴虫みたいな虫の声。

流れていく雲を眺めながら、しばらくぼうっとしていると、マリエがポットとティーカップをのせたトレイを持って戻ってきた。俺の前にティーカップを置いてお茶を注いでから、窓の外に視線を向けて、気持ちよさそうに小さな目を細める。

「いい風ねえ……。やっと、暑さも和《やわ》らいできましたね」

「ええ。そうですね……」

俺も窓の外に再び目を向け、笑みを浮かべた。

青草の茂る庭では、六、七人のチビたちが跳ねるボールを楽しそうに追いかけながら、元気いっぱいに駆け回っている。大きい子も何人か混ざっている。

先月、町で丸くて柔らかいビーチボールみたいな遊具を見つけたので、何個か教会に寄付しておいた。

そしておぼろげな子供の頃の記憶を頼りに、ドッジボールもどきな遊びを伝授してみたところ、現在、《ダルマンさんが転んだ》に次ぐ、人気沸騰中の遊びとなっている。

ボールはゴム製でふにゃふにゃしていて、当たっても痛くないので、小さい子でも一緒に遊べるのが好評の要因の一つかもしれない。

もう少し硬いボールもあったけど、悩んだ末、一番柔らかいのを購入した。俺の直感とチョイスは間違っていなかったようだ。

遠くに目をやると、ここからでも山並みの上の端が、微かに黄色や赤色になってるのが見えた。

「マリエ様。山の上が、ほんのちょっぴり色づいてきましたね」

窓の外を指差して言うと、マリエもそちらに目を向けて、頷いた。

「あらあら。本当ね。ちょっぴり色がつき始めてますわね。ふう……もう、秋の始まりなんて……。早いわねえ」

「ええ。早いですねえ……」

マリエがしみじみと言いながら頬に手を当て、溜め息をついた。俺も同じように溜め息をついて、大きく頷いて同意した。

本当に、時間が経つのは速いと思う。びっくりだ。

「お山の葉っぱが色づき始めたってことは……そうね。半月ほどしたら、綺麗な紅葉が見られるかしら？」

「うーん、そうですね……。それぐらいには、いい色になってるんじゃないでしょうか」

マリエが、パン、と小さな両手を打ち鳴らした。

「じゃあ、裏山のメイプルの木々が真っ赤に染まったら、また皆でピクニックに行きましょうか、リアン様！」

「わあ！　それ、いいですね、マリエ様！　ぜひ行きましょう、絶対行きましょう！」

「ええ！　行きましょう！　ふふ。楽しみね！　皆もとっても喜ぶわ。サンドイッチとお菓子をたくさん詰めていかなくちゃ」

「ええ、たくさん持っていきましょうね。チビたち、あっという間に食べちゃいますからね～。サンドイッチを作るの、僕もお手伝いしますよ！　あ、僕は焼いた卵のやつとハムのやつ作るんで、マリエ様は……芋と豆のペーストを挟んだやつ、いっぱい作って下さいね！」

「ふふ。いいですよ。リアン様は、あれがとってもお好きなのね？」

「はい。大好きです！」

マリエの作る、ほんのり甘い芋と煮豆を荒く崩して、香ばしいナッツを混ぜ込んだサンドイッチは、ボリュームもあって絶品なのだ。

もちろんチビたちにも大人気なので、昨年も残り一個を巡ってジャンケンで争奪戦が繰り広げられた。ちなみに俺は、一回戦で敗退を喫した。悔しい。


そんなピクニック話で盛り上がっていると、マリエが、あ、と小さく呟いて口元に手を当てた。

「マリエ様？　どうされましたか？」

「いけない、また忘れてしまうところだったわ。……あの、すみません、リアン様。一つ、お願いしたいことがあるのですけれど……よろしいでしょうか？」

「いいですよ。なんでもおっしゃって下さい。マリエ様のお願いなら、僕はなんだってお聞きしますよ」

冗談めかして言うと、マリエが、まあ、と驚いた顔をして、それからクスクスと笑って、林檎色の頬を染めて胸に手を置いた。

「ふふ。ありがとうございます、リアン様。お願いというのは……明日は土曜日だから、リアン様は、アルとお会いになるでしょう？」

「え、ええ」

「よかった！　ええと、それがですね……一昨日《おとつい》、アルに、屋根の雨漏りしているところを修理してもらったのですけれど……あの子、うちにお道具箱を忘れて帰ってしまったみたいで」

「お道具箱」

「そうなの。あの子の大事なお道具箱。まあ、私も帰り際に引き止めて、裏山で採れたペアーの実や、チェダーさんやアルたちにと編んだ手袋とか、いろいろとたくさん慌てて渡してしまったから……それで忘れてしまったのかもしれないわ。でも、大事なお道具箱を忘れて帰っちゃうなんて。あの子も、うっかりさんね！」

マリエが頬に手を当てて、口をすぼめた。

その姿を見て、俺は思わず吹き出してしまった。

すっかり大きくなってしまった未来の英雄も、マリエの前では、まだまだ《大事なお道具箱を忘れたうっかりさんなあの子》扱いだ。

「ぷくく……分かりました。お引き受けいたしましょう。僕からアルに、《大事なお道具箱》を返しておきますよ」

「ありがとうございます、リアン様！　ああ、よかった。早く返してあげたいけれど、私もなかなか忙しくて、教会を離れられなくて……」

「ああ……」

それは、分かる。

アルフレドがいた時よりも孤児が増えてしまっていて、洗濯や食事の世話だけでも大変になってしまっている。

俺やアルフレド、チェダーさんたちに加えて、近場の気のいい村人たちが手助けしてくれているから、それでどうにかこうにか、ぎりぎり回していけてる感じなのだ。

「大丈夫ですよ。このぐらい、お安いご用です」

「ああ、助かりますわ……！　ありがとう、リアン様。忘れないうちに今、お渡ししておきますね！　少しお待ちになっていて下さいな」

「はい。慌てなくてもいいですよ。走ったら危ないですからね。こけたら大変です」

年をとってからこけると、思わぬ大怪我をしたりするからな。ちょっとこけただけでも骨を折ってしまったり。うちの祖父さんも、庭の水やり中に転んで、腰の骨を折ったことがある。マリエも元気だけど、歳は歳だから気をつけたほうがいい。

「……はい。ありがとうございます、リアン様」

マリエが林檎色の頬を緩めて頷いてから、席を立ち、部屋の奥へといつものように小走りで行きかけたけどすぐに立ち止まり、ゆっくりした足取りで歩いていった。

アルフレドの工具箱をマリエから受け取って、俺は夕方、早めに教会を出た。

金属製の横長の工具箱は、両手で持たないといけないほどに大きく、そしてずっしりと重かった。

職人は道具が命だからお前も自分のを持っとけ！と言って、職場の先輩たちが気前よくホイホイと道具や釘などくれるものだから、いつの間にか箱の中はいっぱいになってしまったらしい。

明日、屋敷で会った時に渡して持って帰らせるのも重いだろうから、ついでだし、帰りにチェダー牧場に寄って、渡して帰ることにした。

＊　＊　＊

遠くへ視線を向けると、西の空と西の森との境目が、うっすらと茜色に染まり始めているのが見えた。夕暮れ時の、いろんな色が混ざり合った、昼でも夜でもない曖昧な色。

馬車の窓枠にもたれて、少しずつ色合いが移ろっていく景色を眺めながら、俺は溜め息をついた。

どうして、よりにもよって。

……チェダー牧場は、ルエイス村の西部にあるのか。魔物の群れが一番最初にやってくる、西部なんかに。

それは偶然なのか、それとも、……必然なのか。

改めてそのことを考え始めると、考えすぎだとは自分でも思うけれど、でもなにか、得体の知れないものが……そうなるようにと仕向けているような気がしてきて、背筋が少しだけ寒くなる。

主人公が——アルフレドが一番苦しむ状況を作り出そうとしているような、そんな感じがして。

チェダー夫妻とチビたちに、もし、もしもなにかあった時。再び、家族と呼べる人たちを失ったことに……アルフレドは苦しみ、救えなかったことを悔やみ、嘆き続けるだろう。

未来の英雄は全てを失い、心に大きな傷を負い、亡くなった愛しい人たちへの想いを胸に、村を旅立つ。

自身と皆の癒されぬ悲しみを、尽きぬ怒りに変えて。

そして、その怒りを全て、元凶を討つための力に変えて。

失い続けることへの諦めと絶望と、大切な人たちを救えなかった後悔と、埋まることのない喪失感に、苦しみ続けながら。


あんな悲しい旅立ちを、アルフレドにさせたくはない。あれだけは絶対に、変えなければならない。

いや、変えてみせる。

なにと引き換えにしても。


とにかく、魔物の群れと一番最初に接触する西部にチェダー牧場があることは、今更どうしたって変えられない事実だ。

よって、今後も西部は重点的に、やりすぎるぐらいの勢いで防衛対策を施していくしかない。


ふと顔を上げると。いつの間にか、窓の外の景色が変わっていた。

ぽつりぽつりとあった民家や店は見えなくなり、辺りは青々とした牧草が一面に生い茂る牧草地になっていた。

その中を、牛や馬や、羊によく似たモコモコとした生き物が、草をモシャモシャと食べていたり、寝ていたり、気ままに散歩したりしている。

のどかな、眺めているだけで心が落ち着いてくる、牧歌的な風景。

その牧草地を横断するように、なだらかに隆起した道を走っていくと、L字型をした二階建ての家が見えてきた。屋根裏部屋を含めたら、三階建てか。

赤レンガの煙突が空に伸びる、木と漆喰《しっくい》と石でできた、大きな家。

曾祖父の時代からの家を補修しながら大事に使っているらしく、オレンジ色の三角屋根は、ところどころが苔むしている。

その家の横には、牛や馬たちが休む横長の畜舎や、飼料を保管するサイロ、道具やいろいろな物を収めた倉庫。

そして門の柱には、ぷっくり丸々とした牛のマークが彫られた、大きな木製の看板がぶら下がっている。

牛の首には、これまた牛の頭の大きさと同じくらいの、丸い形をした大きな鈴。

全体的に丸々とした牛の上には、元気一杯に跳ね上がった元気な文字で、《チェダー牧場》と彫り込まれていた。

やっぱりというか案の定というか……ひそかに可愛いものが大好きなリアン母が、その丸々ぷくぷくとした牛のロゴマークを大変気に入っていて、小さな木箱をこっそりもらい、自室で小物入れ代わりに使っている。そういえば、学校の女の子にも人気だったな。チラシや包装紙に描かれているロゴマークを集めてる子もいた。まあ、母も含めて女の子はやっぱり、丸々しいものが好きみたいだ。


看板の下、門の脇で馬車を停めてもらい、俺はチェダー家の玄関に向かった。

……開けっぱなしの。

いつもながら、不用心だ。来るとたいてい、玄関は開けっぱなしになっている。

鍵なんて有って無きが如しだ。ていうか扉に鍵がかかっていたことなんて、今まで一度もない。常時フルオープン状態である。いや、オープンすぎるだろう。

大丈夫か。いや大丈夫じゃないだろう。

この状況はいかがなものかと心配になり、事あるごとに、開けっぱなしは危ないですよ、と夫妻には伝えてみてはいるが、効果は……ごらんの通りだ。

挙げ句の果てには、うちには盗られて困るもんなんてないから大丈夫～！　とあっけらかんと笑いながら言われる始末だ。

それにもめげずに、心ない人が家の中に入ってきたら危ないでしょう、と夫妻に苦言を呈《てい》してみたところ……怪しい奴はブッ倒すから大丈夫～！　と二人揃ってとてもイイ笑顔で親指を立てながら言われた。

金髪頭の奴にも当然言ってはみたが、誰か来たら馬とか牛とか騒ぎ出すから分かる、と返答された。

見つけたらぶち倒すし、とか……って、チェダー夫妻と言ってることが同じじゃねえかよこの野郎！

これだから田舎の住人は!!

防犯っていうのはなあ、常日頃から気をつけて、前もってしとくもんなんだよ!!

頭が痛い。


開けっぱなしの玄関前に立ち、俺は口の両側に両手を添えて、息を吸い込んだ。

「ごめんくださーい!!」

俺の精一杯の呼び声が、家中に響き渡った。はずだ。

多分。ていうか、そうであって欲しい。頼む。誰か気づいてくれ。二回目とかもう恥ずかしすぎる。

チェダー家には、呼び鈴なんていうものは存在しない。常にマイボイスによるセルフインターホンだ。


「はーい！」

「はあーい！」

「うあーい！」

「あーい！」


家の奥から、元気な返事が四人分、返ってきた。

小走りに駆けてくる足音も四人分。

一つは大人の。残り三つは子供の。

目の前に続く廊下の脇から、赤茶色のストレートの髪を頭の後ろで高めに結わえた小麦色の肌の女性と、赤、黄色、緑の瞳の色をした三チビたちが、お揃いの薄黄色のエプロン姿で飛び出してくるのが見えた。

エプロンの胸ポケットには、丸々しい牛さんの姿が可愛らしくパッチワークされている。

「あら!?　リアン様じゃないの！　いらっしゃーい！」

「わあーい！　りあんしゃまだ！　いらっしゃー！」

「やたー！　りあんしゃだ！　らしゃー！」

「きゃー！　りあんしゃー！　しゃー！」

「こんにちは、夫人。チビたち」

俺はしゃがんで両手を広げ、駆けてくる三チビたちを受け止めて、抱き締めた。

「お。また少し、大きくなったみたいだね？」

「うん！　いっぱい、いっぱいね、たべたの！　だから、おおきくなるの！」

「なるの！」

「のー！」

三チビが、仲良く同時に返事をしてきた。元気一杯に。

「そうかい。じゃあ、いっぱいいっぱい食べないとね」

「うん！　いっぱいいっぱい！」

「いっぱい！」

「ぱい！」

「なら、たくさんたくさんご飯を作らなくちゃね！」

夫人がエプロンで手を拭きながら、楽しそうに笑った。

「あい！」

チビたちも嬉しそうに飛び跳ねながら笑った。

「ふふっ。リアン様。アルに用事？　それとも他の？」

俺はビクッとして、思わず夫人を見上げてしまった。

なんで、一番に、あいつの名前が出てくるかな⁉

まあそりゃ、たいていは、そうなんだけれども！

「あ、え……ええと、……はい。あの、アル――いや、アルフレドが、教会に工具箱を忘れていってしまったみたいで。帰るついでなので、届けに来たのですが。……います か？」

「あら！　忘れ物なんて、アルったら！　ふふ、珍しいこともあるもんだわね～。わざわざ届けに来てくれて、ありがとうリアン様！」

「い、いえ……」

「でも、せっかく来ていただいたんだけど……ごめんなさいね。アル、まだ、帰ってきていないのよ」

「え？」

帰ってない？

もしかして、配達にでも行っているのだろうか？

「どこへ、行っているのですか？」

「ソイル薬草園よ」

「ソイル薬草園……？」

「そう。西の森の手前にある、ヘルバおばあさんの薬草園。これからどんどん涼しく、寒くなってくるでしょう？　だから、牛さんたちが風邪を引かないように、飼料に混ぜるための薬草を買いに行ってもらっているの」

夫人が困ったような顔をして、片手を腰に当てて溜め息をついた。

「多分ねえ……私の予想だけど……ちょうどいいからって、ヘルバおばあさんにこき使われてるんじゃないのかしら」

「こき、使われ――……」

ああそういえば、と思い出す。

いつだったかアルフレドが、薬草園に行くたびにばあさんにこき使われて参る、と言っていたのを。

俺もソイル薬草園には薬草やハーブ酒を買いに時々行ったりはするけど、ばあさんに、こき使われたことは一度もない。

まあ……さすがに《領主の息子》はばあさんの《こき使える対象》からは、外されているのかもしれないけれど。

「最初は、うちの旦那に行ってもらおうと思ってたんだけどね。『じゃっ俺は配達行ってくっから！』とかなんとか言って、さっさと逃げちゃったのよ！　もう！　情けないったらありゃしない。アルが代わりに行ってくれるって言うから、それじゃあって、頼んだの。やっぱり私が行けばよかったかしら……でも、おばあさんに捕まると話が長いのよね……」

夫人がやれやれという感じに息を吐きながら、肩をすくめてみせた。

アルフレドの話によると、顔見知りの女の人は、おばあさんに捕まると二時間ぐらい茶飲み話の相手をさせられる。らしい。

ちなみに男は、力仕事や重労働を頼まれて、こき使われる。

ヘルバばあさんはマリエと同じく、いやそれ以上に元気な老人だ。そして立ってる者は客でも使うという、やり手だけれど困ったばあさんなのである。

対照的に、じいさんと娘は、とても大人しくて恥ずかしがり屋だったりする。

三人を足して三で割ったらいいのに、と村の人たちも口々に言ってはいるが、世の中、まあ、そんなもんではある。人間はパズルのピースみたいに、どこかが飛び出てれば、どこかは引っ込んでいるものなのだ。祖父さんがそう言っていた。俺もそう思う。

「あ……」

唐突にあることを思い出して、心臓が、どくりと大きく跳ねた。

俺はそこでようやく、いくつかの符号が――《あること》を示唆していることに気がついた。

夏の終わり。
綺麗な茜色の、夕暮れ時。
西の薬草園。
行ったきり、帰ってこない主人公。
そのキーワード全てが揃って合致する、一つの《イベント》があることに。

……忘れていたわけではない。
そのイベントは《リアン》が関わらないイベントであり、そして命の危険もないものだったから……心配することもないし、考える必要もない。

それに、それがアルフレドひとりだけのイベントであるのならば尚更、リアン《おれ》が関わってはいけないイベントでもあったから。

そう、自分に言い聞かせて。


俺は、窓の外に目を向けた。

チェダー家の大きな木枠の、開け放たれた窓から見える空は。

キラキラとした金色がうっすらと混じる、とても、とても綺麗な茜色に染まっていた。


……そうか。

そうなのか。もうそんな時期に、なってしまっていたんだな。

あれは俺が故意に……記憶の底に沈めて蓋をして、忘れた振りをし続けていたイベントの一つだ。

他にやらねばいけないことに、手がつかなくなってはいけないからと。気づかない振りを、知らない振りをし続けた。今まで、ずっと。

心があまりにも弱くて。臆病すぎて。そんな自分が心底嫌になる。

そう。あの、イベントは――……


ある日。

西の森の手前にある、ヘルバばあさんの薬草園に、主人公が行って。

ばあさんがとても可愛がっているヤギの親子が逃げ出して、薄暗い西の森の奥へと駆けていってしまうのだ。

そして、主人公はばあさんに頼まれて、ヤギの親子を追いかける。

森の奥へ、奥へと。

隆起した岩場と木が絡み合い、足場があまりにも悪すぎて、村人も滅多に立ち入ることはない、森のずっと奥へと。

その先には、少しだけ開けた場所がある。

そこは鳥や獣しか訪れないだろう、小さな川辺。

川の側には、大きな木が生えている。

その、根元には――

「リアン様？」

呼ばれて俺は、窓から夫人に視線を戻した。

夫人が不思議そうな、どこか心配するような顔で俺を見ていた。足下のチビたちも、不思議そうな顔で俺を見上げている。

「どうかされましたか？」

「あ、いえ……なにも。……もし、ヘルバさんにこき使われているのなら……いつ帰ってくるか、分かりませんね。もしかしたら、……帰ってこないかも……」

「うーん。そうねえ……」

夫人が溜め息をつきながら、頬に手を当てた。

「その可能性は、ないともいえないわ……。前行った時も、屋根の修理やら、戸の建てつけやらじゃんじゃか頼まれてたみたいだし。それで夜も遅くなって、おばあさんたちに一晩泊まっていけって引き止められたって言って、翌朝に帰ってきたから。……アルって無愛想だけれど、根はとても優しい子だから。おばあさんも、すごく気に入ってるみたい」

夫人が穏やかに目を細めて微笑み、窓の外に視線を向けた。

「……もしかしたら……また、おばあさんに頼み事をじゃんじゃか引き受けさせられていて、明日の朝、帰ってくるかもしれないわね」

「……そう……かも、しれないですね」

俺は、曖昧な相槌を返しておいた。

夫人に少し待っていてもらい、俺は、馬車に置いてある工具箱を取りに戻った。

それからまた家に戻って、工具箱を夫人に差し出した。

「……では、この工具箱は、アルフレドに返しておいてもらえますか？」

夫人は眉をハの字にして困り顔をしながらも、工具箱を受け取ってくれた。

「本当に、ごめんなさいね。せっかく届けに来ていただいたってのに……。そうよ、お時間があるようでしたら、お茶でも飲んで、少しお待ちにならない？ よければ、夕ご飯もご一緒にいかが？ そのうちには、きっとアルも戻ってくるんじゃないかしら。だってよく考えれば、明日は土曜日だもの！ お屋敷に行く日でしょう？ だから今晩泊まって帰ることは、さすがにないと思うのよ」

俺は首を、横に振った。

待っていても、今日はここには帰ってこないのを……俺は知っているから。


「……すみません。ご好意はありがたいのですが……僕は、帰ります」

「そんな。あたたかい飲み物でも飲んで帰って下さいな。すぐにご用意しますから！」

「いえ。お気遣いいただいてありがとうございます。ですが、僕にはまだ仕事が残っておりますので。これで、失礼します」

「あら……お仕事かあ……。じゃあ、また今度、お時間のある時に遊びに来てね！　美味しい、搾《しぼ》りたてのミルクで作ったカフェオレをご馳走するわ！　あの子の忘れ物、届けてくれてありがとう、リアン様。気をつけて帰って下さいね」

「はい」

夫人が残念そうにしながらも、笑顔で手を振ってくれた。

三チビたちもがっかりした顔で俺の腰にしがみつきながら、俺を見上げてきた。

「りあんしゃ、もうかえっちゃうの？」

「うん。ごめんね。今日は忙しいから、帰るよ」

そう言うと、途端に三色の瞳が潤んだ。口もへの字になる。

「ううう……また、くる？」

「くる？」

「くりゅ？　いっしょ、あそぶ？」

「うん。また来るよ。次に来た時に、遊ぼうね」

「ぜったいに？」

「絶対に」

「やくそく、する？」

「ああ。約束しよう」

くるんくるんと髪が跳ねた三つの頭を撫でてやると、笑顔で大きく頷いて返してくれた。

「やくそく！」

「うん。約束だ」

三チビたちもようやく納得してくれたのか、俺の腰から離れて、夫人のもとへと駆けていった。

大きく手を振る夫人と三チビたちに見送られながら、俺も手を振って返して、チェダー家をあとにした。

いつものようにシュリオが御者席から降りてきて、馬車の扉を開けてくれた。それからなぜか眉間に皺を寄せた難しい顔をして、俺の顔を覗き込んできた。

「なに？」

「……ぼっちゃん。大丈夫ですかい？」

「……なにが？」

「いえ……なんだか少し、顔色がお悪いような気がして……なにかありましたか？　大丈夫ですか？」

「……なにもないし、僕は、大丈夫だよ、シュリオ」

「そうですかい？　だったら、いいんですけど……」

そう、俺は、大丈夫だ。

なにも、問題はない。

今、なにかあって、大丈夫じゃないのは……アルフレドのほうだ。


空を見上げると、東のほうに僅かに残っていた青色も、すっかり消え失せてしまっていた。空一面、茜色に染まっている。


たとえ俺が行ったところで、なにもしてやれはしない。

それにこれは、俺には全く関係がなく、それどころか誰にも関係のない——アルフレドだけに意味のある、アルフレドだけのイベントなのだから。

それは分かっている。分かっては、いるのだ。いるけれど……


「……シュリオ」

「へ、へい」

「もう一ヶ所だけ、屋敷へ帰る前に寄っていく。ヘルバさんの《ソイル薬草園》へ」

「へ？　薬草園へ？　今から、ですかい？」

「……ああ。ハーブ酒を買って帰る。切らしてたのを今、思い出したんだ」

シュリオは少し不思議そうな顔をしていたけれど、笑顔で頷いて、御者席へと戻っていった。

なにもしてやれないのは、分かっては、いるのだけれど。

でも、送ってやることぐらいはできるだろう。それぐらいなら、俺がしても問題はないはずだ。

俺は馬車に急いで乗り込むと、御者席に座ったシュリオに声を掛けた。

「馬車を出してくれ。……少し、急いで」

遅れて行き違いにでもなってしまったら、意味がない。

「あいさ！」

シュリオが笑顔で大きく頷き、慣れた手つきで手綱《たづな》を引いて、馬首を素早く道へと向けた。

29話　それは夏の終わりの　中編

空も、雲も、山も、地平も、見えるもの全てが、黄金色と茜色に染まっていた。

それはとても、とても綺麗な風景で。

赤みを帯びた金色と茜色が織りなす光景は本当に綺麗で、どれも暖い色合いのはずなのに……どうしてなのか、胸の中が微かに冷えて、寂しいような気分になってきてしまう。

それが、一日の終わりを示す色でもあるせいだろうか。

そして……さようなら、と相手に別れを告げる刻の色でもあるから。

明日までのしばしの別れや、遠く離れる長きの別れ。

そして時には——最期の、別れの。

俺は馬車の窓を少し開けて、桟の上に腕を置いて顔を出し、辺りを見回してみた。

皆、今日はもう家路についてしまったのだろうか。

辺りには、もう、村人の姿はない。

とても静かな、静かすぎるくらいの夕暮れだった。

耳を澄ましても、聞こえてくるのは微かに木々の葉が擦れる音と、小さな虫の声だけ。

西の森の薬草園へと続く坂道へ入り、しばらく走っていると。

緩やかに蛇行する道の上のほうから、遠くからでもよく目立つ金髪の青年がひとり、ゆっくりと歩いてくるのが見えた。

近づくにつれ、青年の服や腕、顔が、泥だらけになっているのが分かった。そして、その泥だらけの両腕には……白い包みを一つ、抱えていることも。

丁寧に白い布で全体を包まれた、彼の両腕で持つほどでもない大きさの小さな包みを。とても、とても大事そうに。まるで宝物でも扱っているかのような手つきで抱き締めている。

青年は馬車の存在に気がついているだろうに、一度も顔を上げることなく、ただ……白い包みに視線を落としたまま、歩いていた。

シュリオのほうも、歩いてくる青年が誰なのか気づいたようだ。

御者席へと続く小窓から、もの言いたげな表情で俺のほうをちらりと振り返ってきた。

俺はそれに、自分もシュリオと同じく気がついているということを伝えるために、頷いて返した。

「……シュリオ。馬車を止めてくれ」

「へ、へい……」

俺は馬車を路肩に停めさせ、扉を開けて降りた。


「――アルフレド！」


名を呼ぶと、金髪の青年が、ゆっくりと顔を上げた。いつも澄んだ青空色をしている瞳は、今は、昼と夜の色が入り交じった、ひどく曖昧な色に塗りつぶされてしまっていた。

その顔からは表情が消えてしまっていて、なにを考え、なにを思っているのかが、全く読み取れない。まるで……昔のアルフレドに戻ったみたいに。

金髪の青年は俺の前まで歩いてくると、静かに立ち止まった。

俺はいつものように少しだけ笑みを浮かべて、いつものように話しかけた。普段と変わりなく見えるように。自分はなにも知らないのだと、見えるように。

いつものように。……嘘の、演技で。

「アルフレド。今、帰りなのかい？　ついでだから、送っていってあげるよ」

アルフレドは、じっと俺を見たまま、静かに首を横に振った。

断られても俺は諦めず、いつもの笑顔を崩さないまま、もう一度、馬車に乗るように勧めた。

これが、ただの俺のエゴだということは分かってる。後ろめたいのを紛らわしたいだけの、ただの自分勝手な自己満足だということも。けれど。でも。

「……遠慮なんてしなくていいんだよ。ついでだからね。ほら、乗って」

俺は馬車の扉をアルフレドの目の前で大きく開けて、手招きし、乗るように促してみた。

それでもアルフレドは立ち尽くしたまま、馬車に乗ろうとはしなかった。

全く動こうとしない相手に、これはもう、背中を押して無理矢理にでも乗せるしかないかと、手を伸ばしかけた時。

夕暮れ色に染まった瞳が静かに伏せられ、その唇が、ゆっくりと開いた。

「…………死者を、乗せるわけにはいかないだろ？」

呟くように、小さく、静かに零された言葉。

——死者。

俺はアルフレドの両腕に抱えられた、白い包みに視線を落とした。

泥だらけの両手に、抱えられたもの。見ただけでは、それがなんなのかは分からない。

けれど、おそらく、その包みこそが、彼の言う——《死者》なのだろうということだけは、察することができた。

なぜなら、彼がとても、とても大事そうに……守るように。抱き締めるみたいに抱えているから。

けれども、死者というにはその包みはあまりにも小さすぎる。

その理由を教えてくれと尋ねれば、教えてくれるかもしれないけれど……俺は、尋ねなかった。

それに返答するのは相手にも辛いことだと分かっていたし、それに。俺は。

……包みが小さすぎる理由も。それが《誰》であるのかも、知っていたから。

気を抜くと震えそうになってしまう唇を引き結んで、俺は白い包みから視線と意識を引き剝《は》がした。

それからアルフレドを見上げて、笑みを作って浮かべて、首を横に振った。

「構わないよ」

アルフレドが息を呑み、瞳を大きく見開いた。

驚いている。

それは、そうだろうと思う。これはリアンどころか、上流階級に属する者らしからぬ態度だ。汚れてボロボロの下流階級の相手を、しかも自分とは全く関係のない死者と一緒に、自分の馬車に乗せようとするなんて。

それぐらいの身分差的な考え方が、この世界にはある。いくら俺が別の世界から来たとは言っても、これだけ長くいれば、さすがに分かってくる。

これが明らかに、常識外れの対応だということは。あまりに常識外れで、逆に怪しまれてしまうかもしれないレベルだということも。

それは、分かってる。俺にも。十分、分かってはいるけれど。でも。それでも。

今日、だけは。


「いや、でも……」

「どこまで歩いていくつもりだったんだい？　もう日が暮れるよ。馬車で行ったほうが早い。行き先は、牧場かい？　それとも、……教会？」

アルフレドが戸惑うような表情をしながらも、ぼそりと答えた。

「……教、会」

「分かった。教会だね。ほら、早く。乗って乗って」

俺はアルフレドの背に手を回して、馬車へと押し上げた。珍しく相手がおたおたしながら、俺を振り返ってきた。

「ま、待て、リアン。俺、こんなに、泥だらけだし」

「そんなこと。後で掃除すればすむことだよ」

俺は相手の大きな身体を強引に馬車の中へと押し込んでから、扉を閉めた。

「シュリオ！」

「へ、へい!?」

「馬車を出してくれ。行き先は、――教会だ」

「えっ!?　い、いいんですかい？　薬草園は？」

「いいんだ。……薬草園は、いつでも行けるから」

「……へい」

シュリオが笑みを浮かべて頷き、手綱を引いて回し、進む方向を変えた。来た道のほうへと。

馬車が動き出しても、アルフレドは天井に手をついて身を屈めた姿勢のままだった。困ったように、眉根を下げて。

「……ほら。立ってないで、ちゃんと座って」

俺は相手の肩を軽く押して座らせてから、向かいの座席に座った。


教会に着くまでの間。

アルフレドは結局、一言もしゃべらなかった。ずっと口を閉じて、黙り込んだまま。

俺に話しかけることも、視線を向けることすらもなく。ただ、じっと膝の上に抱えた白い包みに視線を落としていた。


俺は掛ける言葉がどうしても見つけられなくて、その姿も見ていられなくて、ずっと、窓の外を見ていた。

陽は西の山の端に姿を三分の一ほど沈めかけていて、茜色だった東の空の端は、いつの間にか藍や紫といった夜の色に、じわりと染まり始めていた。


教会の前に馬車を停めると、アルフレドはやっぱりなにも言わないままだったけれど、俺に頭を下げてから馬車を降り、そのまま礼拝堂へと向かって歩き出した。

俺は、シュリオにここで待っていてくれと伝えてから、その背を追った。


小さな礼拝堂に足を踏み入れると、左右の壁に並んだ縦長の格子窓からは、橙色《だいだいいろ》をした陽の光がかろうじてまだ、柔らかく差し込んでいた。

十列ずつ左右に並んで置かれた木製の五人掛けベンチには、もう参拝者の姿はない。

静かな礼拝堂の中には、ただひとり、小柄な年老いた尼僧だけがいて、祭壇の周りに置かれたロウソク台に、火を灯《とも》して回っていた。

尼僧が俺たちに気づいて顔を上げ、振り返った。

小さな瞳が俺を見て、驚いたように丸くなり、次に隣のアルフレドを見て、更に大きく見開かれた。

それから不思議そうに小首を傾げつつも、林檎色の頬を緩めて、目尻に皺を寄せて微笑んだ。

「あらあら。アルに、リアン様ではないですか。お二人揃って、こんな時間に来られるなんて……どうされたの？　……あら……？」

マリエがトコトコとやってきてアルフレドの前に立ち、眉をひそめ、心配そうな視線を向けた。

「……アル？　どうしたの、その格好……？　そんなに、泥だらけになって……」

アルフレドはマリエのその問いには答えないまま、白い包みに視線を落とした。それから静かに、小さく息を零してから、一度だけ目を閉じ、開いて。マリエと視線を合わせた。

「……マリエ」

「はい？」

「すまないが、今から……埋葬と、弔《とむら》いの祈禱を……頼めないだろうか」


アルフレドは両腕に抱えていた白い小さな包みを、マリエにも見えるように、そっと持ち上げてみせた。

マリエは白い包みをじっと見つめてから、問うような表情で、アルフレドを見上げた。

不思議に思うのも無理はないと思う。弔いを、と言われても、あまりにも小さい、小さすぎる包みだ。それが死者だと言われても、首を傾げてしまうぐらいの。

アルフレドが、疲れたように小さく息を零した。

「……これだけしか、なかったんだ。あまりにも、日が経ちすぎてて……もう、すっかり骨に、なっちまってたから」

「……そう」

マリエはそれ以上なにも言わず、ただ頷き返して、小さな両手を組み合わせ、白い包みに祈りを捧げた。


しばらく祈りを捧げていたマリエはゆっくりと目を開けて、いつもと変わらぬ林檎色の頰で、アルフレドに向けて、穏やかな微笑みを浮かべてみせた。

「……分かりました、アル。お引き受けいたしましょう。では、旅立つ御方のお名前を……私に、教えていただけますか？」

マリエが尋ねると、アルフレドは俯いて口元を引き結び、なにかを堪えるように固く瞼を閉じてから、ゆっくり開いた。

夕暮れと夜の色に染まった瞳で、マリエを見て。


「………サニー・フラム」


伝えられた名前を聞いて、マリエが小さな目を見開いた。

《フラム》は珍しい苗字だ。

この村でも、アルフレドしかいない。その苗字を持つということは。

そのことに気づいたマリエが問いかける前に、アルフレドが口を開いた。

「……俺の、父さん。骨、探して、拾って、かき集めてはみたけど……もしかしたら、全部は、ないかもしれない。……それでも、いいだろうか」

マリエが瞳を揺らして、開きかけた口を閉じ、静かに頷いた。それから、安心させるように、静かな笑みを浮かべた。

「……ええ。ええ、大丈夫ですよ。身体は魂の器であり、現《うつ》し世を渡る小舟のようなもの。与えていただいたことに、そしてその役目を終えたことに、感謝の祈りを捧げることにこそ、意味があるのですから」

陽がまだあるうちに、埋葬してさしあげましょうと言って、マリエが俺たちの前に立って、歩き出した。


教会の裏にある坂道を上ると、なだらかに広がる丘がある。

村を見下ろせる見晴らしのいいその場所には、村人たちが眠る墓地があった。

一番眺めのいいところがいいと、アルフレドは村が一番よく見える、墓地の間の坂道を突き当たりまで上った先の、青草の茂る丘の端を選んだ。

担いできた大きなスコップで地面を掘り始めたアルフレドに、俺も手伝おうかと申し出てみたけれど、断られてしまった。

全部自分でやりたいから、と言われて。

俺とマリエは供《そな》える花を摘《つ》んだりしながら、隣で待つことにした。


「……西の森の奥で、見つけたんだ」

白い包みと、俺とマリエで集めた花を穴の中に納めてから、再び土をかけて埋め、アルフレドがスコップで平らにならしながら、ぽつりぽつりと話し始めた。

「ヘルバばあさんとこの、ヤギの親子が逃げ出してさ。……森の奥へ……ずっと、奥へ、追いかけていって……そしたら、小さい川と、大きな木があって」

脳裏に浮かんでくる、その覚えのある光景に、俺は目を閉じた。

それが、俺が知っている《アーケイディア》の通りであるのならば。

俺は、その場所を知っている。

そうだ。知っていたのだ。

ずっと前から。それも、最初から。

あの森の、人が滅多に訪れない、森の、ずっと奥には。

アルフレドの父さんがひとりきりで、誰かが見つけてくれるのを……ずっと待ち続けている、ということを。


俺は知っていたけれど……知らない振りを、気づかない振りをし続けた。

今の、今まで。

物語の流れを変えては、違《たが》えてはならないと思って。

メインストーリーを変えてしまったら。俺の知っているシナリオ通りではなくなってしまったら。話の流れが変わり、いつ、なにが起こるのか、分からなくなってしまったら。なんの防衛計画も立てられなくなってしまう。

災厄の日は、土壇場でどうにかできるようなものでは決してない。しっかり長期計画を立てておかなければどうにもならないものだ。

なぜなら、俺は……ごく普通の、どこにでもいるような一般人にすぎないのだから。

なにかに加護されてるわけでもないし、ちょっとしたライバル役でしかないリアン《おれ》に超常的にラッキーなことなど起こりはしないし、そんな力もない。

だからなにかを為そうと思ったら、しっかり考えて、地道にコツコツと、できることを積み重ねていかねばならないのだ。

それにもしも、物語を捻じ曲げて、主人公であるアルフレドが知るはずのない時期に、知るはずのないことを知ってしまって、後半に訪れるはずのイベントを、もしも先にすませてしまったとしたら。

もしかしたら、最悪……魔物が襲ってくる災厄の日も、早まってしまうのではないのか。

そう思うと、とてつもなく俺は、不安になった。

もしも、そんなことになってしまったら？

多くの命が失われる、その時が、早まってしまったら。

それが、恐ろしくて。


分かってる。

それはなんの根拠もない、俺の推測でしかない。もしかしたら些細な変化だけで、俺が恐れるほどには、大きく話の流れは変わらないかもしれない。

それでも。……変わらない、という確証もない。どうなるかは分からないのだ。その時になってみなければ。それならば――

そっとしておこうと……黙っていようと思った。

来たるべき日が、やってくるまで。


俺の知っている物語の通りに進むように、変わらぬように……アルフレド自身が見つける、その時までは黙っていようと俺は、決めたのだ。

アルフレドの父親が、長い、あまりにも長い時を、ひとりきりで、孤独に待ち続けなければならないことには、見て見ぬ振りをして。

アルフレドが、長い、あまりにも長い時を、戻らぬ父親を想って苦しむことにも、見て見ぬ振りをして。知らない振りをして。

いつものように……《嘘》をつくことにした。


ストーリーを変えないためには仕方のないことなんだと、これは必要な嘘なんだと、自分に言い聞かせながら。

たくさんのことを知っているのに、口を閉ざし、誰にも教えようとしない俺は。本当に弱虫で、気が弱くて、大嘘つきの、ひどい奴だと思う。だから。

……俺には、アルフレドに好きになってもらう資格なんて。本当は、最初からないのだ。


「森の奥の、ずっと奥の、大きな木の下に――半分埋もれるようにして。倒れてた」

「……そう……」

平らに綺麗にならされた土の前に膝をつき、マリエが両手を胸の前で組み合わせて、目を閉じた。

「残ってた上着に、剣で斬られたような傷が、たくさん、ついてた。俺の父さん、いろんな場所に物を届ける《運び屋》の仕事、してて。多分、道の途中で……野盗かなにかに、襲われたんだと思う」

「そうか……」

俺は目を閉じた。

遠い、遠い東へと、配達の旅をして……その途中。

彼は数人の野盗に追われて、逃げて、逃げ続けて、目の前に広がる森の中へと逃げ込んだ。


国の外への配達は、実入りも大きいが、いつだって、死の危険と、隣り合わせだ。

世情が不安定になればなるほど、不運に見舞われる確率は大きくなる。

そしてアルフレドの父さんは、運悪く……それを、引き当ててしまったのだ。


「小さな川の、向こう側に……森の奥に、点々と……父さんが持ってた旅道具、落ちてて。傷を負ったまま……ここまで、逃げてきたんじゃないかな。でも、結局……力尽きたんだと、思う」

白い木で十字に形作られた墓標を、ならした土の上に打ち込み、位置を正しながら、アルフレドが話し続けた。ひどく淡々とした、口調で。

昔みたいな無表情をしているから、今、アルフレドがなにを想い、なにを考えているのかは分からない。

悲しんでるのか、怒っているのか、さえも。

「……もしかしたら、父さんじゃなくて別の運び屋かもしれないと思ったけど……やっぱり、俺の父さんで、間違いなかった。上着の裏には、母さんと俺で作ったお守りが縫いつけられていたし、薬指には……母さんと同じ指輪が、嵌まってたから」

「……そうか」

俺は摘んできた秋の野花を、ならした土の上に置いてから、アルフレドの隣に並んだ。

「あんな場所に……あんなにも近くに、父さんが、いたなんてな。俺、全然、気づかなかった」

静かに、まるで懺悔みたいに零されたその言葉に、俺はなにも返せなかった。

マリエが持ってきた香炉を脇に置いて焚き、胸の前で手を組み合わせて目を閉じ、死者を送るための聖詩を唱《とな》え始めた。

穏やかな、優しい声で。

アルフレドも、マリエが唱え終わるまで、ずっと目を閉じ続けていた。

祈禱が終わった頃には陽は完全に沈み切り、紺色の夜空には宵《よい》の星々が散らばり、半分の月が昇っていた。

帰ろうとするアルフレドをマリエが引き止め、夜も遅くなってしまったし、泥だらけで帰ったらチェダーさんたちが驚いて心配するだろうから、今夜は泊まっていきなさいと言った。

アルフレドは聞きながら少し考えていたけれど、自分の姿を見下ろして、マリエの言うことに納得したのか、一晩教会に泊まって、明日の朝、帰ることにしたようだった。


俺は門のところで待たせていた馬車まで一旦戻ると、御者席のほうへ回った。

帽子を顔に乗せて、シュリオが気持ちよさそうに寝息を立てているのを見て、それがあまりにも気持ちよさそうだったので、俺は少しだけ笑ってしまった。

「シュリオ」

「ふあい！」

声を掛けると、シュリオが飛び起きた。

「あ、ぼっちゃん！　お帰りになりやすか？」

「……いや。僕も、今晩は教会に泊まるよ。明日、また迎えに来てくれるかい？」

あの状態のアルフレドを残して帰るのは、あまりにも……心配だった。

結局のところ、最後までアルフレドは泣かなかった。

それどころか、ずっと感情が抜け落ちているような、無表情のままだったのだ。

まるで昔に戻ってしまったみたいに。


シュリオはじっと俺を見て、それから、笑みを浮かべた。なんだそのやたらと慈愛に満ちた笑みは。

「……分かりやした。執事さんにも、私からちゃんと伝えておきますから。ぼっちゃんは安心して、ゆっくりお休み下さい」

「ありがとう、シュリオ。……いつも、世話をかけるな」

シュリオが顔を赤くして、慌てて手を振った。

「い、いやいや、私なんかに礼なんて、も、もも、もったいないお言葉ですから……！　で、では、お、お友達に、よろしくお伝え下さいね。今日はゆっくりお休み下さいって！」

「ああ。伝えておくよ」

「へい。では、私はお屋敷へ戻ります。おやすみなさい、ぼっちゃん」

「おやすみ、シュリオ。暗いから、気をつけて」

「はいさ！」

シュリオが笑って手を振って、帰っていった。


客室は二階に三室あるから、並びで一部屋ずつ、俺とアルフレドで使わせてもらうことにした。

アルフレドも客室なのは、彼の部屋だった場所は、今はもう、大きくなったチビたちのひとりが使っているからだ。


風呂から上がると、食堂から出てくるマリエとばったり会った。

その両手には木製のトレイを持っていて、湯気の立つカップが二つ乗っていた。ホットミルクを俺とアルフレドに作ってくれて、持っていこうとしてくれていたらしい。

礼を言い、ついでなのでアルフレドの分も僕が持っていきますよ、と申し出ると、笑みを浮かべて頷いて、ではお願いしますね、と渡してきた。

俺がトレイを引き受けると、マリエは俺をじっと見上げてきて、どうしてなのか、ゆっくりと頷いてから。林檎色の頬を緩めて微笑んだ。


自分に用意された部屋の前を通り過ぎて、その隣の部屋の扉の前に立つ。

夜だから音を控えめに、二回、ノックをしてみた。耳を澄ましてしばらく待ってみたが、なんの返事も、反応も返ってはこない。

仕方ないので、また二回、ノックしてみると、そこでようやく、ああ、と返事が返ってきた。どこか、ぼんやりとした声で。

けれどそれだけで、あとはまた静かになって、なにも反応がなくなった。

そんな感じなので俺はもう、勝手に部屋へ入ることにした。教会の部屋には鍵なんてものはついてない。

部屋の中に入ると、淡い卓上ランプの灯りが、空間の半分ぐらいを照らしていた。

アルフレドの姿はすぐに見つかった。ベッドに腰掛け、まだ首にタオルをかけたままの寝間着姿で、どこかぼんやりとした表情で、じっと窓の外を眺めていた。

俺はベッドに近づいて、カップの乗ったトレイを、アルフレドの視界に入るように持ち上げてみせた。

「……アルフレド。ホットミルク。飲むかい？　マリエ様が淹れてくれたんだ。美味しいよ」

アルフレドはちらりと見ただけで、すぐに首を横に振って、また窓の外へと顔を向けてしまった。

その視線の先を追ってみると、窓の外には深い藍色の夜空の下、影絵のようにうっすらと小高い丘が見えた。

――父親の眠っている、丘が。

俺は小さく溜め息をついてから、机の上にトレイを置いた。


俺は、間違っていたのだろうか。

やはり、なによりも早く、彼に伝えておくべきだったのだろうか。西の森でアルフレドの父さんが……ずっと、ずっと待ち続けていたことを。

滅多に人が来ることのない、深い、深い森の奥で。

たったひとりきりで。


「……ごめん……アルフレド」

言っておけば、よかったのかな。

俺は、間違っていたのかな。

いつか、その正否を、お前が下してくれるのだろうけれど。下された時、俺は……もう、名を呼んですらもらえなくなってしまうのかな。

ずっと丘のほうを眺めていたアルフレドが、ようやく視線を窓から俺に移して、俺を見上げ、不思議そうに首を傾げた。

「なんで、お前が謝る？」

それは。

俺が、悪いことをしたからだよ。

俺は、どうにもすぐには笑顔が作れなくて、今の自分の顔を相手に見られたくもなくて、アルフレドの頭を胸元に引寄せて、抱き締めた。

アルフレドの少し硬い金髪を撫でると、チビたちが甘える時みたいに頬を擦り寄せてきて、大きな両手と腕が、抱きつくみたいにゆっくりと腰に回ってきた。

「……父さんがさ」

アルフレドが静かな声で、ぽつりと、話し出した。

「《夢のような国》が、……ずっと、東のほうへ……行った先にあるんだよって。だから、皆で金、貯めて。俺と母さんと父さんで、いつか行こうなって。言ってたんだ」

「そうなのか……」

アルフレドがこくりと頷いた。

「うん。そこでは、誰もが幸せに暮らせるんだって。……でも。父さんは仕事で、大陸の東のほうへ出掛けていったきり……何年経っても、帰ってこなかった。それでも母さんは、父さんはいつか必ず帰ってくるよって、信じてたけど。……俺は、もう、信じなくなってた。だって東のほうには《夢のような国》があるって、父さんが言ってたんだ。だから……もう、父さんはひとりでその国に行ってしまっていて、幸せに暮らしてるから、帰ってこないんだって。そう、思ってた。……俺たちは、捨てられたんだって」


そんな……ことを。

「……でも、違ってた。俺さ、父さんに会ったら、絶対に殴ってやろうって思ってたんだ。……最後まで、信じてやれなかったんだ。あんなにも近くにいたのに……見つけてもやれなかった。ひどい子供、だな」

俺は目を伏せ、気を抜けば震えそうになる手で、金色の頭を撫でた。

「ごめん……」

アルフレドが困ったような感じに、少しだけ笑った気配がした。

「だから。なんでさっきから、お前が謝ってんだよ」

「……それは」

俺のせいだからだ。

俺は、お前が後で苦しい思いをすることを知っていながら、黙っていたんだから。

一番ひどいのは、俺だ。

「僕が、——君に、《嘘》をついてたから」

アルフレドが、ゆっくりと顔を上げた。

「リアン……？」

「《嘘つき》なんだよ。僕は」

俺は、ひどい嘘つき者らしく、嘘っぽい作り物の笑顔を作って、アルフレドを見下ろした。

こんな俺なんかを、好きだなんて。

やっぱり、目を覚まさせてやるべきだろう。それがアルフレドのためだ。

お前の隣には、やっぱり……あの、お前と同じ色を纏った優しい少女が似合うと思う。心が綺麗で、いつだって優しくお前を見守ってくれる、あの穏やかに微笑む──《聖女様》が。

それに俺はもともと、お前に嫌われる役だったのだから、これでいいんだ。これで元に、本来の正しい物語のあるべき姿に戻るはず。ただ、それだけのこと。

それだけのことが……今の今まで、できなかったのだけれども。

お前の側が、あまりにもあたたかすぎて。もう少しだけ、あと少しだけと思い続けて……とうとう、ここまで来てしまった。

だけど、ここいらが潮時なのだろうと思う。

分かっていたことだ。いつかは、こんな時が来るだろうと覚悟はしていた。

そもそも、相手に嘘をついたまま、いろんなことをごまかし続けたまま、側にいられるわけがない。そんな自分勝手でずるいことは、許されないだろう。

俺はなにを、夢、見てたんだか。

馬鹿だな。本当に。

俺はアルフレドから手を離して、一歩、後ろへと下がった。

「……なあ、アルフレド。もしも、僕が……お前の父さんが、あそこにいると知ってたって言ったら。どうする？」

「……なんだって？」

アルフレドの澄んだ青空色の瞳が細められ、俺を見つめてきた。まるで俺の心の奥の奥を探るように。

俺はそれにリアンらしく、相手を小馬鹿にするような笑顔を作って、浮かべて返した。

「まあ、どちらにせよ僕には関係ないことだけどね。どうでもいいことだ。僕には、教えるメリットがないのだから。教える義務もない。僕は、たくさんの……たくさんのことを知っているけれど、君や、皆が目の前で苦しんでても……悲しんでても、教えてあげないんだ。そんなことしたって無意味だからね。それに。──僕は、君たちの、……君のことなんて、本当は……どうでも、いいのだから。……僕は、僕さえよければ、それでいいんだ」

《リアン》のように上目遣いで冷たく言い放つと、アルフレドの目が、すう、と更に細められた。

怒ってる、のかもしれない。

いや、怒るだろう。さすがにここまで言われたら誰だって怒る。なんて嫌な野郎なんだって。

それでいい。最低な奴だと軽蔑して、見限ればいい。

そうすれば、これでようやく俺とお前の──リアンとアルフレドが本来そうなるべきだった関係に、戻ることができるだろう。

正しい、物語の姿に。

「どうでも、いい……？」

「ああ。そうだよ。どうでもいいよ」

アルフレドは静かに俺を見つめてきた。探るような、深い青色になった瞳で。

「……本当に、そう思ってるのか？」

「ああ。思ってるよ」

アルフレドが目を細めたまま、眉間に皺を寄せて黙り込んだ。

しばらく俺をじっと見つめていたけれど……どうしてだか、呆れたように長い溜め息をつかれた。なんでだ。

「……それなら。なんで、そんなに今にも泣き出しそうな顔《つら》してるんだよ」

「……っ!?」

俺はハッとして、隠すように顔を伏せ、目元を慌てて袖で拭った。

指と袖口に、濡れた感触があった。マジか。なんでだ。嘘笑顔、ちゃんと作れてたはずなのに。目元の濡れた感触がどうしてだか、なかなか拭い切れなくて、焦る。

「……な、なに言ってるんだい。僕は、泣きそうになんかなってはいない。君の、気のせいだ」

袖口は濡れるばかりで、なのになぜだか拭い切れなくて、俺は俯いたまま、すぐには顔を上げられなかった。

ああもう。

しっかりしろよ、俺。頼むから、俺の身体なんだから、主人である俺の言うことを聞けよ。

俺を見ていたアルフレドが、今度は、ひときわ大きな溜め息をついた。

「…………まあ、確かに。——《嘘つき》では、あるな」


「う、わっ」

いきなり片腕を摑まれ、強く引っ張られた。

気づいたら、天井と、あいつの顔が真上にあった。どうやら俺はベッドに放り投げられたみたいだ。

相手の片手が上がったのが、視界の端に映った。

ああ。俺を殴るつもりなのかもしれない。そう思ったけれど、俺は——動かなかった。

アルフレドが怒るのは当然だ。自分でも、ひどい言葉をたくさん口にしたと思う。

それに、アルフレドには嘘をつくなと約束させておきながら。俺だけは、ずっと……ずっと嘘をついて、騙《だま》し続けていたのだから。

こんな身勝手で、ひどくて、ずるい奴なんて。殴られて当然だろう。

30話　それは夏の終わりの　後編

大きな手は俺の顔に下りてきて、左右の目元を軽く拭《ぬぐ》うように動いてから、横に置かれた。

それきり、いつまで待っても、拳《こぶし》が振り下ろされてこない。

俺は不思議に思って、アルフレドを見上げた。

「……なあ」

「……なに」

「リアン。……お前は、俺のこと、どうでもいいのか？」

俺は、相手に気づかれないように息を吸い込んだ。


さあ、言え。俺。

ここが、おそらく正念場だ。

演技力マイナスなんて言われてきたこんな俺でも、五年もの長い間、リアンを演じ続けてきたんだ。このぐらい楽勝だ。

リアンらしく思いっ切り鼻持ちならない態度で、もんのすげえ嫌味ったらしい言い草で、言い放てばいい。


相手が呆《あき》れて、怒って、なんて自分勝手で最低な奴だと軽蔑して、見下げ果てて、お前なんかもう嫌いだ、と思うぐらいに。

「……っ……ああ。そうだよ。どうでもいいね。僕は領主の息子だ。身分の低い、お金も大して持ってない、賤《いや》しい君のことなんて。僕が好きになると思うかい？　なるわけないだろう。だから、……君のことなんて、どうでもいいし、……君のことは、最初から、っ、——嫌いだったよ！」


「嫌い……」

「ああそうだ。ずっと、……嫌いだった。……君の、ことなんか。……大嫌い、だ」

そうだ。だからお前も、俺のことを、嫌いになれ。

「大嫌い」

「そうだ！　大嫌いだ。か……顔も、見たくない」

「ふーん……」

「あ、あっちへ行ってくれないか。ここから、さっさと、出ていってくれ」

「……お前な。なに言ってんだよ。ここは俺の部屋で、お前の部屋は隣だろ」

「あ」

そうだった。

「そ、……それはっ……そうだったね！　じ、……じゃあ！　僕が出てくよ！　出ていけばいいんだろう！　出ていけば！　邪魔したな！　だから、ちょっと、……そこ、どいてくれ！」

どいてくれと言ったのに、アルフレドはどいてくれなかった。摑んだ手首も離してくれない。

俺をじっと見下ろしたまま、なにか考えている。

「なあ。お前は……俺のこと、好きじゃなかったのか？」

この期《ご》に及んでなにを言ってるんだ。この野郎は。だから。

「す、好きじゃないって言ってるだろ！　さっきから！　ずっと！　……お、お前なんか、だ、だい、――……大っ嫌いだ！」

言い放った途端《とたん》、アルフレドが目を細め、口角を上げた。

してやったりみたいな、にやりという表現がぴったりの、意地悪そうな笑みを浮かべている。だからそれは俺だけの専売特許だっつってんだろ。盗《と》るな、この野郎。様になってんのがよけいに腹立つな。

アルフレドが、人を嵌《は》めた時の悪人がするような表情のまま、顔を寄せてきた。

「……ていうのも、嘘ってことか」

「へ？」

「だって、お前は《嘘つき》なんだろ？」

「え……？　あ……そ、そうだ！　嘘つき、だけど……――えっ？　……これも……う……嘘、に――」

……なるのか？

いや、なるのか。確かに俺は嘘つきなんだから、これも嘘ということに……なるのだけど、でもこれは嘘じゃなくて。いや、厳密に言えば嘘ではあるのだけども、だからって、これも嘘ってことになってしまう……のか？

あれ？

ちょっと、待って。なにが嘘で、どれが嘘だったんだか、少しこんがらがってきてしまった。

頭の中がクエスチョンマークで埋め尽くされて、どうにも処理が追いつかなくなって、一瞬フリーズする。

俺をじっと見下ろしていたアルフレドが、なぜだか嬉しそうに、そして意地悪そうに、笑みを浮かべた。

「そうか。嘘か」

それから、いきなり口付けてきた。深く。

「んっ……!?」

さんざん口の中を舐められてから、唇が離れる。

びっくりして閉じていた目を開けると、深い藍色に近くなった青色の瞳が、俺を見下ろしていた。

「なあ。触ってもいい？」

「だ、だめ……」

「そうか」

だめだと言ったのに、アルフレドは俺のシャツのボタンを外してきた。

「抱いていい？」

「は!?　なに、言って、だ、だめに決まって——」

脇から入り込んできた大きな手が、俺の背中を下から上へと撫で上げてきた。あいかわらずの高い体温を肌に感じて、俺はびっくりして、思わず身体を跳ねさせてしまった。

「あ、っ」

胸から首筋まで、熱い舌がゆっくり辿るように舐めてきた。

顎まで舐め上げて、一旦離れ、今度は頬、次に唇をぺろぺろと舐めてから、相手が至近距離から見下ろしてきた。

お前は時々、いや、しばしばか。動物みたいなことをする。

「それも、嘘？」

金色の毛並みの、大きな動物に心の中の奥の奥まで見透かすような強い視線を向けられて。俺は目をそらすことができなくて、震えた。

どうしてなのか、逃げ道を全て壊されて、絶たれたような気分になった。

「……なあ、リアン。お前、本当は俺のこと、好きだろ？」

「ちが、違う！　すき、じゃない。……きらい、だ」

嫌いだと言ったのに、相手は、また笑みを浮かべた。

俺はまた、混乱した。

どうしてなんだ。さっきから嫌いだって、何度も言ってるのに。なんで、怒らないの。嫌わないの。

なんで、しょうがない奴だなあみたいな、やれやれみたいな雰囲気で、ぐずるチビたちの面倒を見る時みたいな表情で笑ってんの。

分からないことばかりで思考と身体を停止させていると、アルフレドが俺の頬を撫でてきた。あたたかくて、大きな手で。

「……なあ。リアン。俺は……お前が好きだよ。すげえ、好きだ。なにと引き換えにしても、構わないぐらいに。失いたくない。離れていかないで欲しい。側《そば》にいて欲しい。なあ。大事にする。すげえ、大事にするから。お前がなにも聞くなというなら聞かないし、お前がして欲しいことなら、俺にできることなら、なんだってする。なんだって、してやるから。一生、お前だけを愛するって誓う。だから、──ずっと、俺の側にいてくれないか。側にいて、俺だけを愛していて欲しい。ずっと。いや、一生」

なんだか今、すごいことを言われた気がする。するけど、それ以上考えることは危険だと脳が判断したのか、そこで思考が強制的に停止した。

「お、お前な……」

どうにかいろんなものを動かして総動員して、それだけを口にすると、アルフレドが笑みを深くした。

「言いたいことはなんでも口に出して言うことにした、って言っただろ。お前、マジで鈍すぎるからな」

「誰が、マジで鈍すぎるんだ！　俺は……俺は《嘘つき》なんだって、さっきから言ってるだろ！　お前に、嘘つくなって、言っておきながら、俺は、お前に、嘘ばっかり──」

ついてたって、教えてやったのに。

なのにアルフレドは、笑みを浮かべたまま、口を開いた。

「……それでも。お前は、俺が知ってる奴の中でもダントツで、クソがつくほど大真面目な奴だからな。理由もなく、嘘はつかないはずだ。なにか理由が……そうしなければならないっていう、大きな理由と、意味があるんだろう？　例えば……──誰にも知られてはいけない、《なにか》を隠すために、とか」

「っ！」

俺はびくりと全身を僅かに跳ねさせて、瞬間、目をそらしてしまった。

そして、しまったと思った。

この反応は、まずい。まずかった。認めたも同然な仕草だ。思わず動転して、やってしまった。失敗した。多分、今のを……見逃してくれてはいない気がする。

元喧嘩番長な目の前の奴は、学校にいる時はいつだってやる気なさそうに、なんだか適当にしてる感じの態度ばかりしていたけど、頭は決して悪くはないのだ。どころか、むしろいい。回転も速い。

だから勘もいいし、非常に聡い。よく気がつくし、見るべきところはちゃんと見ている。俺なんかとは、潜在的なスペックが全然違うのだ。さすがは未来の英雄か。鋭いところをつかれて、ひやりとしたことなんて、実は何度もある。さっきの俺の反応にも、おそらく――いやきっと、気づいていて、変に思ったはずだ。

最悪、確信してしまったかもしれない。

なのに。アルフレドはそれ以上、俺になにも問いかけてはこなかった。

ただ、じっと俺を見下ろし続けている。

そのことにも、俺は内心動揺した。

どうしてなにも聞いてこないんだろう。絶対、さっきの俺の態度が変だったことに気づいたはずだ。お前はなにを隠してるんだ、ぐらい聞いてきそうなものなのに。なんで。

それどころか、問わずにいてくれているみたいな感じすらするのは……俺の、気のせいなのだろうか。

問いかけるように、様子を探るように、見上げると。アルフレドは俺の視線の意味に気づいているくせに、やっぱりなにも聞いてこないまま……ただ困ったように首を傾けて、微笑んだ。

それから、また、俺の目元と目尻を指で拭《ふ》いてきた。

俺は首を傾げた。おかしい。なんでまだ、濡れた感触がするんだろう。

……まさか俺、まだ、泣いてんの？

自分の身体のことすら、なんだかもうよく分からない。ていうか全然、俺の言う事聞かないし。俺の身体なのに。咽の奥は震えっぱなしで止まらないし。目の奥も鼻の奥も、熱くて痛いし。頭も痛いし。

目の前の奴をぶん殴って蹴り飛ばして、押しのけて出ていけばいいだけなのに、足にも、腕にも、全く力が入らないし。

「……なあ。リアン」

「……なに」

声が情けなく震えてかすれたけど、もう、なんかどうでもいいような気分になってきてしまった。だって、さっきからもう、俺の身体は俺の言う事を全く聞いてくれないし。

「お前が言うように、お前が《嘘つき》なのだとしても……それでも。俺はお前が、すげえ優しい奴だって知ってるから。相手が傷つくのを、ものすげえ嫌う奴だってことも。だからお前は、自分以外の奴らが傷つかないように、嘘をついてるんだろう？　——お前ひとりが全部背負い込んで、傷つきながら」

なに言ってんだ。買いかぶりすぎだ。

俺はただの、普通の、いや普通以下かもしれない、気の弱すぎる、臆病で、いつだって考えすぎて結局動けなくなる、情けない大人なのだ。中身は。

「……そんなこと……ない。おれは、」

「なあ。リアン。話せないことなら、無理して話さなくてもいいよ。それが必要な《嘘》であるのなら、お前が考えて、そう判断したのならば……《嘘》を、ついたままでもいい」

「え……」

俺は、アルフレドを見上げた。

嘘を、ついてても。

「……いい、の？」

だって。

そんなの。そんなこと。そんな呆れるほど手前勝手なことが許されるはずなんてない。

「いいよ。だけど、リアン。一つだけ、俺に教えてくれ」

アルフレドは頷《うなず》いて、笑みを浮かべた。

「ひとつ、だけ……？」

「そう。一つだけでいいから。——なあ。お前、前に言ったよな。俺に《ご褒美《ほうび》》くれるってさ」

「ご褒美」

そんなこと言ったっけ、とすぐには思い出せなくて、昔の記憶を探ってみる。

ああ、確かに。昔……そんなことを、自分は言ったことがあるような気がする。

そうだあの時は、負けてさっさと帰る気満々だった奴にどうにかやる気を出させるためにと、焦《あせ》りながら必死に考えて、土壇場でそんなことを口走ってしまったのだ。

俺に勝ったら、一つだけ、欲しいものをやるって。なんだよ。お前、もらう気だったのか。今の今までずっと言わないままだから、もういいのかと思ってた。

「なんにするか迷って迷って、いろいろ考えてるうちに、結局、もらいそこねちまってたけど。今思えば、とっといてよかったな。――リアン。俺に、なんでもくれるというのなら。一つだけ欲しいものがある。それをくれ」

欲しいもの。

「……なにが、欲しいの」

「俺は、お前の《本当の答え》が欲しい。俺の質問に、ちゃんと答えてくれ。嘘じゃない、本当の言葉で」

「本当の、答え……」

俺になにか、聞きたいことがあるらしい。一つだけ。

嘘じゃない、本当のことを。

「……なにが、知りたいんだ？」

俺はもう、ああだこうだと考えを巡らせることに、なんだかとても疲れてしまっていて。一つぐらいなら、答えてやってもいいかと思った。それぐらいなら、もう構いやしないだろうと。

了承を伝えるように見上げると、澄んだ青空色の瞳が、嬉しそうに細められた。

その口が、ゆっくりと開くのを、ぼんやりと見つめる。

質問が投げかけられるのを、俺は、静かに待った。

「――お前。俺のこと、好きだろ？」

「……は？」

それ、質問？

ていうか。

「……そんな質問の……」

答えでいいのか。

他にもっと、聞くべきことがあるんじゃないのか。

いやあるだろう。

女神様のこととか！　俺がなにをコソコソ動いてしようとしてるのか、何者なのかとかな！

お前、俺が時々変なことに薄々感づいてて、怪しんでてて、本当は聞きたいんだろ!?　そういうの！　俺だって、それぐらい気づいているんだからな！　すげえ聞きたそうに俺のことを見てる時があることぐらい！

そういう時は、適当にはぐらかしたり、しらばっくれたりして、ごまかしてきたけれども！

なのに。

そんな質問の答えで――

「いい。答えろ。本当のことを。俺を好きか、嫌いか。愛してるか、愛してないか。どっちだ。ごまかしも嘘もつかずに、本当のことを教えろ。《言葉》で」

言葉で。

そんなの。決まっているじゃないか。

自分にすらも嘘をついて、ごまかしてきたんだけれども。本当のことを言え、というのなら。

咽の奥が震えた。

見上げた顔はどうしてなのか、やたらとぼやけていて、よく見えなくて。それはそれでちょうどいいと思った。これは、面と向かって言えるような台詞《せりふ》じゃないし。

「……好きで、愛してるよ。アルフレド」

ぼやけて見えないけど、アルフレドが破顔して、笑みを浮かべたような感じがした。

顔が近づいてくるのが分かって、ああこれはされるだろうなと思ったけど、俺は、目を閉じた。俺の唇を、撫でるように触れていった唇は、あたたかくて、優しかった。

「……なんか、さすがに……こんがらがってきた」

あまりにもたくさんの嘘を、自分や、アルフレドや、皆に、つきすぎて。

どれが嘘で、どれについて嘘をつくことで、嘘がつけていて、ごまかすことができているのか。

嘘をつくための嘘をついて、巡り巡って、それが真実になってしまうのなら。もう嘘をついても、しょうがないのでは？

いや。待て。でも。

ああもう。ややこしくなりすぎて、頭の中がぐちゃぐちゃで、訳が分からなくなってしまっている。

アルフレドが可笑しそうに笑った。

「じゃあ嘘つかずに、本当のことを言えばいい」

「本当のこと……ん、」

味見するように首から胸に向かって、ゆっくり舐められる。肌を動いていく熱い舌の濡れた感触に、自分でもよく分からない震えが背中に走った。

これは、マジで抱くつもりなのかもしれない。今。

そうだろうと思ったけど、俺は、身体の力を抜いた。

思った通りに、着ていたものは次々と剝《は》がされていった。とうとう寝間着《ねまき》のズボンと下着にまで手がかかったのが分かったけど、俺は力を抜いたまま、目をそらして、アルフレドの好きにさせた。

浮いてこないように重しを山ほど乗せて、奥底に沈めて鍵を何重にも掛けまくって、相手にも、自分にも見えないように、ひたすらに隠し続けていたものを。

引き上げられて、鍵をぶち壊され、暴《あば》かれてしまった今となっては、抵抗する気すら起きてこない。もう戦う気力も武器も防具も根こそぎ奪われて、両手を上げての全面降伏状態だ。

しかし、こんな貧相な、どこもかしこも可愛くない、柔らかくもない俺の身体なんかを触りたいだなんて。

抱きたいだなんて……物好きにもほどがあると思う。

けれど。こんなものでも、お前が欲しいというのなら。

それに、俺は……アルフレドに触られるのは、嫌いじゃない。

むしろ、嬉しくて、気持ちよくて、ものすごく安心する。許されるのなら、できればずっと……触っていて、欲しいぐらいに。

自分でも、それはさすがにいかがなものかと思うから、絶対に、口が裂けても言わないけど。

ふとあることに気づいて、俺はアルフレドに視線を戻した。

そうだった。そのことについては、なによりも先に言っておかねばならないだろう。――お互いのために。

少しだけ、これで諦めてくれたらいいなあと、いつかの夜みたいに、お互い少しだけ触り合って、気持ちよくなって、抱きしめ合って。ほかほかとあたたかく、ほわほわと心地よく眠れたら、それでいいんだけどなあと、ちらりと思っていたりも、していたりするんだけれども。

「……あ、アルフレド」

「なに？」

「あのな。先に、言っておくけど……俺は、全く、これっぽっちも知らないからな。や、やり方、なんて……」

ああ、経験なんてないとも。さっぱりだ。同性同士のやり方なんて。

当たり前だけどな！　俺は女の子が好きだった！のに！　ちくしょう！　そして、女の子とも経験なんてないけどな!!　ああないとも！　悪かったな！　くそ！

アルフレドが俺を見て、なぜだかまた、すげえ嬉しそうに笑みを浮かべた。なんだよこの野郎。なに喜んでんだ。腹立つな！

「いいよ。俺は、だいたい分かるから」

今、なんて言った。

だいたい分かるってなに!?

なんでお前、だいたい分かるの!?　おいコラ、どこでそんなアンダーすぎる情報を仕入れてきたんだ、この野郎！　お兄さんは許しませ――

問いただそうと思った矢先に唇を唇で塞《ふさ》がれて、俺はなにも聞けなくなった。

さんざん俺自身をしごかれて擦られて、耐え切れなくなって、白いものが溢《あふ》れて零《こぼ》れた。

俺の胸に飛んだ滴《しずく》を、アルフレドが舐め取っていく。やめさせようと肩を掴んで押してみたけれど、体格も力も違いすぎる相手の身体は、びくともしなかった。

舌が、腕の内側や、脇、腹、足の付け根のほうへと動いていくのを感じて、俺は震えた。

「あ、アル……や、やめ……そんなもの、舐めなくて、いい、から」

「もったいないし」

「もったいないな、って、意味、分からな……」

「……父さん、今、見つけられて、よかったと思う」

ぽつりと呟《つぶや》かれた言葉に、その内容に、驚いて、俺は一瞬、動きを止めてしまった。

アルフレドのほうに目を向けると、前髪で顔が隠れてしまっていて、その表情はよく見えなかった。

「お前に会う前に、見つけてたら……お前が、俺の側にいなくて、俺を、愛してくれてなかったら。俺、きっと……なにもかもが、もう、どうでもよくなってたと思う」

「どうして……」

そんなことを。

「……いくら祈ったって、結局、祈りも願いも届かないし、叶わなかった。……守ってくれと、無事に帰ってきてくれと、女神に祈って送り出したのに……父さんは、殺されて、死んでしまった。助けを求めて祈ったのに、母さんも死んでしまった。女神に救いを求めながら、死んでいった奴もいた。……《神》なんて奴は、誰も救わないいんだよ。いたとしても、ただ見てるだけだ。この世界に、救いなんてものはない。そうあって欲しいと願う、人の勝手な想いだけだ。現実には、自分の力だけで、どうにかするしかないっていうのにな」

「アル……？」

らしくない嘲《あざけ》るような言い方と、不穏な言葉の数々に、思わず手を伸ばしてしまった。指先が、腕に触れた。

相手の腕が逃げるように離れて、触れるのを嫌がられたのかと思ったら、掬《すく》うように手を摑まれ、軽く握られた。すがる、みたいに。

「……ただ死んでいくために生きてるだけなら、生きてることに、なんの意味があるんだ？　なにもないだろ。無駄だ。無意味だ。それならもう、いっそ——生まれてこなくてもよかった」

話す声は、あまりにも淡々としていて。

前髪の隙間から覗《のぞ》く表情も、無表情に近いぐらいに、凪《な》いでいる。

なのに、どうしてだか……泣いているように見えた。

「そう、思ってたのに……お前が。こんな俺なんかを、大事にしようとするから。こんな、どうしようもない、いつどこで死んでも誰も構いやしない、どうでもいい俺なんかに。……行かないでって、側にいてって、泣いてくれたから。こんな、どうしようもない俺にでも……少しぐらいは、価値が、あるのかなって――……」

俺は、相手の大きな手を、強く握った。

どうか、頼むから伝わって欲しいと、願うように。

「あるよ。すげえある。あるに決まってるだろ。お前、周りを見なさすぎだぞ。もっと自分の周りをよく見てみろ。お前を想ってくれてる人は、たくさんいるだろう？　マリエ様や、チビたちや、チェダーさん……他にも俺の知らない人たちが、お前がいてくれて嬉しいって、生きてて欲しいって。願って、想ってくれているよ」

アルフレドが、ゆっくりと顔を上げた。

深い青色の瞳が開いて、俺を見た。


「……お前も？」


迷子のチビたちみたいに頼りなさそうな声で、そんなことを聞いてきたので、俺はいつもしているように、安心させるようにと笑みを浮かべ、頷いて返した。

「ああ。そうだとも。お前が、俺の側にいてくれたから……こんなに弱くて情けない俺でも、ここまで頑張ってこれた。お前がいなかったら、きっと、俺はだめになってたと思う。寂しくて、辛くて。俺が今ここに、こうして俺のままでいられるのは。……お前のお陰だよ」

「俺の……？」

「そう。お前が、いてくれたからだよ」

じっと俺を見ていたアルフレドが瞳を大きく揺らした後、ふいに、口角を上げた。

「それも、嘘？」

少し意地悪そうな笑みで、そんなことを言ってきた。

俺は言葉に詰まって、ぐったりと身体をシーツに沈めた。

「……嘘つくの、さすがにもう、疲れたよ。それに、なんかもう、お前のせいで頭がこんがらがってきてしまって、なにをどう嘘つけばよかったのか、分からなくなってきちまったじゃねえかこの野郎」

アルフレドが声を漏らして笑った。笑い事ではない。

「そうか。それはよかったな」

「よくねえよ！」

右足の膝裏を掴まれて、胸につくぐらい押し上げられた。

濡れた自分自身やなにやらが視界に入って、相手に奥の奥まで全て見えてしまっているのが分かって、俺は反射的に腕を伸ばして、アルフレドの胸を押さえた。

「あ、アル、」

いつの間に取り出していたのか、俺が日々渡しまくっていた中級の傷薬を左手に持って、パリンと割っていた。

きらきらして、とろりとした乳白色の液体が掌《てのひら》に溜まっている。中級の傷薬は、傷口に長く留まるように粘性が追加されている。割るとクリーム状になる傷薬だ。

「……本当は、それ用のちゃんとしたやつ、あるんだけど。今、持ってないから」

「え」

《それ用のちゃんとしたやつ》って、なに？

ていうか、そんなもんあるの？

アルフレドがクリーム状に変化した傷薬を、俺の後ろの窪みに塗り込むように——中指で押し込んできた。

ああやっぱりそこ使うのかと頭の片隅で半分納得しながら、マジで突っ込むつもりなのかと半分動転して動揺して、俺は焦った。

「あ、やだ、待っ——」

耳に、静かな低い小声で、聞いたことのある術式の言葉が入ってきた。しかも《魔法術式中級》で習う、術式を複数組み合わせる、高度な複合術式の言葉が。

《部分洗浄術式》と《部分浄化術式》と、なにか他にも、医療術式系の言葉が組み合わさっているような気がするけど、混乱して動転している俺には上手《うま》く聞き取ることができなかった。

複雑な複合術式を、あり余る魔力を惜しげもなく使って、さらりとやりやがっている。

「な、なに、し……う、うあ」

アルフレドが唱え終わると、お腹の下辺りがじわじわと熱を持って、あたたかくなってきた。

「後ろ用の薬、今持ってないし、今更また風呂に行くのも面倒だし。こうしたほうが、手っ取り早い」

「手っ取り早いって、なに言っ——」

俺の出した白濁と回復薬を纏った中指が、ぬるりと入ってきて、俺は言葉を失った。

ベッドの上へ逃げようにも、足を摑まれてがっちりと固定されてしまっていて、逃げることはできなかった。

長い中指が、塗り込めるようにゆっくりと奥へ行って、ゆっくりと抜けていった。痛みはなかった。回復薬の滑りのお陰かもしれない。

ホッとしたのもつかの間、二本に増えた指が俺の中に入ってきた。

「……う、あっ、」

今度は中を広げるように動いてきて、さすがにきつくて、俺は怖くなってきて、全身を震わせた。訳が分からなくて怖くて、自分の意思に反して、ひっきりなしに恥ずかしい声を上げてしまう。分かっているけど、もう自分ではどうにもならない。

「力、抜いてて。傷つけたくないから」

「そ、そんなこと言われても、……っあ、やだっ、そこ……っ！」

指が強く擦っていった箇所が、熱くて痺れて、無意識に背が跳ねてシーツから浮いた。

アルフレドが青から藍へと色が深くなった目を細め、笑みを浮かべた。非常に、エロい感じの。

「ここ。……いい？」

強く押されて、身体がまた跳ねて、あらぬところが恐ろしいぐらいに熱くなって、頭の中が瞬間真っ白になった。

「あ、あ……っ、馬鹿っ、よ、よくない……っ！　やだ、やめ、て、そこ……擦らないで、くれ！　やっ、やだあ……っ」

「大丈夫」

なにが大丈夫なんだよ！　全然大丈夫じゃねえよこの野郎！

嫌だと言ったのに、アルフレドは何度も同じ場所をしつこく撫でてきて、俺は泣きたくなった。

すっかり立ち上がってしまっている俺自身を片手で摑んで、そっちも上下に擦ってくるから、俺はもうどうにもならなくて、喘ぐしかなかった。そして際限なくトロトロと溢れ続けてしまっている俺のものを、ちょうどいいとばかりに指で掬っては、後ろに塗り込んでくる。

いつの間にか指が三本に増えていて、ぐちゃぐちゃにかき回されて、ドロドロになって、しゃべることもできないぐらいに俺が息も絶え絶えになった頃——指が引き抜かれて。

両膝を摑まれて、目一杯広げられた。

胸の近くまで膝を押し上げられて、苦しくて声を漏らした時、指が引き抜かれた場所に熱くてぬるりとしたものが当たった。

「あ……」

それがなにかは分かったけど、自分の目で確認する度胸は、今の俺にはない。

見上げると、アルフレドが俺の視線に気づいて、奥がゆらゆらとした熱っぽい瞳で、笑みを浮かべた。

待って、と言う間もなく、ぐちゅり、と先端が俺の中に入ってきた。

さんざん慣らされたそこは、痛みもなく飲み込んでしまった。見えないけど、結構大きい、感じがするのに。俺の身体、今どうなってんの。気になるけど、確認する勇気なんて今はない。

分かるのは、熱くて太いものが慣らすようにじわじわと、奥を目指して進んでいっていることぐらいで。

「……あっ、……っ……熱……い……」

焼けそうなぐらいに、それは熱かった。

俺の中を、目一杯、これ以上はまずいぐらいに広げながら、遠慮なくどんどん奥へと入り込んでくる。

息が、苦しい。

腹の中も、いっぱいいっぱいで、苦しい。

「……あ、アル……！　も、もう、むり……っ！　くるしい……！　それ以上は、もう、入らな……」

「大丈夫。あと、少し」

だからなにが大丈夫なんだよ！

全然大丈夫じゃないって、言ってんだろ！

目の前の金髪頭はなにを言っても止めてくれないし、尻の中は焼けるように熱くて苦しいし、なのにまずいところを強く擦って進んでいくから意識が飛びそうになるし、俺自身は先ほどからずっと立ったまま収まらなくて、俺はもう恥も外聞もなく、泣いた。

尻が相手の腿に触れたところで、ようやく動きが止まった。

どうやら、行き止まりまで行ったようだ。

荒い呼吸を整えながら、アルフレドが額や頬に軽いキスを降らしてきた。あの日の夜みたいに、いっぱい、何度も、降ってくる。されるとなんだか落ち着いてくる、宥《なだ》めるような、いたわるような、ふわふわとした、優しい唇の感触。

「……は……」

唇で軽く肌を撫でていくような感じがくすぐったくて、俺は思わず少しだけ、声を漏らして笑ってしまった。

視線を上に向けると、アルフレドも俺と同じように、笑みを浮かべているようだった。

やっぱりまだ視界はぼやけたままで、はっきりとは見えないけれど。嬉しそうな気配も伝わってくる。

なんだか俺のほうも嬉しくなってきて、ふわふわとした楽しい気分にもなってきて、重い両腕をどうにか持ち上げてアルフレドの首に回し、引き寄せた。

大人しく素直に顔を寄せてきたので、さっきの優しいキスのお返しにと、あの日と同じように、相手の鼻の上と、頬に、キスを返した。

見上げると、あの日と同じようにアルフレドが珍しく、青空色の瞳をびっくりしたように見開いて、それから。とても嬉しそうに目を細め、頬を染めて、微笑んだ。

「……もう、動いても……いい？」

唇や首にも軽いキスを降らせながら、熱のこもった声で聞いていた。

中はあいかわらず焼けるように熱かったけど、息が止まりそうなぐらいに苦しかった感覚は、少しずつ落ち着いてきた。それに、相手と繋がってる感じが、なんだかとても……とても、安心した。

触れている肌からは、俺の大好きな陽の香りが、ふわりと香ってくる。ほかほかとした高めの体温も伝わってくる。

奥までアルフレドでいっぱいで、苦しいけれど、それも、とても……安心した。

首にしがみついて無意識に詰めていた息を吐くと。少し心配そうに、様子を窺《うかが》ってくる気配がした。

「リアン？」

「……なん、か、すごく……安心、して……」

アルフレドが息を止めた感じがして、ぴくりと肩が動いた。

それから、俺の背中に腕を回してきて、強く抱き締めてきた。その腕は少しだけ、震えていた。

「……俺も。安心する」

小さく囁くように呟かれた言葉を聞き取って。

俺は安堵して、気が抜けた。なんだ。俺と同じだ。よかった。

そのことが無性に嬉しくて、声を漏らして笑ってしまった。アルフレドも俺と同じように、嬉しそうに笑った。

ふいに腰を揺すられて、中がびくりと震えて締まり、俺は喘いだ。

「……ふ、あっ」

「……なあ。そろそろ、いい？」

どうにか堪《こら》えているのが分かる口調で、耳元で囁かれる。

俺は汗ばんだ首元に頬を寄せて、目を閉じて、頷いた。


俺が気持ちいいところを探るように動かれて、それを見つけたら、しつこいぐらいにその場所を何度も何度も押したり擦ったりされて。

俺はもうしゃべることもできなくて、とうとうアルフレドにしがみついてることすらもできなくなって、あとはもう、シーツをかろうじて摑んでることぐらいしかできなかった。

時々、気まぐれにあちこちに口付けを落とされたり、舐められたり、強めに歯を立てて噛まれたりした。ちょっとでもなく、痛い。お前は獣か、この野郎！　しかも食う気満々な！　お前なんか、人じゃない。ただの獣だ。野山を自由に駆け巡って、日々を本能で生きてる動物だ。いやまあ人も、動物の仲間といえば仲間ではあるけれども！

耳の下の首筋と、胸の先端を軽く噛まれて、食いつかれて舐められるたび、もう出すものはないというのに全身に震えが走って、俺自身からはトクリと零れた。

「あぁっ、この、どうぶつ！　馬鹿っ！　もう、そこは、噛む、な……！」

アルフレドが笑みを浮かべて、俺の背中に腕を回して、引き起こした。

膝上に座るような形になって、そうなると中に入っていた熱いものが、自《おの》ずと奥へと入り込んでくることになって。俺は呻いた。奥まで埋め尽くされる。圧迫感が半端ない。苦しい。

「うあ……あっ、やだ、アル、中、深すぎ……る……！　や……っ！」

「それも、嘘？」

アルフレドが笑みを深くして、わざとらしく聞いてきた。

根に持ってる⁉

やっぱり、少しは、いや少しでもなく、もしかして、ちょっとは怒ってるんじゃないのか、お前⁉

「……ううう……、も、もう、嘘、疲れたって、言っただろ……！」

俺は恥も外聞もなく泣いて訴えながら、思うように動かない自分の両腕をアルフレドの肩に回して、下手をすると後ろに倒れそうになってしまう不安定な身体を、どうにか支えた。

「じゃあ、もう、俺に。……大嫌い、とか言わないな？」

「え……？」

「言わないな？」

両膝を抱えられて、軽々と持ち上げられた。それから落とされるように、突き上げられる。相手のものが奥深くまで勢いよく入り込んできて、瞬間、息が止まった。

「ひっ、あ……っ、い、言わない、から……！」

「約束する？」

「する、するから……！　やだ、これ、深くて、怖い……！　も、もっと、ふつうに、ゆっくり、……して……アル……お願――あああっ!?」

いきなり中のものが大きくなって、俺は硬直した。中がマジでいっぱいで、苦しい。なのに動けない。無理だ、これ、無理。俺、死ぬ。

「あ、ある……ひど、」

アルフレドが、困ったように、少し悪かったなみたいな顔をして、笑みを浮かべた。

「……これは、お前も悪い」

「なに、言って……！」

何度も奥まで突かれて、俺はもう言葉も出なくなった。

そこそこ長い時間、好きに動かれて。

身体の奥のほうに、熱いものがドクリと出された頃には、俺はもう息も絶え絶え、指先にすら、あまり力が入らなくなっていた。なのに感覚だけは過敏なほどになってしまっていて、僅《わず》かな動きにすら震えが走る。

繋がってる隙間から少し溢れ出てしまったものが、肌をじわりと伝っていく濡れた感触にすら――それが目の前にいる奴のものだと思うと、脳の奥が熱い感じに痺れてきて、あらぬ声が漏れそうになり、身体も震えた。

「リアン……」

チビたちがねだる時みたいに俺の名を呼んで唇を寄

せてきたので、俺はしょうがなく、というか反射的に目を閉じて、求められるままに、自分の唇を押し当ててしまった。慣れとは恐ろしい。

え、待て。

慣れ……って、俺、慣らされてんのか⁉　マジか⁉

やばい。この野郎。なんてことしてくれやがったんだ。

慌てて顔を離して目を開けると、そこには金髪頭が、それはもう零れんばかりの嬉しそうな笑みを浮かべていた。

「……もう一回」

アルフレドが唇を寄せてきて、触れる前で止まった。

もう一回、キスしろってことか？

まあ……もう、今更だ。こうなってしまった、今となっては。

そう思い至り、俺は手前で止まったままの相手の唇に、自分の唇を合わせた。あったかくて、なんだか気持ちよくて……それから、やたらと、ほっとした。

熱い舌が差し出されてきたので、俺は口を開けて、受け入れた。

搦《から》め捕《と》られて舐められて、なぜだかとても甘く感じて、思わず自分からも何度か舌を伸ばして、舐めてしまった。

ああ、くそ。なんでだ。ちくしょう。だめだ、これ。あたたかくて甘くて、気持ち……いい。

目を開けると、嬉しそうな笑みはそのままに、不穏に奥が揺らめく濃い青色の瞳と目が合った。

「う、わ⁉」

倒れるようにベッドに押し倒されて、噛みつくように深いキスをされた。息さえも食うみたいに。

「ん、……っうう⁉」

唇を離したアルフレドが、俺の口の端から零れた唾液を丁寧に舐め取った後、自分の唇についたものも舐めてから、荒い呼吸のまま、笑みを浮かべた。

「……もう一回」

もう一回？

もう一回、キスしろってことか？　この野郎。

「も、一回、って……あ、あああっ⁉　や、うそ、も……いっかい、って……っ！」

中に入ったままだった熱くて硬いものが再び大きくなり、一度抜け落ちる寸前まで引いてから――また、奥まで突っ込んできた。

突然もたらされたあまりの刺激と熱に、俺は背中を反らして身体を強張らせた。

「う、あ……あぁぁっ！」

ま、まさか。

暑いのか冷や汗なのか分からない汗が、額やこめかみから流れて、伝っていった。

——こっちの、もう一回か！

え、まさかお前、このまま抜かずに続行する気⁉

ひどい！

ていうか、お前さっき一回イったはずなのに、なんでもう臨戦態勢なんだよ⁉　盛りすぎだろお前！　いくらなんでも、がっつきすぎだろ！

「リアン……」

「ふあ、」

脳を溶かすような少しかすれた甘い声で、耳元で囁かれて、俺は背筋を震わせた。

「あ……あっ、あ、うぅっ……」

揺すられて、自分のも、ゆるりと立ち上がってきたのが、分かった。俺の中を埋め尽くす熱くて硬いものが、そこは嫌だと言った場所を強く押し上げてくるのも、非常にまずい。

「や、待って……あ、アル、やだ、ちょ……」

「無理。まだ、全然足りない」

なにが無理なんだよ！

足りないって、なに⁉　俺はもう十分、これで足りすぎなぐらい足りてるんだけど！

え、まさか、マジでこのまま続行する気か。マジか。

アルフレドが問答無用に、ゆっくりとだけれど、大きく動き始めた。

俺自身も摑まれて、熱い親指で、裏筋を大きく擦られた。そうなるともう、考えようとしても思考が飛んで散って、纏《まと》まらなくなって、単語一つも出てこない。口から出てくるのは、抑え込みたいのに勝手に出てきてしまう、耳を塞ぎたくなるような声だけだ。

あらぬところから聞こえてくるやたら粘着質な音も、いたたまれなくて、聞きたくないのに聞こえてきて、嫌すぎる。

肌に落ちて流れていく汗や、荒い呼吸の音にすら、感じて、身体がやけに火照《ほて》って、まずい感じに、ぞくりと震えてきてしまう。

俺は、中から外からこれでもかと与えられる、強すぎる刺激に泣きながら。さっき、もう一回キスしてしまったことを、激しく後悔した。

31話　それは秋の始まりの

半分ほど開け放たれた両開きの小窓からは、ほんのりとあたたかく心地好い風がカーテンを揺らしながら、さわりと吹き込んできていた。

視線を向けると、空は、抜けるような青色だった。綿菓子みたいなふわふわと柔らかそうな雲が、気持ちよさそうに、ぷかりぷかりと浮かんでいる。

どこからか、木々の葉が擦れる音や、小鳥のさえずる可愛らしい声も、微《かす》かに聞こえてくる。

そして窓からは夏の強すぎる光と違い、柔らかな秋の光が差し込み、部屋の中を照らしていた。

朝だ。

俺の目の前には、とても清々しく、まるでいつか観た映画のワンシーンのように爽やかすぎるくらいに爽やかな朝の風景が、広がっていた。

だがしかし。

俺の心は、まったくもって、これっぽっちも、清々しくも爽やかでもなかった。

なぜなら、俺は今……


素っ裸だったからだ。


前にも似たようなことがあったなと思い出し、そういえば何度かあったなと思い返し、その回数をふと数え始めて……俺は、がく然とした。

数えなければよかったと思った。心底。なんで数えようとしたの、俺。馬鹿だろ。

素っ裸になってることが何度もあるとか、そんな事実、知らなくてもよかったのに！

え、マジか。

そんなに何度も素っ裸になってんのか、俺。

なんでだ。なんでそういう感じになっちゃってんだ。そんなにも、あの金髪頭に服、引っぺがされてんのか俺は！　ちょっとそれは、あまりにも引っぺがされすぎだろう。

だというのに、俺はまたしても服を全部引っぺがされてしまったまま、心もとなさすぎる素っ裸状態で……ベッドの中で、上掛けに埋もれている。

それに加えて、もう一つ。

俺は、あることに気がついてしまい……それも、前と同じなことにも気がついて……どこかに隠れてしまいたい気分になった。

しかし身を隠そうにも、俺の手元には今、上掛けしかなかったので、それを頭からかぶって、身体を丸めて小さくなっておいた。あああもうちくしょう。

肌が、とても、さらさら、している……！

身体のどこも、濡れていない。べたべたもしていない。

どこもかしこも、綺麗《きれい》な状態だ。

見なくても感覚で、それが分かった。分かってしまった。とても丁寧に、昨日の夜の……口に出すのも憚《はばか》られるあれやこれやが後始末されていることが。

金髪野郎は、あれでいて意外とマメだからな。ガサツなところもあるが、ずぼらではない。几帳面《きちょうめん》なところもある。

もう本当に、既視感ありすぎて、嫌になる。

俺はぐったりと横になりながら、溜め息をついた。

ベッドから起き上がろうにも、身体に力が入らない。筋肉疲労、ここに極まれりだ。なんてことだ。奴の手加減と本気の違いなんて、気づきたくなかった。嫌すぎる。

昨日のだめっぷりを取り戻すかように、今までと昨夜の違いについて比較しようとフル回転し始めた脳には、すぐさま強制終了の指示を出した。

やめろ。考えるな、俺。

考えたらだめだ。終わりだ。考えるんじゃない。そして思い出すな。昨日の夜の、あれやこれやは絶対に思い出すんじゃない。あいつの熱、とか、肌に触れる熱い手、とか、荒い息遣い、とか……あああああもう……！

それでも頑張って働こうとする脳に、もういいから早く休んで！　と無理矢理休息を与え、どうにかこうにか心臓も気分も落ち着いてきて、やれやれと息をついた頃。


かちゃり、とドアの開く音がした。


俺はびくりと動きを止め、頭まで上掛けに埋もれたまま、耳だけを澄ました。

静かな足音が、ゆっくりとこちらに向かって、近づいてくる。

足音は、俺の真横まで来て、止まった。

息を潜《ひそ》めてじっとしていると、机に物を置く音と、陶器同士が軽く当たる音がした。

それから、とても近い、人の気配。

息を詰めたまま相手の動きを探ってみたけれど、それきり、相手の動く気配も音もしなくなってしまって。

俺は、状況が把握できないことにどうにも耐え切れなくなり、上掛けの中から顔を半分だけ、出してみた。

視線を部屋の中へ素早く走らせる。

すぐ目の前のベッド横にある机の上には、木製のトレイが置かれていた。トレイの上には、湯気の立つひとり用の土鍋と、木匙と、梨みたいな黄色い果物と、水の入ったコップ。

そして予想した通り、机の横には――

朝日にキラキラと光を反射させた金色の髪の、背の馬鹿高い野郎が立っていた。

なんでお前ばっかり背が伸びてんだよこの野郎。ずるい。俺にも少し分けろ。

金髪野郎は、俺の視線に気づいたのか、振り返って見下ろしてくるなり、青空色の瞳を嬉しそうに細めて、おはよう、と言って微笑んできた。

今朝の風景みたいに、爽やかに。

一方俺のほうはというと、抗議の意思をこれでもかと詰め込んだ半目の視線を向けながら、小声で、ぼそりと、おはよう、と返事を返した。

……挨拶《あいさつ》は、大事だからな。

どんな相手にも挨拶だけはちゃんとせにゃあいかんぞ、と祖父さんにもしっかりと教え込まれている。それが礼儀であって、道義でもあるのだと。

こっちがちゃんと礼儀正しくしときゃあ、相手もちゃんと返してくれるってもんだからの、と言って。要するに、コミュニケーションの基本ってやつだ。俺もその通りだとは、思う。けど。

目の前で爽やかに笑みを浮かべている金髪野郎には、言いたいことが山ほどあった。

とにもかくにも、これだけは、どうしてもまず一番最初に言っておきたい、言い聞かせておかねばならないと思い……俺は、奴よりも精神年齢的には年長者であり、大人でもある毅然《きぜん》とした態度で、重々しく、厳《おごそ》かに見えるような表情で、口を開いた。

「……アルフレッド」

「なんだ？」

「いいか。よく聞けよ。俺はな……人並みの、ごく普通の、一般的な人の体力なんだ。体力馬鹿なお前と違ってな！　お前が、規格外すぎるんだ！　人並み外れてんだ！　なのに……」

起き上がれなくなるまでするって、ひどすぎる!!

覚えているだけでも……三回は、やられた気がする。

その後は、意識が朦朧《もうろう》としてよく分からなくなり、そのうちに気を失ったようで、俺の記憶は恐ろしく曖昧《あい》《まい》だ。実のところ……あの後のことは、あまりよく覚えてはいない。

ないが、恐ろしく……身体がだるい。

手足にほとんど力が入らない。寝て起きたのに、まだ、へろへろのぐだぐだ状態だ。気力も体力も回復していない。

ありえないだろうこれは。ひどい。ひどすぎる。

遠慮の『え』の字もない所業だ。

咽もイガイガして、しゃべるとかすれ声になってしまう。その理由は、思いつく前に思考をシャットダウンした。腰も恐ろしく重い。だるい。そして眠い。

この俺の惨憺《さんたん》たる有り様を作り出した張本人である不届きな金髪野郎は、片眉を上げて、聞いているのかいないのか、おもむろに土鍋の蓋《ふた》を開けやがった。

湯気と一緒に、ふわりと、あたためた牛乳の甘い香りが漂ってきた。

少し顔を上げて土鍋の中を覗いてみると、牛乳と豆と麦の粥《かゆ》のようだった。……俺の、大好物の。

あの粥には、絶妙な匙加減で蜂蜜と、隠し味にバターとスパイスが数種類、ちょっぴり入っている。チビたちにも大人気な、マリエの得意料理の一つだ。

あまりにも美味しいので、お願いして、レシピも教えてもらった。他の人にも教えていいとの了承ももらったので、頃合を見て広めていこうと思っている。そうすれば、いつでも食べられる。俺がな！

「食えるか？」

聞かれてすぐ、返事をするかのように、俺のお腹が鳴った。

俺の胃よ……頼むから状況をよく見て鳴ってくれよ。確かに、お腹はすげえ減っているのだけれども！

「……食う」

食べられる時には、しっかり食べておかねばならぬ。

それが戦場を生き抜くための鉄則なのだ。

祖父さんも、祖父さんがよく観ていた時代劇のなんたらとか言う（名前は忘れた）主役の俳優も、そう言っていた。俺もその通りだと思う。

アルフレドがどうしてだか肩を震わせた。

おい。なに笑ってんだこの野郎。笑えるとこなんてどこにもなかっただろ。

なのに奴は小さく笑いを零しながら近づいてきて、ミノムシ状態の俺を軽々と抱き上げ——膝に乗せて、ベッドに腰掛けた。

それから粥を木匙で掬って、あろうことか俺の口元に運んできやがった。

……なにしようとしてんだ、この野郎。

膝の上でも十分恥ずかしいのに、あーん、なんて、更に恥ずかしいことできるかってんだ！　俺は子供ではない。

「じ、自分で食える！　それから、下ろせ……！」

「……そうか？」

「そうだ！」

……だが、腹は減った。

目の前には、美味しそうな匂いのする朝飯がある。


俺は仕方なく、本当に、心底仕方なく。奴の手ごと匙を摑んで、それを自分の口に持っていった。

よってこれは、あーん、などというものではない。

ああないとも。

口の中に入れると舌の上でほろりと崩れるくらいに柔らかく煮た麦粥と豆と、後からやってくる蜂蜜の甘味。仄《ほの》かにシナモンのようなスパイスの香りが全ての甘さを引き立てていて、ものすごく美味しいのはもちろんのこと、とても……優しい味がした。

「美味《うま》いか？」

「……う、うまい」

そうか、と言って金髪頭は笑い、また匙で掬って、俺の口元に持ってきた。

目の前に持ってこられて、腹が空いている俺は我慢できず、それを摑んで、口の中に入れた。

デザートとして添えられていた、小さな梨みたいなペアーの実も完食して、それもまたなぜか笑われた。

なんだよ。文句あんのか。人間、どんな時でも食べなければ生きていけないのだから、仕方がないだろう！

アルフレドが俺の顔をやけにじっと見ていたと思ったら、いきなり口元を舐めてきた。

「……なっ⁉　なに……？」

「ついてる」

「つい、……んっ、ぅ……⁉」

もう一度舐めてから、今度は唇全体を覆われた。食うみたいに。かぷりと。

それは次第に角度が深くなってきて、だんだん、息が苦しくなってきた。

俺は苦しくて、俺の背中から腰にかけて回っている相手の腕を、叩いた。

「んう、……うぅ……っ！」

閉じてしまっていた目を開けて見上げると、不穏な感じに青から藍色に染まってきた瞳が、すぐ目の前にあって、俺と目が合うと、笑むように細められた。

大きな手が、上掛けの隙間から入ってきたのが分かったけど、動けない俺には、相手の膝の上で僅かに身をよじることぐらいしかできなかった。抗議したかったけれど、口もまだ塞がれたままでしゃべれない。

大きな手は俺の内股にまで入り込み、じわじわと、上のほうへと、肌を撫でながら上ってくる。

俺は慌てて、その不埒《ふらち》な腕を両手で摑んで押さえ、両足で挟み込んで、動きを止めた。

朝から、なに盛ってんだよこの野郎……！

昨日、あれだけ、やったのに！

腕の動きは止めたけど、相手の長い指が内股の付け根に届いてしまっていて、指先でそろりと撫でられ、まずいほうの震えが、ぞくりと背中を駆け抜けた。

「……んあっ、ぁ……やめっ、アル……！　も、朝……っ！」

「気をつけたつもりだけど、中に、傷、ついてないかと思って」

明らかにそれだけではない、ゆらゆらした藍色の瞳で俺を見下ろしながら、アルフレドが言った。

「つ、ついてない！　ついてないから！」

「痛いところ、ない？」

「ない、から！」

ないと言っているのに、長い指先が、足の付け根の間の、奥の、あらぬところを撫でてきた。

「うあっ、や、やだ、どこ触っ、……！」

顎《あご》から耳の下まで舐められて、どうにも、力が抜けてきて、焦る。

しっかりしろ、しっかりするんだ俺！　ここで負けたら、後がないぞ！　踏ん張れ！　頑張るんだ俺！　ここで相手に、絶対に、主導権を渡してはならない！　弱肉強食な動物の世界において、上下の力関係は絶対だからな！　それくらい俺にも分かっている！　背中を見せたほうが負けだ。弱いところも見せてはならぬ！　相手の思い通りにはならぬということを、しっかり叩き込んでやらなければならないのだ！

「……リアン。もう、一回だけ……」


もう一回ってなんだよ。

やっぱりというかまさかとは思うが朝っぱらからやる気か、この野郎⁉　だから俺は一般人の体力だって、さっきから言ってるだろ！

それにお前の『もう一回』は、一回ですまない気がする！　すげえする！　何回も『もう一回』をおかわりしたら、それはもう一回じゃなくなるんだよ！


まずい。早く、奴を止めなければ。

俺は必死に脳をフル回転させて、奴を引き下がらせ、納得させる理由を考えた。

「俺は、もう、起きる……！　起きなければ！　いけない！　しゅ、シュリオ、が！　シュリオが、そろそろ、俺を、迎えに来るから……！」

「ああ……シュリオさんには、疲れて寝てるから夕方迎えに来てくれって、言っといた」

「はああ⁉」

シュリオ、来てたの⁉

ていうかなに勝手に俺の迎えを帰してんだよ、お前はあああ！

「つ、疲れさせたのは、……お前だろ！」

「まあ、そうだけど」

ベッドに俺を押し倒しながら、金髪頭が頭上で笑みを浮かべた。奥が不穏にゆらゆらと揺れる、夜色に染まった瞳で。

まずい。あの色は、まずすぎる。

俺が身体にぐるぐる巻きにしている上掛けに、手がかかったのも、まずい。

「アル、待っ――」

「リアン。……だめ？」

「だめ！」

だめと言ったのに、相手は笑みを浮かべた。やたらめったら爽やかな……わざとらしい笑みで。

「それも……嘘、なんだよな？」

「うっ!?」

顔を寄せてきて、少し意地悪そうに目を細めて、わざとらしく小首を傾げ、そんなことを言ってきやがった。

だからなんでお前のほうがたまにいじめっ子っぽいんだよ！　主人公のくせに！

「なあ、リアン。大っ嫌い、っていうのも嘘で……逆の意味、なんだよな？」

「う……ううっ……」

「なんだよな？」

「そっ……、……そう、だよ！」

アルフレドが俺をじっと見下ろしながら、とても満足そうに笑みを浮かべた。

なんだよ！

やっぱりお前、ちょっとは怒ってたんじゃないか！

そりゃ、俺も、お前に嫌われようとして、いろんなことを言ったけど！

嫌い嫌い連呼して、挙げ句の果てには大っ嫌いとか言って、それも悪かったと思ってる！

でも、もう言わないって、言ったじゃねえか！

視界の端で、いつの間に取り出していたのか、アルフレドが回復薬をパリンと割ったのが見えた。とろりとしたものが指を伝い、その手と指が、俺の身体の下のほうに下りていく。

昨日さんざん慣らされたそこは、ぬめりも合わさって、簡単に指の侵入を許してしまった。

「うあ、っ……ぁ……」

中もまだ濡れているみたいで、長い指がするりと奥まで、易々と入ってきてしまう。

塗り込めるように指が動いてきて、俺の呼吸もだんだん乱れてくる。頭の奥が熱くなってきて、身体は意思に反して震えてくるし、金髪野郎はもうなんだかやる気で止まりそうにないし、俺はもう、情けなくも、ちょっとだけ泣いてしまった。

お前本当に、自重しなくなったな！　お願いだから、だめって叱ったら尻尾と耳を垂れさせて、しょんぼりしてるけど頑張って我慢してる子犬みたいになる、言う事をよく聞いて頭を撫でたくなる、前のお前に戻って！

「も、もう、言わない、言わないから、」

「一回だけ」

「い、いっかい……」

へろへろな俺は、どうせもう、逃げられないのは分かっている。

なら、せめて、ちゃんと一回だけですませてもらうようにしなければ。身体がもたない。おかわりは不可だと、しっかり言い聞かせておかなければ。

「ああ」

「また、後で……もう一回、とか、なし、だから……な……！」

釘を刺しておかないと、なんだか不穏な気配がするひしひしとする。

現に、目の前の金髪野郎は、一瞬だけ、目を横にそらしやがった。

「や、約束……しろ！」

じっと凝視するように見上げると、どこか不服そうにしながらも渋々と頷いた。おい。分かってんのか。

頼むぞ。頼むから。

「……分かった。約束する」

どうにか約束させることができて、俺は、ほっと胸を撫で下ろした。

まだ許可を出してもいないのに、金髪頭が咽元に軽く食いついてきた。甘噛みするみたいに軽く歯を立ててから、味見するみたいにじっくり舐められた。それから、次は右肩を同じように噛んで舐めてきた。

お前、時々する動きがもう本当に、動物みたいだよな。しかも肉食系の野生動物。

誰か、この危険野生動物、捕獲して縄で縛って檻《おり》に放り込んでやってくれ！

昨夜のように食いついてくる相手の勢いが、少し怖くて、ちょっと落ち着かせようと肩を押し返してみた。みたけれど……情けないことに腕に力が入らず、ほとんど、というか、全く、動かなかった。

ああ……だめだ。

今の俺には、目の前の野生動物を押さえるだけの力も、加えて、気力もない。無理だ。

片方の膝裏を摑まれて、外へ広げるように持ち上げられ、俺は焦って、慌ててその手を摑んだ。摑んだといっても力が入っていないから、もうほとんど置いただけの感じで、止める効果なんてものは全くない。

「……あ、アル……いっかい、だけ、……だから……」

でないと、マジで、今日は起き上がれなくなりそうだ。

金毛の動物が深い藍色の目でじっと見つめてきて、小さく咽を鳴らした音が聞こえた。それから頬を染めて、嬉しそうに微笑んでから。

がぶりと俺の唇に噛みついた。

＊　＊　＊

結局。

次に目が覚めて、ようやくどうにか自力で身体を起こせるようになったのは、昼をだいぶ過ぎた頃だった。どうやら俺は、半日以上寝ていたみたいだ。

部屋には、アルフレドの姿はなくて。

ベッドの横にある机の上には、ペアーの実を一つ重しにして、紙が一枚、置いてあった。

その紙には、大きめの文字で『薬草届けに牧場行ってくるから部屋で寝てろ。すんだら戻る』と書いてあった。

どうやらアルフレドは、出掛けたようだ。そして、仕事がすんだら教会に戻ってくるらしい。

まあ……あの不届き千万な金髪頭のせいで、屋敷へ歩いて帰るだけの体力も気力もないし、迎えも夕方にしか来ないみたいだから、俺はここで待ってる他ないのだけれども。

寝てろと言われても、目はすっかり覚めてしまっている。お腹も少し空いた感じだったので、俺は起きることにした。

上掛けで身体を巻きながら身を起こし、スリッパを履いて立ち上がった時に、足下がよろけ、ベッド脇の小机に手をついた。その時。

「……っ」

俺は、すぐさま座り込みそうになった。ずれた上掛けの隙間から自分の胸元や腕が見えて、うっすらとした歯形っぽい痕とか、じわりと赤い鬱血《うっけつ》痕とかが肌の上に残っているのを見てしまったからだ。

あああもおおおお……！

これも全部消していってくれよ！

なんで残してんだよ。

いつもはやたらとまめまめしく、俺のちょっとした傷でも治していくくせに！　回復薬、ものすげえ、山ほど持ってんだろうがお前ええ……！

こんなの、絶対に、マリエにも、チビたちにも見せられない……!!

あの金色野生動物が戻ってきたら、絶対に、渾身《こんしん》の力で鉄拳制裁をしてやろうと心に固く誓った。


俺は廊下に誰もいないのを確認してから、上掛けをかぶったまま隣の部屋に素早く駆け込んで、着替えた。

一階に下り、ちょうど食堂の前を通りかかったので、そっと中を覗いてみると。

いつものように、大きなテーブルの真ん中辺りにはマリエが座っていた。

今日は書き物ではなくて、色とりどりの毛糸玉を広げて、楽しそうに鼻歌を歌いながら編み物をしている。

俺の視線に気づいたマリエが顔を上げ、林檎《りんご》色の頬を緩めて微笑んだ。

「あらあら。リアン様！　おはようございます。お身体は、大丈夫？」

「ふ、えっ!?」

「体調があまりよくないから寝かせておいてやってくれ、ってアルが言っていましたから……」

「えっ、そ、あ、だ、……大、丈夫です！」

「そう？　なら、いいのですけれども……。リアン様は頑張り屋さんですから、きっと、お疲れが出たのでしょう。もう！　ご無理をなさらないで下さいね？」

「……は、……はい……」

素直に返事を返すと、マリエが笑みを浮かべて頷いた。

「ふふ。そうね、なにかお食べになるといいわ。咽もお渇きになったでしょう。すぐにご用意いたしますから、座ってお待ちになっていて下さいな」

「ありがとう、ございます……」

俺は平常心と心の中で唱《とな》えながら、食堂に足を踏み入れた。心臓がうるさい。そしていたたまれない。落ち着かない。

　昨日の、夜のこととか……今日の朝のこととかは……マリエも、誰も知らないし、気づかれてもいないとは、思うのだけれども。

　俺は楽しそうに鼻歌混じりで駆けていく小さな背を見送りながら、じわりと浮いてきた額やこめかみの汗を拭い、小さく息を吐いた。


　マリエから聞いたところによると、アルフレドの書き置きの通り、奴は薬草園に預かってもらったままの薬草を取りに戻り、チェダー牧場に届けてから、また教会に戻ってくる、と言って出掛けていったようだ。『ここで待ってろ』と俺に伝えておいてくれ、とマリエにも伝言を残して。

　どのみち、シュリオも夕方まで迎えに来ないし、今日は屋敷で受発注の書類整理や今後の計画のチェックなどをするつもりだったから、本日の予定は変更して、もう、休みにすることにした。臨時休暇だ。

　今日できなかった仕事は、明日纏めて頑張ろうと思う。もちろん、金髪頭にも最後まで付き合わせるつもりだ。つうか、終わるまで家には帰らせないからな。残業確定だ。覚悟しとけよこの野郎。

　マリエが用意してくれたサンドイッチを食べ終えて、食後のお茶を飲みながら、さてこの空いた時間をなんに使おうかなと考え始めて。窓の外に、どこまでも青く晴れ渡る空が広がっているのが見えた。

　心地よさそうな外の景色を眺めている間に、午後の予定はすぐに決まった。

　俺は、墓参りに出掛けることにした。

　そう告げると、マリエも穏やかな笑みを浮かべて、私もご一緒しますわ、と手を止めて、編みかけのものと編み針をテーブルの上に置いた。

　墓地のある裏山へは、食堂から庭に出て向かえば近道だ。

　マリエと一緒に食堂から庭へと出て、裏山に向かって歩き出すと、ちょうど庭で遊んでいたチビたちが駆け寄ってきた。

　どこへ行くのかと尋《たず》ねてきたので、墓参りに行くのだと話すと、チビたちも一緒に行くと言って、ついてきてくれた。

小さい子たちは俺とマリエの手や服を握って、皆でお散歩、と楽しそうに飛び跳ねながら歌っていた。まあ……今日はとてもいい天気だから、お散歩日和《びより》でもある。


裏山に続く道の両脇には、コスモスに似た形をした、淡い黄色や薄紅色の花が咲いていた。

ちょうど今が満開の時期みたいで、溢れんばかりに咲き乱れている。俺は道すがら、お供《そな》えの花用にと、その中から綺麗そうなのを選んでは摘《つ》んでいくことにした。よりどりみどりで、摘み放題だ。

チビたちも、一番綺麗な花を取ってきた奴が勝ちという、なんとも勝敗のつけ難《がた》い即席の遊びをしながら手伝ってくれたので、俺とマリエの両手は墓地に到着する頃には、花でいっぱいになってしまっていた。

丘の上へと続く坂道を登りながら、俺の隣を歩いていたマリエが眉根を下げて、見上げてきた。

「……リアン様。本当に、もう動かれても大丈夫ですの？　なんだか、とてもヨロヨロしておられますけれど……やっぱり、まだ寝ておられたほうがよかったのでは……」

俺は思わず咳き込んでしまった。

「っ、ごほっ、だ、大丈夫、です……！」

「そうですの？」

「え、ええ！　もう全然大丈夫です！」

頼む、マリエ様。もうそれ以上は聞かないで欲しい。いたたまれなくて死にそうだ。

これもそれもあれも全部、あの不届きな金髪頭の野郎のせいだ。

ちくしょう。

朝っぱらから、がっついてきやがってあの野郎……俺は一般人並のスペックだって言ってんだろうが！

もう絶対、二度と朝からさせたりなんかしない。ああ、絶対にだ。

「リアン様。本当に、ご無理はなさらないで下さいね？　休める時には、しっかりお休み下さいませね」

「は、はい……」

「あ！　リアンさま、おかお、まっかね！」

「ほんとだ、まっかね！」

白い綿毛みたいにふわふわした髪形の小さなチビが二人、鼈甲《べっこう》色のあめ玉みたいな丸い瞳で、俺を見上げてきた。

先週、孤児院にやってきた、綿毛チビ姉妹だ。

父親か母親のどちらかが南のほうの生まれだったようで、肌の色が、とても健康的な小麦色をしている。

「そうねえ、もしかしたら、お熱があるのかも……ふらふらしてらっしゃるし。やっぱり、お部屋に戻ってお休みになられたほうが……」

「い、いいいいえ!! ぼぼ、僕は大丈夫です！ 本当に大丈夫ですから！ それに、……そう！ 今日、は、暑いですからね！ とっても暑いですね！」

頼むから、これ以上、この話題を続けないでくれ！ マジで死ねる！

金髪頭が帰ってきたら、俺の全ての力を拳に込めて、チェダーさん級のゲンコツを奴の頭に落としてやろうと心に決めた。


墓地を横切る坂道を登り切ると、柔らかな、それでいて仄かに涼しい、心地好い風が頬を撫でていった。

丘の端の、村が一望できる一番高い場所には、真新しい、真っ白な墓標が一つ立てられている。

その墓標の前や周囲に、俺とマリエとチビたちは、摘んできた秋の野花を置いた
墓標の表には――《サニー・フラム》と名が刻まれている。

俺は地面に膝をつき、手を合わせた。

マリエも俺の隣で膝をつき、胸の前で手を組み合わせた。

チビたちが俺とマリエの側に寄ってきて座り、俺たちをちらちらと見上げては、顔や胸の前で掌を合わせたり、組み合わせたりした。

……しまった。間違えた。つい、前の俺だった時の癖で、反射的に両手を合わせてしまった。

なんだかちょっと和洋折衷《わようせっちゅう》な感じになってしまったが……まあ、祈りに込められた内容は、どちらの世界でも変わらないだろうから、今日のところは許して欲しい。

ゆっくり休んで下さい、そして。

いつか、どこかで。

また。

貴方が再び、この地へ降り立った時の。

よき旅立ちと、よき旅路を願い、お祈りしています、という――想いは。

チビたちが、俺とマリエの周りで楽しそうに飛び跳ねた。

「リアンさま！　おはな、いっぱいね！」

「いっぱい！」

「お花！」

「……うん」

墓前に捧げられた、埋め尽くすほどの、たくさんの花々。

……本当ならば、もっと早くに、こうしてあげられていただろうに。

「……サニーさん。ごめんなさい……」

貴方を、こんなに長い、長い間。あの、誰も訪れぬ森の中、ひとりきりにしていたのは……俺だ。

俺だけが、知っていたのに。

口を、閉ざし続けていたのだから。

もしも、俺が誰かに、アルフレドに教えて……話の流れが思わぬ方向へ変わってしまったら。……変えてしまったらと思うと、恐ろしくて。

心が、とても弱くて。

「……ごめんなさい。本当は、もっと早くに、見つけてあげられたのに。俺が、臆病なばかりに……こんなに、こんなにも遅くなってしまって……」

「リアン様……？」

「はは……今更、懺悔《ざんげ》なんて……遅すぎますけどね。……する、権利もない」

だって、もう、五年だ。

五年も、いや、俺がこの村へ来る前からなのだから……五年以上も、ひとりきりにしてしまっていたのだ。

俺だけが、知っていた。

それなのに、知っていて、知らない振りをし続けてきたのだ。

ずっと。今の、今まで。

それは、どう言い訳しようとも——俺の罪だろう。

「リアン様……」

マリエがしゃがんだままの俺の側に寄ってきて膝をつき、小さな手を伸ばして、俺の背中を撫でてくれた。そっと。何度も。柔らかな仕草《しぐさ》で。

優しいことはしないで欲しい。こんな、俺なんかに。

「——わっ」

強めの風が急に吹き下ろしてきて、俺は思わず、目を閉じた。

目を開けると。

風と一緒に、ふわふわと、オレンジ色の小さななにかが、空から降ってくるのが見えた。

「……あら。あらあら……綺麗ね……」

マリエがどこか嬉しそうに、小さく声を上げた。

見上げるマリエに釣られて俺も見上げてみると、オレンジ色の小さな花が、数え切れないぐらいにたくさん、たくさん舞っていた。

花の雪、みたいに。

ふわふわ、ひらひらと。

降りしきる花に混じって、控えめな香りが、ふわりと香ってきた。

「早咲きかしら。ああ、いい香りねえ……」

「早咲き……？」

「ええ。フレグラントオリーブの木に咲く花よ。裏のお山に、秋になると綺麗なオレンジ色に染まっている木があるでしょう？」

「ああ……」

秋になると風に乗って時折いい匂いがしてくるのは、あの花の香りだったのか。

「風に乗って、飛んできたのね」

山のほうを振り仰ぐマリエと同じように、俺も見上げてみた。

確かにマリエの言う通り、山の中腹辺りに、オレンジ色のこんもりと茂る木が、ぽつぽつと生えているのが見えた。

あそこからここまで、風に乗って飛んできたのだろうか。

眺めていると、マリエが小さく笑った声がした。

「なんです？」

「ふふ。お花まみれね、リアン様」

マリエがくすくすと笑いながら手を伸ばしてきて、俺の腕に乗っていた小さな花を、そっと摘《つま》んだ。

肩や背中だけでなく、頭の上にまで手を伸ばしてきたから、どうやら髪にもついてしまっているみたいだ。

「このお花は、乾かしてポプリにして、枕元に置いておくといいの。とてもよく眠れるわ」

「そう、なんですか……？」

「ええ。あたたかくて、なんだかほっとする、優しい香りがするでしょう？」

持って帰ってポプリ袋を作ってさしあげますね、とマリエが言い、明るい橙色の小花を丁寧に一つずつ摘んでは、小さな掌の上に、大事そうに集めていった。

白い墓標の周りにも、風に乗って飛んできたオレンジ色の小花が舞い、降り積もっていた。

「……サニーさんも、眠れるかな」

「ええ。もちろんですわ。きっと、よく眠れることでしょう」

マリエが、どうしてだか、少しだけ困ったような笑みを浮かべながら。袖口で、俺の目尻を軽く押さえてきた。

俺は、まさかと思いつつも、自分のシャツの袖で両目を擦ってみた。……袖に、少しだけ、濡れたようなシミができた。

ああ……もう。最近は、自分の身体なのに自分の言うことを聞かないことが多くて、本当に参る。

「……これは……その……なんでも、ないんです。なんでも。ですから、気にしないで下さい。ちょっと……どうも最近、少し……少しだけ、涙腺が、弱くなってしまっているみたいで」

「リアン様……」

「はは……だめですね。全く、情けないったら。……しっかり、しないと……」

どうにかいつもの笑みを作って振り返ると、マリエが微笑みながら、首を横に振った。

「……いいえ、リアン様。いいのですよ。泣きたい時には、泣いたらいいのです。でないと、心が悲しい気持ちでいっぱいに、いっぱいになってしまって、他になにも入らなくなってしまいますわ。それに、」

マリエが林檎色の頬を緩めて、俺を見上げてきて、柔らかく微笑んだ。

「私たちの前で、涙を見せて下さるということは。それは貴方様が、私たちに気を許して下さっている証拠でもありますもの。私、嬉しいわ」

「……もう。なに、言ってるんですか……マリエ様は……」

声がどうにもこうにも震えてしまい、咽の震えがどうにも抑え切れなくて、参った。

もう本当、頼むから、優しいことをしたり、言ったりしないで欲しい。

俺は弱いから、すぐにすがってしまいそうになってしまうから。

もう一度、裏山のほうから、柔らかな風が吹き下ろしてきた。

その風に乗って飛んできたオレンジ色の小花が、ひらりひらりと舞って、俺たちの上にふわりふわりと舞い降りてくる。

チビたちが降ってくる小花を取ろうと、一生懸命に手を伸ばしては、飛び跳ねた。

楽しそうに、きゃっきゃと笑い合いながら。

「マリエ様、リアン様！　おはな！」

「おはな、いっぱい、いっぱいふってくるよ！」

「お花、いっぱい！」

「きれいー！」

「そうね、お花、いっぱいね。綺麗ね」

「綺麗、だね……」

俺はもう一度だけ目を擦ってから、息を吐き、墓標に視線を向けた。

供えられた秋の野花と、飛んできたオレンジ色の小花で、墓標の周りは地面が見えなくなるほど埋め尽くされている。

時折吹き抜けてゆく風も、仄かにあたたかくて、緩やかで、頬と髪を撫でていくみたいで。

白い墓標も、雲間から差し込む柔らかな日差しを受けては、きらきらと光を反射している。

そう思いたいが故の、俺の思い込みなのかもしれないけれど。

なんだかとても、気持ちよさそうに笑みを浮かべて眠っているように見えて。俺は少しだけ、気が安らいだ。

閑話　秋深く、悩ましき日々　ロベルト視点

僕の名は、ロベルト・オーウェン。

オーウェン領の領主の息子だ。

オーウェン領は、山と森と河と湖に囲まれたこの国の西側の端っこ近くにある。

はっきり言って、はっきり言わなくても、誰が見ても分かるくらいに――

『ド』が頭に付くほどの田舎だ。


いや、『ド』が二つ、三つ、いっそ四つ以上付けてもいいぐらいの、もんのすごい田舎だ。

王都からも遠く、朝に馬車で出掛けて、急がせて駆けさせれば、翌日の西の地平に陽が落ちた頃には着くかな、ぐらいの場所にある。

そして、日々の仕事に追われている村人や近くの町の者などは、王都に行くこと自体があまりないからな。

こんな西の端っこのド田舎な地方に、わざわざ王都からやってくるような者も少ない。というか、ほとんどいない。

よって情報が口づてに伝わってきた頃には、完全に、もうその流行は終わっている状態なのだ。


そんな感じで、流行に完全に乗り遅れるくらい田舎なこの領地には、当然、すたいりっしゅでおしゃれな店もカフェもないし、今をときめく人気俳優たちが出演する劇場もないし、国の内外から音楽家たちがやってくる有名建築家が建てた国内最大級の音楽堂もないし、素晴らしい最先端のファッションやメイクで着飾った、美しく煌《きら》びやかな婦人たちや麗人たちもいない。

しかも屋敷の建っている場所なんて、最悪だ。

ちょっと屋敷の門の外に出ると、そこには……見渡す限りの牧草地と麦畑が広がっている。

馬車を走らせれば、窓の外では、ぼーっとした顔つきをした牛や羊たちが、もしゃもしゃと草を食っていたり寝ていたりする。

ああもう、まったくもって、嫌すぎる。

そんなド田舎の領主に将来ならねばならないなんて……溜め息が出てくる。

なので、母上にはもうひとり、どうにか弟を頑張っ

て産んでもらいたい。そうすれば、跡継ぎはその子にしてもらって、僕もリアンと一緒に華々しい王都へ行けるのになあ、なんて。

そんなことを、日々考えたり、夢見たりしていたのだが。

なんということだろうか。

僕の愛しい弟、リアンが。


学校を卒業したら……王都へは行かず、領地に戻って仕事をしたい、と父上に申し出たのだ！


その理由を尋ねると、領主である父上と、次期領主である兄様のお手伝をしたいのです、なんて……なんて、いじらしいんだ!!

そして、僕はとっても嬉しい!!

リアンの決意は相当固かったようで、リアンに王都勤めをさせようとしていた父も、その熱意に心を打たれたのか、折れて、了承したようだ。

なんてことだ。

王都に行ってしまうと思っていたリアンが、ここに、このド田舎、いや、領地に残ってくれるなんて。


これほど嬉しいことはない。まるで夢のようだ。

ならばと、僕も残ってくれた弟のために次期領主として、この地で頑張っていこうと固く心に決めた。

そう誓いを立てると、リアンは僕に、お願いしますよ兄様どうか頼みますから立派な領主になって下さいね僕もできる限りのことはしますから、とどこか不安そうな眼差《まなざ》しで言ってきた。

うむ。大丈夫だぞ、リアン。

心配することなどなにもない。

安心して、この頼りになる兄についてくるといい。

話を横で聞いていたローエンダールが、それでも不安そうなリアンに向かって、お任せ下さい私がついておりますし、ロベルト様は私が責任を持ってしっかり教育し、立派に育て上げてみせます、と頷きながら微笑んでいた。

リアンもようやくホッとした表情で、ローエンダールに笑みを浮かべ返していた。

うむむ……。

ローエンダールはできる執事ではあるが……その日

の仕事が終わるまで絶対寝させてくれないし、なかなかというかかなり手厳しいところもある奴なので……頼むから、ほどほどにして欲しい。そう願う。ていうか、頼む。怒るとものすごく怖いのだ。奴は。顔は笑っているけど目がものすごく怒っている。それが分かるのだ。怒った時の気配も怖い。

……まあいい。

奴のことは、今は、置いておこう。考えると落ち着かなくなる。いや、僕は別に、怖がってなどいない。いないとも。

そうだ。うむ。

僕の心を癒してくれる、可愛い弟のことを考えよう。そうしよう。

リアンは、とても優秀で、思慮深く、賢く、強く、優しく、可憐な、僕の自慢の弟だ。

月の光を閉じこめたような銀色の、柔らかそうな髪と長い睫毛《まつげ》。母譲りの淡雪のように白い肌。一点の曇りもない、澄んだ、清廉な氷水晶色の瞳。すらりとした手足。

まるで、おとぎ話にある、精霊たちの国に登場する月の妖精のようだ。

いや、もしかしたらそうかもしれない。生まれ変わりとか。きっとそうだ。そうに違いない。

だって、あんなにも、あんなにも愛らしいのだ。

もしかしたら背中には、月色の羽根を隠しているかもしれない。

服を脱いだら、白い肌の背中には、きっと――あ、しまった。書類に鼻血が落ちてしまった。早く取らなければ。ローエンダールに怒られる。

む。しまった。取れない。

まあ……奴には茶を零したとでも言っておこう。

氷水晶色の瞳は、澄んでいて綺麗だけれど、冷たい印象も与える。

現に母に見つめられると背筋が冷える時があるが、リアンのは同じ色だというのに、不思議と、とても柔らかく、穏やかな色に見える。

学校でも、多くの生徒に慕われていたようだ。当然だろう。僕の弟だからな。

幼い頃は、それはもう『兄様、兄様』と僕を慕って、一生懸命小さな足で後を追いかけてきては、可愛らしい笑顔を浮かべてくれたものだ。

あの頃はお風呂にもよく一緒に入ってくれていたのに、最近では全く入ってくれなくなってしまった。とても寂しい……

たまには一緒に入るかい？　と再三聞いてはみているのだが、遠慮します、といつも断られてしまう。

おそらく照れているのだと思う。

僕の弟はとても恥ずかしがりで、とても奥ゆかしいからな。そんなところも可愛いが。

でも、たまには兄弟水入らず、背中の流し合いっこをして交流を深めるのもいいではないか。綺麗なリアンの肌を、綺麗に洗ってあげたい。

背中といわず、前だって綺麗に洗ってあげよう。僕の手で。

くすぐったがって、『兄様、やめて……』とか言って頬を染めるだろうか。まったくもって奥ゆかしいからな僕の弟は。

胸のささやかなあそこだって、リアンの大事なあそこも洗ってあげよう。丁寧に。

顔を真っ赤にして、泣いちゃうかな。

あああ、可愛いな。昔みたいに、おでこにチューとかしたら、恥じらいながらもきっと喜んでくれるだろう。

あ、しまった。鼻血がまた書類に。

コンコン、と書斎の扉を叩く音がした。

僕は慌てて、汚れた書類を裏返しにして、横に積んである書類の山の下に差し込んだ。

「誰だ？」

「僕です」

噂をすれば！　いや違った、弟のことを考えていたら、本物の弟が来た！

うむ。想いは通じるのだな。

扉がゆっくりと開いて、リアンが顔を覗かせた。

冬が近いせいか、最近は昼間でも肌寒くなってきているので、今日のリアンはベージュ色の膝丈まである上着に、柔らかそうな生地の綿毛色のシャツと、濃いベージュ色のベストとズボン、膝下まである細身の革製ブーツを履いている。

シャツの襟の中には、柔らかくあたたかそうな生地のスカーフ。淡い紫色が同色系のリアンの瞳の色とよく合い、とても似合っている。

むむう……さすがは、ローエンダールだ。あいつのリアンの服の見立ては、いつも素晴らしい。リアンのよさをとてもよく分かっている。

「ああ、リアン！　その格好は……もしかして、また出掛けるのかい？」


リアンは最近、よく出掛けていくようになった。

特に土日ともなれば、泊まりがけで帰ってこないことも多々ある。

リアンの話によると、近年、村の西側に広がっている山々や広大な森の奥から、魔物が人里に下りてくることが多くなってきており、村人に怪我をさせたり、農作物を食い荒らしたりしているらしい。

農作物が荒らされれば、農民から徴収している税も減る。そうなってくると、国から各領地に課せられている税も納められなくなり、村人が食べる分の農作物も減ってしまうことになる。

結果、村人だけでなく、僕たちも、領地に暮らす人々も、困る。

皆が困る。

よって、その対策として——村の西側に《魔物除けの柵》を作ることにしましょう、とリアンが提案してきたのだ。

そうすれば、安定して農作物が収穫でき、僕らも、領地に暮らす人たちも、皆が幸せになれる、と。

放置しておけば確実に、恒久的に増えていくであろう損害額を思えば、今ここで《柵》に先行投資しておくほうが、長い目で見れば安くつき、そして皆のためになるのだと。

確かに、その通りだ。

父も僕も、リアンの意見に納得し、感嘆し、賛同した。

僕の弟は、本当に聡明で、賢く、そして先見の明がある。


そして、《柵》の製作と設置については、なんとリアンが、僕にさせてくれませんか、と志願してきた。

それも、僕も父上や兄様のように、僕の持てるもの全てを使い、村を、領地の人々を守りたいのです、なんて——ああもう！

僕の弟はなんて健気で、いい子なんだ！

柵の製作用の仕様書や、設置に関する計画表も、ローエンダールや専門家と相談しながら、リアン自らが作り、用意した。

それを元に、杭や鉄線などを作り溜めては村の西側へ行って設置し、資材がなくなればまた作り溜め、また設置しに、を繰り返し行っている。

完成までの長期計画もきちんと立てているようで、作業も順調に進んでおり、本年度末を目処に完成する予定らしい。

それに加えて、リアンは、もしもの際の避難経路の整備や、空家を再利用した避難所まで作っているようだ。

避難所には、対魔物用の魔物避け札や聖水、武器や装備、果ては長期保存の術式を施した食料まで備蓄してあるようだ。それらの設備は村の中の要所要所にいくつも建てられている。

更に、魔物がやってきたときに早く皆に知らせるためにと、大型の魔動式拡声器を購入し、村のあちこちに設置しているという徹底ぶりだ。

僕の弟は少し……いや、かなり、心配性なようだ。

多少やりすぎている感は否めないが、なにをやらせても無駄はなく、そつがない。先のことまで本当によく考えている。

資材の発注や値切りの交渉、書類の管理までも、ローエンダールと相談しながら、率先してこなしている。

町立学校を出たばかりだとは思えないほどに、手際よく書類を整理し、管理し、仕事を処理していく能力の高さに、父と僕は今でも驚かされっぱなしなのである。

「はい、兄様。これから、行って参ります」

「そうかい……気をつけて行ってくるんだよ？　危ないことは絶対にしてはだめだよ。危険な場所には絶対に、行ってはいけないよ」

「はい。分かっています」

リアンがふわりと笑みを浮かべて頷いた。ああ、可愛い。

はっ、そうだ。

今日は……土曜日ではないか。

僕はそのことを思い出し、気分が一気に沈んだ。

「ああ、リアン……。今日は、屋敷に帰ってくるのかい？　それとも、また……泊まりかい？」

土曜の夜は、屋敷に帰ってこないことがほとんどだ。

それどころか近頃は、月曜まで帰ってこない時もある。

柵の設置に関しては、リアンは他の者には絶対に任せたくないと言い張り、自ら現場に赴いては指揮、監督している。だから仕方ないといえば、ないのだけれども。

現場は、遠い場所の場合もあり、当日に行って帰ってくるのも大変なので、その際には作業者も一緒に泊まり込んでいたりするようだ。

護衛を多めに付けてはいるが、心配は心配だ。

なんといっても、リアンは可愛いからな。変な気を起されやしないかと、リアンが泊まりの日は、気が気ではない。

そしてなにより、ディナーを一緒に食べられないのは、ものすごく、寂しい……

「ええ、そうですね。現場が村の北北西の端ですので。行って戻るのも時間がかかってもったいないですから、シャルド農園に二泊して帰ります」

「えええ〜!?　二泊も!!」

このように、遠い場所になればなるほど、設置現場の近くの村人の家や、近くにオーウェン家の別荘があればそこに、泊まって帰るようになってしまった。

時には、西側への中間地点にあるチェダー牧場に泊まってから、行ったり帰ってきたりすることもある。

あそこの建物はやたらと大きく、使っていない部屋もいくつかあるから、そこに資材や物や着替えなどを置かせてもらっているのだ、と言っていた。

「そうかい……護衛を、ちゃんと側に置いておくんだよ。ひとりでうろうろしちゃだめだよ」

「はい。分かっています」

「ええと……あいつ。なんていう名前だったかな……確か、フラム、だったか？　あの珍しい金髪頭をした護衛も一緒なのかい？」

「ふ、えっ!?　あ、あの、そ、そうです……」

「そうかい。なら、安心だね」

リアンが、なぜか少しだけ眉間に皺を寄せ、頬をほんのりと染めてから、目をそらした。

アルフレド・フラムという名の男は、リアンが自ら側付きの護衛として雇った奴だ。

とても強くて頼りになるから、という理由で。

それならば試しにと、屋敷で一番強いと言われている護衛と戦わせてみたところ……あっという間に倒してしまった。

確かに、リアンの言う通り、奴の強さは、驚きを通り越して目を見張るものがある。

こないだは、森の奥で巣を作りかけていた、羽根を広げたら三メートルぐらいある大烏《おおがらす》の魔物を、ひとりで二匹とも倒してしまったらしい。

全く出る幕がなかったと、一緒に行っていた護衛たちがやや興奮気味に、子供みたいに目を輝かせて言っていた。

さすがは、僕の弟だ。

人を見る目も素晴らしい。


強さは申し分ないのだが、難点をあげるとするなら、フラムは教会で養われていた孤児という、最下流出身の者だということだ。

そして腹立たしいことに僕のリアンを剣術大会で負かした、まったくもって腹の立つ、忌々《いまいま》しい奴でもある。

あるのだが……大事な大事な僕のリアンの身を守るためならば……背に腹は代えられない。

やはり、一番強い奴に、リアンを守っていてもらいたいからな。

そして、下流階級の者にしては見目もそこそこ整っているので、側付きとして連れ歩くのにも申し分ない。

ただ……一つだけ。

ここで一番、最も、絶対に、なにがなんでも防がねばならない、決してあってはならない、懸念されるべき問題がある。それは。

僕の可愛いリアンが、奴に惚れてしまわないだろうか、ということだ。

見目もそこそこよくて、強くて、腕も立ち、頼りになる。

そして有事の際には、自らの身を挺《てい》して守ってくれる。

そんなことをされたら、思わず、きゅん、としてしまったりし——……いや。待てよ。

だがしかし、奴の身の上は、下賤《げせん》な、元孤児ではないか。

親もなく、故郷も分からず、身寄りもない。しかも護衛の仕事の合間に、牧場などで働いている。

そんな身分も低い、最下流階級の、どこから来たのかも分からない、素性の知れない、金もおそらくそんなに持っていないだろう、日々獣臭い家畜の世話をするようなダサくて怪しい男に、僕のリアンが惚れるはずなんてないのではないか？

うむ。そうだな。

そうではないか。なにを僕はそんなに心配していたのだろうか。そんなことありえないな。

杞憂《きゆう》だった。

「リアン。フラムをちゃんと側に置いておくんだよ。いいかい？」

「うえっ⁉　あっ、はいっ、分かっています！　ええと、じゃ、じゃあ、行ってきますから！」

リアンが頬を染めたまま、慌てたように身を翻《ひるがえ》して出ていってしまった。

うむ……どうして頬を染めていたんだろう……

あっ！　もしかして。

もしかしなくても、仕事をしている僕の姿を見て、ドキドキしちゃったのだろうか。

うむ。きっとそうだな。間違いない。仕事をしてる時のロベルト様って素敵！　カッコいい！　等々、ご婦人たちにもよく言われるからな。

むう……まずいな。

いつか、『兄様、僕……兄様を見ると……胸が苦しくなって……』とか、頬を染めて言ってきたりしちゃったりしたらどうしようか。

夜、僕の私室の扉をノックしてきて。

透けそうに薄い、絹の寝間着なんか着ちゃっていたりしたら。……下着もなし、だったりしちゃったり。

潤んだ瞳で、『兄様のこと考えると、ドキドキしてきて、身体も熱くなってきてしまうんです……』とか言ってきてしまったりしたら。いやいやいや。そんな。むふふ。まさか。そんなこと――

　そんなことになったら、なったら……なったらそれはもう、応じないとだめだろう。


　なんたって、可愛い弟のためだからな。

　弟の面倒を見るのは、兄として当然のことだろう。熱くなった身体を冷ましてやるのも、僕の、兄の役目なのだ。

　可愛がって、大事にして、守ってあげなければ。

　あ、鼻血が。

　ちょっとしばらく、上を向いていたほうがいいかもしれない。

＊　＊　＊

　晴れた日の、週の始まりの、午後の昼下がり。

　厚手の生地で作られた、中庭を一望できるオープンテラスを覆う日除けの屋根の下には、ルエイス産の白木で作られた丸テーブルとチェアーが一組ある。

　中庭のガーデンでは、冬に咲く花が少しずつ咲き始めている。

　年中、このガーデンにはなにかしら花が咲いている。ローエンダールと庭師が、そういう風に調整しているらしい。僕は興味がないのでよく分からんが。

　歳も近いせいか、老人同士、楽しそうに庭についてあれこれと話している姿をよく見かける。


　書斎を抜け出し、いや、休憩がてら廊下を歩いていると、柔らかい日差しの降り注ぐ下で、リアンがゆったりとお茶を飲みながら、テーブルに広げた書類を読んだり書いたりしているのを見つけた。

　僕のリアンは、週の始まりの午後は、調べ物や書類整理をして過ごしていることが多い。

　気候がよければ、こうして、中庭の一角にあるオープンテラスに出ているのをよく見かける。

　適度に静かだし、庭も見えるし、このテラスはなんだかエンガワにいるみたいで落ち着くんです、と言っていた。

　エンガワというのが今いち僕には分からなかったが、リアンの話から推測するに、異国のテラス的なものなのだろうと思われる。

テーブルの上に積み上げられた本は、魔道書、術式関連書、魔動器に関する本、魔物図鑑など、専門書関係が多い。そしてそのジャンルも日によって様々だ。

リアンは、とても勉強家である。

だが、その分厚く小難しそうな専門書の間に、推理小説や冒険小説がさり気なく混ざっていたりするのが、なんだか微笑ましい。

リアンが書き終えたらしい書類の束を揃えてテーブルに置いてから、顔を上げ、庭に視線を向けた。

その横顔は、どこか気《け》だるそうで……物憂げだ。

肘をついて、手の甲で顎を支え、遠くを見て溜め息をつく姿が、なんだかとても、とても……艶があって、ドキリとしてしまった。

僕の可愛いリアンは、最近なんだか、時々、こんな風に、ふとした瞬間、色っぽく、というか、艶めかしいというか……こう、どきりとするような仕草をするようになったような気がする。

お年頃、というやつだろうか。

身体もすっかり子供っぽさが抜け、大人でもない、青年でもない、なんというか、こう、華奢《きゃしゃ》ではないけれども、かといって男らしい体格というわけでもなく……なんとも定め切れない、危うい感じが滲《にじ》み出ていて、非常にそそる、いや、魅力的な雰囲気を醸《かも》し出している。

最近は特に、花開くように綺麗になった気がするのは、気のせいではない気がする。

お年頃で、――……はっ！

まさか……まさか、こっ、ここ、恋、とかしてしまっているのだろうか⁉

自分で思い至って、衝撃を受けた。

恋だと⁉

けしからん‼

実にけしからん！　ありえない！　相手は誰だ⁉

即刻消してやらねば！

……いや、待て。落ち着け、僕。

僕の可愛くて聡明なリアンに、そんな相手はいないはずだ。

なぜなら、リアンの一番は――僕だからな！

それにこの僕より頼りになって、金も持っていて、地位も持っていて、将来も安泰で、カッコよくていい男など、この辺りにはいないはずだ。

ということは。まさか……


相手は、僕か!!


ああ、いけないよ、リアン……僕は兄で……でも、それならそうと言ってくれれば、その想いには応《こた》えてやらなくては……兄だからな。

よし。

そうではないとしても、なにか悩んでいることがあるのなら、聞いてやり、相談に乗ってやらねばならぬ。頼りになる兄として。


僕もちょうど仕事を抜け出し、いや、休憩しようと思っていたところだから、ついでに可愛いリアンとお茶を飲むことにしようと決めた。僕も癒されるし、リアンの悩みも聞いてやれる。一石二鳥だ。

僕はテラスに出て、頬杖をついてぼんやりと庭を眺めているリアンに、後ろから声を掛けた。

「……リアン！　どうしたんだい？　頬杖なんてついたりして。悩み事かい？」

「ふあっ!?」

声を掛けると、リアンが驚いたようで、少し跳び上がってから、僕のほうを振り返った。

「に、兄様……び、びっくりした……！　あ、い、いえ、……な、なんでもありません……」

「でも、溜め息をついていたじゃないか。僕でよければ、相談に乗るよ？」

「いえっ！　べ、別に、大したことではありませんので、お気になさらず」

「そうかい？」

向かいの椅子に座ると、遠くで待機していた召使いが、新しいお茶を銀のトレイに乗せてやってきて、僕とリアンの分のお茶を淹《い》れた。

「に、兄様。あの……お仕事は？」

「うん？　ああ……ちょっと、休憩だよ。リアンは？　一段落したところかい？」

「え、ええ。そうですね。不足資材の見積もりを見ながら、発注数の計算をしていました。今、終わったところです」

「そうかい。うむ、リアンは、計算がとても得意だものね。ローエンダールも感心していたよ」

褒めたのに、リアンはどこか困った感じに眉尻を下げて、視線を斜め下にそらして。

「……いえ。得意というほどでは……ないのですけれども……」

そんなことを言った。

こんな風に、リアンはいつだって控えめで、とても謙虚なことを言う。

でも、これは胸を張って自慢してもいいと思う。本人はこう言っているけれども、本当に、リアンは計算に長《た》けているのだ。

財務の者も、リアン様がお手伝いをして下さるようになってからは仕事が随分《ずいぶん》と楽になりました、残業も減ったんですよ、定時で帰れる日ができたんです！と涙を流しながら感謝していた。

ふと、リアンの首元の後ろが赤くなっているのを見つけた。

ほんのりと淡く染まった中、半円を描くように、うっすらとだけれども、赤い線を引いたような痕も見える。

「リアン。首元の後ろの辺りが、赤くなっているよ？」

「え？」

「虫にでも刺されたのかい？」

指を差してみせると、リアンからは見えないのか、手で触ったり、首を捻《ひね》ったりしては、首を傾げている。

持っていた手鏡で見せてあげると、リアンが目を見開いた。

「首の後ろと……ん？　肩のほうにも」

「うわあっ」

リアンが真っ赤になって声を上げ、襟元を摑んで重ねるように引き寄せた。

「き、気づかなかっ、……あの野――」

「あのや？」

「え!?　ちがっ、ええと、あ、あのや、っぱり、ちょ、ちょっと、な、なな、治してきます……！」

慌てたように席を立って、慌ただしく屋敷へと駆けていってしまった。

そんなに、慌てなくてもいいのに。

なんてことだ。

せっかくの、可愛いリアンとの午後のお茶会ができなくなってしまった……

言うんじゃなかった、と僕は大きく溜め息をついた。

＊　＊　＊

毎週水曜日の午後は、リアンは剣術の稽古をつけてもらっている。

学校を卒業したのだからもうその必要はないのでは、と言うと、いつ何時《なんどき》不測の事態が起こらないとも限りませんから、と返事が返ってきた。やめてしまうと身体もすぐに鈍《なま》ってきてしまうし、せっかく身につけた技術も忘れてしまうし、日々きちんと鍛錬《たんれん》していないといざという時に動けませんからね、とも。

よほどの用事でもない限りは、休まずに、今も変わらず続けている。

僕のリアンは、とても真面目さんだ。

そして自分の稽古のついでにと、側付きの護衛であるフラムも一緒に、稽古をつけさせているようだ。

腕を鈍らせないためと、その戦闘能力の向上のために、と。

確かに。

ここは戦うことなど滅多にない、気が抜けてくるような田舎地域だからといって腕を鈍らせてしまっては、もしもの時にすぐに動くことができないだろう。

うむ。確かに、その通りだ。

そんなもしもの時のことまで、きちんと考えているだなんて。

リアンは本当に、いろんなことによく気が回る、できた弟だと思う。


昼前だったけれどお腹も空いてきたのでランチにしようかと仕事を中断し、階下のダイニングルームに向かって階段を下りていると。

エントランスで、フラムとリアンが話をしているのが見えた。

フラムは、この辺りでは珍しい金色の髪をしているので、遠くからでもすぐに分かる。

その髪色だけでも相当に珍しいのに、瞳の色もこれまた珍しく、異国の血を引いているのが明らかに分かる——青。

あまり見ない、というか僕の知り合いの中にはひとりもいない、珍しすぎる色と、珍しすぎる色の組み合わせだ。

面接の際に聞いてはみたが、本人もどこの出身なのかは分からないらしい。誰も、親も教えてくれなかったと。

故に、はっきりとした出自は分からないが、僕の推測では、——どこか遠くの小さな島か、蛮族のいるような遠い僻地《へきち》から職を求めて大陸に流れてきた、貧しい移民の子供だったのではないだろうかと思われる。身体もやけに頑丈っぽいからな。

森の奥地で日々狩りをして暮らしているような民族だったのではないだろうか。

現にフラムは僕たちよりもしっかりとした身体つきをしていて、力もやたらと強く、そして腹立たしいことに……背も高い。

ただし、出自は不明だし、身分もないし、金も持っていないがな！

……なのだが、屋敷のメイドたちには、なぜか人気だ。

フラム様ってカッコいいですよね、お強いし、寡黙《かもく》で硬派な所も素敵、と屋敷のメイドたちが頬を染めて話をしているのをよく聞く。

まあ、確かに……ちゃらちゃらした軟派男でないのだけは、いいことだが。

そんな軽薄そうな男だったら、リアンの側付きになどたとえリアンが選んだ奴だったとしても、許してはいない。


しばらく見ていると、リアンが指を奴に突きつけて、真っ赤な顔をして、なにやら勢い込んで話し出した。なんだろうか。

どうやらリアンはなにか怒っている様子だ。もしかして、フラムがなにかやらかしたのだろうか？

対してフラムは、静かな表情で、それどころか時折微かに笑みを口元に浮かべながら、リアンの話に耳を傾けている。

確か、歳はリアンと同じだったと思うが、やたらと纏う雰囲気が落ち着いている。……なんか、イラっとしてくるな。

フラムがおもむろに革手袋を脱いで、リアンのシャツの襟首を広げるように差し込んだ。それから、顔を寄せて、項《うなじ》の辺りを覗き込み始めた。

奴の突然の行動にびっくりしたリアンが、顔を真っ赤にしたまま、フラムの胸にしがみついた。

おいこら、なにしてるんだ。

そしてなに普通に触ってるんだ、うらやましい！

笑みを浮かべたフラムが、リアンの耳元でなにかをしゃべった。

リアンがなにかを堪えるように肩を震わせ、目をそらした。

潤んだ薄氷色の瞳と、薄紅色に染まった肌が、とても、とてもそそる感じ——いや、やたらと艶っぽくて、思わず、ドキリとしてしまった。

いや、可愛い弟を観賞している場合ではない。

おそらく教養もなさそうなフラムがなにか粗相をして、リアンを怒らせでもしたのだろう。

主の肌に無遠慮に触れたことも、許し難きことだ。僕だって滅多に触れることなんてできないのにうらやま、いや、しっかりと言い聞かせておかねばならぬ。

僕は足早に階段を降りて、二人に近づいた。

「おい！　フラム！　リアンになにをしている！　離れろ！」

声を大にして問いただすと、フラムが顔を上げて、僕のほうを見返してきた。

「なにをしているかと聞いているんだ！　下流階級の分際で、僕のリアンに軽々しく触れるとは、なんたる無礼な。身のほどを知れ！」

リアンがびくりと跳ね、慌てた様子でこちらを振り返った。

「に、兄様！　あの、これは……ち、違うのです！　こ、これは、ええと、あの、その……そ、そうです！　む、虫！　虫に噛まれたところが、……」

「虫？」

「そ、そうです！　虫です！　虫！　虫に噛まれて……治ってるか、アルフレドに、あ、いや、ふ、フラムに、見てもらっていた、だけで……」

そういえば。先日、リアンの首の後ろや肩が赤くなっていたのを思い出した。

「……そうなのか？　フラム」

フラムは片眉を上げると、リアンを見下ろした。

「……そうみたいですね。リアン……様？」

下流階層の野蛮な出自の者らしく、上の者に敬称をつけることにまだ慣れていないのだろう。敬語と『様』の言い方が、どこか不自然で、とってつけたような印象を受けた。

赤い顔をしたリアンが眉間に皺を寄せ、フラムを半目の横目できつく睨んでから、僕のほうに向き直った。

「そうです！　わ、悪い虫が、ひどく噛んだのです！　悪い虫が！　痕を残すほど噛むなんて、まったくもってひどくて悪い奴です！　痛かったのです！」

「悪い虫か……！　なんと……そうか、そうだったのか……痛かったのか……可哀想に。――おい、フラム。ちゃんと、治っているのか？」

フラムに問うと、僕と目を合わせて笑みを浮かべた。

「……そうですね。見たところは。気になるようでしたら、念の為に、悪い虫、に噛まれたところを、もう一度重ねて治療しておきましょうか？」

「へ？」

「ああ、頼む」

フラムは頷くと、腰の提げ鞄から回復薬を取り出してパリンと割り、とろりとしたクリーム状になった薬を、リアンの首筋に塗った。大きな掌で広げるように。

「あ、」

リアンがびくりと震えて、フラムの胸にしがみついた。

おい。

さっきから、やたらとうらやましいんだが。僕なんて、リアンに抱きつかれたことなんて、もうかれこれ……この五年ほどないぞ。

長い指が白い肌の、項から耳の下まで、なぞるように薬を塗り込んでいく。そのたびに、リアンが艶っぽい声を、小さく漏らした。

項の下から上へ、上から下へ。

掌がゆっくりと、何度も往復する。

リアンが肌を更に赤く染めて、震えた。

「……やっ……ぁ、」

あまりの艶っぽい様子と漏らされた声に、思わず、ごくりと唾を飲み込んでしまった。

うおお僕の世界一愛らしい弟なのだから当然だけ

ど、ものすごく色っぽ、いや、危険すぎる!!

「……や……やめ、……やめろっつってんだろ、この馬鹿者っ!!」

「いてっ!」

突然、フラムが肩をすくめて呻《うめ》いた。

見ると、リアンがフラムの奴の右耳を引っ張っていた。

奴の長い腕が緩んだ瞬間、リアンは腕の中からするりと抜け出して、後ろへ大きく跳んで離れた。赤い顔で息を切らしながら。

そして腰にさげていた長剣を鞘《さや》から引き抜き、勢いよく、まるで宣戦布告でもするかのように剣先をフラムに向けた。

「こ、この野郎……っ! くそ! こ、今度、おま、お前も、同じことしてやるんだからな! 俺の痛みと、このいたたまれなさを味わえってんだこの馬鹿野郎め!」

眉間に目一杯皺を寄せ、怒りも露《あらわ》にそう言い捨てると、くるりと背を向け、裏庭に向かって駆け出した。

一瞬、リアンの言葉の内容がよく分からなかった。

どういうことだろうか。

思わずフラムを見上げると、奴は真っ赤になった右耳を痛そうに撫でていた。

僕の問いかける視線に気づいたのか、こちらに視線を向け、なぜだか嬉しそうな表情で、肩をすくめてみせた。

「……今のは、おそらく……悪い虫、に噛まれた痛みをお前も味わえ、ということかと」

それだけ言うと、フラムも裏庭の稽古場に向かって歩いていった。

ふむ。

どうやらリアンは、虫がとても苦手のようだな。

要するに、自分だけが虫に噛まれて、側にいるフラムが噛まれていないので腹が立った、といったところだろうか。

そんなことぐらいで、あんなに腹を立てるだなんて……まだまだ、リアンも子供っぽいところがあるのだな。

ふふ。可愛いじゃないか。

だが、さすがに、護衛に、虫からも守れというのは少々無理があるぞ。リアンよ。


よし、決めた。

今度、よく効く虫よけをプレゼントしてあげよう。きっと喜ぶだろう。もしかしたら、『ありがとう、兄様！　やっぱり一番頼りになるのは兄様です！』とかいって、頬を染めて抱きついてきてくれるかもしれない。

いい……すごくいい。

よし。そうと決まれば、至急、ローエンダールに一番よく効く虫よけを探してこさせなければ。

僕は近くにいた召使いを呼びよせ、ローエンダールを至急呼んでこい、と命じた。

＊　＊　＊

日曜日。

今日は、隣町の友人の家に招かれて、朝から外出していた。

友人の妹君の誕生パーティに呼ばれていたのだ。

まだ十歳だという友人の妹君も可愛らしかったが、その友人たちも実に可愛らしい娘ばかりだった。僕の弟には遠く及ばないが。

ロベルト様って素敵！　と皆、僕を囲んで頬を染めていた。うむ。そうだろうそうだろう。当たり前すぎることだがな。


パーティを終え、空が茜色になり始めた頃、屋敷に戻った。

馬車を降りるとちょうど、リアンの乗った馬車と護衛たちの乗る馬が三頭、門から屋敷の正面玄関に向かって入ってくるのが見えた。リアンたちも、帰ってきたようだ。

ローエンダールと数人の召使いが出迎える中、馬車が玄関前のポーチにゆっくりと停まった。

馬車の斜め後ろに馬を停めた護衛が、馬の背からひらりと飛び降りる。珍しい金髪の頭をしているから、フラムの奴だ。

フラムは馬車の横に立ち、扉を開け、中に向かって右手を大きく広げて差し向けた。

その手の上に白い手が乗り、手を引かれるまま、リアンがゆっくりと降りてきた。

うむ。

孤児だと聞いていたから礼儀の『れ』の字も知らぬ奴だろうと心配していたが、多少は、仕《つか》える主人に対する礼儀と態度というものが身についてきたようだ。

「リアン！　おかえり！」

「あ、兄様。ただいま戻りました。兄様も、今、お戻りだったのですか？」

「うむ。ちょうど今、帰り着いたところだよ」

「そうだったのですか。兄様も、おかえりなさい」

ふわり、と柔らかな笑みが返ってきた。

ああああ。本当に、本当に僕の弟は可愛いな。今すぐ抱き締めてしまいたい。

しまいたいが、隣で手を持ったままのフラムが非常に邪魔すぎる。なんでまだ僕のリアンの手を持っているんだ。

リアンは僕に一礼すると、フラムに向き直った。

「――アルフレド。ちょっと、部屋に寄ってくれるかい？　さっき話してた《大怪盗メローヌ・パン》の三巻目、読み終わったから貸すよ。な？　結構、面白そうだろう？」

「そうだな。トリックはちょっとありえない感じだけど、奇抜でびっくりするし、ものすげえ、やたらめったら派手な戦闘シーンが面白いな」

「だろだろ？　お前もそう言うと思った！　それで――」

楽しそうに話をしながら、僕の前を通り過ぎていった。

二人とも本好きらしく、ああしてよく、本の内容について話したり、おすすめの本の貸し借りをしているようだ。勉強家のリアンは図書館にもよく行くので、フラムも護衛として付いていったりしている。

しかし……奴はリアンがその能力を見込んで選んだ、信頼している側付きの護衛だとしても……ちょっと、仲がよすぎではないだろうか？

いや、別に、し、嫉妬《しっと》しているとか、そういうものではない。

そんなものではないが、あの金髪の野蛮人め、口調も下賤な地が出てしまっているのかやけに馴《な》れ馴《な》れしいし、というかそんなにひっついて歩かなくてもいいのではないだろうかこの野郎うらやまし――いや、だから別に、嫉妬しているわけではない。

僕はご婦人たちが評するように、常にクールで、すたいりっしゅなのだ。

クールに、クールに……ぐぬぬぬ。


ふと、フラムの襟元の奥、首の後ろ辺りに、赤いものが見えた。

む？　あれは……


「おい、フラム」

呼び止めると、フラムが振り返った。

「お前も、とうとう虫に噛まれたのか？　首の後ろが赤くなってるぞ」

村の北西部は、噛む虫が多いのだろうか？

嫌すぎるな。あまり行かないようにしよう。まあ、僕が行くことなどないだろうが。行く必要があっても、代理を行かせるようにしよう。そうしよう。

虫に噛まれるなど嫌だ。刺されたくもない。僕もリアンほどではないが、虫は嫌いだ。


フラムが首の後ろを撫でてから、青い目をなぜか嬉しそうに細めた。

「……ああ。これですか。そうですね……噛まれました。残念ながら薄すぎて、あまり痕が残らな――」

「馬鹿あああ！　な、なななに言ってんだこの野郎!?　やっぱり治そうそれ消そう今すぐ消そう！」

リアンがどうしてだか突然叫び出し、顔を真っ赤にしてフラムにしがみついた。

「なんでだ。俺は別に、このままでも構わない」

「構えよ！　ちくしょう、平然としやがって、なんで俺のほうが……うう……はや、早く、ついてこい！」

赤い顔のリアンが、フラムの腕を掴んで引っ張った。

「し、失礼します！　兄様！」

「え？　ま、待ちなさい、リアン、そんなこと、お前がわざわざしなくとも」

護衛の治療など、主人がすることではない。

しかも、あろうことか手ずからなど。

護衛の怪我など、主は気にせずともいいのだ。主の身代わりとなって怪我を負うのも、護衛の役目なのだから。

そう、主の身代わりとなって虫に噛まれるのも。それも仕事のうちだ。


フラムが僕をちらりと見てから、リアンの手の上に重ねるように手を置いて、ゆっくりした口調で主の名を呼んだ。

まるで、話して聞かせるように。

「――落ち着いて下さい。治療は後で、自分でしますので。そのようなことは、主であるリアン様が、されるべきことではありませんよ」

よしよし。

それでいいのだ。

なんだ。ちゃんと奴も分かっているではないか。自分の立場と身分というものを。

まったくもって、許し難いが……どうも、フラムの奴は、僕の可愛いリアンに……よからぬ想いを抱いているような感じがするからな。

僕の勘だが。

僕のリアンは、とても魅力的だからな！

僕のリアンに懸想するなんて、ムカッとするし、イラっともするが、仕方のないことでもある。なんといっても、僕の弟は、可愛くて、可憐で、魅力的だからな。大事なので二度言った。三度、いや四度言っても足りない。

最下流階級の分際で僕のリアンに図々しくも懸想するなど本来なら許されないことであるが、忌々しいことにフラムの奴は、この辺りでは一番腕の立つ奴でもある。

それに、不届きな想いを抱いているというのなら……自らの命をかけてでも、主であるリアンを守ろうとするだろう。

リアンをとても大事にしているということは、ともに付いていかせている護衛からも、報告を受けている。

身分の差というものを弁《わきま》え、分不相応の想いだと分かっているのなら……まあ、このまま、側付きとしているることを、許してやってもいい。


リアンが、はっとしたように少し目を開いてから、僕を振り返り、フラムを見上げた。

それから俯《うつむ》いて、僅かに表情を曇らせた。

「……部屋へお伺いいたしましょう、リアン様。おすすめの本を、お貸し下さるんでしょう？」

　フラムがリアンの背中に手を置いて、屈《かが》んで、顔を覗き込んだ。

　リアンは奴に、小さく、こくりと頷いて。促されるまま、歩き出した。


　……僕のリアンは、あまりにも優しすぎるところがあるのが、いいところでもあり、困ったところでもある。


　階段を上がっていく背を見送りながら、僕は、ディナーがまだだったのを思い出した。リアンも今帰ってきたのなら、きっとまだだろう。

「そうだ、リアン！　ディナーはまだだろう？　僕はこれから食べようかと思ってるんだけど、一緒に食べないかい？」

「……今日は、もう休みます」

　うむむ……今日はもう、休んでしまうようだ。

　仕事の疲れもあるだろうが、リアンは少しばかり、食が細いところがある。でも無理に食べるのは逆に身体に悪いのだとローエンダールが言っていたし、休みたいというのなら、早く休ませてあげるのが最善だろう。

　だが、一緒にディナーを食べられないのは、とても残念だ……

「そうかい……おやすみ、リアン」

「はい、おやすみなさい、兄様」

　リアンは僕にそう返事を返すと、フラムと一緒に階段を上がっていった。


　食事を終えて。

　自室に戻る途中、渡り廊下の窓からなんとはなしに外へ目を向けてみると。太陽は山の端に姿を消し、空はもう薄紫色になっていた。

　玄関前のポーチには、大きな黒毛の馬が一頭、のんびりとした様子でじっとしていた。

　そのやたらと大きな馬の側で、フラムとリアンが向かい合って、なにやら話をしているようだった。

　淡い灯りが照らす下、柔らかい生地のシャツに、柔らかい薄紫のカーディガンをラフに羽織り、ふわりと笑みを浮かべながら話をしている姿は、我が弟ながら本当に真実、これ以上はないほどに可愛いと思う。

その笑顔を向けている相手が……僕ではなくフラムだというのが、非常に気に入らないところではあるが。

風が吹いて、庭の木々の葉が舞った。

玄関まで葉が吹き込んできたのか、リアンが笑いながら白い手を伸ばして、フラムの髪についた葉を取ってやっていた。

それを見たフラムが目を細めて笑みを浮かべ、同じようにリアンの髪についた葉を取って払い、風で乱れた銀色の髪を梳《す》いて、耳にかけた。

フラムが屈み、リアンの耳元でなにかを囁いた。

奴がなにか、面白いことでも言ったのだろうか。

耳を傾けていたリアンが穏やかな、それでいて楽しそうな笑みを浮かべ、くすくすと笑い出した。ほんのりと、頬を染めて。

それから、ゆっくりとフラムを見上げて——

「——ロベルト様」

「うおう!?」

いきなり肩を叩かれて、僕は跳び上がった。

振り返ると、ローエンダールがいつもの読めない完璧スマイルを浮かべて立っていた。

「な、なんだローエンダールか……。びっくりさせてくれるなよ」

「それは大変失礼いたしました。旦那様が、明日の報告会の最終打ち合わせをしておきたいそうですので、お呼びに参った次第です」

「えええ〜！」

なんてことだ。

今日は僕の休息日だというのに、もう仕事の話か！はっきり言って、面倒くさい！

「そんなもの、明日でもいいではないか！」

「なにをおっしゃいますか。明日の朝には王都へ出立せねばなりませんから、明日打ち合わせなどできませんよ」

「ええ〜……」

「——あ、ローエンダール！……と、兄様」

玄関ポーチから戻ってきたリアンが、僕と、休日はまだ終わっていないというのにもう仕事をさせようとしている非情な執事に気づいて、立ち止まり、声を掛けてきた。

「ああ！　リアン〜！　聞いてくれよ〜！　ローエンダールが、今から打ち合わせするっていうんだよ〜！」

「私ではなく、お父上様が、です。物事は、何事も正しくお伝えして下さいませ」

「そうなのですか。それは、ご苦労様です。お仕事頑張って下さいね。——おやすみなさい、ローエンダール、と兄様」

「はい。ごゆっくりお休み下さいませ、リアン様。——ああ、お待ちを。リアン様は、まだご夕食を召し上がっておりませんでしょう。お茶と軽いお夜食を、お部屋へお持ちいたしましょうか？」

「あ……。そうだなあ……うん。お昼をたくさん食べたから、そんなにお腹は減ってはないんだけれど……少しだけ、食べておこうかな。お願いできるかい？」

「はい」

「じゃあ、お願いするよ。ありがとう、ローエンダール」

「いえいえ。ではすぐにご用意いたしますので、お部屋でお待ち下さいませ」

ローエンダールが目尻に皺を寄せて微笑み、白い手袋に包まれた手を胸に置き、優雅に一礼をした。

リアンも笑みを浮かべて頷き、手を振って、僕の前を通り過ぎていった。

「り、リアン〜！　待っておくれ、僕も、一緒にお茶を……！」

「なにをおっしゃっているのですか、ロベルト様」

ローエンダールが、僕の肩を、がしりと摑んできた。

「ロベルト様は、これから旦那様と打ち合わせですよ。さあ、行きましょう。旦那様がお待ちです」

老人のくせにすごい力で肩を摑まれていて、どうやっても、その場から動くことができなかった。やたらと力が強いのだ、この執事は。

そうこうしているうちに、気づいたら淡い紫色のカーディガンを羽織った妖精は、いつの間にか、階段の踊り場まで行ってしまっていた。

可憐な背が遠ざかっていく。

「あああ……」

僕だって……僕だって、リアンと楽しくお話ししたいのに……！

フラムばかり、ずるい！　ずるすぎるではないか！

そりゃ奴は側付きの護衛なのだから、必然的に主と一緒にいる時間が長くなるのは、仕方ないとは思うんだけれども！

どうして、同じ屋敷に一緒に住んでいる、兄でもある僕のほうが、リアンと一緒にいる時間が少ないんだ！　ていうか、少なすぎるだろう！　ありえない！

部屋に入れてもらったことなんて、滅多に、というか、ここ数年ないというのに！

なんでだ！

「世の中、おかしいと思わないか、ローエンダール！　不公平だ！　なんでフラムの奴ばっかりが、」

「ロベルト様」

主張しかけると、執事が微笑みを浮かべながら、ゆっくりとした口調で話し出した。

「どうぞ、落ち着いて下さいませ。世の中は、公平に、平等にできておりますよ。最後には帳尻が合うようになっているのでございます。それが、世の理《ことわり》でもあるのです」

「え……そ、そうなのか……？」

「はい。左様《さよう》でございます。様々な書物にも書かれております通り、女神様の下、生きとし生けるものたちは皆等しく平等になるようにと、定められているのです」

「平等に……」

「そうでございます。そして、それ相応の対価も、等しく平等に、与えられるのです。ですから――貴方様が頑張られましたならば、きっと……」

ローエンダールが微笑んだ。

「頑張れば……」

それ相応の、対価を……もらえる……？

「はい。天は必ず、ロベルト様の頑張りをご覧になっていらっしゃいます。そして、きっと、お応えして下さることでしょう」

「応えて……」

「はい。必ずや」

そう、か……

ローエンダールは嘘は言わない奴なので、まあ、それは、信じてもいい気はする。

ということは。

未来のどこかでは、リアンとまた、お風呂に入れたりするってことか……!?

一緒に仲良く、洗い合いっこできるのか!

兄弟水入らず、ありのままの姿で……『兄様、僕も、兄様を洗ってさしあげたい……』なんて、頬を染めて恥じらいながら、言ってきたりなんかしちゃったりして──

……いい。

すごく、いい。

「──リアン様も、ロベルト様には期待しておられます。ロベルト様の頑張っておられるお姿をご覧になれば、さぞやお心を打たれることでしょう……」

ローエンダールが、僕の耳元近くで、そんなことを言った。

心を、打たれる……リアンが……

「お分かりに、なっていただけましたでしょうか?」

僕は、大きく頷いた。何度も。

それは、とても、すごく……いい。

「お分かりになっていただけましたか。嬉しゅうございます。さすがは、ロベルト様でございます。とてもご賢明、且《か》つ、ご聡明でいらっしゃいまして、素晴らしゅうございます」

褒められた。ものすごく。

まあ……褒められれば、悪い気はしない。

僕が素晴らしいのは、当然のことだけれどな!

「──では、ロベルト様。お急ぎ下さいませ」

老執事が微笑み、優雅な仕草で僕を促した。

「うむ。分かった!」

ならば、頑張らねばなるまい。

一緒にお風呂──いや、未来のために!

僕はもう一度大きく頷き返してから、来たるべき素晴らしき日々を思い描きながら、一歩踏み出した。

32話　村に珍しく雪が降った日　前編

道には枯れ葉が降り積もり、随分と寒そうな見た目になってしまった木々が、所在なく立ち尽くし始めた頃。

村の西側、その北部から南部までを繋ぐように張り巡らせた柵が。

魔物の襲撃から村を護る、触れた魔物に雷撃をお見舞いする攻撃的な鉄線を纏った防衛の柵、その名も《電撃バリバリ鉄線君》が。

設置完了した!!

やったあああああああ!!

俺はやった。
やり遂げたのだ。
設置計画としては、自分で言うのもなんだけれども、これ以上はないほどに上手くいったと思う。

村の西側ラインを北、北北西、北西、西北西、西、西南西、南西、南南西、南と八つのエリアに分割し、区画に必要な資材をこつこつと作り溜めては、少しずつ、少しずつ設置しに行って。

計画の八番目。最終エリアでもあるここの区画──《南エリア》が今、ここに。

作業の全てを終えた。

今までの苦労が、脳裏を走馬灯《そうまとう》のように流れていく。

南部は高い山に囲まれていて隆起も激しく、平地の少ない区画だったから、それはもう大変だった。

車輪が外れるほど足場の悪い場所も多々あり、荷馬車が思うように進まず、設置場所まで資材の運び込みにてこずった日もあったが……ありがたいことに、気のいい村の人たちが運ぶのを手伝ってくれたりして、とても助かった。

そんなこんなでいろいろ苦難はあったが、どうにかこうにか、しかも予定よりも早く、設置完了することができたのだ。

俺は柵の側に立って見上げ、南の行き止まりでもある岩壁の、柵の終着点から北へと続いていく柵を見渡してみた。

　柵に使われているのは、ジャイド兄弟のところで仕入れた、村で一番硬い木材を伐り出して加工した杭《くい》と、スネイのところで作ってもらった、しなやかなのに切れにくい、丈夫な鉄線だ。

　出来上がった柵は黄金色に輝く夕日を浴びながら、とても頼もしく、そして自信あり気に胸を張っているかのように、規則正しく組み合わさりながらはるか遠くまで続いている。

　しかし、俺の身長よりも高くて、チェダーさんの太股よりも太い杭を打ち込んでいくのは、なかなかに大変な作業だった。

　足場を組みつつ、歪まないように傾斜を確認しながら少しずつ、正確に、垂直に打ち込んでは、次の場所へと移っていく。斜めになってたら、自分の重さで倒れていってしまうからな。ここは絶対に手を抜いてはいけないところなのだ。

　けれど、その努力と苦労は決して無駄にはならない。

　地盤に深く突き刺さり、整然と立ち並ぶ杭は、あの日までしっかりと立ち続け、必ず魔物から村を守ってくれるはずだ。

　この杭に使われている木材は、ジャイド兄弟が自信満々に勧めてくれた通りにとても硬くて、アルフレドの馬鹿力ハンマーでぶっ叩いても欠けないぐらいの硬さと強度を持っている。

　高価な木材だろうに、それを友人価格で提供してくれたのだ。感謝してもし切れない。

　そして、上から順に下まで五本、等間隔に張り巡らされた太めの鉄線。その間には、隙間を埋めるように棘《とげ》付きの細い鉄線が網の目のように絡められている。

　スネイの工場で作ってもらったそれらには、一見しただけでは分からないが、職人の技の粋が結集している。

　耐久テストも兼ねて何度も強い電流を流してみても、焦げることもなかった。

　岩をぶつけても破れず、はじき返すほどだ。

　柵の素晴らしい出来栄えに、俺は満足と感嘆の息をついた。

　柵作りを通して分かったことだが、ルエイス村の人々は非常にのんびりまったりゆったりしているが、手先が器用で真面目な人が多い。そして物作りに対して、とても真摯《しんし》で丁寧だ。

そんな村人たちの、職人技と作業の丁寧さと実直さが、光りに光りまくる柵なのだ。

これならきっと十二分に、いやそれ以上に、その役目を果たしてくれることだろう。


柵から少し離れた場所に目を移してみると、数人の男女がこちらを向いて大きく手を振ってくれた。

つなぎを着た気のいいおっさんたちと兄さんたちは、俺が雇った作業員たちだ。それぞれかなり個性が強いが腕は立つ。七人揃うと祖父さんが好きで観てた映画『荒れ野の七人』みたいで面白、いや非常に頼もしい。

その隣にいる男たちは、手伝いに来てくれた近場の村人たち。更にその隣には、遊びに、いや差し入れと敷き布を持参して応援に駆けつけたじいちゃんばあちゃんたちとチビたちもいる。

皆が作業の完了と柵の設置完了を喜び、跳び上がったり、抱き合ったり、手や背中を叩き合ったりして、子供みたいにはしゃいでいた。


「できたな。柵が」

隣に立ったアルフレドが杭打ち用のハンマーを地面にどすりと突き立てながら、笑みを浮かべた。俺も笑みを浮かべ返しながら、頷いた。

硬い地盤に杭を打つ時は、そのほとんどをアルフレドがやってくれた。

アルフレドの人並み外れた馬鹿力がなかったら、こんなに計画通りには進まなかったと思う。いや、予定の期日内にできたかどうかも怪しいくらいだ。

「うん。できた。ようやく……ようやくだ。よかった……。アルフレドも、最後まで付き合ってくれて、ありがとう。お前がいなかったら、今日の完成はなかったよ」

アルフレドが嬉しそうに目を細めて、それからおかしそうに笑った。

「お前がそんなに褒めるなんてな。珍しいこともあるもんだ」

「ああ!?　なんだと！」

どういう意味だこの野郎。人がせっかく褒めてやったというのに。

胸を拳で叩いても、まだ笑っている。

あんまりにも楽しそうに笑っているので、なんだか怒る気も失せてしまい、それどころか、不思議と俺のほうまで楽しい気分になってきて、釣られて笑ってしまった。

ひとしきり笑い合った後、アルフレドが俺の顔を覗き込んできた。

「リアン。柵の設置は今日終わったけど、明日はどうする？」

「明日は……」

明日は日曜だ。

仕事日は、一日残っているけれど――

「……明日は、さすがに休みにするよ。皆も、お前も疲れただろう。僕も、さすがに疲れた。それで来週は」

柵の向こう側を、目を細めて遠くまで眺めてみた。

柵の向こう側には《警報君》だけではく、《警報反撃君》も同時進行で設置ずみだが、しかしこれで満足していてはいけない。

念には念を入れすぎてもまだ足りないぐらいの気持ちでいかねばならない。それぐらいでちょうどいいのだ。俺の持論だけど。

《警報君》たちが地面や木々に隠れているトラップエリアが、第一次防衛ライン。

そしてこの柵は、第二次防衛ラインだ。

第三次防衛ラインの準備は、ほぼ完了している。あとは仕上げと設置を残すのみだ。

それが終わったら、時間が許す限りひたすら防衛ラインを増設していったり、強化したりしていくつもりだ。

西エリアを重点的に。

「谷や、獣道のある辺り……それと、村のあちこちにある柵を利用して、できるだけたくさんの魔物除けや撃退装置を設置していこうと思ってるんだ。避難場所の設備の強化も、避難経路の整備も、できればもっとしておきたい」

今後の予定についてざっくりと説明すると、聞いていたアルフレドが眉根を下げ、少し呆れた様子で息を吐いた。

「お前な……。この柵を突破してくる魔物なんて、そうはいないと思うぞ」

「うっ……」

俺は言葉に詰まった。

確かに……普通なら、そうだろうけれど。あの日にやってくる魔物の数は……普通ではないのだ。

「……それは……そう、だけれど……」

「だろう？　なのに、そこまでして。――お前は一体、なにと戦おうとしてるんだ？」

いきなり飛んできた鋭い指摘に、心臓がどくりと跳ねた。

まずいと思って、俺はできるだけ平静を装って、いつもの笑みを作って、浮かべてみせた。

「……な、なにって」

俺は気づかれないように息を吸い込み、飛び跳ねそうになる心臓をどうにか静めてから。ゆっくりと、隣の奴を振り仰いだ。

アルフレドは静かな青空色の瞳で俺を見ていた。

だから俺も、静かに見返せた。

ふいに頭に浮かんできた言葉を、それが一番相応《ふさわ》しいような気がして、ほぼ無意識に近い感じで口に乗せた。

「……――《運命》」

己の口から飛び出たあまりに気障《きざ》な言葉に、俺は瞬間、赤面しそうになった。

間違いではないが、口に出すにはちょっと恥ずかしすぎた。ああ。言うんじゃなかった。

なんてな、と最後に冗談めかして一言付け加えてみる。アルフレドが一度だけ片眉を上げ、それから、しょうがないなというような感じで笑みを浮かべた。

「……ふーん。まあ、いいけどな。……お前の思うように、好きなようにしたらいい」

どうやら……聞かないでいてくれるみたいだ。俺は内心、胸を撫で下ろした。

「……ありがとう、アルフレド」

アルフレドが肩をすくめてから、俺の頭をかき回してきた。

おい。くしゃくしゃになるじゃないかこの野郎。ただでさえ微妙な癖毛で、くしゃくしゃになりやすいのに！

「さて。ちゃっちゃと片づけて、さっさと農園に戻ろう。ご馳走と、飲み放題の酒が待ってるからな」

俺はまだ頭に乗っている失礼極まりない奴の大きな手を払いのけて、反省を促すために横目で睨んで威嚇《いかく》してから、作業員たちがいるほうを向いた。

俺は喜び合っている皆に向かって、注意を引くために、大きく手を叩いた。

音に気を引かれて、皆が俺に注目する。

それを確認して、俺は口を開いた。

「皆！　お疲れ様！　それから、ありがとう！　お手伝いの人たちも、ありがとうございました！　皆さんのお陰で、予定通りに作業が完了し、今ここに、魔物除けの柵が完成しました！」

おう、と嬉しそうな声が返ってきた。

「これで、飢えた魔物や獣が村に下りてきて、人を襲ったり、畑を荒らすことはなくなるでしょう！」

同意の声と、歓声が上がった。

「頑張って下さった皆さんのために、ささやかですが、ボルドー果樹園で、飲み頃のワインと美味しいご馳走を用意してもらっています！　泊まる部屋も用意していただいていますから、今晩はしっかり飲んで食べて、ゆっくり休んで帰って下さい。それから、作業員の方々は——明日は、お休みにします。でも作業はまだまだ残っていますので、来週からまた、よろしくお願いします！　頼りにしています！」

さっきよりもひときわ大きな、嬉しそうな歓声が上がった。

皆とてもいい笑顔をして、手を叩いたり、飛び跳ねたりしている。作業員たちからは、任せて下さいよリアン様、という台詞が聞こえてきた。頼もしくも胸を叩きながら。チビたちがそれを真似しては、楽しそうに飛び跳ねて笑い合っている。

それを見て俺も笑いながら、大きく頷いた。

順調に行けば今日中に柵が完成するだろうことは予測がついていたので、朝のうちに、果樹園の主人に頼んでおいたのだ。

祖父さんもよく俺に言ってたように、終わりよければ全てよし、だ。次の仕事に取りかかる前には、前の仕事の仕舞いはきちんとしておかねば。それに、皆には今まで頑張ってくれたお礼もしたかった。

屋敷の厨房のシェフからもらってきた肉や食材、それから支度資金も、果樹園の主人に渡してある。腕によりをかけますよ、年代物のワインもじゃんじゃん出しますからね、楽しみにしてて下さい、と言ってくれていたから、俺も楽しみにしている。

片づけを終えてから、各自でボルドー農園に向かってもらうことにして、一旦解散とした。

ボルドー農園は、ここから丘一つ越えた先にある。馬車で十分ほど走れば現場に着くから、南エリアの拠点にさせてもらっていた。ボルドー農園は住み込みの従業員も含めて三十人以上の大所帯だ。そのため、住居を増設したりしているから部屋数も多く、ちょっとした民宿みたいな家なのである。

そして作られるワインも、甘味がほどよくあって、香りも華やかで、とても美味しい。あのローエンダールをしてワインはボルドー農園ワインが一番ですね、と言わしめるぐらいに。

それぞれが満面の笑顔で俺に手を振っては、馬に乗ったり馬車の荷台に乗り込んでいく。俺も笑顔で手を振り返して、彼らを見送った。

全員を見送り終えて、息をつく。吐き出した息が少しだけ白くなった。

枯れ葉を乗せた風が薄手のコートの裾をはためかせ、頬と首元もかすめていって、思わず俺は身をすくめた。だいぶ寒くなってきた。そろそろコートを厚手のものにしたほうがいいかもしれない。あと、毛糸のマフラーと手袋と帽子も用意しないと。

無意識に腕を擦っていると、アルフレドが側に立って、肩を覆うように抱いてくれた。

「……寒くなってきたな」

「うん。もうすぐ……冬が来るからね」

早かったような、長かったような、なんとも言えない不思議な感覚だ。

もう少しで冬がやってくる。

……五年目の冬が。

俺は目を閉じた。

胸が少しだけ痛んだ気がしたけど、気づかない振りをした。

あの物語を、この世界がどうにか辿っているというのなら。比較的気候の温暖な地域にあるこの村に、珍しくも十数年ぶりに雪が降った日に。

あの少女が現れるはずだ。

……アルフレドと同じ、晴れた日の小麦畑のような金色の髪に、青空色の瞳の心優しき少女が。


「……リアン？」

高めの体温の腕の中は、とてもあたたかい。気が抜けてしまうほどに、ずっとここにいたくなってしまうぐらいにあたたかくて。ほんの少しだけ、泣きたくなってしまった。


少女と出会った時。アルフレドはどう思い、どうなるのか。

それは俺にも分からない。

俺に分かっているのは、心は自由で、そして……誰にも縛れないということだけ。

変わらず願っていることは、どうか悲しい思いをしないで欲しいということ。

ずっと、さっきみたいに穏やかに、笑っていて欲しいと思う。

だって、アルフレドは幼い頃から俺が手を引いて、教えて、見守って、育ててきた養い子みたいなものでもあるのだ。

それから、どんな時でも俺の側にいてくれた、いてくれると言ってくれた、心許せる友人で。

そして……こんなにも弱くて、情けなくて、嘘つきで、どうしようもない俺を……それでもいいと、愛してくれた人。

だから。もし、もしもお前が、……《聖女様》と、恋に落ちても。

それでお前が幸せになってくれて、寂しくなくなるのなら。俺は、それでいい。

俺なんかのせいで、目の前にある幸せを諦めないで欲しい。どうか、苦しまないで欲しい。

だってお前は、俺が一番、幸せになって欲しい人だから。

それだけは、この先どうなっても、なにがあったとしても、変わることはない。


俺は目を開いて、アルフレドを見上げた。

青空色の瞳が、不思議そうに見下ろしている。俺の一番好きな、澄んだ青空の色。

「……なんでもないよ、アルフレド。僕たちも、早く行こう。あの様子だと、あっという間に食べ尽くされてしまいそうだ」

立ち尽くしている青年の大きな手を摑んで、引いてみた。幼子の手を引くように。シュリオの待つ馬車に向かって。

そうしていると、なんだか無性に昔のことが思い出されて、懐かしく、そして少しだけ嬉しくなった。

アルフレドがなにか言いたそうな顔をして口を開きかけたが、閉じて。

溜め息を一つ、ついてから。

俺に手を引かれるままに、ゆっくりと歩き出した。


その日の夜は、ボルドー農園から聞こえてくる賑《にぎ》やかな笑い声と歌声に引かれて、近所の村人たちまでやってきて、賑やかすぎるどんちゃん騒ぎは、夜半近くまで続いた。

際限なく振る舞われる林檎酒に、飲みすぎた奴らが床にぶっ倒れたり転がったりしていびきをかき始めた頃。

完成祝いも兼ねた慰労会は、自然とお開きとなった。歩ける酔っ払いが、動けない酔っ払いを担いでは去っていき、ひとり、またひとりと退場していって。

俺とアルフレドも、用意された部屋へと戻ることにした。

農園の主人が気を遣ってくれたようで、俺と、側付きの護衛でもあるアルフレドには隣同士の部屋を用意してくれていた。しかも風呂とトイレまでついている、一番いい客室を。

他の皆は大部屋で、敷布団は藁《わら》と布を敷き詰めて作られているらしい。荒れ野の、いや作業員七人組が、ふかふかして藁のいい匂いもして、これが結構気持ちいいんですぜ、ベッドから落ちる心配もないしな、転がり放題だ、とワイルドに笑いながら言っていた。それはすごく楽しそうだ。

風呂は大部屋にはなく、一階の共同風呂を使うと言っていた。大きな風呂で、子供なら泳げるぐらいらしい。それはそれでまた、銭湯みたいで面白そうである。


ひと仕事終えた皆が楽しそうにふざけ合いながら風呂場に向かう姿を見送っていた俺は、アルフレドに、一緒に共同風呂に行ってみないかと提案してみたのだが……お前はだめだ部屋の使え、とものすごい勢いで却下された。

なんでだ。いいじゃねえかよ。それぐらい！

俺だって、皆でわいわい騒ぎながら、できれば大きい風呂にゆったりつかってみたい！　だってひとり用の西洋式のバスタブは、肩まで湯につかるためには寝そべる感じにならないといけないのだ。肩までつかれないことはないが、微妙なのだ。

なのに元喧嘩番長が、絶対行くなよ分かったなと、問答無用の力業で俺を部屋に押し込めてきやがったから、俺は仕方なく、ひとり用の風呂を使う他なかった。

なので次にまた、こういう機会があった時には今度こそ銭湯、いや、共同風呂に行ってみようと思う。


俺とアルフレドは宴会場を後にして、二階に上がり、それぞれあてがわれた客室に入った。

風呂は食事の前に入っていたので、俺は持ってきた綿の寝間着に着替え、カーディガンを羽織って、スリッパを履いた。

ベッドサイドのテーブルの上には、親切にも、水の入った瓶と果実水の瓶と、ワインまで用意して置いてくれていた。

俺はありがたくワインの瓶を一本、片手に持って、隣の部屋に突撃すべく部屋を出た。

これが飲まずにやってられるか、だ。


扉の前に立ち、大きく深呼吸してから。扉を強めに叩いた。

五度目にようやく扉が開いて、上着を脱いでシャツとズボンだけのラフな姿になった、同じく裸足の金髪頭が、少しびっくりした顔をしながら現れた。

俺と同じく裸足だが、奴は地べたに素足だ。いつものことだから驚きはしないけど。それで寒くないのか。

「リアン？　どうした？」

「どうしたもこうしたもない！　アルフレド！　ほら、飲むぞ！　宴会場では、あんまり飲めなかったからな！　付き合え！」

この世界には、未成年飲酒禁止、という法律はない。二十歳前でも飲めれば飲ませてくれる。それに関しては、ものすごくいい世界だと思う。まあ……十七歳で酒を飲むのはちょっと気が咎《とが》めないでもないが。

俺を招き入れて扉を閉めながら、アルフレドが呆れたように肩をすくめた。

「お前な……十分、飲んでたような気がするが。ていうか、酔っ払ってるだろ」

「なにをいっている！　おれは、まだ、よっぱらってなんて、ない！　おまえこそ、なにへーゼンとしてやがるんだこのヤロー！　少しはぐでんぐでんによっぱらってるとこ見せろやこのヤロー！」

確か俺と同じぐらい、いやそれ以上に飲んでたはずなのに、顔色一つ変わってないとはどういうことだ。

テーブルの上に置いてあったマグカップを摑んで、持ってきたワインのコルクを指ではじき飛ばし、溢れる手前までワインを注いでから、金髪頭の顔に向かって突き出した。

「のめ！」

仕方なさそうにマグカップを受け取ったアルフレドは、半分以上を一気に飲み、テーブルに置いた。

……ガキのくせに、イイ飲みっぷりだ。

ちくしょう。俺にはできないってのに！　いや、できる。できるはずだ。こいつにできて、俺にできないはずがない。

奴のマグカップを手に取り、減った分のワインを注ぎ足して、俺も飲もうと口元へ運んでいる途中で横から奪われた。しかもワインの瓶まで。

「なにをする！」

「……お前は、もう飲むのやめとけ。飲みすぎだ」

「のみすぎてなんかない、と、いってる！　だから、かえせ！」

奪い返そうとすると、あろうことか壁際のクローゼットの上に、瓶とマグカップを置きやがった。俺の手が、届かない場所に。

それからアルフレドは俺の腕を引っ張って、ベッドの上掛けを捲り、引き倒してきた。

「ほら、もう寝ろ」

「いやだ！　まだおきてる！」

抵抗する俺をものともせずに壁際へと追い込むようにベッドへ押し込み、アルフレドも隣に入ってきた。

俺は両腕を突っ張って、その肩を力一杯押し返した。

「なんだ？」

思っていたほどの抵抗はなく、むしろ拍子抜けするほどあっさりと金髪頭は仰向けに倒れた。

俺は憮然《ぶぜん》とした。聞き分けのないチビたちを見守る時みたいな視線を向けられている。困った弟分の面倒を見る兄、みたいな風情で。……生意気だ。俺はお前より年上で、お前は年下のくせに。中身はだけどな！

俺は奴の腹の上に乗り上げて座り、上体を屈めて、唇に、キスをした。

珍しくアルフレドが驚いたように、目を見開いた。

唇を離しても、まだ目を大きく開いている。

俺は奴の腹に馬乗りになったまま、シャツのボタンを外し始めた。

「り、リアン？」

今もなお目を見開いている。ちょっと驚きすぎだろこの野郎。俺は少しムッとして、睨み返した。

「……なんだ。お前、さんざん、今まで、俺に、夜ばいをかけてきやがったじゃないか。だから、俺がしたって、いいはずだ」

「夜ばい、って……」

泊まりがけで出掛けた時は、ほぼ毎回と言っていいほど押し倒してきやがったのだ。こいつは。

自重しない宣言はマジだった。

いや、少しは明日のことも考えて手加減してくれと、途中で俺は恥も外聞もなく泣いてお願いしたこともある。だから俺は一般市民の体力だと何度も言った。

それ以外には……チェダー牧場へ遊びに行った時とか……俺の部屋、とかも何度かあった。

触りたい、と熱っぽく言ってこられたら……どうにも、断り切れなかった俺も、少しは、悪いとは思うけれども。

状況的にどうにもだめな時とかは、急所の耳や鼻を攻撃したり、弁慶の泣き所へ渾身の蹴りを入れたり、顎に頭突きをお見舞いしたりして、止めたけど。

もう、数え切れないぐらいに、抱かれて。……未知の扉はフルオープンにされてしまったじゃねえかこの野郎。どうしてくれる。

まあ、俺も……アルフレドに触られるのは……嫌いじゃなくて、どっちかというと安心するし、あったかいし、睡眠導入剤的な薬草飲まなくても、ぐっすり眠れるし……抵抗し切れてないのも、あるにはあるけれども。

俺、マジで、綺麗なお姉さんが好きな、一般的な性的指向だったのにな……あの頃の純真な俺が、今の俺を知ったら、きっと卒倒して錯乱して熱を出すだろう。絶対に。賭けてもいい。

こんな、こんな身体にしやがって。

俺の身体は、今ではすっかりお前に触れられるのに慣れて、慣らされてしまって、そういう感じに触れられると俺の意思に反して、力が抜けてしまうようになってしまったじゃないか。どうしてくれる。

まあ、それは俺も望んだことだったから……もう、いいけど。

慣らされはしたが、こっちから仕掛けるのは、実は……今日が初めてだったりする。

だからアルフレドも、すごく驚いているのだろう。

そして情けないことに、押し倒したまではいいが……自分の手はものすごく震えていて、まだ相手の三番目のボタンを外せずにいる。カシカシ、と爪だけが滑って、どうにもボタンが摑めない。いや、マジで、これは情けなさすぎだろう、俺。

アルフレドが小さく息を吐いて、俺の手の上に、大きな手をかぶせるように乗せてきた。

「リアン？　どうした？」

「ど、どうも、しない！　なんだよ！　もう……お、俺を、だっ、だき、抱きたく、ないのか」

少し嚙んでしまった。情けなさに泣きたくなる。自分で言っておいて、自分で動揺してたらどうにも格好がつかない。

「……そりゃ、許してもらえるなら、毎日でも抱きたいけど」

ぼそりと呟かれて、腕を強く引かれた。

「うわっ」

あっという間に、俺は大きな身体の下に引き込まれた。いつものように、見下ろされる体勢になる。

まあ、こちらから仕掛けたことだから、こうなったらもう、上にいても下にいても、どっちでもいいけど。

じっとしてなんて、いられなかった。今のうちに、できるだけ、たくさん……たくさん触り溜めをしておきたいと思って、いてもたってもいられなくなって、こうしてやってきてしまった。

俺も覚えておきたいけど、そうしたらアルフレドのほうも、少しは覚えていてくれるかもしれないって思って。

愛して、愛されて、幸せで、気持ちもよくて、嬉しかったなあ、って。

幸せな記憶だけ、覚えておければ。覚えていて、くれたなら。いいなと、思って。

アルフレドが、また呆れたように小さく息をついた。それから、俺の目元を舐めてきた。本当に、お前は時々、いやしばしば、動物みたいなことをする。

「……今度は、どうした。なにを泣いてるんだ？」

「泣いてなんか、ない」

「そうか」

なぜか笑われて、口付けられた。少し口を開くと、角度が深くなって舌が入ってきた。

「ん……」

俺は少し首を傾けて、熱い舌を迎え入れた。

大きな手が裾から入ってきて、肌を滑っていく感触と同時に、掌から高めの体温も伝わってきて、ぞくりと背筋が震えた。

だんだんと、体中の力が抜けてくる。

自分でも呆れてしまうほど、俺の身体は従順になってしまったようだ。勝手に、目の前の青年を受け入れようとし始めている。それを止めるのは至難の業だ。だって、与えられる熱の心地よさと快楽を、もう、知ってしまっているから。

「リアン……どうして欲しい？」

「ど、どう、って――あ、」

胸の先端を指で強く擦られて、俺は震えて、背中を跳ねさせた。

ああもう。そんなところ、全く感じなかったのに。いつの間に、そんな風になってしまったんだろう。

「どうして欲しい？」

ゆらゆらと揺れる、藍にも見える深くなった青色の瞳が、俺を覗き込んできた。

俺は整わなくなってきた息をどうにか抑えながら、

同じように覗き込んだ。

瞳の奥に不穏な熱がこもっているのが見えて、全身に震えが走った。欲しがられている。嬉しい。こんな俺を欲しいなんて、本当に物好きだけど。

どうせ今日の俺は、酔っ払いなのだ。多少いつもと違うことを言っても、酔っ払いの戯《ざ》れ言にしてもらえるだろう。

俺は両手を伸ばして、もうどこにも少年らしさのない、精悍《せいかん》な顔つきになってしまった青年の顔を撫でた。

随分と大きくなったもんだなあ、と、感慨深い気分になる。

あんなにも、俺よりも細くて、弱くて、小さかったのに。


いつ頃からか、派遣されてきた騎士が仕事の合間に、護衛たちと練習試合をするようになった。

アルフレドだけが、今も、全戦全勝記録更新中だ。

どうもそれが王都の騎士団内で、ちょっとした噂になってしまっているらしく、騎士たちが派遣されてくるたびに『勝負しろ！』と、アルフレドに勝負を挑んでくるようになった。


勝負を申し込まれるたびに、アルフレドのほうは、面倒くさいとウンザリ顔でぼやいているけど。

強くなったなあ、と思う。

それから、ここまで育てたのは、俺だ。

異論のある奴はいるだろうが、ここには今は誰もいないから、いいのだ。

俺が育てた、俺の、俺だけの英雄だ。

今、だけは。俺が独り占めだ。


「た、たくさん、触って」

アルフレドが声を漏らして笑った。なんでだ。

「たくさん？」

頷くと、熱い掌が肌の上を動き出した。

「了解。他には？」

「ほか……、たくさん、キス、して」

「分かった。たくさん？」

「たくさん」

お願いした通り、顔中にキスを、たくさん降らせてくれた。

ふわふわとした感触は気持ちよくて、ほんわりと幸せな気分になって、少しくすぐったい。それからなんだか嬉しくなってきて、楽しい気分にもなってくる。

目が合うと、アルフレドも楽しそうに、嬉しそうに目を細めて、笑っていた。

「お前、こういうキス、好きだよな」

「す、すき」

どうせ俺は今、酔っ払っているのだ。今日は素直になっても、おかしくはない。はずだ。全部、お酒のせいなのだ。

「あ、アル、は?」

そういえば、こういうことを、本人に直接聞いてみたことがないなと気づく。まあ……いつも、それどころではない状態になっているせいもあるけど。

気になって尋ねてみると、笑みを浮かべたまま、顔を近づけてきた。

「俺も、好き。してくれるか?」

俺は乞われるまま、軽く口付けた。

それから、さっき俺にしてくれたように、ふわふわとしたキスを顔中にたくさん降らせた。こうすると気持ちがいいから、きっと奴も気持ちがいいはずだ。多分。


唇を離すと、とても近くにあった濃くて深い青色の瞳が、ゆらりと揺れて細められた。

「……ああ、やばい。だめだ。暴走、しそう」

「ぼ、ぼうそう……? わっ」

少し手荒に寝間着を脱がされて、驚いている間もなく露になった首から胸の辺りを甘噛みされる。食べる前の味見みたいに噛んだり舐めたりされて、そのたびに身体に熱と震えが走って、俺は喘いだ。

「ぼうそう、してもいい、から、ゆっくり、して」

ふは、とアルフレドが笑いを零した。

「どっちなんだよ」

金髪頭は軽い口付けを俺の唇に落としてから、身体を起こし、ベッド脇に無造作に置いてあった登山用ザックみたいな鞄《かばん》の中に、手を突っ込んだ。

中から大きめの煙草サイズの紙箱を探り出して、箱から白いあめ玉みたいなものを、掌に一つ取り出した。ぱりんと割ると、とろりとしたクリーム状になるそれは、見た目は中級回復薬によく似ているけれど……とても似ているけれども、それとは用途が違うもの。

そしてそれは……薬屋に、普通に売っているらしい。

マジで。

コンビニの端っことかによく置いてあるアレみたいに、この世界でも店の端っこの棚に陳列されているのを、俺も見た。……金髪頭に教えられるまで、気づかなかったけどな。だってそんなもの、俺には必要なかったし！　ていうか、なんでお前はそんなアンダーなもの、俺より先に知ってんだよ！

……まあ、それについては、よくはないが、まあ、いいとして。

そんなものが普通に一般に流通してしまっているから、この世界の恋愛事情は、いろんな意味でゆるゆるになってしまっているのではないのだろうかと俺は推測している。

聞くところによると、魔道士協会が製作販売しているものが、他のメーカーのものよりは高いけれども、正規品で安全らしい。そして、それは協会にとっても安定した収入源になっているようだ。

薬屋のおっちゃんが、聞いてもないのに教えてくれた。天然成分百パーセントだから口に入れても安心安全で、どこに使ってもいいですよ、って――それもわざわざ口頭で教えてくれなくてもいいから！　ちょっと軽く聞いてみただけなのに！　デリカシーなさすぎだろ！　皆ちょっと、もっとこう、恥じらいを持とうよ！　頼むよ！

それも、もう、よくはないが、もう過ぎたことだから、いい。

要するに。金髪頭が手にしている、それは。

……塗った部分の洗浄と浄化をし、中級回復薬よりもずっと長く留まって……潤し続ける。

濡れた指が、尻の奥のすぼまりに触れた感触がして俺は思わず逃げそうになったけど、それと同時に、緩く立ち上がりかけていた前も握られてしまい、逃げることはできなかった。

下から上へと何度も擦られて、俺は喘いだ。

先端を撫でたり軽く握ったりされて、与えられる過ぎた刺激に耐えていると、気がつくと指がぬるりと潜《もぐ》り込んできていた。ゆっくりと、少しずつ。

「ん、うぁ……っ」

心臓の音が、自分にも聞こえてくるぐらい、大きく跳ね回っている。そのせいで、息が上手くできなくなって、乱れて、どうにも整わなくて、苦しい。

「……リアン。足、閉じないで。……開いて」

耳元で、甘く低く囁かれて、俺はびくりと震えた。

言われた通りに、俺は震えすぎて上手く動いてくれない足首にどうにか力を入れて、シーツの上を滑らせるように動かして、開いた。

無意識に閉じかけていた、膝も。

そうすると立ち上がって白濁を零し始めている俺のものや、相手の濡れた手と指が視界に入ってしまい、俺は慌ててすぐに顔を横にして、視線をそらした。

見ていられない。

相手が嬉しそうな気配を出しながら、俺の内股を何度か舐めてから、唇を落とした感触がした。


身体のあちこちを舐められて、甘噛みされて。唇を落とされて。

俺の中を暴いていく指が、いつの間にか、三本ぐらいになっていて。

中も外もぐちゃぐちゃで、訳が分からなくなった頃に、腰を摑まれて持ち上げられ、相手の熱いものが俺の中に、ゆっくりと、ゆっくりすぎる感じで入ってきた。


「っ……、あ……んっ……」

聞くに堪《た》えない声が口から漏れかけて、慌てて両手で押さえると、両手首を摑まれて、頭の上辺りに押しつけられた。

「あ、アル……や、やだっ、……手、離して、声、が……——っ、あ、ぁあっ」

熱くて硬いものが狭い中を目一杯広げながら、奥へと潜り込んでくる。

侵入されている場所が、反射的に侵入してくるものの動きを止めようと締めるから、それが逆に強く擦れる刺激になってしまって、もうどうにもならない。

「……この部屋は離れてるから、大丈夫。近くに人も、いないし」

限りなく野生に近い金色の動物は、そんなことを俺に言いやがった。ゆらりとした夜色の目を細めて。食事をする前の獣みたいに、舌なめずりしながら。

全然、大丈夫じゃねえよ！

人がいようといまいと、自分の喘ぎ声なんて聞きたくないし、いたたまれない。

「大丈夫じゃ、な……ん、やぁっ、あ……っ！」

中の熱くて大きなものが、今度は、ずるりとゆっくり引いていったかと思ったら、また、ゆっくりと押し広げながら戻ってきた。

自由気ままに行き来する大きな熱いものをどうにかしたいのに、でもどうにもならないから、ただ受け入れながら震えることしかできない。


ふいに、俺の手首を押さえていた片方の手が、離れた。

どうしたのかと思っていると。不安定にシーツから浮いたままの俺の腰の下に、枕が差し込まれた。タオルまでわざわざ引っ張ってきて、その上に敷いてくる。

……お前、本当に時々、マメだよな。俺よりも気が回るというか……甲斐甲斐《かいがい》し——いや、なんというか……いやまあ、助かるのは、助かるんだけれども。

そっと、その上に下ろされる。

俺は、嫌すぎるけど今までの経験上、悟った。

これらは……金髪頭が満足するまで、長く、ゆっくりやるために。俺への負担を減らすために、その緩衝材として用意されたもの。

アルフレドの手が、今度は俺の立ち上がってるものを握り込んできた。俺がすぐにイかないように、先端を指で強めに押さえながら。

俺の身体は敏感すぎるのか、そんなに長くはもたなくて、金髪頭よりも随分早くイってしまうから。何度も達してしまうと、さすがに疲れ切って、気を失うように眠ってしまう。だって仕方ないだろう。俺は奴と違って普通の体力しか持ち合わせていないんだから。

これはもう抵抗しても無駄だし、俺が先に仕掛けたことでもあるからと諦めの境地に至り、力を抜くと。

もうお前の好きにしろという意思が伝わったのか、俺の手首を摑んでいたもう一方の手も、離れていった。

あたたかくて大きな手で、頰を撫でられた。顎を掬われて持ち上げられ、咽をぺろりと舐められる。続けて、唇の端と、唇の上、舌も。

目を開けると、深い青色が見えた。窓の外の夜空と、同じ色。

ただ一つ違っているのは、どちらも同じ色だけれども、外のは寒くて、これは、——とても、熱い。

細められた目の中で、藍色の瞳が揺らめいた。

俺が頼んだ通りに、アルフレドがゆっくりと、焦《じ》らすみたいにゆっくりと、動き始めた。

頬を撫でていた手が、頭のすぐ横に置かれた。俺は震えて上手く動かない腕を、どうにか伸ばして、その手首を摑む。指先に感じるあたたかい肌の感触と、ふわりと香ってくる陽の香りに、ほっとして。

目を閉じて、身体の力を抜いた。


身体の奥まで入り込んだものがひときわ大きくなったのを感じた後、震えるほどにたくさんの熱量が、中を満たしていくのを感じた。

ゆっくりと手を離された俺のものからも、白濁がとろりと零れて、流れていく。奥から僅かに溢れ出したものが、尻の狭間《はざま》を伝っていくのにも身体が喜ぶように震えた。

俺は乱れすぎて苦しい呼吸をどうにか落ち着かせながら、注がれた熱量が染み込むように流れ込んでくる、なんともいえない、酩酊《めいてい》するような感覚に、必死に耐えた。でないと、聞くに堪えない声が漏れてしまいそうで。

どうにか耐え切って、目を上げると。


俺を見下ろしている、熱のこもった夜空の色の瞳と目が合った。

伸ばした指先で、相手の額から流れる汗を拭ってやってから、目に入りそうな前髪を、軽く横に梳いてやった。そうすると、とても嬉しそうに、目が細められた。


「……アル」

「なんだ？」

「きもち、いい？」


聞くと、相手は目を見開いて、それから、探るようにじっと見下ろしてきた。

だって、どうしても今、知りたかったから。今を逃したら、もしかしたら、もう……聞けなくなってしまうかもしれない。

返事を待っていると、なぜか、溜め息をつかれた。

「……いい」

呟かれた言葉に、安堵する。

そうか。お前も、気持ちいいのなら。

「よかった。……うれしい」

思ったままを答えたのに、なぜかまた目を開いて驚かれた。そして今度はマリエの林檎ほっぺ並みに頬を赤く染めた。

その後すぐに眉間に皺を寄せ、俺から何度か目をそらし、何か言いかけては口を閉じた。

……なんだかわからないが、かなり動揺しているみたいだ。珍しく。

しばらくすると視線を戻してきて、俺の頭をそっと、何度も撫でてきた。

「リアン。どうした？　……なにか、あったのか？」

「……なにも、ないよ」

そう答えると、アルフレドはじっと俺を見つめてきた。まるで探るような視線で。

しばらくの間、深い青色の瞳で俺を見つめていたけれど。少しだけ目を伏せて、小さく溜め息をついてから。

「……そうか」

仕方なさそうに、ぼそりと、いつものように呟いた。

……俺の《嘘》に、おそらくアルフレドは気づいている。けれど、聞かないでいてくれるみたいだ。


「……ありがとう、アル」

礼を言うと、アルフレドが、頷き返してくれた。

無性にもっと触れたくなって、覆いかぶさる身体を支えている、俺の頭の横に置かれた腕に触れてみた。とても、あたたかかった。

自分にはない、しっかりとした骨や筋の感触がうらやましくも面白くて、しばらく撫でていると、手を掴まれた。指と指を絡めるようにして、ぎゅう、と握られる。

まるで手を繋ぐような仕草に、咽が震えて泣いてしまいそうになったけど、どうにか堪えた。

この先の出来事を、未来を。

俺はお前に、教えてやることは、できないけれど。


「――アル」

「なんだ？」

「……一つだけ。お前に、伝えられることがある。伝えて、おきたいことが」

青空色の瞳が、大きく見開かれた。

俺は澄んだ空の色をまっすぐに見返しながら、口を開いた。

「……お前が。お前の心に従って——選べ」

「リアン？」

「少しでも、迷いが出たのなら。その選択は、絶対に、するな」

心のままに、選べばいい。

「それが……俺の願い、でもあるから」

たとえお前が、あの少女を選んだとしても。

「なにを選んでも、いい。それが、お前が望んで、選んだものであるのなら。俺は……それでいいから」

アルフレドが少しだけ目を細め、眉をひそめた。

俺はどうにか笑みを浮かべて返して、繋いでいないほうの手を持ち上げて、腕を伸ばして相手の首に回すと、引き寄せた。抵抗はなく、素直に顔を寄せてきてくれた。

降りてきた頬に、自分の右頬をそっと重ね合わせた。続けて、左頬も同じように。


「……リアン」

さすがにどうにも気になったのか、なぜかを問うように名を呼ばれたけれど、俺はそれには気づかない振りをした。

「お前が思うように、心のままに選んだらいい。自由だ。それに、誰にも、心は縛れやしないから。ただ……これだけは。覚えていてくれたら、……嬉しい」

青空色の瞳が、不思議そうに俺を見下ろしている。

「……俺は、いつだって、お前の幸せを、祈ってるよ」

願いと祈りを込めながら、アルフレドの唇に、自分の唇を押し当てた。

静かに目を開いて、一番最初に目に飛び込んできたものに、俺は首を傾げた。

目の前にある顔には喜びの笑みではなく、口元はへの字に、眉間には皺が深く刻まれていた。

なんでそんな顔してるんだよ。

人がせっかく、《祝福》してやったというのに。

「……俺だって。お前の幸せを、祈ってる」

ぼそりと低く、なんだか少しだけ怒っているような、不機嫌そうな口調で、そんなことを言われた。

なんで怒ってんだよ。理由はよく分からないけど。

俺の幸せを、お前が祈ってくれるというのなら。


「……嬉しい」


本当の気持ちと感謝を乗せて返事をしたというのに、アルフレドの眉間には更に皺が寄った。だから、なんでなんだよ。

「アル？」

名を呼ぶと、噛みつくように口付けられた。

「んっ……う!?」

近すぎる、ゆらゆらする深い青色の目がやっぱり少し不機嫌そうに細められていて、俺を見下ろしていた。

「……なあ。今日は、たくさん、抱いていい？」

「え……たくさん？」

「いい？」

たくさん……って、どれくらいなんだ。

分からない、けど。


「……いいよ」

俺は笑みを浮かべて、了承の言葉を伝えた。

俺も、たくさん、触って欲しい。他のことを考えられなくなるぐらいに。そうしたら、きっと。ずっと、覚えていられる。

とても、とても幸せだった記憶と、想いを。


了承してやったというのに、金髪頭はますます、眉間の皺を深くした。

だからなんで不機嫌になってんだよ、この野郎。お前の好きなだけ、満足するまで抱かせてやるって言ってんのに。ああでも。

「……明日……責任持って、運んでくれよ」

おそらく金髪頭の気のすむまで抱かれたら、俺は動けなくなるだろう。いや間違いなくそうなる。俺は、超人的なスペックの相手と違って、一般人並みの体力しかないからな。

アルフレドが眉間に皺を寄せたまま、盛大に、長く、溜め息を吐き出した。

「……わかった。運ぶ。なら、いい？」

そう、ぼそりと呟いて。

不機嫌そうなのに、たくさん抱く気はあるようだ。

本当によく分からない。

「いいよ」

そう返事をすると唇が下りてきたので、俺は素直に目を閉じて、受けた。触れた唇はあたたかくて、優しかった。熱い舌が絡んできたので、それにも自分の舌を差し出した。

さんざん好きに舐めたり食ったりした後、唇が離れて。


「リアン」

「……なに」

「――愛してる」

ふいうちで、そんなことを言わないで欲しい。人が必死でどうにか堪えているというのに。

咽の奥が震えて、目の奥と鼻の奥が熱くて、痛かった。

「……俺も、愛してるよ」

なにがあっても。

お前のことを、幸せを、想ってるよ。

そう答えたのに、相手は喜ぶどころか、またしても不機嫌そうに顔をしかめ、やれやれとでも言いたげに大きく溜め息をついてから。深く、口付けてきた。

＊＊＊

翌日。

予想した通り、相手の気がすむまで好きなだけやられた俺は、動けなくなってしまった。まあそれは分かっていたことなので、仕方ない。

そして、よくも悪くも有言実行、時に不言実行な金髪頭は、地面に足が一度もつかないぐらいの勢いで俺を運びまくり、ありえないぐらいに世話を焼きまくった。皆の前で、食事すらスプーンで掬って食べさせようとするので、ちょっと泣きたくなった。

やめてくれ。

世話を焼けとは言ったけど、そこまで徹底してくれなくてもいい！　羞恥で死ねる！

果樹園の人たちや、シュリオ、作業員たちや護衛たちから向けられる物言いたげな視線に、俺は顔を上げていられなくて、どこかに隠れたくなった。

33話　村に珍しく雪が降った日　後編

その日は朝起きてカーテンを開けると、庭のあちらこちらに白い霜が降りていた。

暖炉《だんろ》で強めに火を焚かないと部屋の中でも肌寒く、外に出れば息は全て真っ白になった。


今日は教会に寄ることにしていたから、いつものように研究開発室で午前中いっぱいは作業をして、午後を数刻ほど過ぎた頃、マリエと食堂でお茶をした。

さて後片づけを始めようかと席を立ち上がった時。

マリエが小さく声を上げた。驚いたような、それでいて、少しだけ弾んだ声で。

「どうかされましたか？　マリエ様」

「リアン様！　ああ、見て！」

テーブルを拭いていたマリエが手を止めて、笑みを浮かべて俺を振り返ってきた。小さな指で、窓のほうを指差しながら。

指し示す先に、視線を向けてみると。


窓の外には、とても小さくて、白い綿毛のようなものが舞っていた。

白に近い灰色の雲に覆われた空から、ふわり、ふわりと、まるで綿毛のように舞い落ちてくる。

次から次へと、途切れることなく。

景色を少しずつ、少しずつ、白く染めながら。


庭で遊んでいたチビたちも気づいたのか、空を見上げて、ふわふわした白いものを手に取ろうと、一生懸命に小さな手を空に向かって伸ばしながら、楽しそうに飛び跳ねている。


雪だ。

温暖なこの地域では滅多に降ることのない――雪が、降っていた。


「あれは雪ね、リアン様！　珍しいわねえ……雪を見るのは、何年ぶりかしら。ああ。ふわふわしていて、とっても白くて、とっても綺麗ね……」

「そう、ですね……」

俺は相槌を打ちながら、その光景を視界から追い出すように、窓から目をそらした。

ああ。とうとう……やってきてしまったのか。

いつかは必ず訪れるということは、覚悟していたけれど。まさか今日だとは思っていなかった。

「ふふっ。子供たちもとっても楽しそうで、嬉しいですけれど。できれば、積もらないで欲しいわ。お手伝いに来て下さる方が、そろそろ、教会《うち》に着くような……そんな、気がするの」

マリエが心配そうに窓の外を眺めながら、頬に手を当てて、溜め息をついた。

俺は外の様子を心配そうに眺めるマリエを見てから、もう一度、窓のほうへと視線を向けた。

降ってくる雪は少しずつだけれど、増えていっている感じがした。

ちょうど今からひと月ほど前、マリエがフォルトゥーナ教会の支部に、支援を請う手紙を出していた。

最近は特に連れてこられる孤児が増えてきて、どう頑張ってもさすがにひとりでは手が回らなくなってしまったからだ。

そんな今の状況と、できれば少しお手伝いをお願いしたいという旨の文《ふみ》をしたためて送り、その返事が――五日前に、届いたのだと聞いた。

その返信には、マリエに対する労《ねぎら》いの言葉と、至急、支援者を選定して送りますからもう少しだけどうか頑張って下さい、という内容が綴《つづ》ってあった。

その手紙を読ませてもらった時、すぐに気がついた。

おそらく、いや、間違いなく。その支援者は……――アルフレドと同じ、晴れた日の小麦畑みたいな金色の髪に、青空色の瞳をしているはずだ、と。

「リアン様？」

「……ああ、いえ。なんでもありません。……無事に、着くといいですね」

「ええ。本当に！」

マリエと話をしていると、おかっぱ頭のチビ姉妹が食堂に飛び込んできて、息を切らしながら駆け寄ってきた。

最近教会にやってきた双子の姉妹は、白い肌に薄茶色の髪、萌黄色の瞳をしていて、まるでコピーアンドペーストしたかのように瓜二つだ。

着ている服の色を変えることで、どうにかこうにか判別しているが、中身を入れ替えられたらきっと分からなくなるだろう。いや絶対分からん。今でも当たってるのかどうか怪しいぐらいだ。今日は姉が赤、妹がピンクの厚手のワンピースを着ている。

「マリエさまー！」

「リアンさまー！」

「あらあら。そんなに急いで、どうしたの？」

「あのね、おきゃくさまなの！」

「なの！」

「お客様？」

「うんとね、アルおにいちゃんとおんなじ、きんいろのかみとあおいめの、ひと！」

「ひと！」

それを聞いたマリエが、ハッとした表情で口元に手を当てて、俺を振り返ってきた。マリエも、ようやく気がついたようだ。

この地方では珍しい金髪青眼の来訪者が、なにを意味するのかを。

俺は頷いてから、小さな背を、そっと押した。マリエを心配させないように、いつもの笑みを作って浮かべながら。

この世界での唯一の協力者でもあるマリエには、いつかここを訪れる、《聖女様》のことは話してある。

冬の、雪が降るほど寒い日に。アルフレドと同じ色を纏った少女が、この教会を訪れるだろうと。

それから、その少女は、この物語を導く重要な役割を担った人であること。

アルフレドを最後まで、側で支え続けてくれる……とても大事な人だということを。

マリエがどこか心配そうな表情をして、俺の側にトコトコと歩いてきて、小さな瞳でじっと見上げてきた。それから両手を丁寧にお腹の辺りで重ね、静かな笑みを浮かべた。

「……リアン様」

静かに、けれどどこか諭《さと》すような口調で名を呼ばれて、無意識に背筋が伸びた。なんだか少しだけ……どうしてなのか、咎められているようにも感じて、居心地が悪くなる。

「……はい」

「大丈夫ですよ。大丈夫。なにも、心配することはありませんよ」

「え……？」

思わず首を傾げると、マリエが小さな腕を伸ばしてきて、俺の両腕を撫でてくれた。優しい手つきで。何度も、何度も。

「お優しい、いつだって、私たちを助け、時には手を引き、見守って下さっていた貴方様が導く行き先は、きっと、優しいものとなる。そう、私は申し上げましたでしょう？」

言われて、俺は遠い記憶の中を探ってみた。

確かに、今では随分と遠く感じてしまう思い出のどこかで、そんな言葉を聞いたような気もするけれど。

撫でてくれていた小さな手が離れていったと思ったら、俺の手を掬い取り、柔らかく握って、促すように少しだけ引いた。

「さあ、行きましょう。――大丈夫よ」

根拠もなにもないのに、やたらと自信たっぷりに言われて、俺は面食らいながら。

小さな尼僧に手を引かれるまま、一歩、足を動かした。

足はなんだかやたらと重くて、なかなか床から離れなくて、次の一歩を踏み出すのにも、苦労した。

そんな俺たちの周りを、おかっぱ姉妹がほんのりと頬を染めながら、くるくると回った。

「それからね！　とっても、とってもきれいな《きしさま》がいっしょなの！」

「なの！」

「え？」

「あらあら」

《きしさま》？　もしかして……《騎士様》、か？

俺とマリエは思わず立ち止まり、顔を見合わせた。

そして同時に首を傾げた。

問うように見つめられても、残念ながら俺にもよく分からない。なぜならそんなシーンは、俺の知っている物語の中にはなかったから。

俺の知っている物語では、見習い尼僧である聖女は、付添いの侍祭に連れられて、二人で、この村にやってくるのだ。

なのに……なぜ、騎士も一緒にいるのか。

分からない。どうして、そんなことになっているんだろう。

予想外の登場人物に少しでもなく動揺していると、マリエが俺の手を握ったまま、いつものようにほんわりと微笑んできた。

その、いつもと変わらぬ穏やかな笑みと、林檎ほっぺを見ていたら……少しずつ、気分が落ち着いてきた。

「よく分かりませんけれど。リアン様。お迎えに行ってみましょう」

「……はい」

それも、そうだ。

ここでいくら考え込んでいても、どうにもならない。

俺は意を決して、頷き返して。

小さな手に引かれるまま、礼拝堂に向かって、歩き出した。


礼拝堂の入り口、木製の大きな両扉の前には、三人の来訪者が立っていた。

ひとりは黒を基調にした裾の長い僧侶の服を着て、片手には杖、背中には布製の旅用鞄を背負った、糸目でひょろりとした青年。

もうひとりはマリエと同じように、頭を覆う黒いベールと黒い服を着た少女だった。

ベールの隙間からは、さらさらとした癖のない髪が覗いて見えている。そして、その色は――

晴れた日の小麦畑のような、金色だった。

少女は俺たちの気配に気づくと、ゆっくりとした仕草でこちらへ向き直った。俺とマリエの姿を見て、微笑み返してきた瞳の色は。

アルフレドと同じ、とても綺麗な、澄んだ青空色。

間違いない。間違えようもない。

彼女だ。

並外れた神力と癒しの力で、たくさんの人たちを癒して回るうちに、その姿を見た人々から、後に、親しみと憧憬《しょうけい》と感謝を込めて、聖女様と呼ばれるようになる少女。


そして最後のひとりは、双子姉妹から話を聞いていた通り、騎士だった。

アルフレドと同じくらい背が高く、片手に脱いだ外套を持ち、白地をベースに青と銀の配色をした膝下まである裾の長い上着に、腰には銀色の長剣、銀の肩当てと胸当、ガントレットを身につけている。

腰の下まである長い髪は緩やかに波打ち、その色は、明るい光のような色をしている。毛先にだけ薄紅と薄紫がグラデーションのように混ざっていて、その色合いはまるで、夜明け前の空のようだった。昇ったばかりの陽の光が、夜の暗さを全て消し去る時のような。

鮮烈な、光の色。


髪の色と同じく夜明けの光のような色をした瞳は、俺とマリエを見て、どこか楽しげに細められた。

「……えっ⁉」

俺は内心、軽くでもなく思わず声が漏れてしまうほどに、激しく動揺した。動揺しすぎて叫び出しそうになり、慌てて口を片手で押さえる。


ありえない。どうして。

なんで今、この時期に、ここに……この人が、いるんだ⁉


夜明けの光色を纏う騎士は、俺を見て、次にマリエを見て……なぜか、もう一度、俺に視線を戻して。

笑みを深くした。

俺は笑い返すこともできず、言葉も失って、ただ呆然と立ち尽くしてしまった。

これは、どうなっているんだ。一体、なにが起こってる？

ありえない。彼は……彼は、物語の終盤で、アルフレドの仲間になるはずの騎士なのに。

騎士は俺の動揺に気づいているのかいないのか、落ち着いた動作で胸に手を置いて、優雅に一礼してみせた。

「……お初にお目に掛かります。私は、フォルトゥーナ教会所属の聖堂騎士、シュヴェアト・シュツァーと申す者。そちらは、マリエンヌ様と──」

じっと見つめられて、俺のことを聞かれているのにやっと気づいて、慌てて答えた。

「……リアン・オーウェンです」

名乗ると、騎士は笑みを浮かべ、なんだか……面白いものを見つけたチビたちみたいな目をした。そんな感じがしたのだ。なんとなく。どうしてかは分からないけれど。

「リアン殿か。なるほど……」

ああもう、本当に、なにがなんだかさっぱり分からない。どうなっているんだ。どうしたらいいんだ、これは。誰か俺に教えてくれ。

「あ、あの……」

分からないまま、騎士を見上げてみると、俺の問いかけの言葉を止めるように片手を上げ、口角を引き上げた。

「リアン殿。詳しい話は、のちほど……。──マリエンヌ様。我ら、貴女様の手助けをせんと馳せ参じました」

騎士がマリエのほうを向いて、再び右手を胸の前に置いて頭を下げる。マリエも胸の前で両手を組み合わせ、三人を見てから、深々と頭を下げた。

「皆様、ありがとうございます。ああ、感謝いたします……ようこそ、おいで下さいました。なんとお礼を申し上げたらいいか……」

糸目の若い僧侶が、慌てた様子で両手をぶんぶんと横に振ってみせた。

「わわわ、どうぞ顔をお上げ下さい、マリエンヌ様！　こちらこそ、大変に遅くなりまして、申し訳ございませんです！　いやはや……昨今は、マリエンヌ様のように救援を要請される方が増えてきておりましてね……。情けないことに、本部も支部も、後手後手《ごてごて》に回

ってしまっているのが現状なのですよ。どうか、その辺りは、ご理解いただけましたらと――あっ、そうだ！　重ね重ね、すいませんです！　申し遅れましたが、私は支部で侍祭をしております、カリス・ピスティと申しますです。そして、この子は――」

「エーファ・ヴィエルジュと申します。支部の神学校を出て、一年ほど、見習いの修行をさせていただいておりました。まだまだ未熟者ですが、精一杯、頑張りますので……どうぞよろしくお願いいたします、マリエンヌ様」

少女が、やや緊張した面持ちで笑みを浮かべながら、マリエに深々と頭を下げた。

「ああ、そんな、お顔をお上げになって。こちらこそ、来て下さって嬉しいわ。よろしくお願いいたしますね、エーファ様。それと――エーファ様にも、皆様にも、ご紹介しておきますわ」

マリエはそう言うなり、俺の背中を押した。

いきなりのことに状況が飲み込めず、マリエに押し出されるまま、俺は一歩前に出てしまった。

「こちらの、リアン様は……とっても優しい御方で、この教会のお手伝いをして下さっているの。もしなにか困ったことや、分からないことがあったら、リアン様にもお尋ねになったらいいわ。とっても真面目で、とっても優しくて、とってもいい人よ」

三人の視線が、一斉に、俺に集中した。

俺は思考と身体が固まった。

「う、え⁉　ちょっ、ま、マリエ様……」

その紹介の仕方、やめてくれ！

なんか、ものすげえ、恥ずかしすぎる！　まずすぎる！　それに、その説明の仕方は非常にまずい！　てゆうか、ものすげえ困る！

最近はもうなりふり構ってられないから、演技にもあまり力は入れられてないけど、それでもまだ《リアン》らしさは残しておきたい！　そして注目されるのも、ものすげえ苦手だ！

マリエの意図があるんだかないんだかよく分からない俺の紹介内容に、俺はまたしても内心動揺しまくり、焦りまくった。額やこめかみに汗も浮かんできた。

やばい。落ち着け、俺。落ち着くんだ。大丈夫。まだ、大丈夫だ。まだ修正可能範囲だ。ごまかせる。

「そうなのですか……」

エーファが俺を見上げて、どこかホッとした表情で胸に両手を重ねて置き、にっこりと笑みを浮かべた。

なんだかほっとされている。やばい。それはまずい。けど、どうしたらいいんだ。どう返せばいい？

「あの……私、不慣れで、知らないこともたくさんあって、きっとご迷惑をたくさんお掛けしてしまうと思いますけれど……頑張りますので、どうぞよろしくお願いします、リアン様」

「えっ、あ、……ああ……こちらこそ、よろしく……お願い、します……」

少女が、眉をハの字にして、息を少し長く吐き出し、それから嬉しそうに微笑んだ。先ほどの少し強張った笑顔ではなくて、とても自然な笑顔で。

「ああ……よかった。私、本当は……心臓が今にも口から飛び出してしまいそうなくらいに、ものすごく、とっても、とっってても！　緊張してしまっていたのです。けれども……ここへ案内してくれた村の方々も、皆さんとても、親切な方々ばかりで。そして、マリエンヌ様も、リアン様も、優しい方で……なんて、幸せで嬉しいことでしょうか。私、皆さんのお役に立てるよう、一生懸命、力一杯、頑張りますね！　これからよろしくお願いします！」

元気一杯に眩《まぶ》しすぎる笑顔で、少女が宣誓した。

俺は額を押さえ、くらりと立ちくらみをしかけたのをどうにかこうにか、なけなしの気力をかき集めて総動員して、耐え切った。

……あああ。

なんかもう……ものすごくいい子すぎて、心臓と胃が、痛い。

さすが、多くのプレイヤーたちのハートをわし掴みにしていった、これぞ『正統派の中の正統』と称されたヒロイン。

ゲームの中でも、表裏なく、素直で、元気で、しかも、ちょっぴりドジっ子属性までついている、完璧なヒロインぶりだったのだ。女性プレイヤーにも好評だった。妹にしたい子ナンバーワンに輝いていた。

だめだ。

これは……だめだろう。

無理だ。無理。無理すぎる。これはもう、俺なんかが、到底、太刀打ちできる相手じゃない。


エーファが心配そうに顔を曇らせて首を傾げ、覗き込んできた。

「リアン様？　どうかなされましたか？」

「い、いえっ……なんでも……ないです……」


バタン、と後ろのほうで扉が勢いよく開く音がした。

振り返ると、礼拝堂から奥の食堂へと続く廊下の出入り口に、大きな工具箱を脇に抱えたアルフレドが立っていた。

「マリエ。食堂にいないと思ったら、ここにいたのか。鶏小屋の修理、終わったぞ」

「まあ、アル！　いつもありがとう。助かるわ。もう、鶏さんが元気なのはいいことなんですけれど……元気すぎて、何度も網を破っちゃうのは困りものね！」

マリエが片手を頬に添え、ぷう、と頬をリスのように膨《ふく》らませると、三人がそれを見て同時に吹き出し、笑い声を上げた。


アルフレドがマリエの側にいる三人の来客に気づいて、ちらりと視線をやり、そして少女を見て——目を、見開いた。

少女のほうも、アルフレドを見て、目を見開いていた。


俺は、見ていられなくて……俯いて、無理矢理その光景を視界から追い出して、目を閉じた。

……とうとう、出会ってしまった。二人が。

この物語の主人公と、ヒロインが。

俺は、片手で胸を押さえた。

さっきからずっと心臓が痛くて、呼吸もなんだか上手くできなくて、自分が情けなさすぎて、参る。

覚悟はしてきただろ、俺。しっかりしろ。

ちゃんと、前を向いて、最後まで見届けろ。祖父さんも言ってただろ。一度引き受けたもんは、最後まで責任持って面倒見ろって。俺も、そう思う。

最後に、笑顔で背中を押して、送り出してやれ。

それが育て親でもある俺の責任と、けじめってやつだろう。それに……情けないところなんて、絶対に見せたくはない。

「アル。ちょうどよかったわ。紹介しておくわね。教会のお手伝いをして下さる方々よ」

「手伝い……？」

マリエがピスティに視線を向けると、侍祭は糸目を更に細めて笑み返し、さっきと同じような自己紹介と説明をした。

その後に続いて、騎士も挨拶をし、少女も驚いた表情をしながらも、どこか嬉しそうに、自己紹介をした。

「……あの。私以外の、金髪に青い目をした御方に……父と母以外に……初めて、お会いしました。貴方様は、この村に、ずっと住んでおられたのですか？」

「……いや。俺は、ずっと西のほうから……この村に流れてきただけだ。それで、この教会に世話になってた」

その言葉が暗に示す内容を理解したのか、途端に少女の顔が哀しげに曇った。

「……そう、なのですか……」

少女が青空色の瞳を揺らして、アルフレドを見上げた。

アルフレドはじっと少女を見下ろして、目を細めて。なぜか、俺に視線を向けてきた。

俺も、そらさずに見返した。見返せた。

アルフレドは俺を見つめたまま、小さく、嘆息した。

「……このことか」

ぼそりと、そう呟きながら。

そうだよ。これで、分かっただろう。

その少女が、お前の……真実、隣にいるべき人だ。

だから、選べ。この子は……文句なしのいい子だ。

俺が保証する。必ず、お前を幸せにしてくれる。

俺は静かに頷いて返すと、アルフレドは、また小さく息を吐いた。

アルフレドはまだなにか言いたそうにしていたけど、少女とマリエに話しかけられて、そちらへと身体を向けてしまった。


少女は、マリエとアルフレドと話をしながら、楽しそうに笑っている。そんな穏やかな光景をぼんやりと眺めながら、俺は昔のことを思い出していた。

いろんなことがあったけれど、俺は、この世界に来られて、本当によかったと思う。

胃の痛くなるようなことも、たくさんあったけど……同じくらい、いやそれ以上に、今思えば、とても幸せな日々だった。

ここは、俺にとっては、まるで夢のような場所だ。

穏やかで、あたたかい時間が流れていて。あたたかい想いも、たくさんの人から、たくさんもらった。

それから……これ以上はないくらいに、愛してもらえた。溢れて、零れ出してしまいそうなくらいに。

俺には、本当に、十分すぎるくらいだ。


……足るを知る、という言葉もある。祖父さんも、よく口にしていた。

望みは次から次へときりがないのだから、分相応のところで満足しなさい、という感じの意味だったように思う。

俺も、その通りだと思う。


皆でなにやら話しているけれど、声はやたらと遠くて、あまり聞き取れなかった。

雪雲についての話が微かにだけれど聞き取れて、どうやら俺には関係のない話なのが分かったので、俺は……その場から、立ち去ることにした。

それに、ここには本来、俺は、いないはずだから。

誰にも気づかれることがないように、一歩、静かに下がる。

そっと静かに、音を立てないように注意しながら足を後ろへ動かしたはずなのに。アルフレドが、振り返った。

「――リアン」

　呼び止められて、俺はびくりとして立ち止まり、俯いていた顔を上げた。

　青空色の瞳が、俺をじっと見ている。

　それから、ゆっくりと右手を伸ばして、掌を、広げてきた。それがどういう意味なのかすぐには分からず、俺は首を傾げた。

「リアン。お前も、選べ」

「え……」

「お前は、どうしたいんだ？」

「……お、れ……？」

　アルフレドが、頷いた。

　ふと、なんだか前にも、こんな質問をされたような気がした。あれは、いつだったろうか。

　俺は、伸ばされた腕と、広げられたままの大きな掌を見た。

　少女ではなく、俺のほうへと伸ばされている、手。

　その意味にようやく気がついて、俺は、泣きたくなった。

　嬉しくて。でも、不安で。幸せなのに、同じくらい苦しくて。いろんな感情と思考がごちゃ混ぜで、どうしたらいいのか分からなくて、途方に暮れた。

「心に従って選べ、と言ったのは、お前だろう。そのお前が、違えるのか？」

　俺は息を呑んだ。

「それは、」

「リアン」

　強い口調で、また名を呼ばれて、俺は、びくりと震えた。

　選べ、と、言うのなら。

　心に従って、望んでもいい、というのなら。

　それが、もし、もしも、許されるのなら……

　俺は。

　震える息を飲み込んで、震えが止まらず、上手く動いてくれない手をどうにか持ち上げて。手を伸ばした。

俺に伸ばされたままの大きな手に、向かって。

アルフレドが、そこでようやく笑みを浮かべた。なんだかとても、嬉しそうに。

手を摑まれて、勢いよく引っ張られる。

俺は足がもつれて、固い胸にぶつかるようにして倒れ込んだ。その際に鼻をしたたかに打ってしまい、痛みで思わず涙目になる。

「っつ……、こ、この、」

文句の一つでも言おうと見上げると、近すぎる青空色の瞳が嬉しそうに細められ、唇に、あたたかい唇が触れた。

優しく撫でるように重ねられ、名残惜しいとでもいうかように、ゆっくりと離れていった。


「……リアン。外でじいさんたちが話してるのを聞いたんだが、今日は、特に冷え込むらしい。雪もやみそうにないようだし、積もる前に、早く帰ろう」

「え、あ……」

アルフレドの長い腕が腰に回って、抱き寄せられた。

俺はまだ脳内が混乱中で、どうにも思考回路が動いてくれなくて、身体も仕事を放棄していて、なんの言葉も発せられず、なんの対処もできなくて、されるがままに腕の中へと抱き込まれた。

「じゃあ、マリエ。俺たちは帰るから。また、様子を見に来る」

「ええ。ありがとう、アル。リアン様。二人とも、気をつけて帰ってね」

振り返ってマリエと目が合うと、小首を可愛らしく傾げて、小さな眉毛を一度だけいたずらっぽく上下させて、ゆったりと微笑んできた。

いつものように、頬を林檎色に染めて。今日は少しだけ、自慢気に胸を張って。

ほらね、私の言った通りだったでしょう？　とでも、言うかのように。


その後ろには、顔をマリエの林檎ほっぺよりも真っ赤にした少女と青年、目を丸くした騎士がいる。

「……あ」

そこで俺はようやく我に返り、脳がやっとこの事態の収拾についての思考活動を始め、あまりの難題にくらりと眩暈《めまい》がした。

え、ちょっと。これ、どうすればいいの。

俺、次に教会に来た時、もしかして、もしかしなくても、これの説明を、しないといけなくなるのでは。嫌すぎる。恥ずかしすぎる。どうしてくれるんだこの野郎！　ていうか、どうすればいいんだ、これ。いたたまれなさすぎて、死ねる。

「行こう、リアン」

「う、」

抱き込まれたまま、俺は教会の出口に向かって強制的に歩き出させられた。まだ脳も身体も動揺と混乱から抜け出せてないから、抵抗なんてものは全くできなかった。

早めに夜明け色を纏った聖堂騎士の話を聞いておきたかったけれど、強く胸に抱き込まれていて、振り返ることすらもできなかった。

俺は諦めて、明日、聞きに来ることに決めた。それに今日はもう、おそらく、無理だろうから。

頭の中があまりにも混乱しすぎていて、今は《リアン》の顔をして話すことも、普通に話すことすらもできる自信がない。

門の横で待っていた馬車の御者席で、マフラーと毛糸の帽子に顔を埋めて寝ていたシュリオをアルフレドが叩いて起こしてから、扉を開けて、俺を中へと押し込んだ。

俺はまだ混乱状態が続いていて、身体と思考の動きが鈍くなっていて、乗り込んできたアルフレドを、ただ、ぼんやりと見上げることしかできなかった。

情けないことこの上ない。しっかりしろよ、俺。だめだろ、こんなんじゃ。まだまだ、俺がやるべきことはたくさん残っているんだから。腑《ふ》抜《ぬ》けている暇なんて、俺にはないのだ。

しっかり。しっかりしなければならないのだ、俺は。だから……

馬車の扉が閉まり、俺の隣にアルフレドが座ってきた。青空色の瞳が俺を見て、困ったように微笑む。

「……なに、泣いてんだよ」

「え？」

なんでだ。またかよ。しっかりしろって、さっき言ったばっかりじゃねえかよ、俺。

肩を摑んで抱き寄せられて、後頭部に回った大きな手が、俺の頭を撫でてきた。頰に感じる相手の身体は、服越しでも分かるぐらいにあたたかかった。


「……お前、馬鹿だ」

「なんでだ」

「だって、あの子は。……あの子は、お前の、」

目の前の青年には伝えてはいけない言葉を慌てて嚥《えん》下《げ》する。しばらくして、俺の頭の上から、大きな溜め息の音が聞こえてきた。強めの息が当たって、俺の前髪をふわりと揺らす。

「……お前、昔、俺に言ってくれただろ」

「昔……？」

「ああ。決まった未来なんてない。変えようと思えば、いくらでも変えていけるんだって。変えていけばいいんだって。自分の力で」

ああ。それはよく、覚えている。

確かに、そんなことを、俺はアルフレドに言った。アルフレドを、そしていつだって逃げ腰になりそうになる自分自身を、鼓舞するために。

怖い未来なんて、変えていけばいいんだって。


「誰にでも、変えられるって。俺にも。お前にも。……それなら俺は、至上の栄光も、富も、名声もいらない。欲しいとも思わない。そんな未来なんて、いらない。欲しい奴がいるなら、そいつにくれてやる。俺が、欲しいのは──」

腕の中に、深く抱き込まれた。視界が全て遮られて、目の前の青年以外、なにも見えなくなる。

「……アル？」

なんのことを言っているのか分からなくて、見上げると。

青空色の瞳が、俺を見下ろしていた。

「選べと言うのなら。俺は、こっちを選ぶ。こっちが、一番、欲しい。……お前は？」

「おれ……は……」


俺の、欲しいものは。

このあたたかい場所と、人たちと、それから。

震える手で目の前にある、陽の香りのする洗いざらしのシャツの袖を、握り締めた。


……選んでも、いいのかな。

俺も、いいのかな。

分からない。いいのか、悪いのか。この選択の先が、どうなるのかさえも。なにも、分からないけど。

でも、選べというのなら。


「……俺も、」

出した声は、自分でも聞き取りづらいくらいに、情けなくも少し震えてかすれていたけど。

「俺も、こっちが、……一番、……欲しい——……」

どうにか声を絞り出して告げると、アルフレドが痛いぐらいに強く抱き締めてきた。それからいつものように、そうか、と、言った。いつもと違って気だるげな感じではなく、とても嬉しそうな声音で。


アルフレドは俺の額に軽く唇を落としてから、顔を上げ、御者席のほうを向いた。

俺はそこで、あ、と思わず声を漏らした。御者席へと続く小窓が開いていることに気づいたからだ。

失敗した。失態だ。今日の俺はだめすぎて、弁護のしようもない。なんで失念してたの、俺。もうだめすぎるにもほどがあるだろう！

もう本当、どうしたらいいんだ。この状況。

さっきの……もしかして、もしかしなくても、シュリオに聞かれてしまっただろうか。いや、聞こえていないと思いたい。見ていないと思いたい。

頼むから。ああもうどこかに今すぐ埋もれてしまいたい。


俺は目元をさり気なく袖で擦ってから、深呼吸をして。意を決して、小窓のほうへ顔を向けてみた。

当たって欲しくない予想通り、シュリオがこちらを振り返っていて、顔を赤くして、ちょっとだけ困ったように、そしてどことなく慈愛に満ちたような笑みを浮かべていた。

だからなんでなの。その笑み。やめてくれ。

俺と目が合ったシュリオは、一つだけ咳払いをすると。

「……え、えーと。どちらへ向かいましょうかい？ぼっちゃん」

そんなことを、しどろもどろな口調で聞いてきた。

「どちらへ、って……」

「先週生まれた、ボア・シープの子供。すげえ、もこもこになったけど。見に来るか？」

……ボア・シープ。

丸いもこもこの毛玉みたいな身体に、黒い目が二つついてる羊だ。

小さいのは、ぬいぐるみみたいで。ものすげえふかふかして、ころころしていて、ものすげえ可愛い。そしてとても人懐こい。

隣の金髪頭が、シュリオからは見えないように、俺の手を掬って、軽く握ってきた。

「それで、その後は飯食って、チビたちと遊んで、──泊まっていけばいい」

なんとも抗い難い誘い文句を、耳元で、囁いてきやがった。最後の台詞は、少しだけ低く、甘い声で。

俺は迷いに迷って、迷った末に。

明日は、溜まってる書類の整理と、年末の決算書を早めに作って纏めておこうと、大まかな予定をざっくりと決めてから。

俺の指示を待っているシュリオに顔を向けて、口を開いた。

「……シュリオ」

「へい！」

「…………チェダー牧場へ」

行き先を聞いたシュリオが俺を見て、少しだけからかうように、にんまりと笑みを浮かべた。なんなの、その笑み。だからなんで、時々、にんまりしてんの。やめろ。

「あいさ！」

シュリオが手綱《たづな》を引いて、馬首を、行き先の方角へと向けた。

隣からは、とても喜んでいる気配が伝わってきた。それに気づいた俺は、なんともいたたまれない気分になった。

なにも言わないでいると、隣に座っている金髪頭が、肩が当たるほど近寄ってきて、俺の手を包むように握ってきた。

横を向くことすら、どうにもこうにも、いたたまれなさすぎて、できなかった俺は。前を向いたまま、その大きな手を握り返してみた。

すると、また嬉しそうな気配が伝わってきて、手を握り返された。俺は少しだけ泣きたくなったけど、どうにか堪えた。

目元を指で拭かれたけど、俺は泣いてはいない。泣きそうにはなったけど、泣いてはいないのだ。濡れた感触がしたのは、それはただの水分だ。なのになんで笑ってんだこの野郎。

……ああもう。なんだか、どっと、気が抜けてきた。最近あまり眠れてなかったせいか、気が緩むと同時に、怒濤《どとう》のごとく眠気の波が押し寄せてきて、俺はぐったりと座席の背に倒れかかるように、背中を預けた。

「……帰ったら、ホットワインでも作るか」

隣から、そんな言葉が聞こえてきた。

ワインに、スパイスや干し果物を入れて煮込んだ飲み物だ。ビタミンたっぷりで疲労回復に効果があり、煮込んだことで適度に残ったアルコールが、身体を芯からあたためてくれる。寒い時にはぴったりの飲み物だ。それも、美味しいけど。

「……俺はホットミルクがいい。スパイスと干し葡萄《ぶどう》と、蜂蜜いっぱい入れたやつ」

注文をつけると、金髪頭が横で吹き出しやがった。なんで笑う。笑うところなんてどこにもなかっただろこの野郎。

相手が笑っている揺れが、触れる肩から、手から、伝わってくる。

その、微かに揺れる感じが、妙に心地いい。ずっと手を握られているままだから、さっきまで冷たかった指先も、ぽかぽかとあたたまってきた。

俺はやっぱり……数日分の溜まりに溜まった眠気に、抗えそうになくて。

どうせ、着いたら隣の奴が起こしてくれるだろうと思い、徐々に重くなってきた瞼を、そのまま閉じることにした。

34話　二つめの金色と夜明け色

今日は、とてもいい天気だ。雲一つない。

昨夜、あんなにも白い雪を途切れることなく降らせ続けていた灰色の雪雲は、どうやら寝てる間に通り過ぎてしまったようだ。今はもう、雪は道の脇や庭の端っこに、ほんの少しだけ白く残っているぐらいだ。

俺は教会の正面玄関の、大きな両開き扉の前に立った。

コートの裾や袖の辺りを手で軽く払い、マフラーが少し乱れていたような気がしたので巻き直し、微妙に波打つ纏まりづらい癖毛の髪を、軽く指で梳いて押さえて整える。

それから、大きく息を吸い込んで、吐き出した。

よし。これで、身だしなみについては問題ない。はずだ。多分。

左手に持った愛用の革鞄の持ち手を強く握り締め直して、右手を扉の取手に置いて。引き開ける前に、もう一度、息を大きく吸って、ゆっくりと吐き出した。


おい。俺よ。

なにここまで来て、怖気づいてんだよ。しゃんとしろ！　俺！　心の準備は、これ以上はないほどしてきただろうが！

予想される会話の流れのシミュレーションもたくさんしたし、その受け答えの練習もした。だから、問題ない。完璧だ。ぬかりはない。

どんな質問が来ても、動揺しないで返せるはずだ。

……昨日の件について聞かれたら、ああなんでもないですよ、みたいな顔をして答えればいいのだ。さらりと。

そうだ、さらっといけ。

エーファや騎士に、『アルフレドさんと貴方はもしかして恋人同士なんですか？』って聞かれた時には、『ええそうですよ』って、堂々と胸張って、さらっと流して――……

俺は額を扉に押し当てて、俯いた。

しゃがみ込みそうになったのを、どうにか気力で踏ん張った。

うああああ……

なんだこれ……むちゃくちゃ、ものすげえ、恥ずかしすぎて……もう始まる前から逃げ出したいんですけど!! 誰か俺をタスケテくれ!!

いやだめだ。

情けないことを言うな、俺。

逃げるんじゃない。戦え！ 男だろ！ 頑張れ！

耐えろ。耐えるんだ、俺。さらっと流せばいいのだ。さらっと、一発ドカンとかましてやれ！ 選んだからにはヒロインであるエーファに負けないように頑張っていこうって決めただろ！ 初撃は肝心だ！ 逝け！

大丈夫だ。落ち着いていけば、なんとでもなる。動揺したら、負けだ。

やれる。大丈夫だ、お前ならやれる。

別にそんなこと大したことじゃないですよ、みたいな普通な感じで、演《や》り通せばいいのだ。

今までだって、危ない場面をどうにかこうにか、そうやって演じて乗り越えてきたじゃないか。自分に自信を持て。この五年以上にも及ぶ苦労と頑張りと努力は決して無駄ではない。

それに、俺は……できるだけ早く、あの騎士の話を聞いておかねばならない。そのためにも、俺は絶対に、この扉の先へ行かねばならないのだ。

どう考えても、今の状況はおかしいからな。ここにいるはずのないあの騎士がいるというのは。おそらく、いや間違いなく……女神様が関係しているはずだ。俺の鋭い推理力と勘がそう告げている。

一体あの騎士は、泣いて捨て台詞のようなものを残して飛んでいってしまった女神様に……なにを言われて、ここへ来たのか。

もんのすげえ、気になる。

俺の手伝いを頼まれて来てくれたのなら、それはそれで助かるし、嬉しいことだ。仲間が増えて、心強くもある。

そして、もし仮にそうであるなら、彼とは早く話をしておかなければならないだろう。お互いの話のすり合わせと、これからの予定について打ち合わせしておかねばならない。

だけれども……そうなのだろうか？

どうにもなんだか、胸の辺りが、もやもやする。落ち着かない。

ならばここはもう、自分でああだこうだと想像して悩んでいるよりかは、本人に直接聞いたほうが早いだろう。そうすることで、胃と頭のこのモヤモヤキリキリも、早い段階で改善される。

朝、金髪頭に屋敷へ送ってもらった後、さて仕事をするかと机についたものの、本日の書類整理分の山を前にして、どうにもいろいろと気になりすぎて手に付かなかったのだから……これはもう、来るしかないだろう。

たとえ昨日の今日で、例の件が、俺と相手の記憶にまだ新しかろうとも!!

俺は気分を落ち着かせるために、再度、静かに息を吸って、吐いた。意を決し、扉の取手を摑んだ手に、今度こそ力を込めて。

……音を立てないように細心の注意を払いながら、静かに、少しだけ、引き開けた。

俺は顔を近づけて、僅かに開いた隙間から、そっと中を覗き込んでみた。素早く、礼拝堂内に目を走らせる。

「……あれ？」

そこには、誰の姿もなかった。

「誰もいない……？」

俺は脱力しつつもホッと胸を撫で下ろした。

それから、今度こそ扉を大きく引き開けて、教会の中へと一歩足を踏み入れた。

「あっ！　そこにいらっしゃるのは、もしかして、リアン様？」

「ひわあぁっ!?」

横のほうから弾むような少女の声が聞こえて、俺は文字通り跳び上がった。

恐る恐る振り返ってみると、そこには。

教会の建物の角から、ひょっこりと顔を覗かせたサラサラな金髪の小柄な少女がいた。少女は俺と目が合うと綺麗な青空色の目を細めて、箒《ほうき》と塵取りを手に持って、嬉しそうに微笑みながら駆け寄ってくる。寒さのせいか、マリエと同じとまではいかないけれど、頰と鼻の頭を赤くして。

「ああ、やっぱりリアン様！　こんにちは！　今日は、昨日の雪が嘘みたいによく晴れた、とってもいいお天気ですね！」

「そ、そうですね……こん、にちは……エーファ様」

「まあっ。エーファ、で構いませんよ、リアン様！どうぞ、そうお呼び下さいませ」

「いや、それは……」

「いいのですよ！　だって私、まだまだ知らないことがいっぱいの、見習いの身なんですもの！　『様』なんてつけていただけるような身分じゃ全くありませんから！」

すぐ目の前で立ち止まった少女に、にこにこと満面の笑顔で見上げられて。俺は内心冷や汗をかきながらも、笑みを返した。

「ですから、『エーファ』と呼んで下さいね、リアン様！」

そうは言われても……いいのだろうか。

彼女は、未来の聖女様だ。

そんな人を、呼び捨てにしても……いや、まあ、今はまだ、聖女様ではないのだけれど……どうにも、なんだか、俺だけが呼び捨てにするのは気が引けるものがある。

「……そうおっしゃるのなら。僕も、『リアン』と呼んで下さいませんか？」

「え、ええ〜っ!?」

「だって、僕も貴女と同じ立場ですからね」

「え……？　お……同じ……？」

「ええ」

エーファがきょとんとした顔をして、首を傾げた。

「僕も貴女と同じですよ。領主補佐の《見習い》の身、なんですから」

そう言うと、エーファが目を丸くして、それから破顔した。

「リアン様も、《見習いさん》、なのですか？」

「はい。《見習いさん》なのです」

同じように返すと、エーファがますます楽しそうに頬を赤らめて笑った。

「そうなんですね！」

「そうなんです。ですから僕のことも、リアン、と呼んで下さって構いませんよ」

そう言うと、エーファが慌てて両手を前に出して左右に振った。

「いいえっ、それはできませんよ！　だってリアン様は、やっぱり『リアン様』ですもの！」

「ええ～……？」

なんでだ。

理屈がよく分からん。

「それにリアン様は、私よりも、一つお歳が上の、お兄様なのでしょう？　マリエ様が教えて下さいました。ですからやっぱり、『様』はつけさせていただきます！」

「そんなこと。たったの一年ではないですか。それに僕たちは同じ見習いの身。僕と貴女の立場は、大して変わりはしませんよ」

「まあ！　変わりますよ、とっても！」

エーファが困ったように腕を上下左右に動かすものだから、塵取りの中の落ち葉が三分の一ほど零れた。

拾おうとすると止められたけれど、構わず、一緒に拾った。二人で拾ったほうが早いからな。それに……身体を動かしていたほうが、気が紛れる。

「……す、すみません……ありがとうございます……」

「いえいえ。寒い中、お掃除ご苦労様です」

「このぐらい、へっちゃらですよ！　私、寒さには強いんです！」

「そうなんですか」

「はい！」

嬉しい、楽しい、という気持ちが伝わってくるような素直な満面の笑みを浮かべ、可愛らしい笑い声を上げるから。俺も釣られて、笑ってしまった。

一緒に笑っていると、なんだか、さっきまでガチガチに緊張していた身体の強張りが少しずつ解けてきた。

まあ……脳内シミュレーションとは全く違う対話内容になってしまったが、これはこれで、よかったのではなかろうか。うむ。とても自然な感じで彼女と話せた気がする。

おそらく、俺が……変に身構えすぎてしまっていたのだろう。

昨日のことについて根掘り葉掘り質問攻めにされたらどうしようかと緊張していたけれど、尋ねてくるような感じもない。

それはあまりにもプライベートな話題だし、お互い、昨日初めて顔を合わせたばかりだ。もしかしたら気を遣って、そういう踏み込んだ話題は避けてくれているのかもしれない。

　いや、きっとそうだろう。俺が知っているエーファという少女も、人の心の機微《きび》に聡い、聡すぎて、人の想いに寄り添いすぎて引きずられてしまうほどに、優しい子だった。相手に気を遣いすぎて、疲れてしまうような。

　彼女とは実際、まだ少しだけしか言葉を交わしてはいないけど、その言動と仕草から、優しい子だということぐらいは分かる。

　そんな子が、いきなり相手のプライベートを詮索してくるはずなど……あるはずがない。

　俺は、ようやくそのことに思い至り、そうだよなあと思い直し、思い直すと気が楽になってきて、肩の力も抜けてきた。

「リアン様は、礼拝ですか？　それとも、マリエ様にご用事？」

　考え込んでしまっていた俺はハッとして、慌てて顔を上げた。

「ああ、ええと……。まあ、そうですね。それも、ありますけど……シュツァー様は、今、いらっしゃいますか？」

　マリエとも話をしたいけれど、まずは、彼と話をしておきたい。

　もしかしたら彼は……女神様について、なにか知っているかもしれないから。

「シュツァー様ですか？　はい、いらっしゃいます。教会を見て回りたいとおっしゃっておられましたから、どこかにはいらっしゃると思うのですが……。私、今から探しに行って、お呼びしてきますね！　ですからリアン様は、中で、暖炉であたたまりながら、少しだけお待ちになって下さいませ！　すぐにお呼びして参りますから！」

「あ、ちょっと待っ、僕が行っ――」

　そう言うやいなや、エーファは人の話を最後まで聞かずに、くるりと身体を反転させると、元気よく駆けていってしまった。

　……箒と、枯れ葉が山盛りになった塵取りを手に持ったまま。

　せっかく拾った枯れ葉をまた零しながら走っていく、そそっかしくも微笑ましい後ろ姿を見送りながら。俺は可笑しくなって、少しだけ笑った。

再び訪れた静寂に、息をつく。

ああ、本当に。いい子だと思う。

ちょっとだけ慌て者だけど、元気で、優しくて。とても素直で、表情もコロコロと変わって可愛くて、よく笑って。

あんなにもにこにこほわほわとしている少女だけれど、フォルトゥーナ教会に拾われる前は、明日食べるものにも困るような生活を送っていたのを、俺は知っている。

そして珍しい髪と瞳の色のせいで差別も、大なり小なり、受けてきたことも。哀しいことに……この世界でも、そういう問題は、ある。

そんな経験をしてきてなお、背筋を伸ばして、ああして笑っていられるのは、本当にすごいことだと思う。強い子だ。

彼女は、どんなに辛いことがあっても立ち上がって歩いてきた実績と、心の強さを持っている、しっかりとした子なのだ。

……俺、よりも。

俺は、少女が元気よく走っていった方向に視線を向けながら、小さく息を零した。

礼拝堂の正面に鎮座《ちんざ》する女神像の、その後ろの壁一面に嵌め込まれたステンドグラスからは色とりどりの光の筋が差し込んできていて、建物の中を柔らかく照らしていた。

前から三列目の中央寄りの席に座って、様々な色に移ろっていく綺麗な光の筋を、ぼんやりと眺めていると。

「――リアン殿」

落ち着いた、静かな感じのする男性の声で、名を呼ばれた。

声のしたほうへと顔を向けると、礼拝堂の横の通路から、夜明けの光色の長い髪をした騎士が、ゆっくりとした足取りで歩いてくるのが見えた。今日は銀の肩当てや胸当てなどの装備品は身につけておらず、腰に剣だけを提げている。

騎士は軽く手を上げながら、にこりと微笑んだ。

さすがに座ったまま出迎えるのはまずいだろうと思い、俺も立ち上がって向き直り、軽く会釈《えしゃく》をした。

「シュツァー様。こんにちは」

挨拶の言葉を口にすると、騎士が夜明けの光色の目を細めて、可笑しそうに肩を揺らして笑った。

「こんにちは。ああ、どうか、そんな堅苦しく苗字など呼ばないで下さいませんか、リアン殿。どうぞ、私のことはシュヴェアト、とお呼び下さい」

「いや、それは、……できません」

できるはずないだろう。

さすがに、それは無理だ。それくらい、俺にも分かる。

彼は……本当は、フォルトゥーナ教会の長である総大司教を側近くで守っている騎士なのだから。

常に総大司教の両脇に控えている、双璧の騎士。

聖堂騎士団の頂点に座する、《剣《つるぎ》の騎士》と《盾の騎士》。

シュヴェアト・シュツァーは、総大司教の指示でしか動かぬ、聖堂騎士団最強と言われる双璧の騎士のひとり——《剣の騎士》。

そんな人を、気軽にファーストネームでなど呼べるはずがない。彼を知る人がそれを聞いたら間違いなく『不敬な！』と怒るだろう。

だというのに、騎士は残念だと言わんばかりに眉根を下げて首を横に振り、大げさに腕と肩を持ち上げて落としてみせた。

「そう、おっしゃらずに。いいのですよ。私はただの、しがない下っ端聖堂騎士のひとりでしかないのですから」

そう言って、おどけるように首を傾けて、笑みを浮かべた。……《嘘》をつきながら。

嘘を、つかれた。

なぜだろう。俺に説明するのが、面倒だったからか……？

いやでも、そういう感じでも、ないみたいな気がする。ならなにか、嘘をつかねばならない理由でもあるのだろうか。

俺に知られたくないから？

なぜ。それなら、どうして知られたくないのか。

考えてみても、さっぱり分からない。とにかく今、俺が唯一分かっていることは。彼が《しがない下っ端騎士》などではないということだ。

それどころか聖堂騎士団の団長ですら、彼の部下なのだ。


ぐるぐると纏まらない思考で考え込んでいると、俺を面白がるように眺めていた騎士が、夜明けの光色の瞳を細め、口角を上げた。

「……ふむ。貴殿は、私が何者であるのか。ご存知なのでしょうか？」

「なに、って……」

答えれば、いいのだろうか。

そうすれば、俺を信用してくれるのだろうか。

「貴方は……フォルトゥーナ教会の、総大司教様を守る――《剣の騎士》様、でしょう……？」

答えると、騎士が、嬉しそうに微笑んだ。

「やはり、ご存知でしたか。昨日初めて、ほんの一目お会いしただけだというのに。どうやら《神託》は真実だった、ということなのでしょうかね」

しんたく？　……神託、か？


「……それは……どういう、意味なのでしょうか？」

相手の考えていることも。その真意も。意図も。なに一つ分からなくて、気持ちだけがざわめいて、落ち着かない。

首を傾げて問いかけると、シュヴェアトがまた笑った。よく笑う男だ。


そういえば、俺が知っていたシュヴェアトも、いつも笑みを浮かべている、飄々《ひょうひょう》とした騎士だった。たくさんの秘密を抱えているけれど、それを相手に悟らせないように、笑みと言葉で煙に巻くような。

俺は彼の性格を思い出して、緩みそうだった気を慌てて引き締めた。

そうだった。彼は……決して油断してはいけない男、だ。

まあ、そうは言っても未来の先でアルフレドの仲間になる人なのだから、そんなに警戒しなくてもいいような気はするのだけれども。

夜明けの光色の騎士は俺の目の前まで歩いてくると、笑みを浮かべたまま、立ち止まった。

「……リアン殿。いくつか、貴殿にお尋ねしたいことがあるのですが。よろしいでしょうか？」

なんだろうか。

俺のほうも、聞きたいことがいっぱいなんだが。

「……はい。なんでしょうか」

「創世の女神。始まりの女神。全ての生きとし生けるものの母なる神。その尊き御名《みな》を、貴方はご存知ですか？」

「そうせいの、女神……？」

創世、か？

世界を創る、という意味の言葉。

言葉の意味に思い至ってすぐ、省エネモードになってしまった、白くて小さなミニ女神様が小さな羽根を羽ばたかせて、ぷかぷかと呑気に浮かんでいる姿が頭の中に浮かんだ。

「ええと。それは……十三柱の女神様たちではなく？」

「はい」

騎士がにこりと微笑んで、頷いた。

ならば。やっぱり、彼が尋ねているのはあの……白い女神様のことなのだろう。

あの女神様の名前は、なんだったたっけ。確か、初めて会った時に名乗っていたはず。その名は、確か……

「――クロートゥア」

遠い記憶を引っ張り出して答えると、騎士はいよいよ楽しげに瞳を煌めかせ、口角を三日月のように吊り上げた。

「……ふふ。リアン殿。貴殿は、かの尊き女神様の御名を、ご存知なのですね。……その御名は尊すぎるが故に、教団の創始以来、女神様が我らに与えたいくつかの啓示の一つと言われてもいるのですが、その御名を記すことは固く禁じられ、司教以上の者にしか伝えることあたわず、総大司教様以外の者は口にすることすら禁じられ、今もなお、《秘匿《ひとく》されるべき聖句》とされているのですよ」

「え……っ？」

マジか!?

ということは、あの女神様の名前は……一般の信者の人たちのみならず、司祭であるマリエですら知らなかった……ということなのか？

そういえば、たくさんの聖書を読み漁ったけれど、あの白い女神様の名前は、確かに、どこにも記されてはいなかった。

マリエも、一度も彼女の名を口にしたことはない。なんてことだ。

あの、昇級試験に失敗し続けていると嘆いていた、鼻水垂らして泣いたりする、ふわふわゆるゆる女神様の名前が。

とてつもなくありがたやと祈る感じに取り扱われてたなんて!!

にわかには信じ難い。そんな貴重すぎる名前だなんて、思いもよらなかった。初めて会った俺に、ごく普通に名乗っちゃってたからな。

もしかしたら、あっ、しまったうっかり名乗っちゃったすみません黙ってて下さいね、みたいな感じでこうなっちゃってるんじゃなかろうか。……まあ、これは俺の勝手な想像だけれど。想像だけれど、実は真実なんではないかと、ひそかに自信があったりするけど。だって、ゆるゆるしてるからな、あの女神様。

まあいい。

この件については……驚きはしたが、今は横に置いておいてもいいこととして。今、問題なのは――

目の前の騎士が、まるで俺を試すかようにして尋ねてきた、その意図だ。

俺は問いかけの意味を込めて、騎士を見上げた。

俺の視線を受けた騎士が、笑みを深くした。

「御名をご存知だということは。貴方様は、やはり……創世の女神様の遣わされし《御使《みつか》い様》で間違いない、ということなのでしょうね」

御使い……？

どこかで聞いたことのある言葉に、俺は遠く過ぎ去った記憶を手繰《たぐ》った。

確か、マリエと初めて会った時に。俺に向かってそんなことを言っていたのを、ぼんやりと思い出す。

そうだ、言っていた。小さな目を少女みたいにキラキラさせて、林檎色の頬を真っ赤に染めて。

俺は溜め息交じりに、誰にでもはっきりと分かるようにオーバーアクション気味に、首を横に振った。俺はそんな風に、ご大層な名称で呼ばれるような者では決してない。

「違いますよ。僕は……御使い、なんてものではありません」

アルフレドやエーファ、目の前にいる騎士、メインストーリーに関わる重要な人物たちのように、なにか特別な力を持っているわけではない。

偶然にも女神様の目に留まって、捕まって、お手伝いを頼まれて、この世界へ放り込まれてしまった、就活に追われていたごく普通の大学生に過ぎないのだ。

そして今の俺も、片田舎で暮らす金持ちの次男坊。それ以上でも、以下でもない。

騎士が不思議そうに俺を見ながら数回まばたきして、その後、首を傾げた。

ここは、きちんと正確に、正しく伝えておかねばならないだろう。現実と真実を。

御使いだなんだと、理由もなく持ち上げられたり拝まれたり、過剰すぎる期待を寄せられても困るからな。俺が！

「いいですか、シュツァー様。よく聞いておいて下さい。僕はね。《御使い》なんて呼ばれるほどの者では、ありません。僕は、ただ……ほんの少しの、手助けを。《お　手　伝　い　》、を頼まれただけの者なのです」

だから、俺を《御使い》なんて呼ぶんじゃない。頼むから。そう呼ばれるたびに、すみません俺違うんです的な申し訳ない気分に陥《おちい》るから。

真実を突きつけてやると、黙って聞いていた騎士が目を丸くした。オーウェン家の紋章にもなっている《ピジョン》みたいに。

驚いている。そうだろうとも。俺も、未だにびっくりだ。自分でもマジでよくここまで頑張ってきたなあとしみじみ思う今日この頃だ。

今の説明で理解してくれただろうかと窺うように見

つめていると。俺と目が合った騎士は次の瞬間、はじけるように笑い出した。

「は、ははは！　……ふふっ、そう、なのですか。なるほどね……。貴方は女神様に、お手伝い、を頼まれて、この地へ舞い降りられたと？」

「……そうです。ていうか、舞い降りた、なんてものでもありません。放り込まれたんです」

騎士がまたもや、目を見開いた。

「放り、込まれた……？　……それは、……女神様に？」

「……そうです」

騎士が絶句して、顔を伏せた。


さすがにこれは、ショックだったのだろうか。

まあ、ショッキングな事実ではあるだろう。目の前の騎士も、《御使い》というやたらと神々しいフレーズに、おそらく……期待と信仰心に胸を膨らませてここへ来たのではないかと思われる。あの時のマリエも、そんな感じの目で俺を見ていた。

それが、今、打ち砕かれたのだ。

まあ、打ち砕いたのは俺だけど。それも俺の知ったことではないけどな！　知るかってんだ！

勝手に想像して思い込んでたのは、向こうのほうだ。俺は悪くない。

「分かっていただけましたか？　ですから、もしも他に、大きく勘違いしておられる困った方々がおられるのでしたら、そう、正しくお伝え下さい」

騎士の肩が、小刻みに揺れているのに気づいた。

「シュツァー、様……？」

見ていると、そのうち腹に手を置いて、耐え切れないという感じに吹き出して、ついには大きな口を開けて笑い出した。

この野郎。いきなりなんなんだ。なにが可笑しいってんだよ。

人が真面目に、懇切丁寧に、話をしてるっていうのに。ものすごく失礼だ。

内心かなりムッとしながら睨んでいると、騎士が俺の不機嫌に気づいたのか片手で口元を押さえて、謝ってきた。……肩はまだ揺れていたけれど。

「ははっ、これは……大変な、失礼を……。申し訳ございません。いやはや、なんとも……私が予想もしなかったご回答ばかりされるので。……くくっ……いや、この世の中、予測のつかない、思いもよらぬことが、まだまだいっぱいあるものなのですね」

……まあ、それには、俺も同感だけど。

今でも、俺の予想していないことや想定外なことが起こっては、こうして振り回されている。そのたびに、俺の胃と頭はハラハラヒヤヒヤ、キリキリしっぱなしだ。

「シュツァー様。僕からも、いくつか質問をしていいでしょうか？」

「はい。いいですよ」

騎士が、やたらと大きな動作で掌を上に向けて、促すように俺に差し向けてきた。

「貴方は……どうして、このような西の果ての小さな村へ、おいでになったのですか？　ここはとても穏やかな地で、魔物もそうそう現れません。出たとしても、僕たちで対処できるくらいのものばかりですよ。日々、気が抜けるほどに平和なもんです。聖堂騎士である貴方のお力を真に必要とされている方々は、他にも、たくさんおられるでしょうに」

俺も、相手と同じように問いかけをしてみた。遠回しに探りを入れるようなやり方で。

少しの皮肉と意趣返しを込めた俺の意図が、伝わったのだろうか。

騎士の片眉が一度だけ、上下した。

面白がるような笑みは、そのままだったけど。……どうやらあまり堪《こた》えていないようで、少しだけ腹立たしい。

睨むように見据えていると、騎士は優雅に片手を回して胸の、ちょうど心臓の真上辺りに掌を置いて、深く、丁寧に頭を下げてきた。

「……申し訳ございませんでした、リアン殿。こちらの不躾《ぶしつけ》な物言いの数々に、ご気分を害されたご様子……大変、失礼をいたしました。ですが、こちらとしましても確証もなしに、迂闊《うかつ》には動けませんので。その辺りは、どうか、ご理解いただけましたらと願う次第です」

……探りを入れていたことに対して、謝ってきやがった。

俺は短く嘆息してから。仕方なく……本当に仕方なく、頷いて返した。

まあ、騎士の言い分も、分かりたくはないが、分かる。何事においても、確認は大事だ。間違ってはいけないことなら、尚更に。

騎士は、渋々頷いた俺を見て、嬉しそうな笑みを浮かべて頷いた。

「ありがとうございます。リアン殿は、噂通りご聡明な方のようですね」

「お世辞は結構です。それで、質問の答えは」

うやむやにさせてなるものかと話を引き戻す。相手のペースに流されたら、だめだ。危険な気がとてもする。ものすごくする。

なぜなのか自分でも分からない。彼は、先の未来でアルフレドの仲間になる、味方でもあるのに……なんだか、とても……頭の中で、気をつけろ、気を抜くな、と警戒アラームが鳴り続けている。

俺は内心首を捻りながら、汗ばんだ掌を相手に分からないように握り締め、速くなりかける心臓の鼓動を落ち着かせるために、ゆっくりと息を吐いた。

「……なにかを頼まれて、ここへ、来られたのでしょう？」

――女神様に。


でなければ、聖堂騎士団最強の力と地位を持つ人が、わざわざ辺境にある小さな村の、小さな教会の司祭のお手伝いに来るはずがない。

騎士は肩をすくめて笑った後。笑みを消し、真面目な顔をして、肯定するように頷いた。どうやらようやく、まともに答える気になったようだ。まったく……。

「……創世の女神様、御《おん》自らが。総大司教様の夢の中においでになられましてね。《ご神託》をいくつか、与えていかれたのです」

「神託を……？」

神様のお告げ。神様の言葉。

もしかして女神様は、泣きながら飛んでいってしまった後……よりにもよってフォルトゥーナ教会の総大司教様の夢枕に立ちに……《囁き》に、行ったというのだろうか。

俺への手助けを、頼むために。

……なんだよな？

そうで間違いないような気はするのだけれど……ど

うしてなんだろう。どうにも胸が、ざわめいていて。収まらない。

「それは……どういう……？」

「——『遠く、エールデンという名の穏やかなる小さな国在り、その西の外れにある、ルエイスという名の村に降り立ちて、ただひとり、暗き行く末を変えんと見守り、導き続けている、月の輝き色——銀色を纏いし心優しき御使いを、その命を。どうか救い、お護り下さい』と」

言われた内容を、頭の中で反芻《はんすう》する。

「それはつまり……貴方は俺の、いえ、僕の手助けをしに来て下さった、ということなのです、か……？」

騎士は少しだけ目線を斜め下に向けて、顎をひと撫でしてから。顔を上げて、俺と目を合わせた。

「……まあ、そういうことには、なりますかね。総大司教様より、貴方の剣となるようにも命じられてきておりますから」

ということは……俺の予想の通りで、概《おおむ》ね、間違いではないみたいだ。

手助けしてくれるということなら大歓迎だし、とても、ありがたいことでは、あるのだけれども……なにか、言い方に引っかかりを覚えるのは、気にしすぎなのだろうか。

それに……この、じわりと底から滲《にじ》み出すような微かな不安は、なんなのだろうか。


女神様が、神力を無駄に使うことができない状態になってしまっているのは重々分かってはいるけれども、それにしてたって、この件についてなにも説明しに来てくれていないのも……妙に、引っかかる。

そういえば今、目の前の騎士は、神託をいくつか、と言わなかったか。

ということは。俺の手伝い以外にも、女神様はなにか頼み事をしていった、ということだ。

「シュツァー様。他にはなにを、」

騎士は再び笑みを浮かべながら人さし指をそっと口元に当て、次に、掌をこちらに向けた。しゃべるのを一旦止めて下さい、とでも言うかのように。

それから背後の、礼拝堂の奥側の脇にある一枚扉のほうに、ちらりと視線を向けた。

あの扉の向こう側は、書庫や倉庫へと続く廊下がある。なんだろうかと俺も視線を向けると、微かに足音が二人分、話し声とともに近づいてくるのが聞こえてきた。

誰の声なのかはすぐに分かった。マリエとエーファだ。

しばらく待っていると、扉が開き、二人が姿を現した。

マリエが先に俺に気づいて、林檎色の頬を緩めて微笑んできた。気の抜けない騎士との会話に少し疲れていた俺は、ほんわりとした笑みに、とても癒された。

「こんにちは、リアン様。……あらあら、シュツァー様はこちらにいらっしゃったのですね」

「ああ〜！　ここにいらっしゃったのですね！　はう……いっぱいお探ししたのに……一番最初にお探しした場所にいたなんて……」

騎士は笑うマリエとしょげ返るエーファに向かって、微笑みながら優雅に片腕をふわりと大きく回して、手を胸に置き、礼をした。

「マリエンヌ様。エーファ様。これから少し、出掛けてきてもよろしいでしょうか？　リアン殿が、村を案内して下さるとおっしゃるので」

そう言いながら、騎士が俺の背に手を置いてきた。

……俺はそんなこと一言も言っていないぞ、この野郎。

言ってはいないが……まだ二人だけで話を続けたいので付き合っていただけますか、という思惑と意思だけは、分かった。

俺もまだまだ騎士には聞きたいことがあったので、仕方なく、相手の即興小芝居に付き合ってやることにした。

「……ええ。いろいろと、シュツァー様には、聞いてみたいことも、たくさんありますから」

マリエとエーファが顔を見合わせ、それから俺と騎士を交互に見上げた。

「そうですか。それは、構いませんけれども……足下にお気をつけて、いってらっしゃいませね。雪がまだ少し、残っておりますから」

「滑らないように、気をつけて下さいね！　いってらっしゃいです」

「はい。お心遣い、ありがとうございます。では、行って参りますね。……さあ、行きましょうか、リアン殿?」

騎士は笑みを浮かべながら、俺の背を軽く押した。もちろん行くでしょう? と夜明けの光色の瞳が俺を覗き込んでくる。

「……行きましょう」

俺も話を続けたかったので、同意を伝えるべく、渋々頷いた。


鞄は、マリエに預かってもらうことにした。中身が詰まっていて重いからな、俺の鞄。

マリエに鞄を渡した後、騎士が催促するように俺の背中を再度押してきたので、俺は促されるままに、教会の正面の扉へと足を向け、礼拝堂を後にした。


外へ出ると日差しは柔らかく、ぽかぽかとしていて暖かかった。騎士が歩き出したので、俺もその少し後に続いて歩く。

途中、冬野菜を積んだ荷馬車が、俺たちの横を通りすぎかけて、止まった。

御者席に座っていた年若い夫婦が俺たちに微笑んで挨拶をしてきて、採れたての冬蜜柑を一つずつくれると、手を振りながら去っていった。

二人並んで歩きながら、蜜柑を食べた。夫妻が選びに選んでくれたそれは、小ぶりだけれど、とても甘かった。

小さな蜜柑を大きな手で苦労しながら皮をむきつつ、畑を背景に食べ歩く《剣の騎士》の姿が、なんだか気が抜けるほどにミスマッチすぎて、俺は思わず笑い声を零してしまった。慌てて口元を押さえる。

「なんですか?」

「……ぶふっ、いえ、なんでもありません。蜜柑、甘くて美味しいですね」

「ええ、とても美味しいですね。土産に買って帰りたいぐらいです」

「そうですか。気に入られたのなら、お帰りになる時にご用意させていただきますよ」

「そうですか! それは嬉しいです。ありがとう、リアン殿」

「いえいえ」


食べ終わった皮を騎士の分も回収して、ハンカチで包んでから上着の脇ポケットに入れると、なぜか笑われた。なんだよ。ゴミのポイ捨てはだめだろうが。ゴミ箱がなければ持ち帰るのがマナーだ。

　チビたちにもそう教えている手前、大人である俺たちがきちんと手本を見せてやらねばならぬ。

「ふふ。ここは……とても穏やかで、本当に、いい村ですね。景色も、空気も綺麗で。眺めているだけでも、心が安らいでくる。暮らしている人たちも気さくで、そしてとてものんびりとしていて……素朴で、優しい……」

　はるか遠くを眺めていた騎士が、俺を振り返って、微笑んできた。

「……貴方が、命を賭して守ろうとしているのも、分かる気がします」

　この男は。一体どこまで聞いていて、どこまで知っているのだろうか……？

「……シュツァー様」

「シュヴェアト、とお呼び下さい、リアン殿。私は総大司教様から、貴方の《剣》となるよう命じられ、やってきたのですから。私の命と剣は、今や貴方のものです」

　シュヴェアトが、俺の右手を掬うように取った。

「この村と同じく、貴方も。穏やかで……とても優しい方だ。私はね。瞳を見れば、その人の本質については、だいたいのことは分かるんですよ」

「え……？　そん、な」

　ことが、分かるのだろうか。

　いやでも、彼も、アルフレドやエーファほどではないが、人並み外れた魔力と神力を持っている。そういう特殊な力が、多少なりとも備わっているのかもしれない。分からないけれど。

「初めて貴方にお会いした時、とても、とても優しい瞳をした御方だと思いました。脆《もろ》く、それでいて強く、そして、あたたかな瞳だと。氷色に覆われた奥底は、見ている側が心苦しくなるほどに、澄んでいる。私が想像していた御方とは全く違っていて、びっくりして、そして……嬉しくなった。……女神様がその命を惜しまれるのも分かる気がします。……なぜなら私も、ここで散らすには惜しすぎる、と思ってしまったぐらいですから」

俺は気づかれないように、息を呑んだ。

散らす、という言葉を、騎士はわざわざ口にした。

彼は、どこまで知っているのだろうか。もしも、リアン《りお れ》に定められている行き先を、知っているというのなら。この穏やかな優しい村に、この先起こるであろう恐ろしい災厄のことも、知っているということになる。


女神様は、一体どこまで話したのだろうか。この世界の人たちに、そこまで教えてもいいのだろうか。

俺や村のことを想って、いろいろと動いてくれていることだけは分かるけれども。なにをしているのかは、俺には分からない。

気になることばかりだけど、今はひとまず、彼の思い違いを訂正しておいたほうがいいだろう。

「……なにをおっしゃっているのか。僕は、貴方が思っているような者ではありませんよ。優しく見えるのは、ただの気の弱さが……そう見えてしまっているだけです。僕はいつだって、怖がりで、すぐに動けなくなる……情けない奴でしか、ないのですから」

俺はそんな情けない奴なのだと告げたのに、騎士はただ、静かに微笑んだ。

「……リアン殿。それは、当たり前のことですよ」

「え……？」

「なぜなら我々は……未だ宙《そら》へも昇れぬ、不完全な《欠片》でしかないのですから。その旅路はまさに、暗闇と汚泥の中を歩むようなもの。耐え切れず、暗闇に堕《お》ちてしまう者もいる。泥に足を取られ、立ちすくむ者もいる。暗闇の中、進むべき道が見えなくなってしまい、動けなくなる時もあるでしょう。ですが、それは全き星に成さんと与えられし、長い長い巡礼の旅の、試練であり、通過点でしかない……」

騎士が、チビたちを見守っている時のマリエのような笑みを浮かべて、俺を見た。

「……というのは、私の上司がよく口にする言葉の、受け売りですけどね。……それでもなお。汚れ、傷つき、惑いながらも、諦めず、進もうとしている人の姿は。尊く、美しい、と私は思うのです」

騎士が顔の前まで俺の手を持ち上げて、その甲に、静かに、額を押しつけてきた。まるでなにかに誓うように、祈るように。

「ふ、え⁉」

びっくりして手を引こうとしたけれど、思いのほか強く摑まれていて、すぐには抜けなかった。

「な、なに、を」

ゆっくりと顔を上げた騎士は、俺を見て、夜明けの光色の目を笑みの形に細めた。

俺は今度こそ、力を込めて手を引き抜いた。

一歩後ろへ下がりながら、夜明けの光色の騎士を睨む。

本当に、なにを考えているのか、分からない。明らかに拒絶の意思を込めて手を振り払ったのに、騎士は気分を害した風もなく、変わらず笑みを浮かべたままだ。

騎士がふと、俺よりも更に向こう側へ、草地の丘のほうへと視線を向けた。

その視線を追って俺も振り返ると、丘の上には、人を乗せた黒毛の大きな馬が一頭、立っているのが見えた。

乗っているのは青年で、その髪の色は金色だった。いつも寒くなったら着ている、ポケットのいっぱい付いた、ごつい生地のハーフコートを羽織っている。

青年は白い息を吐きながら、青空色の瞳を細めて、こちらを見ていた。

「アルフレド……？」

呼ぶと、馬首をこちらに向けて、ゆっくりと丘を下りてきて、俺のすぐ脇に停まった。

「──リアン」

俺を見て、それからすぐにシュツァーへと視線を移す。

見上げたその横顔からは、なんだか、機嫌があまりよくない感じがした。目つきも鋭いし、口元も引き結ばれている。

「アル……？　こんな時間にここで会うのは、珍しいな。どこかに、行く途中だったのか？」

「……ああ。コルトゥーラ商店に。屋根の張り替えと修理の手伝いを頼まれてて。今から行くところ」

アルフレドは学生の頃、卒業するまで建築業社でも仕事をしていた。腕はなかなかにいいようで、牧場で働くようになった今でも、あいかわらず修理仕事をあちこちで頼まれているようだ。

配達先で頼まれるたび、チェダー牧場から商品を仕入れてもらっているし、それに顧客の印象もよくなるしな、と言って、こうして出掛けていっている。

「そうか」

「お前は？」

「え、ええと……少し、手が空いたから。……教会に、来てた。それで……シュツァー様と話を、してた」

「話」

アルフレドが目を細めたまま、騎士を見据えた。

シュツァーはといえば、不躾に睨みつけられているにもかかわらず、どことなく楽しそうな様子で、うっすらと口元に笑みさえ浮かべたまま、アルフレドを見ていた。

「……話。終わったのか？」

「え、ああ……まあ……」

話はまだ途中だけど、そんなことを言えば、よけいに機嫌が悪くなりそうな気がして、言うのは憚られた。

騎士が面白がるように笑みながら、俺とアルフレドを見て、肩をすくめてみせた。

「……ふふ。これは……これ以上は話すな、という、天の思し召しなのでしょうかね」

「シュツァー、様……？」

「シュヴェアト、ですよ。リアン殿。貴殿とは、気軽に名を呼んでいただけるような間柄になりたいと思っております」

アルフレドが、騎士と俺の間にゆっくりと馬を進ませながら、細めた横目で騎士を見下ろした。相手が、敵か、それ以外かを見定めるべく探っている、獣みたいな視線と仕草で。

「お前。……なに？」

騎士が腕を組み、にやにやとした笑みを浮かべた。

「……ふふ。なに、と聞かれましても。私はただの、上司より仕事を言いつけられた、しがない派遣騎士ですよ。――アルフレド・フラム殿」

そう言うと、シュツァーは俺に向き直った。

「リアン殿。私はもう少し、村の中を見て回ってから教会へ戻ります。ではまた……機会が訪れました時に、お話の続きをいたしましょう」

「え、ちょっ……」

夜明けの光色の騎士は笑みを浮かべたまま、胸に右の掌を置く騎士の礼をしてから身を翻し、歩いていってしまった。

分かるような分からないような会話と展開が続き……なんだか、どっと疲れが押し寄せてきた。

マジで疲れた。自分でも気づかないうちに、気を張っていたみたいだ。肩と首の裏の筋肉が、じわりと痛くなってくる。

解放された安堵感と疲労感に、やや放心しながら、夜明けの光色の長い髪を目で追っていると。

腕を摑まれて、引っ張られた。

「アル？」

「……送る」

「送るって……」

教会は、すぐそこだ。歩いて戻れる距離にある。

そう言おうとした時には、もう俺の脇下をくぐらせるように長い腕が回されていて、馬の背に引き上げられてしまっていた。あいかわらずの馬鹿力だ。

「う、わっ」

馬首が急に逆方向に方向転換して、大きく身体が揺らいだ。

俺は落ちそうな感覚にひやっとして、慌てて目の前の奴の胸に両腕を回して、しがみつくしかなかった。

「お、まえ——な、」

抗議するために顔を上げ、目が合った瞬間、唇に噛みつかれた。開いた隙間から入ってきた相手の舌が、俺の舌を搦《から》め捕《と》るように、貪るように、舐め始める。

「……ん……っ」

くちゅり、くちゅりとお互いの唾液が混ざって、小さく音がする。まるで、あの行為に誘うような、煽《あお》ってくるような動きだった。

俺は震えて、焦った。身体は意に反してじわりと熱を持ち始めて、力も勝手に抜け始める。俺は自分に向けてしっかりしろと叱咤しながら、しがみついていた相手の胸を強く叩いた。

「っん、う……ば、か……やろ……！　ここ、外……っ！　誰か、誰か見てたら、」

「誰も見てない」

「ああ!?　だからって、」

今度は片腕で強く抱き締められて、肩に金髪頭が乗ってきた。

甘えるように。すがるように。

顔が見えなくなって。俺は小さく、溜め息をついた。

まったく。どいつもこいつも。なんなんだよ。なにを考えているんだか分からなくて、本当に、参る。

首元に当たる、肌のあたたかさと固めの金髪の感触がくすぐったい。

馬は、主人が抑えるように手綱を引いているから、その命令に忠実に、ものすごくゆっくりと、ゆったりと歩いている。

「……アルフレド？」

名を呼ぶと、返事の代わりかどうかは分からないが、抱き締める腕に力が入った。ちょっと、痛い。

それから俺の首元に額を擦りつけるようにしながら、金髪頭が左右に揺れた。その仕草は、俺が帰る時間になると背中や足にしがみついてくる、帰らないで、ここにいて、とぐずるチビたちによく似ていた。

俺はもう大人だ、とか、いつだったか、堂々と俺に宣言してなかったか、お前。あの宣誓の時の偉そうな態度はどこいった。なに、チビたちとおんなじことしてんだよ。


「アル？」

「……」

「どうしたんだ？」

「……」

「なあ、……アルフレド？」

「……」

返事が、一つも返ってこない。

……まったくもって、理由も原因も分からない。

けれども、ちょっとだけ不機嫌で、ちょっとだけ気分が沈んでいて、ちょっとだけ寂しい気分になっていて。だから今、こうして俺に甘えてきているのだけは、なんとなくだけれど、分かった。

こうして甘えてこられると、どうにも親心的なものが無条件で湧いてきてしまう。

外でこういうことはするなと、叱らないといけないのに。自分でも、これはだめだと思うのだけれども。

しっかりしろよ、俺。

それ、だめ親の典型的なパターンだぞ。もっとしっかりと、子供には毅然とした態度で接しなければならないというのに。獅子が我が子を鍛《きた》えるためにあえて谷へ突き落とすがごとく、厳しくとも、突き放すぐらいの、勢いでいかないと――……

俺の首筋から頬にかけて、金色の髪の青年が己の頬を合わせてきた。時折、柔らかく擦りつけながら。甘えるように。

今甘えたいんだ黙って甘えさせろと言わんばかりのやりたい放題な相手の、困った子供みたいな態度に、俺はまた一つ、溜め息をついてから。

教会の門の前に着くまでの間、俺は仕方なく、でかい図体をした子供の胸に力を抜いて寄りかかり、彼の望むままに、抱き締めさせたまま。

ぐずるチビたちにしているのと同じように、少し固いけれど、やたらと手触りがいい金髪頭を柔らかく指で梳きながら、撫で続けた。

閑話　春は多忙につき　其の二　アルフレド視点

どうして春は、こうも忙しいのか。

毎年毎年……春が来るたびに、うんざりする。

俺の周りの奴は、ぽかぽかとした春の陽気に誘われて出かけてみたり、仕事が忙しくなる前の、この時間を自由気ままに満喫したりしているというのに。

俺だけが、なぜかこの時期、やたらと忙しいのだ。

この地方では十数年ぶりとなる降雪に人々は驚いたが、更に珍しいことに、雪は、その後も二度ほど降った。そしてそれはそこそこ積もった。

そのせいもあって、村や町は今現在、屋根修理ラッシュを迎えている。

よって、配達の先々で、必ずと言っていいほどその話題が出る。

俺もチェダーさんも、その話題が出るたびに、どうにかサラッと流そうと別の話題に変えたりしてみるのだが……どうしても、どうやっても、その話題に引き戻されてしまう。

そして修理業者も人手が足りないらしくて、なかなか来てくれないから雨漏りで非常に困っている、という話の流れに必ずなり……雨で家の中も物もだめになってしまう、どうにかならないかと泣きつかれる。

じゃあ簡単な雨漏りの修理だけでもうちでお引き受けしましょうか、と、なんだかどうにも引き受けざるを得ないような、ここまで聞いたら断らないよねという無言の圧力というか……そんな感じの後に引けない状況にいつの間にか陥っていて……そして、現在。

俺とチェダーさんは、牧場の仕事の合間を縫って、あちこちの屋根修理に走り回っている。

一度、前の仕事先の建築業社に救援をと頼みに行ってはみたが……あっちはあっちで、俺たちと似たような状況に陥っていた。いや、俺たちよりも状況は更に悪いかもしれない。

春の新築ラッシュに、屋根修理ラッシュが重なってしまったらしい。他人事ながら、最悪だな。

親方は俺と目が合うなり、おめえいいところに来たな！　と言って血走った目で鼻息荒く必死の形相で両肩を摑んできたので、いや俺はちょっと挨拶がてら顔出してみただけだから、と言って早々に逃げ、いや、立ち去ることにした。

待てこの野郎俺たちを殺す気かあああ！　と言われても、これ以上仕事が増えたら、俺だって死にそうだ。勘弁してくれ。

ただでさえ、多すぎる仕事のせいでリアンたちとピクニックに行けなかったというのに。

タイミング悪く、ちょうどその日を間に挟んで三日間、チェダー夫人の両親の家の屋根修理をすることになってしまったのだ。もともと屋根と天井の板が腐りかけていたらしく、とうとう穴が空いてしまって困っているという話を聞いてしまったら……行くしかないだろう。


そういうわけで、俺だって、去年は誘われなかったけど今年は誘われたのに断らざるをえなかった、この、未だにどうにも消化し切れない、もやもやとした気分を抱えながら金槌を片手に釘を打ち込むしかない日々を送っているのだ。

先日、エーファが俺に、『リアン様のお作りになったホットケーキ、とっても、とってもふかふかで、甘くて、美味しかったんですよ！　お母様のと、とてもよく似た優しいお味で……ふわふわな卵焼きのサンドイッチも……』ともじもじしながら話してきた。そりゃよかったな。あいつの作る食い物、やたらと美味いからな。

『お腹一杯になって、皆でくっついて、お昼寝したりもしました！　リアン様、寝ぼけてらしたのか、お膝で寝ていたチビちゃんたちの側で寝てた、私の頭まで撫でて下さったりして……』と赤くなった頬に両手を当てて、照れながらも嬉しそうに……って、なんだそれは。

どういうことだ。おい。なんか前にもこんな場面なかったか。ていうか、いい加減にしろよ膝枕ってなんだこのうらやまし――いや。

……別に俺は、膝枕ぐらいのことで、腹を立てたりはしない。

気にもしていない。ああないとも。なぜなら俺だって、膝枕ぐらい、何度もしてもらったからな。頭だって、何回も、撫でてもらった。

最近は、それ以上だってさせてくれるようになったし、たくさん触らせてくれるようにもなったのだ。

ベッドに押し倒しても——……まあ、時には顔を真っ赤にして怒る時も、あるにはあるけど。あいつはものすげえ、他の追随を許さないほどに飛び抜けて恥ずかしがりだからな。頭を殴られたりもするけど、だいたいは、させてくれるようになったし。

それに……夏も終わりかけていた、あの日の夜。

俺のこと、好きだ、って。愛してるって、言ってくれたのだ。


あの時、どんなに嬉しかったか。

嬉しすぎて、瞬間、眩暈がしたぐらいだ。

俺としては、できることならいつだって、何度だって言って欲しいのだけれど、あいつはものすげえ恥ずかしがりなので……あまりというか滅多に言ってくれないのが、残念ではある。

あるけれど、今では、顔を寄せたら赤くなりながらも目を閉じて、キスさせてくれるようにもなった。

手を繋いだら、頬を赤く染めて恥ずかしそうにしながらも握り返してくれるし、抱き締めようとしても逃げたりしないし、たまには、リアンのほうから身を寄せてくることだってある。

それらは俺だけにしてくれる、俺だけが知っている、あいつの表情と仕草だ。

だから、エーファと一緒に来た……あの、シュヴェアト・シュツァーとかいう聖堂騎士野郎とリアンが一緒にいるのを見たって、俺は、別に。

気になったりなんて、全く、これっぽっちも、しないのだ。

＊＊＊

その日は、午前中は牧場の仕事、午後は屋根修理の仕事が入っていた。

現場に向かう途中に教会があるので、俺は少しだけ立ち寄ってみることにした。

教会に近づくと、なにやら騒がしい声が聞こえてきた。

なにかあったのかと馬を急がせて門から敷地内へと入ると。中庭に生えてる一番大きな木の下に、人だかりができているのが見えた。

教会にいる奴全員と言ってもいいぐらいの勢いで集合している。そしてなにやら……なぜか皆、一様に、不安そうな顔をして上を見上げていた。

いつも元気なチビたちが、珍しくどこかハラハラした表情をしている。その後ろではマリエとエーファが、心配そうな様子で、両手を胸の前で組み合わせて祈るように見上げていた。

なんだろうか。

分からん。

内心首を捻りながら視線の先を追ってみると、木の真ん中辺りに、草色のシーツが引っかかっているのが見えた。そこで俺は、ようやく状況を理解した。

おそらく、干していたシーツが風で飛んで、木に引っかかってしまったのだろう。

今日は風が強いからな。春は、風の強い日が多い。置いてた屋根の補修材もうっかり飛んじまったりするから、結構、困っている。

草色のシーツから視線を少しだけ前へとずらすと、生い茂る枝葉の陰に、見え隠れする銀色頭が見えた。リアンだ。

リアンは、伸びをするような姿勢で、細い片腕を遠目でも震えているのが分かるほどに目一杯、上へと伸ばしている。そして、そのすぐ下では――

……目に痛い夜明けの光みたいな色をした、髪のやたらと長い聖堂騎士が、リアンを肩車していた。

長すぎる髪は、首の横辺りで一纏めにして紐で括っている。ひょろりとしているくせに力はあるらしく、リアンを肩に乗せても平然とした様子で立っていた。余裕なのか、笑みまで浮かべながら。

俺は別に、イラっとなんてしていない。

ないが、ちょっと……くっつきすぎじゃないのかこの野郎。

「……おい。なにしてんだ」

馬の背から飛び降りて、近づきながら問いかけると。見てるとなんだか眩しい感じがしてくる色の目が俺を振り返ってきて、笑みの形に細められた。

「おや、フラム殿。これはどうも。こんにちは。なにをしているかと問われましても……ご覧の通りですが」

「ああ？　ご覧の、って――」

「とうおおおお、れえええええ、たあああああぁ……!!」

リアンがものすげえ嬉しそうな声を上げ、キラキラした満面の笑みで、シーツの端を摑んだ手と腕を、誇らしげに高々と空へと振り上げた。

それを見たチビたちとエーファが歓声を上げ、きゃっきゃと楽しそうに飛び跳ね始める。マリエもホッとした表情で、林檎色の頰を緩めた。

「おめでとうございます、リアン殿」

「うむ！　ありがとおおお!!　いやもう、シュツァー様の背が高くて、本当に助かりました！　ていうか、肩車なんてしていただいて……本当に、申し訳なく……」

「いえいえ。いいんですよ。これぐらいお安いご用ですし、お役に立てたのならば嬉しい限りです」

「そ、そうですか。すみません……本当にありがとうございまし……――わあっ!?　アルフレド!?」

俺に気づいたリアンが、びっくりしたように目を真ん丸に見開いて、それからハッとした顔をして、振り上げていた腕を慌てて下ろし、みるみる顔を赤くした。

「こっ、これはだな……！　チビたち、の、シーツが……突風で……飛んでしまって……っ」

「そうか。取れて、よかったな」

「あ……う、うん。よかった……」

リアンが恥ずかしそうに頰を染め、それでいて嬉しそうに、はにかむような笑みを浮かべて笑った。

それがあまりにも素直な、嬉しいという感情そのままの自然な笑顔だったから。俺もなんだか嬉しい気分になってきて、釣られて笑ってしまった。教会にいる時のリアンは、気を遣わなくてもいいせいか、こんな風に自然な感じで笑っていることが多い。

そしてそれがまた、ものすげえ、可愛かったりする。可愛いのだけれど……まだ肩車していやがる騎士が、ものすげえ邪魔だ。終わったんなら、早く下ろせよこの野郎。

「……おい。シュツァー。重いだろ。俺が引き取る。リアンから手を離せ」

後ろに回って言うと、シュツァーが俺を横目で見て、笑みを浮かべながら片眉を上げた。どこか面白がるような表情をしていて、どうにも気分が悪くなる。

「……別に、重くはないですけれどね？」

「いいから、下ろせ」

っつうか、いい加減、離れろ。

「はいはい。分かりましたよ。リアン殿、それじゃあ手を離しますよー」

シュツァーがリアンの両足から、手を離した。

「え!?　嘘お!?　ちょっ……待って!?　まっ……!?　ひわ、あああああー!?」

支えを失ったリアンの身体が、ぐらりと後ろに傾ぐ。俺は腕を広げて、そのまま背中から落ちてくるのを受け止めた。

腕の中に収まったリアンを見下ろすと、シーツに埋もれたまま、びっくりした時の銀色猫みたいに目をこれ以上はないほど丸く開いて、固まっていた。

膝下に腕を差し込んで持ち上げて抱え直しても、まだ両手でシーツを握り締めたまま、硬直していた。青い顔をして、ぶるぶると全身を震わせている。

「こっ」

「こ？」

「怖……っ!!　なにこれ、すげえ……ものすげえ、怖かった、じゃねえかこの野郎……!!　びっくりなんてもんじゃないぞ……！　ひどい！　ひどすぎる！　急になんてことすんだ、ちくしょう！　馬鹿野郎！　お前ら、覚えとけよ!?」

お前らも今度、同じことしてやるんだからな！　この、落下する時の胃の冷える浮遊感と恐怖を味わえってんだ！　と顔を真っ赤にしたリアンが、涙目で怒ってきた。

そうは言っても、リアンの筋力と細い身体では俺も、あの騎士も、肩車するには……重量的にかなり難しいと思うんだが。あの細身の肩に乗った瞬間に怪我をさせてしまいそうで、乗る俺のほうもすげえ怖い。できれば遠慮したい。

シュツァーの奴も微妙な顔をしてなんとも言えない笑みを浮かべていたから、俺と同じような想像をしたのかもしれない。

教会の中へリアンを運び込んで、食堂のテーブルの上に、シーツごと、そっと乗せた。

顔を覗き込むと、目一杯、眉間に皺が寄っていた。口元も引き結ばれている。

俺はどうしたものかと考えて、そういえばアレがあったなと思い出して、コートのポケットに手を突っ込んだ。手に当たったものを、一つ摑んで取り出す。

包んでいた紙を外して、その中身を、不機嫌顔の口の中へと突っ込んだ。

薄氷色の瞳が見開かれ、数回咀嚼すると、キラキラと輝き出した。

どうやら美味かったようだ。それはそうだろう。ゴーダ夫人お手製の、林檎ジャムを掌サイズの四角いクッキーで挟んだ焼き菓子だ。

雑穀の混ざったクッキー生地は香ばしく、林檎の酸味ともよく合う。そこそこ大きくて食べごたえもあるから、腹持ちもいい。

先日、ゴーダ夫人が、作りすぎたからと言って、大量に持ってきてくれたのだ。三チビたちも大喜びだった。

腹が減ったら食べようかと思って、数枚包んでコートのポケットに入れて持ってきていたのだ。持ってきといてよかった。

不機嫌顔だった銀髪頭は咀嚼しながら、美味い、と一言ぼそりと低く呟いてから、口からはみ出ている部分を両手に持って、さくさくと食べ始めた。深かった眉間の皺も、少しずつ緩んでくる。

眺めていると、口の端についたジャムがなんだかものすげえ美味そうに見えてきて、思わず舐めてしまったら。

また眉間に皺が戻って、真っ赤な顔になって怒り出し、頭をポカリと殴られた。


その翌々日。

その日も、屋根修理の仕事が一件、入っていた。

今回の現場は酒蔵の屋根で、年季の入った瓦石のほとんどがヒビ割れてしまっていて、思っていた以上に時間がかかって大変だった。

やってもやっても終わらない錯覚に陥るほどに大変だったが、明日はリアンとの仕事の日だ。絶対に持ち越したくなかったから、気力を総動員して、頑張った。

陽が落ち切る寸前にどうにか終わらせることができて、マジで、ほっとしている。

作業と片づけを終え、補修完了の報告と帰りの挨拶をしに酒蔵の主人のもとへ行くと。

感謝の言葉とともに、麦酒を十本と、謝礼の入った封筒をくれた。

俺がしたのは業者が来るまでの一時しのぎで、仮補修だ。当面は大丈夫だろうけど、長くはもたない。そう言ったけど、お礼は受け取るのが礼儀ってもんだよ、と笑いながら背中を何度も叩かれた。

それもそうかと思い直し、ありがたく受け取ることにした。

ここの麦酒はさっぱりしていて美味いから、持って帰ったらチェダーさんたちもすげえ喜ぶだろう。二人とも、なかなかの酒好きだから。


酒蔵を出た頃には、辺りはもう、すっかり暗くなっていた。皆家に帰ってしまっているのか、人影も全くない。

静かだった。

あまりにも静かすぎる道を、馬を少しだけ急がせて、駆けた。俺も馬も、腹がすげえ減ってたから。

道を急いでいると、そのうち、緩やかな丘へと伸びる坂道の先に、教会が見えてきた。俺は少しだけ手綱を引いて、速度を落とした。

教会の窓からは、暖かそうなオレンジ色の灯りが、外へと零れている。

リアンは……もう、屋敷へ帰ってしまっただろうか。

いや、きっと帰っているだろう。もう、日はすっかり暮れてしまっていて、夜空には星が瞬いている。

俺は今度は手綱を強く引いて馬を停め、溜め息をついた。

最近、あまりにも忙しすぎて……リアンに触れるどころか、話すらまともにできていない。

リアンも今年の春は忙しいのか、仕事や仕入れの話をしに、方々の村や町へ、時には王都へと遠出をしていることも多い。俺のほうも、やたらと春は遠方の配達が増えるから、朝に会うのも、週に一度、あればいいほうだ。

会ってまともに話ができるのは、水曜午後の稽古日と、護衛の仕事が入っている土日だけ。

エーファと、シュツァーが……少しだけ、うらやましい。

あの二人は教会に住み込んでいるから、リアンと会う機会は、俺よりも多いから。

そのことを考え始めたら、昨年の暮れ辺りのことも一緒に思い出されてきて……俺はまた、小さく息を吐いた。

二人が教会にやってきたのは、三ヶ月ほど前の冬のことだった。

その頃のマリエは、端から見ても心配するくらいに大忙しだった。連れてこられる孤児が増えてきて、ひとりでは手が回らないくらいにチビたちがいっぱいになってしまっていたからだ。

巣立っていくチビたちもいるけど、入ってくるチビたちのほうがはるかに多くて、孤児院はとうとう満員状態になってしまった。

小さな身体で休む暇なく走り回っている姿を見て、これはさすがになんとかしないとまずいと思った俺とリアンは、渋るマリエに、早いうちに孤児院の現状を伝えて手伝いをお願いしたほうがいいと言い続けたのだ。

頑張るのはいいことだが、頑張りすぎて倒れてしまっては本末転倒だ。マリエはいつでも元気一杯なばあさんだが、やはり、歳は歳だ。無理はしないほうがいい。

俺たちの提案をようやくマリエが受け入れ、応援を求める手紙を教会支部へと出してから、ひと月ほどが経って。

年の暮れに派遣されてやってきたのが……エーファと、シュツァーだ。

見習いの尼僧だというエーファの髪と瞳の色は、俺と同じだった。

おそらく彼女は、俺と根を同じくした種族、いわゆる《同胞》……というやつなのだろうと思う。

本人に直接尋ねたことはないが、なんというか……感覚で、そうだと分かった。ああ、目の前にいる奴は、《仲間》だ、と。

エーファのほうも、俺と同じように感じたみたいだった。

まあ、それは別に、どうでもいい。

ただ、今まで少しだけ気になっていたことを、もしかしたら彼女なら知っているかもしれないと思い、聞いてみたことがある。

俺たちのような特徴と色を持つ人の、還る場所。《故郷》と呼べる場所や、国はあるのか、と。

それに対する、彼女の答えは……

おそらくもう無いでしょう、ということだった。


多分そうだろうなと予想はしていたから、別段、驚きはしなかった。

エーファが、両親の祖父母から聞いた話によると、エーファの祖父母が生まれるよりも更に遠い、遠い昔には、俺たちの故郷と呼べるような国があったらしい。けれどある日、大きな災害が国全体を襲い、なにもかもを全て……その大地すら、海の底へと沈めてしまったのだという。


それと似たような話は、俺もいくつかは知っている。

図書館の本棚には、《水底《みなそこ》に沈んだ幻の王国》を題材にした書籍は数冊並んでいて、俺も借りて読んだことがあったから。

もしかして……あれのことなのだろうか？


題名に惹かれて読んでみたが、どの本も、残された僅かな手がかりを元に謎を探っていくような感じで、冒険小説みたいなところもあって、なかなかに面白かった。時には筆者が、見たこともない魔物と遭遇したり、不思議な遺跡に足を踏み入れたりして。


その王国は、神の寵愛と祝福を受けた者たちが治めていて、今では滅多に人前に現れなくなってしまった精霊もともに暮らしていて、花は年中咲き乱れ、まるで天上の楽園のように豊かで素晴らしい国、だったらしい。

人々が想い、夢見る、全ての者が幸せになれる《理想郷》のような国。


だった、けれども。

数多の、国の盛衰を描いた物語のように。何代目か後の王が、裏切り者や、野心強き国の王の甘言に乗ってしまい……その楽園のような王国は、終わりを迎えてしまう。

古い文献の中には、王国を飲み込んだ恐ろしき災厄は、天の怒りと嘆きの表れだった、とも記されている。

まあ、そんな遠い昔の話なんて、今の俺たちからしたら、ああそうなのか、ぐらいの感想しか出ないが。

要するに、エーファの話を聞いて分かったのは、根無し草な俺たちは、ふらふらと世界中へと散らばり、辿り着いた土地でどうにかこうにか細々と生きているらしい、ということだ。


エーファの両親は、二年ほど前に、流行り病で亡くなってしまったらしい。

そんな身の上だからだろうか、彼女はリアンの姿を見かけると、嬉しそうにチビたちに混じって駆け寄っていく。

それも、分からないでもない。

リアンを知れば知るほど、本当は、優しすぎるぐらいに優しくて……誰にでも分け隔てなく、まるで親か兄のように、あたたかく接してくれることに気づくだろうから。

親恋しければ尚更、あたたかさを求めて、追いかけたくなるだろう。

あいつは誰だって……どんな悪ガキでも泣いている奴がいたら、優しく、抱き締めてやるから。困った顔で、しょうがないなと微笑みながら。

泣いている奴がいれば、落ち着くまで、側にいてやっている。あたたかい手と腕で、触れながら。

求めれば、そのあたたかさは、誰にでも差し伸べられるのだ。

……誰にでも。


なんだか少し、気分が沈んで、もやもやとしてきたが、俺は気づかない振りをした。

まあ、それについても、別に。気にしてはいない。

エーファもエーファなりに、いろいろと苦労してきているようだからな。

リアンもそれが分かっているから、彼女に対して、時にはチビたちにするのと同じように接しているのだろうと思う。エーファのほうも、無意識にだろうけど、それを望んでいる。それも、分かる。

俺が、どうにもよく分からないのは……

——あの、シュヴェアト・シュツァーと名乗る、聖堂騎士だ。

奴は、しがない見習いの派遣騎士ですよ、と言ってはいたが、その腰にさげた剣は……見習いの騎士に与えられるにしては、柄に施された細工も精巧で、あまりにも質がよすぎる感じがした。

それに、教会の手伝いのためだけに聖堂騎士が派遣されてくるなんて、聞いたことがないし、その必要もない。ここは、魔物も滅多に出ない、気の抜けるほど長閑な村なのだから。


マリエの手伝いのためだけに来たわけじゃないだろう、と探りも込めて尋ねてみたこともあるが、奴の言によると、この付近一帯の状況の調査も兼ねて、派遣されてきたとのことだ。

西の森を通り抜け、大河を渡り、山と谷と荒れ野をいくつも越えた先には、状況の落ち着かない大きな国が二つもありますからね、と。

確かに奴の言う通り、年明け頃に護衛仲間の先輩たちが、最近では戦力の拮抗と疲弊から戦況は膠着《こうちゃく》して一時休戦みたいな状態になっているそうだぞ、このまま落ち着いてくれたらいいよなあ、と話しているのを耳にしたことはある。

あるが……それだけ、なのだろうか？


いつだったか、リアンと騎士が二人だけで話しているのを見かけた。その時のリアンは……困惑したように眉をひそめ、どこか不安そうな、緊張したような表情をしていた。

なんの話をしていたのかは、分からない。

ただ、その時の俺は、二人が話しているのを見ていると、どうにも心の奥がざわめいて、なんともいえない焦りが湧いてくるのと一緒に、なぜなのか、不安になった。

自分でも、それがどうしてなのかは、分からないけれども。


あいつがリアンの手の甲に、額を押しつけて。まるで忠誠を誓うような仕草をしたのも、意味が分からなくて、我慢がならなかった。

その理由を、もしかして、と思い当たりそうになる自分にも。

あの時は、触るなとなりふり構わず大声で怒鳴りつけたいのを必死で我慢して、急いで、あいつから引き離したけれど……

リアンには、あの騎士には近づくなと言いたいけれど……その理由が自分でもはっきりと分からず、上手く説明もできなくて。

一緒にいるのを見かけるたびに、どうにかこうにか、引き離している日々だ。

自分でも、それはあまりにも心が狭すぎ、いや、心配しすぎだろうとは、思うのだけれど。

見上げると、半分に欠けた月と無数の星が散った夜空が、視界いっぱいに広がった。

俺は大きな溜め息を、最後にもう一つだけ、ついてから。

手綱と足で、馬に出発の合図を送った。

チェダー牧場に帰ってみると、三チビたちは、やっぱりというか、もう寝ていた。あいつら、陽が沈むと眠くなるからな。三チビ揃って。

教会での生活が身についているというか、あれはもうあいつらの元からの習性のような気もする。そして陽が昇ると起きてくる。

牧場の牛や羊たちも陽が落ちると寝て、朝日が昇ると目が覚めるから、牧場での暮らしにはぴったりな奴らではある。

夫人が用意してくれた野菜と牛乳と鶏肉のスープをパンと一緒にかき込みながら、もらった麦酒と謝礼を渡したら、謝礼だけ戻された。『それはアルが今日しっかり働いた分の報酬なんだから、アルがもらっといたらいいんだよ』と笑いながら。

隣の席で麦酒をさっそく一本空けたチェダーさんが、『お前正直すぎるぜ、俺ならこっそり懐に入れて、ぐふふ、飲みに――』と言いかけたその脇腹に、夫人の肘鉄がめり込んだ。ものすげえ音がした。

あの二つ首の猪をひとりで倒したこともあるチェダーさんが、床に転がって青い顔して悶絶しながら泣いて夫人に謝っていた。

チェダーさんも強いが、夫人の強さも半端ない。常に素早く確実に相手の急所を突く攻撃を繰り出してくるのは、いつ見ても、すげえと思う。

とりあえず。臨時収入が入ったのは、素直に嬉しい。欲しいものがいくつかあるので、それのためにも貯めておこうと思う。


風呂に入って寝間着に着替え、階段を半分ほど上ったところで、夫人に呼び止められた。

振り返ると、階段の下から俺を見上げてきて、口元に人さし指を立てて、首を横に振っていた。それから今度は上を指さして、掌を伏せたり、振ったりしている。

分からん。

なにが言いたいのだろうか。

そのパントマイムみたいな動作の意味をしばらく考えてはみたけれど……どうにも、意味が分からない。

俺が首を傾げてみせると、俺の意思が伝わっているのかいないのか、今度は『静かにね』と小声で囁いてきた。

静かに？

……ああ。なるほど。分かった気がする。多分。

要するに、チビたちが寝てるから静かにしてね、と言いたいのだろう。

いやでも、あいつら……一度寝つくと、雷がバリバリ鳴ってても全然起きやがらないぐらいの、もんのすげえ熟睡具合だぞ。

俺にまだ伝わってないと思ったのか、更に重ねて、小声を通り越してもはや口パク状態で、身振り手振りで表現してきた。

なんなんだ。分からん。

もしかして、三チビたちが寝る前にぐずったりして、なかなか寝つかなかったのだろうか？　起きてまたぐずり出したら困るから、絶対に音を立てないでね、といったところか。

俺は頷いて、分かった静かにするという了承の意味を込めて、片手を軽く上げてみせた。

それを見た夫人が安心したように笑みを浮かべて頷き返してきて、口の動きだけで『おやすみ』と言ってきたから、俺も手を振って返しておいた。

欠伸《あくび》をしながら自分の部屋の扉を開けて、暗いと思っていたのに薄ぼんやりと明るいから、俺は首を傾げた。

なんで明るいのかと見回してみると、机の上の卓上ランプに、小さく火が灯っていた。

もしかして、夫人が気を利かせて、つけておいてくれたのだろうか?

いやそれとも、自分がうっかり消し忘れて出たのだろうか。だったらやべえ。いや待て。そうだったとしても、こんなに長い時間ついてるはずはない。

なら、なにかの拍子でついたのかとありえそうな可能性を思い浮かべては首を捻りながら、眠いのでもう明日考えることにして、ベッドに向かった。

ベッド脇に立ち、また俺は首を傾げた。

ベッドの真ん中辺りが、上掛けを丸くこねたような感じに、こんもりと盛り上がっている。まるで団子のように。

……なんだこれは。

確かに朝起きた時、適当に上掛けをはね飛ばした記憶はあるけど……こんなだっただろうか。

朝のことを思い出しながら、しばらくじっと見ていると、微かに、丸い塊が動いたような気がした。

静かに近づいて、上から覗き込んでみると、上掛けの塊の上側のほうが少し崩れていて、その隙間から、銀色のものが見え隠れしているのに気づいた。

再び首を捻りながら、その隙間を広げるように、上掛けを摑んで少しだけ引っ張り上げてみると。

そこには、ぐっすりと気持ちよさそうに眠っているリアンがいた。

すうすうと、心地よさそうな寝息も聞こえてくる。

俺は思わず軽く目を擦った。

あまりにも疲れすぎていて、俺は立ったまま寝てしまっているのだろうか。それとも、あいつのことをさっきまで考えていたから、とうとう幻でも視《み》てしまっているのか。

纏まらない思考の渦に巻き込まれていると、上掛けを捲ったまま固まっている手に、相手の呼気と肌の熱が当たった。

あたたかい。どうやら、ここにいるリアンは夢でも幻でもなく……本物、のようだ。

嬉しいけど、でも、どうしてここに。

「……リアン？」

呼ぶと、ううん、と唸って、うっすらと目を開けた。ぼやけたアイスブルー色の瞳が、ゆっくりとした動作で俺を見上げてきて。俺と目が合うと、ふわりと微笑みながら、嬉しそうに細められた。

「……あるふれど」

少し舌足らずで、まだ眠りの中にいるような、ふわふわとした柔らかい声で名を呼ばれた。

「どうして……ここに？」

俺の部屋に？

尋ねると、リアンがゆったりとした仕草で、俺に向かって両腕を伸ばしてきた。俺は近寄りながら腰を屈めた。あたたかい腕が、するりと首と肩に回ってくる。触れた肌からは、草原みたいな柔らかな香りがした。

「……あした、にし……いく……から……」

「西？」

「……どよう……おまえも……ようい……」

「用意？」

「……ここから……いく……」

リアンの寝ぼけながらの説明から推測するに。

明日は土曜で、西のほうへ仕事に行くつもりだからお前も用意しとけ、といったところだろうか。ここにいるということは、目的地は屋敷からよりもチェダー牧場からのほうが近いのかもしれない。

「分かった。用意して、明日、俺も一緒に行けばいいんだな？」

「ん……」

リアンが俺の首に両腕を回したまま、こくりと頷いた。

俺はリアンを首にぶら下げたまま、落とさないようにと注意してゆっくりとベッドに乗り上げ、両手をついて身体を支えた。

心地いい重さに任せて上体を倒して首筋に顔を埋めると、あたたかい肌の感触と、香ってくる相手の柔らかな香りに……くらりと眩暈がした。

それから、咽が渇いてくるのを感じた。

自分の心臓の音が、やけに大きく聞こえてくる。少しずつ乱れてきた呼吸の音も。

目の前にある細い身体からは、どことなく甘く、美味そうな香りがする。

触りたい。

ものすごく。今。

我慢できなくて首筋を舐めると、リアンがかすれた甘い声を小さく漏らした。寝ぼけているからとはいえ……腰にくるような声で。

俺は、こくりと唾を飲み込んだ。

ああ。これは、無理だ。我慢、できそうにない。だって二週間以上、まともに触れていなかったのだ。

「……なあ。少しだけ……触っても、いい？」

肌を舐めながら唇のところまで行って、軽く口付ける。

明日、出かけるなら……たくさんやるのはだめということぐらい、俺にも分かっている。それでも、この部屋の隣にある、リアン用の部屋ではなく……俺の部屋にいるってことは。

少しぐらいは触ってもいい、触って欲しい、ってことだよな？

そう思っても、間違いではないはずだ。いや、そうだ。間違いないだろう。

だったら、すげえ、ものすげえ、俺は、嬉しい。

嬉しすぎて、思わず……暴走、しそうなぐらいに。

深く口付けて、相手の舌をつつくと、応えるように、つつき返してきた。絡めると、俺の好きなようにとでもいうように、身体の力を抜いた。

上掛けと毛布を剝ぎ取って、寝間着の上着のボタンを外し出しても、ズボンを引き抜いても、抵抗らしい抵抗はされなかった。

胸の先端辺りを好き勝手に噛んだり舐めたり、腹を舐めながら下へと移動して、緩く立ち上がっていたものを白濁が零れ出すまで舐め続けても、零れたそれを足の付け根やその奥まで舌で舐め取っても、そのたびに小さく喘ぎながら、びくり、びくりと震えるだけで、嫌がる素振りは見られない。

片手で押さえた口からは、抑え切れなかった甘い鳴き声と息が漏れ、目を閉じてはいたけれど、その頰は上気して、染まっていた。

俺は身を起こして、ベッド脇の鞄に手を突っ込んで、後ろ用の薬を一つ、取り出した。

パリンと割ると、リアンが氷が溶けたような色の瞳で、俺の手元を見ていた。

濡らした手を、相手の足の間の奥に滑り込ませても。それでもまだ、抵抗らしい抵抗はなかった。指先を中へと潜り込ませても、身体は震えていたけれど、甘い悲鳴を上げただけで、じっとしている。

……どうやら、してもいい、ということみたいだ。


「……一回だけ。いい？」

耳元で、確認のために小声で尋ねると、リアンがビクリと震えた。頬を紅色に染めて、視線は斜め下にそらされている。

「……っあ……いっかい……」

いや。待て、俺。

しばらく触れてなかったのだ。一回だけなんて、全然足りない。

「……やっぱり、二回」

「……っ」

指を奥へと進ませながら修正すると、リアンがまた、ビクリと身体を跳ねさせた。

「……ぁ、ん、んっ……い、いっかい……だ……！」

……寝ぼけているくせに、流されてはくれなかった。

交渉か。いいだろう。


「三回」

「あ⁉　な、なんで増えてんだよ……！」

「三回」

「なっ⁉　この、馬鹿やろ、そんなのだめに決まってるだろ！」

「三回」

「なんてできるか！　明日の朝出発するって言ってるだろうが！　二回が限度――」

リアンがハッとして、両手で口を押さえた。

だが、もう遅い。言質は取った。

相手がしまったという表情をしながら俺を見上げてきたので、俺は、会心の笑みを浮かべて返した。

俺の、勝ちだ。

「い、今のはなしだ！　今のは、――」

往生際の悪いことを言う口を、噛みつくように口で塞いでおいた。

次の日の朝。

目が覚めると、俺の隣で、リアンが安心し切ったようなあどけない顔をして、すやすやと眠っていた。

ああ、昨日のことは俺の夢ではなかったんだと、ものすげえ、嬉しくなった。

羽織っただけのシャツから覗いている胸や首や腕、肌の至る所に、ほんのりと赤い痕が残っているのが見えた。俺が昨日つけた、痕が。

あたたかい肌からは、俺の好きな匂いが柔らかく香ってくる。野原みたいに穏やかで、それでいて、微かに甘さの混じった香り。

どれも、どこも、とても、……美味そうに見えた。

咽が鳴る。

ああ。だめだ。まだ、食い足りない。

もっと、触りたい。触れていたい。触れていて欲しい。あの柔らかな、あたたかい手で。

どうにも我慢できなくて、舌に甘く感じる肌と唇を舐めて、胸の淡い色の小さな実みたいにも見えるところに食いつくと、さすがに起きてしまったようで、目を開いた。

「っん、あ、………ア、ル……？」

おはよう、と言うと、寝ぼけているからものすごくふわふわとした声で、『おはよう……？』とやや疑問形で返ってきた。

肩を押すと、簡単にころりと仰向けになった。覆いかぶさっても、不思議そうに首を少しだけ傾けて、ぼんやりと見上げてくる。

目が合うと、ふんわりと夢見心地に微笑まれて。あまりにも可愛すぎて、美味そうで、つい、思い切り唇にかぶりついてしまった。

すると、相手の身体が大きく跳ねた。目も大きく開かれる。

塞がれた口の中で、くぐもった声で文句を言いながら、腕の中で暴れ出した。

……失敗した。

今度こそ、確実に目が覚めてしまったようだ。

あともう少し気持ちよくさせてたら、もしかしたら、このまま流されて、なし崩しにもう一回ぐらい、させてもらえたかもしれないのに。……多分。

いいや、させてくれたはずだ。させて欲しい。だって、長く触れてなかったのだ。もう少しぐらい、いいじゃないか。

どうにも諦め切れなくて、相手の耳と首筋を軽く噛むと、この馬鹿野郎、朝出るって昨日言っただろ、アホ、起きろこの野郎、と真っ赤な顔をして足で蹴ったり後ろ髪を引っ張ったりしてきて。

最後には、頭にゲンコツを落とされた。

……寝ぼけていないリアンは、そうそう簡単には流されてはくれないし、なかなかに手厳しい。

＊　＊　＊

屋根修理ラッシュも、ようやく落ち着きを見せ始めた頃。

リアンが、今度は村の西に広がる森の手前に、もう一つ柵を追加して作る、と言い出した。

それを聞いた俺と作業員たちは、思わず顔を見合わせてしまった。

そこまでしなくても、もうすでに立派な魔物除けの柵があるのだから十分なのでは、と俺も、俺以外の奴らも思ったからだ。

リアンはそんな俺たちを見てから、少しだけ困ったような顔をして笑みを浮かべ、他の村々で魔物による深刻な被害が最近特に増えてきているようだからね、と説明をした。

それから、調査の結果、西の森の奥にはブラッドクロー・ベアがまだ数匹以上潜んでいる可能性が濃厚だということも付け加えて。

ミーテとムートの時のような悲しい事件がまた起きてはいけないからね、防げるものは防いでおかないと、事が起こってからでは遅いだろう？　と言われたら……確かに、そうでは、あるのだけれども。

……俺はこの村の外にも配達に行ったりしているけれど、魔物の被害が増えて困っているという話は、それほど耳にしたことがない。

たいていは、人づてに聞いた話で、人里離れた場所で滅多に現れない魔物の姿をちらりと見たんだって、へえそうなのか、ぐらいのレベルだ。各自が今まで通りに気をつけていれば問題はなく、早急に対策を立てなければまずいというような感じでは、全くない。

ないのだが——俺は、そのことを、口には出さなかった。

そう、あの日にあいつと、約束したから。

《嘘》かもしれないと思っても。嘘だと分かったとしても……決して、問わぬことを。

真実を、暴こうとしないことを。

嘘の奥には、あいつなりの《嘘の理由》があるのだということだけは、それだけは……俺にも、分かってるから。……それを今、教えられなくても。

それに、あいつが嫌う《嘘》をついてまで、必死に隠そうとしているということは、知られてしまえば、今までのようにはいられないということでもある。

最悪……俺の側から、いなくなってしまうかもしれない。それは、ありえない話ではない。

疑心や好奇心に負けて真実を暴きたて、その結果……一番大切なものを失ってしまったという話は、マリエの寝物語や、読んだ本の中にも、いくつかあった。

そんなことになってしまうのは、俺は絶対に、嫌だ。

リアンが側からいなくなるなんて、想像すらしたくない。

このまま、変わることなく、ずっと側にいて欲しい。

あの柔らかくてあたたかい笑みで、俺を見ていて欲しい。俺の名を呼んで、触れていて欲しい。

だから俺は、それ以上はなにも問わず、ただ、お前の思うようにしたらいい、とだけ答えた。なにがあったとしても、俺は最後までお前に付き合う、と。

リアンは俺を見上げてきて、少しだけ泣きそうに瞳を揺らしてから、小さな声で、ありがとう、と返事をしてきた。

真実を暴かない限り、俺の側にずっといてくれるのなら、俺は、一生、暴かないでいるつもりだ。

あいつが秘するものは、秘するままに。

そうすることで、俺の側にい続けてくれると言うのなら。

……女神のもとに、帰らないでいてくれるのなら。

俺は、お前が必死に隠そうとしていることを、知らないままでもいい。

あの日、お前が教えてくれたように。俺を好きだと、愛していると言ってくれた《本当》だけ分かっていれば。それだけで、いい。


「――それにしても。なんとも立派な柵を、リアン殿はお作りになったものですねえ……」

隣から、感嘆したような男の声が聞こえてきて。考え込んでしまっていた俺は、はっとして、意識を戻した。

隣の奴の存在を認識した途端、気分が急激に降下していくのが自分でも分かって、嫌になる。

横目で見ると、目に痛いぐらいに明るい色をした奴と、視線が合った。

わざとらしいぐらいにやたらと人当たりのいい笑みを向けられても、俺は全く笑える気分ではなかった。ていうか、マリエの手伝いに来たんならさっさと教会に帰れよ、と思う。つうか、帰れ。

この、下っ端の聖堂騎士だと名乗った男は、話を聞きつけて、柵作りをぜひ見てみたい、よければ手伝わせて欲しい、とリアンに頼んだらしく……最近は、こうして俺たちについてくることが多くなった。

現場主任でもあるリアンが奴の申し出を受けたのなら……俺は、従う他ない。

それに、なんか嫌だから来させるな、とはさすがに言えないだろう。そんな、ガキが駄々をこねるみたいなこと、言えるはずもない。お前はいくつになったんだと呆れられるのがオチだ。

……ただでさえ、たまに、子供扱いされるというのに。


「先日見せていただいた、あの、村の西側に作られた魔物除けの柵は、まっすぐに、整然と、どこまでも連なっていて……本当に、綺麗でした。見ただけで、とても丁寧に作られているのが分かりました。皆さんの腕がいいのはもちろんですが、リアン殿が自ら現場に赴いて、そう、指示していたのですね」

焦らず、作業は丁寧に。確実に。

気になることがあったら、すぐに申し出ること。

怪我をしないように、最後まで、注意は怠らずに。

作業をする前には必ず、リアンは俺たちにそう言ってから始めている。昔も、今も。

眩しすぎる色の奴から視線を外し、その背後へと目を向けると。

作りかけの柵の手前では、リアンが片手に地図や計画表の紙の束、もう一方の手にはペンを持って、作業員たちと荷台に積まれた柵の資材を一つずつ確認しながら、ああだこうだと話し合っている姿が見えた。

「……ふふ。リアン殿は……何事に対しても、いつも一生懸命ですね」

俺と同じ方向へ視線を向けたシュツァーが、笑みを浮かべて、言った。チビたちを見守るマリエみたいに、穏やかに目を細めて。

「一生懸命、守ろうとしている。——この村を。貴殿たちを」

なにか、相手の言い方に、どこがとははっきり言えないけれど、引っかかるものを感じて……隣に立つ奴へと視線を戻した。

シュツァーも、俺を振り返ってきた。

相手を見透かすような視線と、どうしてなのか、……どこか哀れむような笑みを浮かべて。

俺はそれを見ていると、なんだか無性に苛立ってきて。それはそうだろ、と反射的に強く言い返した。

「……それは、当たり前だろう。ここはオーウェン領だ。リアンたちが、治める地でもあるんだから」

理由の一つを答えると。

相手は感情の読み取れない表情で、薄い笑みを口元に浮かべた。

「当たり前に、なに一つ知らぬままに、庇護を、彼の愛を享受できるというのは。とても幸せなことですね」

「……なにが言いたい」

言葉に含みがあることに気づいて睨みつけると、シュツァーがやたらと癇に障る薄ら笑いを浮かべたまま、大げさにゆっくりと両腕を横に上げ、わざとらしく肩をすくめてみせた。

「いいえ、なにも？　なにか、貴殿のお気に障ったところがあったのでしょうか。でしたら、大変失礼いたしました。私は何分、若輩者ですのでね……思ったことがすぐに口に出てしまうようです。今後は気をつけますので、どうかご容赦下さいませ。——ああ、そうそうリアン殿が教えて下さったのですが、ここは、彼にとっては……『夢のような場所』、なのだそうですよ」

どこか相手を馬鹿にしている、ふざけた態度と物言いにものすげえ腹が立ったが、脈絡もなくいきなり切り出された話の中の、その言葉が。妙に俺の耳の中に残った。

「……夢のような……？」

「ええ。……ですから、彼にとってここは……この村は。守るべき、そして、守り抜きたい場所なのでしょうね。彼の全てを賭《と》しても。——貴殿は、ルエイス、という名称の語源をご存知ですか？」

……この男と話すと、いつも思いもよらぬ方向へと次々に話題が飛びまくって、思考と感情がすぐには追いつかなくて、マジで、参る。苦手だ。

腹立つから、絶対に相手には悟らせたくないし、口が裂けても言わないけど。

置いていかれて切り替えすらできないままに話が先に進んでいくから、どうにも落ち着かない。

「……知らん」

「ふふ。そうですか。……『安息の地』、という古い伝承の中の言葉が、元になっているそうですよ」

「安息の、地……」

「最初にこの地へ辿り着いた人々は、よほど、心の底から安堵したのでしょう。それを言葉に残そうとしたほどに、彼らの旅路は、辛く、苦しいものだったのだろうと思います」

シュツァーは前を向き、遠くを眺めるように目を細めた。

その視線の先には、作業員たちと——書類を覗き込みながら話をしているリアンがいた。

「探し求めて、ようやく辿り着いた……辿り着けたこの場所が、彼が心から安らげる……『安息の地』でもあるのかもしれません。彼が、夢にまで見た『理想郷』。故に、奪われぬように、失わぬように、必死に、守ろうとしている……」

そこでリアンが俺たちを呼んだので、奴との話はそこで終わった。

ただ、シュツァーの語った言葉は、全てが、まるで謎かけのようで。

口にした意図や暗に示唆するものが、分かるようで分からないまま、意味があったのかなかったのかすらも、分からないままだった。

別にどうということはない、世間話の域を出ない会話の内容だろうと自分でも思うのに。

どうしてなのか……俺の中に、いつまで経っても消えずに、残り続けた。


その日の仕事が終わって。

いつものようにシュツァーと作業員たちと途中で別れて、最後にリアンを屋敷へ送っていった。

馬車の横で少しだけ立ち話をした後、リアンが図書館で借りてた新刊の本が読み終わったから、ちょっとだけ部屋に寄ってくれと言ってきた。なにやら少し誇らしげに、楽しそうに笑みを浮かべながら。

いつ頃からだろうか。学校を出て、しばらく経ってからだったか。

お互いに働き出してからは、学校にいる時のようには、頻繁に図書館に通えなくなってしまっていて。人気シリーズものの最新作が入荷しても、あっという間に全部貸し出し中になってしまうから、なかなかすぐには読めなくなってしまった。

それならばと、俺たちは、どちらかのタイミングが合って新刊を入手できた時には、読み終えた後に回すことにしよう、と決めたのだ。

これは、なかなかにいい策だった。

お互いが読みたい本の入荷日を調べて、その日に合わせられるほうが図書館に借りに行って入手する。

そうすることで、誰かの返却を今か今かとジリジリしながら待たなくても、最新作が早く読めるようになったのだ。

ものすげえ画期的な作戦だと自負している。

そしてそれは今も、変わらずに、続いている。

リアンの部屋へ入ると、机やソファの上には本や書類、よく分からない魔動系の器具や道具が散乱していた。

日によって散乱しているものは違うが、基本的にリアンの私室は、いつもこんな感じだ。まるで探求心旺盛な学者の資料室、もしくは、研究室みたいな。

「あれ？　おかしいな……ここに置いといたはずなんだけど……」

リアンが首を傾げながら、机やソファの上のものをひっくり返したり、かき回し始めた。

どうやら、本や物を積み上げすぎて、どこに置いたか分からなくなったようだ。

探すのを手伝おうか、と申し出たら、座って待っててくれと返ってきたので、俺は言われた通りに邪魔にならないよう、壁際の本棚にもたれて、待つことにした。

なんの気なしに、棚に並ぶ背表紙を眺めていると。

《理想郷を求めて》、というタイトルが視界に入った。

少しだけ気になって、手に取ってみる。

随分と古い書物のようで、背表紙は色褪せ、中の紙も変色し、端のほうは、ところどころが擦り切れたり、破れたりしていた。

ぱらぱらとページを捲ってみる。字はまだちゃんと黒々としているから、丁寧に扱いさえすれば、読むのには支障なさそうだ。

飛ばし読みをしながら、ざっと目を通してみた。

本に書かれてあった内容は、俺が前に読んだことのあるものと、ほぼ変わりがない感じだった。これも、水底に沈んだ幻の王国を、僅かな手がかりを元に探し求める話のようだ。

おそらく、この本の最後も、結局は辿り着けずに終わるのだろう。そのことを嘆いたり、諦め切れずに探し続けたり、志《こころざし》半ばで倒れたりして——

最後のページを開いて、俺は、手を止めた。


「——あ、見つけた！」

嬉しそうな声が聞こえてきて、俺は顔を上げた。

見ると、リアンが満面の笑顔で、どこか誇らしげに、片手で本を持ち上げていた。

「ほら、メローヌ・パンの最新作！　入荷直後の争奪戦の中、どうにかこうにか手に入れたんだぞ。感謝しろよ！」

パタパタと駆け足で、俺のもとに駆けてくる。遊ぶ時のチビたちみたいに、嬉しそうな笑顔をして。

「ん？　お前、なに読んでるんだ？」

「……いや。なんとなく、手に取って見てただけ」

俺は本を閉じて、棚に戻した。

リアンは少しだけ不思議そうな顔で首を傾げた後、また笑顔に戻って、本を俺に渡してきた。

「ほら。次はお前に貸してやるよ！」

「そうか。ありがとう」

素直に礼を述べると、リアンは少しだけ目を見開いて頬を染めてから、斜め横に目をそらし、うむ、と小さく呟いた。

腰に腕を回して引き寄せると、びっくりしたように見上げてきたから。そのまま、唇を落とした。

さっきまで手にしていた本の、最後の一文が頭に浮かぶ。

確かに、その通りかもしれない、と思った。

――『探し求める《理想郷》は、はるか遠くに在るのではなく。案外、とても身近な場所にあるのかもしれない』

俺にとっても、ここは、『夢のような場所』だ。

お前が守ろうとしているなら、俺も、お前ごと、守ろうと思う。俺が持っている全てを使って。

だから、どうか。

唇を離すと、マリエの頬並みに真っ赤な顔をしたリアンが、半目で、俺を見上げてきていた。

それから、普通に感謝しろ普通に！　と、相手の普通の基準がよく分からないままに怒られて、額をペシリと叩《はた》かれた。

着たい服と似合う服は違うものだと、
とあるデザイナーが言っていました。

「はあ……」

俺は自室のひとり掛けソファに座って膝に肘を置いて頬杖をつきながら、大きな溜め息をついた。

目の前のローテーブルの上には、薄い水色の紙とリボンで綺麗にラッピングされた横長の大きな化粧箱が鎮座している。

これは先日、お祖父様から贈られてきたものだ。

箱には、手紙が二通、添えられていた。

一つは、お祖父様から。

手紙には、なんでも王都に観劇に行った際、ヒロインを演じた若手の舞台女優が開演前の舞台挨拶の時に身につけていた服を、いたく気に入ったのだという内容が書かれていた。

そこで祖父は、これは絶対リアンにも似合うはずだと思い（思わないでくれよ！）、講演後に女優を呼び寄せ、デザイナーの名前を聞き出し、わざわざ探し出して、俺の服を作らせたらしい。

なんという手間と無駄金を……暇なの？

いや、暇か。隠居してるから時間はあり余ってるもんな。ていうか、なんで舞台女優なんだよ。そこは舞台男優だろ！

もう一つは、デザイナーから。

『春風に舞う、春に咲く柔らかな花々をイメージして、全身全霊をこめてお作りいたしました（ハート）』

と書かれてあった。

……手紙を読み終えた俺は、箱を開ける前からもうすでに嫌な予感がした。

開けたくない。

心底開けたくはないが、このままずっと溜め息をつきながら眺めているわけにもいかない。俺は意を決して、箱の蓋を両手で持ち、えいやと開けて見てみた。


「えー……」


なにこれ。

なんなの？　意味が分からない。


そして、ものすごいデジャヴを感じる。祝賀会の悪夢が再び脳裏に蘇《よみがえ》りかけて、俺は慌てて頭を大きく横に振って記憶を彼方へと追い払った。

とりあえず内容物の確認のため、やけにふわふわとした生地を両手の指で摘んで、持ち上げてみた。それは、薄水色と薄紫色の淡いグラデーションが綺麗な、光沢のある高級そうな生地で作られた――

ブラウスだった。

だがしかし、ブラウスとはいっても、俺が知ってるブラウスとは随分違う。

襟は白いフリルのハイネック。胸元にも白いフリルがたっぷりと重ねて縫いつけられている。フリルは三枚以上重ねられているだろうか。ちょっとこれは重ねすぎだろう。ボタンが隠れてしまっていてものすごく脱ぎ着がしづらそうだ。

袖には透け感のある別の生地が使われていて、手首に向かって大きく膨らんでおり、袖口で絞られていた。カフスはなく、たっぷりとした袖の生地は指先ぐらいまであり、手首から、まるで花のようにふわりと広がっている。

おいおい。誰が着るんだよ、こんなもの。

……俺か!!

嫌だ！　嫌すぎる！

俺は現実から目をそらすべく、視線を箱の中へと移した。

そこには、畳まれたズボンがあった。

生地は白みがかった水色で、膝下までしかないズボンの裾には、またもや不要な大きく波打つフリルとレースがふんだんに縫いつけられていた。

膝の横辺りには、アクセントのつもりなのか、淡い薄紅色の可愛らしいリボンが付いている。

俺は目の前の化粧箱を、テーブルごと思い切りひっくり返したくなった。


とりあえず呼吸を整え、お茶でも飲んで気分を落ち着かせようと、部屋を出ると。

廊下の奥のほうから、ローエンダールが歩いてくるのが見えた。なにやら横長の平たい箱を両手を上にして乗せ、まるで捧げ物のように大事そうに運んでいる。そして、その顔はなにやらとても嬉しそうだ。

「ローエンダール？」

「ああ、リアン様。今、お伺いしようと思っていたところなのです。少しだけ、お時間をいただいてもよろしいでしょうか？」

「いいよ。気分転換にお茶でも飲もうかと思って出てきただけだから。それよりも……その箱、なにが入ってるんだい？」

あまりにも大事そうに抱えているから、なんだか気になってしまった。

俺が箱を見ながら首を傾げていると、ローエンダールがスマートかつ上品に、そしてダンディーに微笑んだ。

「これは、カーディガンです」

「カーディガン？」

「はい。暖かくなってきたとはいえ、まだまだ朝晩は冷えますし、日差しも柔らかくはありますが、長時間浴びるのは、お肌によろしくありません。なので軽く羽織れるものをと思いまして。ご用意させていただきました。ですのでどうか、試着してみていただけませんでしょうか？」

「え？　試着って……これ……僕のなの……？」

「はい。そうでございます。リアン様に似合うであろうデザインを厳選して、リアン様にと、あつらえましたものでございます」

なんと……。

どうやらこれは、ローエンダールが俺を気遣って、作ってくれたものらしい。なんということだ。すごく嬉しいけど、なんだかすごく照れくさい気持ちにもなる。

「ありがとう……ローエンダール」

礼を伝えると、老執事の目尻の皺《しわ》が深くなった。

「いえいえ。気に入っていただけましたら、幸いなのですけれども。ではさっそく、お部屋にお伺いしてもよろしいでしょうか？」

俺はこくりと頷いて、ローエンダールと一緒に部屋へと戻った。

出しっぱなしにしていた水色の箱をテーブルの端のほうへと除けてから、ローエンダールから箱を受け取り、そっとテーブルの上に置く。そして、両手で蓋を持ち上げて、中を見て――

俺は、数秒、呼吸と動きを止めた。

「……えー、と……」

「さあ、どうぞ。お召しになってみて下さい」

俺は、孫にプレゼントをあげるじいさんみたいに微笑んでいるローエンダールを見上げ、どことなくソワソワとした期待のこもった視線と目が合うと、慌てて再び箱の中へと視線を戻した。

そこには——確かに、薄手のカーディガンがあった。

期待のこもった視線と形容し難い圧を一身に受け、俺はいつまでもじっと見ているわけにもいかず、意を決して、両手でカーディガンを摑み、ゆっくりと持ち上げてみた。

そして、思考が停止した。


なんでだ。

なんで、これなの？

いやもう、本当、意味が分からない。


カーディガンの色は、白に限りなく近い、淡い桜色。使われている毛糸は細目で、糸の細さを活かして細かく丁寧に透かし編みがされている。そして前立てから裾にかけてと袖口周りには、レースのような飾り編み。

胸元に付けられている小さめのボタンは淡い真珠色をしていて、その表面には小さな草花の図案が彫り込まれている。

カーディガンの裾の長さは、膝の上ぐらいはあるだろうか。長さのわりには、驚くほど軽い。そして柔らかい。風が吹けばふわりと浮いて、ひらひらとなびくだろうと予想される。持っているだけでも分かるくらいに、肌触りもいい。


うむ。とても上品で、華美すぎず、ささやかな甘さを感じる、とても可愛らしいデザインだ。

女の子が着たらさぞかし可愛らしいであろう。女の子が。女の子がな。大事なので三回繰り返した。

「いかがでしょうか？」

「え？　ああ、ええと……うん。……これは、とっても……軽いんだね」

とりあえず、停止しそうになる脳を無理矢理叩き起こして、無難な返答を捻り出させた。

ローエンダールが満足そうに大きく頷いた。

「ええ。そうでしょう、そうでしょう。これは王都にある紡績工房で新しく開発された、とても軽い毛糸で編まれております。さあ、どうぞ。羽織ってみて下さいませ」

あまりにも幸せそうな、期待のこもった視線に抗うことのできなかった俺は、言われるがままに、カーディガンを羽織ってみせた。

確かに、軽い。肌触りも毛糸なのにチクチクしないし、どころかさらさらとしていて柔らかくて、心地いい。サイズもピッタリだ。

だけども……。

「ああ、とてもよくお似合いでございます。リアン様」

選んだ服を孫に着せて喜ぶじいさんみたいに顔を綻ばせて、ローエンダールが頷いている。こんな顔されたら……されたら……嫌だなんて、絶対に口が裂けても言えない。言えるはずがないじゃないか。

俺は引き攣りそうになる口元を無理矢理動かして、どうにか笑みを浮かべて、お礼の言葉を再度口にした。

＊　＊　＊

週末、いつものように教会に行って。

スケジュール通りにいくつかの作業と、書類を作成したり、計画表の確認をしたりして、夕方。

教会をいつもより少しだけ早めに出て、チェダー牧場に向かった。

アルフレドが読みたがっていた新刊が、図書館に返却されていたのを見つけたので即ゲットしておいてやったのだ。それを届けてやろうと思って。

牧場に着くと、タイミングよく、玄関先にいるアルフレドとチェダーさんたちと三チビたちの姿を見つけた。馬車を停めて降りると、向こうも気づいて手を振りながらやってきた。

「リアン」

「おうおう、リアン様！　こんちゃー！」

「きゃー！　りあんしゃだー！」

「りあんしゃー！」

「ちゃー！」

「こんにちは、アルフレド。チェダーさん、チビたち」

突撃するみたいに駆け寄ってきた三チビたちを抱き留める。また少し、大きくなった感じがした。うむうむ。順調に成長しているようでなによりだ。

話を聞くと、ちょうど牛や羊たちの餌作りを終えたところだったらしい。

皆と一緒に家に入ると、エプロンを着けた夫人が奥から出てきた。

「おかえりー！　……って、あらま！　リアン様！　いらっしゃい！」

「こんにちは、夫人」

「こんにちは！　あのね今、ご飯作ってるところなの！　厚切りベーコンの、チーズたっぷりシチューよ！　いっぱい作っちゃったから、リアン様！　時間が大丈夫なら食べていってねー！」

夫人はそれだけ言うと、お玉片手に慌ただしくキッチンへと戻っていってしまった。

俺にしがみついて飛び跳ねていた三チビたちが俺とキッチンを何度も見て、うーうー言いながら悩みに悩んだ末に。腹を盛大に鳴らしながらキッチンへと駆けていった。帰っちゃダメー！　と言って何度も振り返りながら。

空腹には抗えなかったらしい。まあ、育ち盛りだからな。行けばなにか食わせてもらえるかもだし。

「リアン様！　食っていってくださいよ！　あいつの作るシチュー、美味いからさ！」

チェダーさんが俺の背中をバシバシと叩いてきて、ちょっとよろけてしまった。いつもながらすごい力だ。うらやましい。

「いえ、あの、僕はただ、アルフレドに本を届けに来ただけで——」

「食ってけよ、リアン。昨日夫人が焼いてた、カボチャと赤豆の入ったパンもあるぞ」

「カボチャと赤豆のパン」

おいなんだその最強の組み合わせは。そんなの……そんなの、美味くないはずがないじゃないか。絶対美味い。カボチャも赤豆も火を通すと甘くなり、ほくほくとして、とても美味い。

俺はこの後の予定はなにかあったか考えながら、握り拳を口元に当てて、少し乾き気味だった咽を鳴らして、唾を飲み込んだ。

「……まあ……急いで帰らないといけない用事は、今日はないし。お言葉に甘えさせていただくのも、やぶさかでは、ないのだけれども」

「ぶはっ、……そうか」

「おい。今、笑ったか。なんで笑った」

「いや、気のせいだろ。じゃあ、夕飯できるまで俺の部屋で待ってたらいい」

アルフレドが先に歩き出し、階段の下で止まって振り返り、手招きしてきた。

俺はなんだかどうにも腑《ふ》に落ちないものを感じながらも、小さく息を吐いてから、アルフレドのもとへと向かった。


アルフレドの後について、部屋の中へと足を踏み入れると。

「ん……？」

部屋に入ってすぐに、壁に備えつけられたクローゼットの扉に、上下一式の服がハンガーに掛けられているのに気づいた。

なぜ真っ先に気がついたのかというと、物が極端に少ない殺風景な部屋の中で、それだけが異彩を放っていた……というか、部屋に馴染んでいなかったというか、とにかく、いろんな意味で目立っていたからだ。

それは――台襟付きの白いシャツに、黒っぽい色のジャケットとスラックスだった。

デザインは至ってシンプルで、それらには、装飾らしい装飾はなに一つ付いていない。ボタンは黒で、フロントに二つ。襟は細めのノッチドラペル。ポケットは左胸に小さな箱ポケット、脇の両サイドには細めの雨蓋付きポケットが付いている。

色味は、黒に限りなく近いダークグレー。

派手すぎず、かといって地味すぎない、ほどよくフォーマルで冠婚葬祭にも使えそうな、よそ行き服だった。


「なあ、アルフレド。あの服って……」

「……あー。こないだ、お前に言っただろ。隣町に住む、夫人の一番下の妹の結婚式があるって。それに俺も出てくれって言われて。でも俺、そういうところに着ていくような服、持ってないから。そう言ったら、チェダーさんたちが――買ってくれた」

アルフレドが、やれやれとでもいうように溜め息をついた。

「ああ……そういえば。そんなこと言ってたな」

思い出した。確か、ちょっと前に、そんな話を聞いた。

「たびたび着るようなもんでもないし、適当に知り合いに借りてくるからって言ったんだけど。チェダーさんたちが、買おう、買いに行こうって言い出して。別に買わなくてもいいって断ったら、チェダーさんも奥さんも、なんでか泣きそうになるし。なんか……断り切れなくてさ。……そのまま町に連れてかれて……買ってくれた」

「ふふっ、……そうか」

俺はなんだか嬉しくなって、そしてほっこりとした気持ちになった。

チェダーさんたちの気持ちが、なんとなくだけど、分かる気がする。この部屋を見ても分かる通り、アルフレドはあまり物を欲しがらない奴だ。幼子のように、なにかを欲しいと駄々をこねることもない。

それでも、アルフレドのために、大事な――息子のために。

なんでもいいから、なにか一つでもいいから、買ってあげたかったのだろう。記念になりそうな物を。

家族として。そして――親として。

「昨日、結婚式から帰ってすぐに、奥さんが洗って干してくれて。今日のうちは部屋ん中でしっかり乾かしとけっていうから、吊るしてたんだけど。もう、しまってもいいかな」

「いや、念のために明日の朝まで吊るしとけ。湿気は大敵だからな。それで、式のほうは無事に終わったのか？」

「ああ、昨日な。料理もすげえいっぱい出た。腹いっぱい食べた」

「ふふ、そうか。それはよかったな」

食い物第一な金髪の子供の感想に笑いながら、俺は、アルフレドのためだけに用意された、よそ行き服に近づいて、眺めてみた。

「……ふむ。色もシックで、シルエットもすっきりしているから、なんというか――落ち着いた大人っぽい感じがして。……いい服じゃないか」

うむ。将来は、こういうのがスマートに着こなせる男になりたいもんだ。そう、あれだ、あれ。ローエンダールみたいな。どんな時でもエレガントでスマートでダンディー、みたいな。

「そうか。洋装店をいろいろ見て回って、チェダーさんたちが、これが一番似合うって言うから。これにした」

「なるほど」

チェダー夫妻が、店にあるたくさんの服の中から、アルフレドに一番似合うだろうと選んだ、一着。

俺は壁に掛けられたチェダー夫妻いちおしの服を見てから、アルフレドを見た。

奴がこれを着たらどんな感じになるのか、頭の中でとりあえず着せ替えしてみて……心の中で唸《うな》る。

うむむ……。

確かに……確かに奴は、身体つきもしっかりしてるし、タッパもあるし、足も長いから……まあ、なんだ。あれだ。こういう大人っぽいデザインも、別に、似合……わない、ことはない。チェダーさんたちも、大人になっても着れるようにと考えて大人っぽいものを選んだのもあるだろうがな。いや、別に悔しいとかではない。ああ、そうだとも。

でも、でもだ。

俺だって、俺だってなあ。着てみたら、絶対、こういうのもまあまあ似合うと思うんだ。大人なんだし。中身はだけどな！　でもきっと隠し切れない滲み出る大人の男感って、あると思うんだよ。いやいやマジで。なのに。なんでなんだ。どうしてなんだ。

俺に似合うからと言って持ってこられるのは、いつも、いつも……！

「リアン？　どうした？　顔しかめて」

「……別にしかめてない。なあ、アルフレド。僕だってなあ、こういうの、ちょっとは似合うと思うんだよ。似合うはずなんだ。お前も、そう思うだろ？」

「ん？　んー……」

アルフレドが壁に掛けられた服を見て、俺を見下ろして、顎を手で撫でながら思案するような仕草をした。

おい。なんで考えてんだ。考えるまでもないだろうが。

「こういうのが、普通に、僕にも似合うはずなのに。いつも、いつも、いつだって！　ヒラヒラした服ばっかりを選んで持ってこられるのは――そう。あれだ。あれだよ。あの、悪《あ》しき固定観念、というものが邪魔してるからだと思うんだよ。リアンといえばこうだろう、こういうのが好みだろう、こうあるべきだ、みたいなさ。そういうのは、よくないと思う。お前もよくないと思うよな？　だから僕は、リアン、イコール、ヒラヒラした服、というような悪しき固定観念から、皆、速やかに脱却することが必要だと思うんだよ。いやもうマジで絶対に今すぐに」

「ふーん」

「ふーん、ってお前な。僕の話ちゃんと聞いてるのか？　だからな、」

「それじゃあ、着てみるか？」

「へ？」

アルフレドが、壁の服を指さした。

「試しに、これ、着てみれば。それなら、お前も納得するだろ？」

「えっ……!?　そっ……、え!?　いっ、いいのか？」

「いいよ」


マジか!!


俺は何度も首を縦に振って、頷いた。

「着てみたい！」

「そうか」

アルフレドが笑みを浮かべて頷き返して、奥さんに姿見を借りてくる、と言って部屋を出ていった。


服をハンガーごとそっと下ろして、間近でじっくりと見てみる。

「おお……」

どこにも飾りがついてない。ヒラヒラフリルも、ふわふわレースもついていない。

襟とカフスにはアイロンがしっかりと掛けられていて皺一つなく、ジャケットとスラックスはシンプル故にシルエットにはこだわっているようで、スマートでカッコイイ。

できる限り皺にならないように気をつけながら、ハンガーから外して、ベッドに広げて置いた。

アルフレドは今出ていったばっかりだから、すぐには戻ってこないだろう。俺は気兼ねなく服を脱いで、畳んで机の上に重ねて置いておいた。

まずはスラックスを穿き、次にシャツを手に取り、袖を通す。街角に貼ってあったポスターの俳優が、胸元のボタンを二つ開けて、少しだけ襟を後ろに引き気味にして着こなしてたのがカッコよかったのを思い出し、真似てみることにする。

しかし。

「でかいな……」

なんだこの大きさは。ありえない。シャツの袖なんか長すぎて、指先すら出ないんですけど。それに胸元のボタンを外してはみたけど、少しでも動くと肩が出ちゃいそうになるんですけど。マジか。ちょっと待て。なんか、あいつ……前よりも大きくなってないか？

スラックスの丈も長すぎて、足先が完全に埋まってしまっている。

シャツの裾をスラックスの中に入れようにも、しまうべき部分が多すぎて、全部が収まり切らない。これじゃあだめだ。カッコ悪すぎる。でも出したままにしておくのはもっとだめだ。そんなの、全然スマートな大人の着こなし方ではない。ていうかウエストも大きすぎて、手で摑んでないとずり落ちてきてしまう。ベルト、ベルトがいる。ベルトはどこだ。

きょろきょろと部屋の中を見回しながらベルトを探していると、部屋の扉が開いた。

「リアン。姿見、借りてき――」

縦に長い長方形をした鏡を小脇に抱えたアルフレドが、扉を開けた姿勢のまま、ぴたりと動きを止めた。

俺を見て、なぜだか目を真ん丸にしている。《ピジヨン》みたいに。

なんだろう。そんなにびっくりするようなこと、あったか？　いや、ないな。いや、待てよ。これか？　この格好か？　でも、そこまで驚くようなことでもないはずだ。

「アルフレド。なあ、ベルトはどこにあるんだ？　これじゃあ、スラックスのウエストが落ちてきてしまうんだけど」

アルフレドは答えないまま、少し俯きがちにゆっくりと部屋の中に入ってきて、後ろ手で静かに扉を閉めた。そしてまたゆっくりとした仕草で、姿見を壁に立てかける。

「なあ、アルってば。ベルトは？」

「……ない」

「えぇー？　嘘だろ。それじゃあ、ずり落ちてくるだろ、これ！」

アルフレドが寄ってきて、両手で挟むように俺の腰を摑んできた。いきなりでびっくりしてしまい思わず声が漏れる。

「ひわっ!?　な、なんだよ！　なにすんだよ、いきなり」

「……お前、細すぎだろ。……もっと、食ったほうがいい」

「はあ!? 俺、いや、僕は細くない！ それに、ちゃんと食ってるし。お前がでかくなっただけだろ！」

「……肩も、出てるし」

「それは……まあ、仕方ないだろ。サイズが合ってないんだから」

俺はずり落ちかけていたシャツの襟を摑んで、力任せに引っ張り上げた。雑な動き方をしてしまったせいで、袖口の生地が鼻先に当たって、地味に擦れて痛い。

「……ん……？」

仄かにだけれど、ふわりといい香りが、鼻をかすめた気がした。

なんだろうかと気になって、指先から垂れてる袖口の生地を鼻に触れそうなくらい近づけて、すんすんと嗅いでみる。

ああ、やっぱり。香りがする。

目一杯、鼻を近づけないと分からないぐらい微かに、だけれど。

「リアン？」

アルフレドが首を傾げながら少し気にするような顔で覗き込んできたから、俺はハッとして、慌てて顔を上げて、首を横に振った。

「あっ、いやっ、なんでもないんだ。別に、臭いとかじゃなくて。そうじゃなくて……ただ、なんというか……香りが」

「香り？」

「うん。香りが。するなあって」

アルフレドが顔を寄せてきて鼻を鳴らし、首を傾げた。

「そうか？ 俺には分からないけど。どんな香り？」

「どんなって……なんていうか……うーん。強いて言えば……お前の匂い、っていうか——」

「俺の」

「うん。これは……そうだな。お前の匂いだ」

もう一度、確認のために袖口を鼻先近くまで持っていって、嗅いでみる。俺は確信して、笑みを浮かべた。

ふいに頭の上のほうから、苦しげというか、低く唸るようなというか、呻くような声が聞こえてきた。なんだろうかと見上げてみると。

アルフレドが視線をそらし、頭を俺の肩に乗せてきた。微妙に重い。そして、まだ唸っている。なんなんだ。腹でも壊したのか。昨日の結婚式で食いすぎた、みたいなこと言ってたし。まったくもう。

「アルフレド？　どうした。腹でも痛いのか？」

「……痛くない。けど……ああ、もう……なんだ、これ……まずい。……だめだ……ヤバい……」

呻き声の合間に聞き捨てならない言葉の数々が耳に入ってきて、俺はムッとした。

なんだよそれは。どういう意味だ。

「おい。なんだよ、それ！　なにがだめで、ヤバいんだよ」

「いや……マジで、ヤバい」

「だから、なにが！　って、おい、アル——……うわ、あっ⁉」

いきなり、大きな身体で伸しかかるように抱き込まれて、その重さと圧に背がしなる。バランスを保てなくなった俺はスラックスの裾を踏んで足を滑らせてしまい、そのまま後ろに倒れ込んだ。

背後がベッドだったから、二人で思い切り倒れ込んでも、どうにか無事だった。

「ちょっ……と！　こら、アルフレド！　お前なあ、いきなりなにするんだよ！　危ないじゃないか！」

返事はなく、耳に近いところから、少しだけ乱れた呼吸音が聞こえてきただけだった。

それどころか首筋に、熱い息と唇が当たった気がして、俺は思わずびくりと身体を跳ねさせた。

もう一度、今度ははっきりと、唇が押しつけられたのが分かった。

まずい。

確かに、これは……奴の言う通り、まずい、かもしれない。

そしてヤバい。これは危険だ、ということだけは俺にも分かる。本能でそう感じる。

今すぐ逃げろと、俺の本能が脳内に赤いランプを点滅させて、警告している。

大きな手が、シャツの裾から入り込んできた。

「わ……あっ、待て……！」

俺は、伸しかかる大きな身体を両手で押し返そうとした。重い。なんだこの重さは。鉄でも詰まってるのか！

首筋に埋もれていたアルフレドの頭が、ゆっくりと持ち上がった。密着していた熱い身体が僅かに離れたことにほっとしていると、顔が真上に来て、濃い青色の瞳と目が合った。

その瞳の奥が、不穏な感じに熱を帯びて揺らいでいる。

頬も、耳の先も、赤く染まっている。そして息も不穏に荒い。

それに気づいた瞬間、俺は背筋が冷えて、身体を大きく震わせ、漏れそうになる悲鳴を飲み込んだ。

「ま、待て。落ち着こう。アル。ほら、もうすぐ夕飯だし。な？　だから――……って、……やっ……まっ、待てって言ってるだろ！　こらっ、落ち着けってば！」

大きな手がスラックスの中に入ってきそうになって、俺は必死に手首を摑んで引っ張った。どうにか引っ張り出せた。危なかった。心の中で冷や汗を拭う。

「……なんで」

「なんでもクソもあるか！　だめだってば！」

俺の足の間に片膝をついていたアルフレドが、膝をついたまま上へと滑らせてきた。行き止まりに突き当たると、ぴたりと動きを止める。そのまま腿全体を押しつけるようにゆっくりと体重をかけてきたから、嫌な予感がして身体を上へと動かしたかったけど、重い身体に伸しかかられていて、できなかった。

「……あっ!?　……ん……っ、ううっ……、や……ぁっ！」

嫌な予感通りに、強く擦りつけるようにして足を動かしてきた。布越しに強く押し込まれ、擦られて、頭の奥が赤く染まった。嫌な痺れと震えと熱が背中を駆け抜ける。俺は慌てて、大きくて重すぎる身体を必死に押し返しながら、震えそうになる足を力の限り閉じて、どうにか奴の動きを封じようとした。

「……あ、アル……っ、んあっ……や……やめろってば！」

胸を思い切り叩いて抵抗すると、悔しいことにびくともしなかったが、金髪頭の動きは止まった。ひとまず止まってくれたことに安堵する。ただ見上げた先の目は不服そうに細められていたけど。

「……なんで。だって無理だろ、これは。止めらんないだろ。だめだ。ヤバい。ヤバいくらいに……――エロすぎる」

「はあ!?　なに、言って――」

がぶりと唇に噛みつかれて、俺はもう、言葉を発せられなくなった。

「んっ⁉　……んんっ……」

アルフレドが大きな口で俺の唇を食みながら、両手を俺の腹に置いて、上へと滑らせてきた。指先が胸の突起に触れると、強く引っ張るように摘んできて、そこから痺れるような感覚と熱が、じわりと身体中に広がっていく。焦る。

俺は頭を振って、追いかけてくる唇からどうにか逃げた。

「ん、ぷはっ、ぁ、あっ……まって……、ひっ……あう、っ……」

今度は、乳首に噛みつかれた。熱い舌で舐められて、大きな口で強く吸われて、俺は悲鳴を上げそうになって慌てて片手で押さえて口を閉じた。大きな声なんか上げられない。下の階には、チェダー夫妻とチビたちがいる。聞こえたりなんかしたら、恥ずかしさで死ねる。

アルフレドがシャツを片手で摑んで、引っ張ってきた。それがボタンを引き千切りそうな勢いだったから、俺は慌ててその手を摑んだ。

「だめっ！　シャツが、破れる……！」

これはチェダーさんたちがアルフレドに贈った、大事な服なのだ。

金髪頭が低く唸った。なんでだ。だめだろう。大事にしなくてはいけない。せっかくの、家族としての思い出にもなる、大切な――

「うあ……っ⁉」

やたら熱い手が背中を伝い下りてきたかと思うと、スラックスの隙間から入り込んできた。大きな手に尻をゆっくりと鷲摑みされる。冷や汗なのかなんなのか分からない汗が、こめかみから頬を伝って流れ落ちた。

俺は腕と足に、精一杯の力をこめてもがき、抜け出そうと抵抗した。隙あらば一発お見舞いしてやるぐらいの勢いで。

窮鼠《きゅうそ》猫を噛む、ということわざだってあるのだ。それに、剣術校内試合で俺に勝ったからって調子に乗ってんなよ、俺だってやる時はやるんだぞ、なんでも思い通りにいくと思うなよ、ということも知らしめしてやらねばならぬ。この子供に。

「やめっ……」

「……服。そんなに暴れたら、破れるんじゃないのか」

「……っ‼」

……この子供は、非常に、頭が回った。

おのれ……なんという、小賢しい真似を……！

この野郎、服を人質、いや、服質？　に取りやがった……！

思わずひるんで力を抜いてしまった俺を見下ろして、金髪野郎が勝利を確信したような笑みを浮かべた。

俺は悔しさと、やるせない怒りにわなわなと震えながら、睨み上げた。

スラックスに入り込んでいた手が、更に奥へと滑り込んできた。

「やっ……」

指先が尻の割れ目に辿り着くなり、奥へと潜り込んできて、下着の上から撫でるようにされて、俺は震えが止まらなくて、情けなくも泣きそうになって、喘いだ。

「……あ……あっ、……や……も……やだ……ぁ……」

アルフレドが、慰めるみたいに優しく、頬に唇を当ててきた。

「……リアン。大丈夫。ちょっとだけ、だから」

「……うう……ちょっと……？」

「ああ。ちょっと、触るだけ」

ちょっと、触るだけ。

それなら……ちょっとだけ……少しぐらいなら……それだけで満足して、大人しくなってくれるのなら……。

でも。……ちょっとって、どれくらいなんだろう。

「アル……？」

恐る恐る顔を上げて、問うように見上げてみる。

そこには、女の子なら目をハート型にして喜びそうな、絵本でよく見る王子様みたいな笑みを浮かべた青年がいた。煌めく目を細めて、俺を見下ろしている。

だがしかし今の俺にとっては、奴のその微笑みは魔王の笑みのごとく不穏であり、恐怖と不信の印象しかない。

大きな身体が覆いかぶさってきて、唇や首元に何度も軽く、柔らかい口付けが降ってきた。

ゆっくりとした動作で、大きな手が前に回ってきて下着越しに俺自身を、掌全体を使って包み込むように揉んできた。頭の先から足の先まで痺れと熱が走り抜け、目の奥がものすごく熱くなって、チカチカした。

「あっ、……ふ、ぁあ……あっ……」

反射的に目の前の肩を摑んで押し返そうとすると、金髪頭が耳元に顔を寄せてきて、囁いた。

「……リアン。……服」

「あ……。ふ、く……」

俺はビクリとして、すぐに動きを止めた。だめだ。下手に動くと、大事な服が――

震える手で、せめてもの抵抗にと、そっと腕を摑んで、首を横に振ると。

アルフレドが笑みを浮かべ、唇をそっと合わせてきた。舌で何度も舐めながら。その仕草は、まるで獲物を味見する動物みたいで。触れ方は至極優しいのに、俺は身体と咽を大きく震わせた。

「リアン……」


バン、と勢いよく扉が開く音がした。


「にいちゃ、りあんしゃ！　ごはん、できたー！」

「ごはんー！」

「たべるおー！」

びっくりして扉のほうを振り返ると、そこには信号機色のチビトリオが立っていた。

俺と同じように振り返った奴の動きが止まる。その隙を見逃さず、俺は大きな身体を突き飛ばすように押し返し、できた隙間から這い出した。

「あっ！」

気づいた金髪頭が慌てて捕まえようとしてきたけど、もう遅い。

その頃にはもう俺はベッドヘッド近くまで逃げていた。よかった。身体は自由になったし、これくらい距離が取れれば、どうとでもなる。

「なにしてうの？」

「の？」

「のー？」

「ふえっ!?　ええと、なにって……、あの、あれだ。あれだよ。えーと、……そう！　そうだ！　勝負、勝負してたんだ！」

「しょーぶ？」

三チビたちが声を揃えて首を傾げた。

「そうそう。勝負！　ええーと、あれだ！　力比べさ！　どっちが力が強いかなーって！」

我ながら、なかなかに苦しい言い訳だった。そして心も苦しい。

三チビたちの瞳が、楽しそうに煌めいた。

「しょーぶ！」

「わたちも、するー！」

「するー！」

三チビたちが純真無垢で助かった。駆け寄ってくる三チビを、俺は安堵の笑顔で受け止めた。

「いいよ。でも、ご飯食べた後でね。僕はちょっと用意してから行くから、アルフレドお兄ちゃんと一緒に、先に行っててくれるかい？」

三チビたちは大きく頷いてから、今度はアルフレドに飛びついた。

「にいちゃ！　いこー！」

「いこー！」

「ごはん！」

「おい、ちょっと。俺は――」

さすがに幼い三弟妹を振り払うことなどできない一番上の兄は、手を引っ張られるまま、物言いたげに何度も俺を振り返りながら、部屋から連れ出されていった。

俺はその背を手を振って見送りながら、その姿が見えなくなった後、脱力した。

……助かった！

三チビたちには感謝しかない。いやもう、あれは本当にマジでヤバかった。そして三チビたちがまだまだ心が清らかな子供で助かった。いやもうマジで。

その後は、大事な服をできる限り元に戻して丁寧に吊るしておき、皆で夕飯を食べて、三チビたちと力比べして遊んで、帰宅した。

俺はその日、無事に生還を果たした。

天と三チビたちは俺に味方したのだ！　まあ、当たり前だな。日頃の行いがいいからな。金髪野郎は深く反省すればいいと思う。

ただ……後日。

食いっぱぐれて、腹を空かせたままだった金色の野生動物の暴走は……ヤバいなんて言葉では言い表せないぐらいヤバかったが、あれは……思い出したくないので記憶の奥深くに沈めておいている。

次巻予告

死にたくないので英雄様を育てる事にします

～嘘つきな僕と未来の英雄な君

互いの想いを確かめ合ったアルフレドとリアン…
そんな２人に否応なしに《災厄の日》が近づいてきて…？

2022年
2月18日発売予定!

『死にたくないので英雄様を育てる事にします ～田舎暮らしは未来の英雄と胃痛と共に』をお買い上げいただきありがとうございます。
この本を読んでのご意見、ご感想など下記住所「編集部」宛までお寄せください。

アンケート受付中

リブレ公式サイト　https://libre-inc.co.jp
TOPページの「アンケート」からお入りください。

初出
死にたくないので英雄様を育てる事にします ～田舎暮らしは未来の英雄と胃痛と共に
＊上記の作品は「ムーンライトノベルズ」（https://mnlt.syosetu.com/）掲載の「死にたくないので英雄様を育てる事にします」を加筆修正したものです。
（「ムーンライトノベルズ」は「株式会社ナイトランタン」の登録商標です）

着たい服と似合う服は違うものだと、とあるデザイナーが言っていました。……… 書き下ろし

死にたくないので英雄様を育てる事にします ～田舎暮らしは未来の英雄と胃痛と共に

著者名　ヨモギノ
©Yomogino 2021

発行日　2021年12月17日　第1刷発行

発行者　太田歳子

発行所　株式会社リブレ
〒162-0825 東京都新宿区神楽坂6-46 ローベル神楽坂ビル
電話　03-3235-7405（営業）　03-3235-0317（編集）
FAX　03-3235-0342（営業）

印刷所　株式会社光邦
装丁・本文デザイン　ウチカワデザイン

Printed in Japan
ISBN978-4-7997-5534-1